심연에서의 탄식
영국의 우편 마차

SUSPIRIA DE PROFUNDIS
THE ENGLISH MAIL-COACH, OR THE GLORY OF MOTION
by Thomas De Quincey

토머스 드 퀸시
심연에서의 탄식
영국의 우편 마차

유나영 옮김

wo
rk
—
ro
om

일러두기

이 책은 옥스퍼드 세계 고전 시리즈(Oxford World's Classics)로 출간된 토머스 드 퀸시(Thomas De Quincey)의 『어느 영국인 아편쟁이의 고백 그리고 다른 글들(Confessions of an English Opium-Eater and Other Writings)』(로버트 모리슨[Robert Morrison] 편집, 옥스퍼드 대학교 출판부[Oxford University Press], 2013)에 수록된 「심연에서의 탄식(Suspiria de Profundis)」과 「영국의 우편 마차(The English Mail-Coach, or the Glory of Motion)」를 한국어로 옮긴 것이다.

저자의 원주는 면주로, 옮긴이 주는 후주로 처리했다.

원문에서 이탤릭체로 강조된 부분은 방점을 찍어 구분했고, 강조를 위해서라기보다 외국어(라틴어, 프랑스어 등)임을 밝히기 위해 이탤릭체로 표기되었다고 판단될 경우 방점을 찍는 대신 원어를 병기했으며, 대문자로 강조된 부분은 고딕체로 표기했다.

인명과 책 제목의 원어는 강조 등 특별한 경우를 제외하고는 주석에 병기했다.

차례

해설 / 버지니아 울프

작가에 대하여

토머스 드 퀸시(Thomas De Quincey, 1785–859)는 영국의 문필가이다. 맨체스터 출신으로 직물 수입상의 아들이었고, 어린 시절 아버지를 잃었다. 그는 라틴어와 그리스어에 능하고 고전 지식에 해박했지만 그리 모범적인 학창 시절을 보내지는 못했다. 맨체스터 그래머 스쿨*을 도망쳐 나와 웨일스 북부와 런던을 떠돈 드 퀸시는 위장병에 걸리고 급기야 그 진통제로 아편을 복용하기 시작한다. 한편 어머니, 후견인들과 화해하고 옥스퍼드 우스터 칼리지에 입학했으나 결국 학위를 받지 못했다. 워즈워스와 콜리지 등 우러르던 호반시인들을 만나 교류하다가 1818년 『웨스트모얼랜드 가제트』 편집 주간으로 임명되지만, 빚과 아편중독에 시달리다 이듬해 사임한다. 이어 『블랙우즈 매거진』에 글 몇 편을 기고하고, 1821년 『런던 매거진』에 '자전적 소묘' 「어느 영국인 아편쟁이의 고백」을 싣고, 그다음 해 단행본으로 출간한다. 1826년 다시 『블랙우즈 매거진』에 기고하기 시작해 1827년 연쇄살인마 존 윌리엄스의 살인을 예찬한 「예술 분과로서의 살인」을 발표하고, 이후 매체를 넓혀 나가며 평생 글을 쓴다. 그중 1845년 발표한 「심연에서의 탄식」은 「어느 영국인 아편쟁이의 고백」의 속편 격이었으며, 에세이 「영국의 우편 마차」는 시적 산문의 진수를 보여 준다.

드 퀸시는 채무불이행으로 수차례 기소되고 투옥되며 일생의 대부분을 가난한 매문가로 살았다. 그러나 그 글의 가치를 알아본 보들레르와 포가 드 퀸시의 저작들에서 영감을 받는 등 문필가로서

---

* grammar school. 영국을 비롯한 영어권 국가에서 그리스어나 라틴어의 문법 또는 문학을 가르치던 교육기관. 19세기 이후 중등학교로 발전했다.

당대 작가들에게 미친 영향은 지대하다.

1859년, 드 퀸시는 자신의 저작집 『진지하고 쾌활한 선집』을 편집하던 중 세상을 떠났다. 선집은 1860년 14권으로 완간되었다.

이 책에 대하여

산문가 드 퀸시는 1821년 「어느 영국인 아편쟁이의 고백」을 발표했다. 그리고 24년 후인 1845년 그 속편 「심연에서의 탄식」을 잡지에 익명으로 연재하기 시작했다. 글은 네 차례 연재되다 편집장과의 의견 차로 중단되었고, 이후 그는 글을 완성해 『고백』 개정판과 묶어 출간하려 했지만 구상은 실현되지 못했다.

드 퀸시는 어린 시절 누이들을 두 번 잃었다. 첫 번째 죽음은 그보다 한 살 어렸던 세 살 제인의 몫이었다. 당시 드 퀸시는 죽음이라는 것을 제대로 받아들이지 못했다. 그러나 뒤이은 두 번째 죽음은 그의 표현대로, 그의 삶을 뒤쫓아 왔다. "그 사건이 일어난 밤은 내 삶 깊숙이까지 뒤쫓아 왔다. 아마도 그 사건이 없었더라면 나는 좋은 쪽으로든 나쁜 쪽으로든 지금의 나와 전혀 다른 모습을 하고 있을 것이다."(37쪽) 그보다 두 살가량 많았던 엘리자베스는 여덟 살 몇 개월 만에 생을 마감했다. 드 퀸시는 이 손위 누이의 시신 앞에 서서, 아편이 시간의 차원을 증폭하는 것과 반대되는 경험을 한다. "아편의 격상시키고 증식시키는 힘이 주로 작용하는 차원은 바로 시간이다. 이때 시간은 무한히 유연해지며 측정 불가능한 소실점에 닿을 때까지 늘어나는데 (…) 그러나 내 일생을 통틀어 오직 이때만은 그와 정반대되는 현상이 일어났다. (…) 이 경우에는 짧은 막간이 엄청나게 긴 시간으로 확장되는 대신에, 긴 시간이 일순간으로 수축되었다."(48–9쪽) 이렇게 「탄식」은 시간의 차원에서 「고백」과 연결된다. 또한 유년기에 겪게 된 죽음의 경험과 청년기에 겪게 된 아편의 경험은 꿈으로도 한데 묶인다. "유년기의 경험은 아편과 동맹을 맺고 자연적으로 공동 작용한 힘이었다. (…) 내 유년기 꿈의 극장에는 이상화하는 경향이 존재했다. 그러나 그것을 연출하고 채색하는 초자연적인

9

힘은 두 원인이 결합한 이후에야 처음으로 발달했다. 이제 그로부터 12년 반이 흘러 (…) 나는 청춘의 찬란한 행복 가운데 있으나 이제 아편에 최초로 손대기 시작했다. 그리고 이제 최초로 유년기의 소요가 강렬히 재개되었다. 이제 최초로 그것은, 독립적이고도 동시적인 아편의 자극 아래서 새 생명을 얻은 힘과 장대함으로 두뇌를 엄습했다."(104쪽) 죽음과 아편은 드 퀸시의 펜 아래 이렇게 인간의 시간과 꿈을 움직이게 된다. 뒤따르는 「영국의 우편 마차」는 1849년 두 편으로 나뉘어 발표되었던 글로, 1854년 드 퀸시는 둘을 하나로 묶고 다듬어 선집에 다시 실었다. 그는 당시 신문물이었던 우편 마차와 말의 빠른 속도에서 움직임의 희열과 동물적 아름다움 및 힘을 발견해내고, 그 정치적 임무(승전보 전달)에 경도되어 장광설을 펼친다. 그러면서 마차를 타고 "갑작스러운 죽음"을 스쳐 지나갔던 기억에 뒤이어 장대한, 공포의 황홀 가득한 꿈 내지 환상을 그려 낸다. 드 퀸시는 이렇게 다시 죽음과 꿈에 대해 이야기한다.

마지막으로, 이 책에는 옮긴이의 의견에 따라 「옮긴이의 글」을 대신해 버지니아 울프가 드 퀸시에 대해 쓴 비평문 세 편을 실었다. 울프는 드 퀸시를 "자신만이 속하는 하나의 경지"를 이룬 산문가로 인정하기는 하지만 그가 "사색을 너무 많이 하고 관찰은 너무 적게" 한다고 꼬집는다. 또한 타고난 자서전 작가로서 드 퀸시가 쓴 이 모든 장면들을 다 읽고 난 뒤, 우리는 실은 그가 알려 주고자 했던 것들만 알게 된다는 점을 지적한다. 그러나 울프 또한 드 퀸시의 가장 중요한 능력을 잘 알고 있었다. "사실 그는 꿈을 꾸었던 것이다. ─그는 언제나 꿈꾸고 있었다. 이는 아편을 복용하기 오래전부터 지녔던 능력이었다." 드 퀸시는 삶보다 생생했던 환상 속에서 "열정적 산문 양식"을 고안한 꿈의 산문가였다.

편집자

심연에서의 탄식[1]

『어느 영국인 아편쟁이의 고백』 속편

들어가며 이르는 말

『어느 영국인 아편쟁이의 고백』은 1821년 한 정기간행물의 기고문으로 — 그리고 1822년에는 단행본으로 — 세상에 나왔다. 이 글의 목적은 인간의 꿈속에 잠재되어 있는 장려한 그 무엇을 드러내는 것이었다.[2] 근사하게 꿈꾸는 능력을 저 깊숙이 품고 있는 사람이 몇 명이나 되는지는 몰라도, 그 능력을 실제로 개발한 사람은 아마 그리 많지 않을 것이다. 황소 이야기나 하는 사람은 황소 꿈이나 꾸기 마련이다.[3] 그리고 절대다수의 사람들을 사고의 고양과 양립 불가능한 일상적 경험에 얽어매는 인간 생활의 조건은, 꿈의 재현 능력이 품은 장려한 음색을 퇴색시켜 버리곤 한다. 이는 마음속이 장엄한 이미지로 흘러넘치는 이들에게도 예외가 아니다. 장려한 꿈을 습관적으로 꾸기 위해서는 필히 몽상으로 빠져드는 기질을 갖추어야 한다. 이것이 첫째다. 그러나 이런 기질이 강하더라도 현재 우리가 사는 영국 사회의 거센 동요에 떠밀려 흩어져 버리기 십상이다. 이미 1845년 현재도 지상의 여러 왕국에서 지난 50년간 이어지고 있는 크나큰 혁명들의 행렬과 강대한 물리적 매개체들 — 온갖 분야에 응용된 증기기관, 굴레를 쓰고 인간의 노예로 길들여진 빛,* 교육과 인쇄의

---

* 은판 사진술 등.

13

촉진에 도래한 천상의 힘, 대포와 그 파괴력에 깃든 지옥의 (것처럼 보이지만 역시 천상에서 온) 힘 — 의 끊임없는 발전은 가장 침착한 관찰자의 시야마저도 어지럽히고 있으며, 그 두뇌는 우리 사이를 돌아다니는 질투심 많은 망령들에 사로잡혀 있는 듯하다. 단순한 인간사의 소용돌이 한복판을 향해 너무도 위험한 구심력을 발휘하는 이 삶의 폭풍에 대항하여 원심력으로서 발산될 만한 것은 바로 종교나 심오한 철학을 지향하는 힘이지만, 이 엄청난 진보의 속도가 지체되거나(이는 기대하기 어려운 일이다.) 그와 맞먹는 규모의 저항력에 부딪치지(다행히도 이는 그보다 가능성이 있다.) 않는다면, 이러한 힘은 지극히 혼란스러운 격동의 자연적 경향에 휩쓸려 해악으로 — 누군가는 광기로, 또 누군가는 육체적인 무기력 반응으로 — 빠져들 것이 자명하다. 오로지 인간사에만 관심이 머무는 영역에서 끊임없이 시간을 다투어야 하는 이 가혹한 환경이 모든 인간의 내면에 잠재된 위대성을 얼마나 무력화시킬 수 있는지는, 지나치게 줄곧 여러 사람들과 더불어 생활할 때 대개 일어나는 현상에서 목격할 수 있을 것이다. 방탕(*dissipation*)이라는 단어의 한 가지 용법이 바로 그런 현상을 나타내고 있다. 즉 사고하고 느끼는 활동이 너무나 많이 방탕하게 소실되고 낭비되어 버리는 것이다. 이를 사색하는 습관으로 다시 집중시키기 위해서는 때때로 군중 속에서 빠져나올 필요가 있다는 것이 모든 예민한 이들의 생각이다. 적어도 삶에 고독을 곁들여 변화를 주지

14

않는 사람은 절대로 자신의 지적 역량을 펼칠 수 없을 것이다. 크나큰 고독은 크나큰 힘이다. 이 표현은 너무 단정적이라는 면에서 참이 아닐 수도 있지만, 현명한 삶의 원칙이 이 공식에 근접해야 한다는 데에는 의심의 여지가 없다.

이처럼 사회적 본능으로 지나치게 강하게 점철된 삶이 훼손시키는 인간의 힘들 가운데서도 가장 큰 피해를 입는 것은 바로 꿈꾸는 힘이다. 이를 사소하다 치부해선 안 된다. 인간 두뇌에 심어진 꿈의 기계는 공연히 그곳에 심어진 것이 아니다. 이 능력이 어둠의 신비와 제휴할 때 그것은 인간이 그림자와 교신하는 하나의 거대한 통로가 된다. 그리고 심장, 눈, 귀와 연결된 꿈의 기관은, 인간의 뇌실(腦室) 안에 무한을 눌러 담고 잠든 마음의 거울에 모든 생명 아래 도사린 영원의 어두운 형상을 비추는 장려한 조직체를 이룬다.

그러나 고독 — 잉글랜드에서 이것은 점점 실현 불가능한 공상으로 바뀌고 있는 중이다. — 의 쇠퇴로 이 능력이 훼손되기는 했지만, 순수하게 물리적인 어떤 매개체들은 거의 초자연적인 꿈을 꾸는 능력을 확실히 보조해 줄 수 있다. 강도 높은 운동도 그중 하나인데, 최소한 일부 사람들에게 어느 정도까지는 효과가 있다. 그러나 이 모두를 뛰어넘는 것은 바로 아편이다. 이것은 그 방면으로 정말 특별한 힘을 지닌 듯하다. 이는 꿈속 풍경의 색조만 선명하게 해 주는 것이 아니라 그늘도 더욱 깊게 만들며, 무엇보다 두려우리만큼 현실감을 강화시킨다.

『아편쟁이의 고백』을 쓴 다소 부차적인 두 번째 목적은 아편이 꿈꾸는 능력에 미치는 이 특별한 힘을 드러내는 것이었지만, 그보다 훨씬 중요한 목적은 바로 그 능력 자체를 보여주는 데 있었고 글의 흐름 또한 그런 과정을 따라 전개되었다. 방금 말한 대로 꿈꾸는 과정을 드러낸다는 『고백』의 진정한 목적을 독자가 잘 인식하고, 이런 질문을 던진다고 가정해 보자.

"하지만 당신은 어떻게 해서 다른 사람들보다 더 멋진 꿈을 꾸게 되었나요?"

그러면 대답은 이러할 것이다. "(우선 언급해야 할 것부터 먼저 말하자면[*praemissis praemittendis*]) 다량의 아편을 복용했기 때문입니다."

두 번째로 그가 이렇게 물었다고 치자. "하지만 어떻게 해서 아편을 다량으로 복용하게 되었나요?"

그러면 대답은 이러할 것이다. "제 인생 초년기에 일어난 몇몇 사건들 탓에, 그런 흥분제를 요하는(혹은 요하는 듯 보이는) 기관이 허약해졌기 때문입니다."

하여, 이 사건들에 대해 알지 못하고서는 그 아편몽들을 전부 이해할 수가 없는 까닭에, 이를 설명해야 할 필요성이 생기게 되었다. 이 두 질문과 그에 대한 대답은, 그 글의 형식에 적용된 규칙을 정확히 말하자면 역순으로 보여 주고 있다. 그 글은 내 초년기의 모험담을 들려주면서 시작했다. 그리고 이는 자연스러운 진행 순서에 따라, 그 여파를 치유하기 위한 재료로서의 아편에 대한 이야기로 이어졌고, 아편은 또 자연스럽게 꿈으로 이어졌다. 그러나 내가 사실을 제시한 종합적 질서에서는, 글의 전개상 맨 끝에 놓인 내용이 내 목표 순위의 첫 번째에 자리하고 있었다.

그 졸고의 마무리 부분은 독자들에게 내가 아편의 폭압을 극복했다는 인상을 주었고 — 이는 진실이었다. 사실을 말하자면 나는 그것을 두 차례 극복했으며, 두 번째에는 첫 번째보다 훨씬 더 엄청난 노력을 기울였다. 하지만 나는 두 차례 모두 한 가지 잘못을 저질렀다. 아편을 끊는 일 — 어떤 상황에서도 이는 무시무시한 의지의 시험대이다. — 을 강도 높은 운동과 병행하지 않았던 것이다. 운동은 (그 이후 내가 깨달은 바에 의하면) 그 일을 견딜 만하게 해 주는 유일한 수단이다. 당시 나는 이 승리를 영구적으로 만들기 위한 필수 요건(*sine quâ non*)을 간과했던 것이다. 나는 두 번 침몰했다가 두 번 일어난 뒤, 세 번째로 침몰했다. 일부분은 이미 언급한 이유(운동을 경시한 것)로, 일부분은 지금 굳이 밝혀서 독자를 성가시게 할 필요가 없는 이유로 말이다. 마음만 먹는다면 나는 이를 교훈조로 회고할 수 있으며, 내가 그렇게 하든 말든 독자는 나를 훈계할지도 모르겠다. 그러나 한편으로 우리 모두는 이 사건의 정황을 제대로 알지 못한다. 나는 판단에 자연스럽게도 편견이 섞인 탓에 이를 속속들이 알지 못하며, 독자는 (그가 이런 표현을 허락해 준다면) 전혀 모른다.

이 암흑의 우상 앞에 세 번째로 무릎을 꿇었던 시기와 그로부터 몇 년 후, 일찍이 보지 못한 무시무시한 현상들이 서서히 나타나기 시작했다. 한동안 나는 이를 우연으로 치부하고 무시하거나 내가 아는 대중 요법들로 완화시키려 했다. 그러나 이 무시무시한 증상들이 꾸준하고 엄숙하고 한결같이 그 속도를 높이며 끊임없이 진행되고 있음을 나 자신에게서 더 이상 숨길 수 없게 되었을 때, 나는 어떤 공포감에 사로잡혀, 온 길을 세 번째로 되돌아가려는 노력을 개시했다. 하지만 여러 주 동안 노력해도 내 행동을 되돌리지 못했고, 마침내 그것이 불가능함을 뼈저리게 깨달았다. 아니, 만물을 자신만의 언어로 옮겨 놓는 꿈의 심상 속에서, 나는 광막한 우울의 거리들을 통과하여 저기 높이 솟은 진입문들을 보았다. 그때까지 항상 열려 있는 듯 보였던 그 문들은 이제 내가 되돌아갈 수 없게끔 마침내 닫혔고 장례 휘장이 드리워져 있었다.

나는 이 무시무시한 상황(멀리서 노호하는 소용돌이로부터 빠져나오는 역류를 타고 탈출하는데, 그 역류가 바로 소용돌이를 따라 빙빙 도는 회오리임을 돌연 깨닫는 상황)에 부합하는 인상적인 사건이 등장하는 우리 시대의 한 소설을 떠올리게 되었다.⁴ 신교 성향이라는 의심을 받고 있어서 이미 모든 실질적 권력을 박탈당한 수녀원장이 있다. 그녀는 자기 휘하의 한 수녀가 가장 무서운 처벌이 걸린 어떤 죄를 범했다고 지목된 사실을 알게 된다(그러나 수녀원장은 그 수녀의 결백을 알고 있다.). 만약 그 수녀가 유죄로 판명되면 그녀는 산 채로 유폐되어 죽을 때까지 감금될 것이다. 그리고 — 유죄 증거가 강력하기 때문에 — 그녀가 유죄 판결을 피해 갈 가능성은 없으며, 이를 면하려면 알려져선 안 되는 어떤 사실을 알려야만 한다. 게다가 재판관들도 적대적이다. 모든 일이 독자가 두려워하는 방향으로 진행된다. 증인들은 증언을 하고 증거에는 유효한 모순이 없다. 유죄가 선고되고 판결이 내려진다. 이제 형이 집행되는 것을 보는 일만 남았다. 이 위기에 실질적으로 개입하기에는 너무 늦은 시점에야 위급을 깨달은 수녀원장은, 규정에 의하면 자신의 관할 구역에 죄수가 머무를 수 있는 시간이 단 하룻밤 남아 있음을 떠올리게 된다. 그리하여 자신에게 닥칠 위험을 무릅쓰고 이 하룻밤을 틈타 친구를 구출하기로 한다. 수녀원 전체가 고요해진 한밤중, 수녀원장은 구불구불한 통로를 지나 죄수를 가두어 놓은 감방 구역으로 향한다. 그녀는 수도복 아래 마스터키를 숨기고 있다. 이는 모든 복도의 모든 문을 열 수 있는 열쇠이므로, 이미 그녀는 풀려난 친구를 품에 안게 될 기대감에 들떠 있다. 불현듯 문 앞에 다다른 그녀는 어슴푸레한 형체를 보고 램프를 들어 올린다. 입구 안쪽에서 종교재판소의 만장(挽章)과 냉혹한 집행관들의 검은 예복이 모습을 드러낸다.

이와 같은 상황에서 — 이것이 현실이라고 가정할 때 — 수녀원장은 소스라치지 않을 것이며, 경악이나 공포를 밖으로 내비치지 않을 것임을 나는 이해한다. 이는 그런 것을 초월하는 상황이다. 모든 것을 잃었다! 하는 깨달음이 벼락처럼 엄습했을 때의 그 감정은 심장으로 소리 없이 밀려든다. 이는 너무나도 뿌리 깊기에 몸짓이나 언어로 표현할 수 없으며 그 어느 것도 외부로 전해지지 않는다. 이 파멸이 조건부라면, 혹은 어느 구석이든 의문의 여지가 있다면 소리를 지르거나 연민에 호소함이 자연스러운 수순일 것이다. 그러나 파멸이 절대적이며 연민도 위안이 못 되고 충고도 희망이 못 된다고 여겨진다면 사정은 다르다. 목소리는 사멸하며 몸짓은 얼어붙는다. 인간의 영혼은 그 중심으로 되돌아가 앉는다. 최소한 나는 그 무시무시한 대문이 닫히고 비통의 휘장이 드리웠음을 봤을 때, 이미 지나간 죽음에 대해 외마디 말을 내뱉지도, 소스라치지도, 신음지도 않았다. 한 줄기 깊은 탄식이 내 심장으로부터 올라왔고, 나는 며칠간 침묵 속에 있었다.

이것이 지금 내가 겪고 있는, 아편 중독의 세 번째이자 마지막 단계에 대한 기록이다. 이는 이전의 두 단계와 단순히 정도를 넘어선 차이가 있다. 하지만 이 최종 증상들의 참된 해석에 대해서는 다소 조심스러운 부분이 있다. 내가 특별히 다른 아편쟁이들에게 경고를 줄 목적이 아니었으며 왜 그런 목적이 아니었는지에 대해서는 다른 지면에서 설명한 바 있다.[5] 그래도 소수의 몇몇 사람들은 이 기록을 그런 식으로 활용할 수도 있기 때문에, 다른 아편쟁이가 같은 양을 과다 복용하고 똑같은 상황에 빠져들 가능성이 얼마나 되는지를 확인하는 일은 중요하다. 나는 내가 처한 경우의 이른바 특수성을 강조하려는 것이 아니다. 아마도 모든 사람이 나름의 특수성을 띠고 있을 것이며, 어떤 면에서 이는 의문의 여지 없이 참이다. 다른 사람들과 비교할 때 그 내적 본성의 무수한 특질들이 차이가 나지 않을 만큼 닮은 사람은 여태껏 아무도 없었기 때문이다. 그러나 여기서 나는 기질이나 체질상의 특수성이 아니라, 나 자신의 개별적 경험이 유래된 특수한 환경과 사건 들을 말하는 것이다. 그중 일부는 내 마음의 조직을 송두리째 바꿔 놓는 성격을 띠고 있었다. 극심한 마음의 격동이 양심에서 기인했든 공포나 슬픔이나 의식적 노력에서 기인했든, 제풀에 사그라지면서 그것이 야기한 변화가 지속되지 않는 경우도 있다. 인간은 자신의 삶에 스며든 이처럼 커다란 동요들을 전부 기록할 필요도 없고 또 그럴 수도 없다. 그러나 내 어린 시절에 영향을 끼친 경험은 특별한 예외다. 우선 이것은 낯선 사람의 귀에도 적절한 소통 수단이기에 특별하다. 이는 한 인간의 참된 자아와 연관되어 있지만 그의 현재 자아와는 멀리 떨어져 있어서 섬세하거나 소심한 감정에 상처를 입히지 않기 때문이다. 또 이는 화자가 공감하기 적절한 주제이기 때문에 특별하다. 어른이 어린 시절의 자신에게 공감하는 것은 어린 시절의 자신이 그와 같기 때문이며 또 (같으면서도) 같지 않기 때문이다. 그는 어른인 자신과 아이인 자신 사이에 존재하는 깊고 은밀한 동질성을 인식하며 이것은 그의 공감의 토대가 된다. 그러나 이러한 대체적인 호응과 그러한 호응의 필요성에도 불구하고, 그는 그의 공감의 주된 자극제인 자신의 두 자아 사이에 차이가 있음을 느낀다. 그는 자기의 어린 전신(前身) 안에서 명백히 드러나는, 아마도 지금의 자신은 지니지 않은 나약함을 측은히 여긴다. 또 자신이 이미 오래전에 극복한 이해의 오류와 관점의 한계를 관대한 시선으로 바라본다. 그리고 때때로 그는 어린 시절에 지녔던, 그러나 그 이후로는 — 어떤 유혹에 직면해서는 — 고수하기가 너무나 힘들어진 정직성에 경의를 표하기도 한다.

여기서 언급하는 내 어린 시절의 특수한 사건은 차마 견디기 힘들 정도로 고통스러운 일이었다. 사실 많은 사람들이 어떤 나이에든 치러야 하는 것보다 훨씬 더 가혹한 시험이었다. 이 사건과 내가 마지막으로 겪은 아편 경험과의 관련성은 이러하다. 아편 중독의 모든 단계에서 내 꿈에 드리운, 그러나 결국에는 가장 암울한 고통으로 자라난 저 음울하고 광막한 구름, 그리고 마지막에는 저주 가운데서 출몰하여 나를 괴롭혔던 인간의 얼굴 — 이것들이 일부분 저 어린 시절의 경험에서 유래하지 않았던가? 내 어린 시절에 드리운 본질적 고독 탓에, 내 감수성의 깊이 탓에, 너무 조숙하게 발달한 지능의 저항력으로 이것이 항진된 탓에, 내가 겪은 무서운 슬픔은 죽음과 어둠의 세계들로 통하는 갱도를 내 안에 뚫어 놓았고 이는 그 이후로 다시는 닫히지 않았다. 그리고 나는 그때그때의 마음 상태에 따라 자유의지로 이 갱도를 오르락내리락

22

했다고 말할 수 있을 것이다. 내 꿈의 장면에서 전개된 현상 중 일부는 분명 어린 시절의 경험을 재생한 데 지나지 않으며, 나머지도 그 시절에 뿌려진 씨앗에서 자라나 결실을 맺은 것일 가능성이 높다.

그러므로 아편 과용으로 인한 이 무서운 심판의 기록 서두에 어린 시절의 '일절(一節)'에 대한 설명을 붙이는 이유는, 첫째로 그것의 색조가 이 기록과 조화를 이루며 따라서 적어도 감각적인 면에서 연관되기 때문이고, 둘째로 그것이 일부분 이 기록에 담긴 몇몇 주요 내용들의 원인일 가능성이 있으며 그렇다면 논리적으로도 연관되기 때문이다. 셋째로 아편에 의한 최후의 공격이 의사들의 주목을 요하는 성격을 띠고 있어, 이러한 질환의 원인을 두고 생겨날 수 있는 모든 의심과 거리낌을 제거하는 일이 중요하기 때문이다. 이 폭풍을 일으킨 것이 아편이었을까, 아니면 아편과 다른 무엇이 결합된 힘이었을까?

일부 냉소적인 독자는, 이 마지막 목표와 관련해서라면 어린 시절의 그 사건을 상세한 부분까지 시시콜콜히 (*in extenso*) 재생할 필요 없이 단순한 사실만 기술해도 충분하지 않느냐고 반박할 것이다. 그러나 좀 더 친절한 독자라면 (무례한 독자는 언제나 나쁜 평론가이므로) 통찰력 또한 우월할 것이다. 그는 이 사건을 기록하는 일이 단순한 사실을 위해서가 아니라, 이 사실들이 자연 발생적인 생각이나 감정들의 황무지를 헤매고 다니기 때문임을 감지할 것이다. 이 생각이나 감정들의 일부는 고통받는

23

아이의 내면에 있고 또 일부는 그것을 기록하는 이의 내면에 있지만, 이 모두는 장엄한 대상과 관련 있다는 점에서 흥미로운 것이다. 한편 무뚝뚝한 평자의 반박은 잉글랜드 호수 지방에서 때때로 마주치는 어떤 장면을 연상시킨다. 가는 곳마다 자기는 그저 호수를 보러 왔다고 주장하는, 한 기운 넘치는 관광객을 떠올려 보자. 그에게는 사업상의 용무가 전혀 없다. 그는 돈 떼어먹고 달아난 빚쟁이를 찾는 게 아니라 그저 그림처럼 아름다운 경치를 찾으러 왔다. 하지만 이 사람은 만나는 호텔 주인마다 붙들고, '당신의 선서에 걸고'[6] 케스윅으로 가는 가장 빠른 길을 댈 것이며 바른대로 말해야 세계 평화에 이로우리라고 위협한다. 다음으로 그는 마차 기수장[7]들에게 문의하기로 한다. ─ 웨스트모얼랜드의 기수장들은 내리막길을 지날 때 바퀴를 잠그지 않고 언제나 전속력으로 달린다.[8] ─ 그럼에도 이 독특한 인물은 그들의 맹렬한 질주가 하필 최고조에 다다랐을 때 마차 유리창을 내리고는, 목 여섯 개와 다리 스무 개가 부러질 위험을 무릅쓰고 말 네 마리와 기수 두 명을 멈춰 세운 후, 그들이 지금 가장 빠른 길로 가고 있는지 아닌지 밝힐 것을 요구한다. 그리고 마침내, 그는 길에서 문득 불초 소생을 목격하고는 달리던 그의 마차를 즉각 멈춰 세우고, 모르긴 몰라도 혹시 만에 하나 케스윅으로 가는 더 짧은 지름길이 있는지를 (그의 눈에 학자나 신사처럼 보이는) 내게 묻는다. 자, 호텔 주인과 기수 두 명과 나 자신의 입에서 나오는 대답은 이러하

24

다.—"고명하신 선생님, 귀하께서 오로지 호수의 아름다움을 보기 위해 오셨다면, 가장 빠른 길이 아니라 가장 아름다운 길을 묻는 편이 더 낫지 않겠습니까? 만약 추상적 근접성, 신속성 그 자체가 귀하의 목적이라면, 가능한 모든 길 중에 가장 짧은 길은, 정중히 말하건대 — 애초에 런던을 떠나지 않는 것인 듯한데요." 이와 똑같은 원칙에 의거해, 나는 이 이야기의 전체 경로가 구불구불한 장식을 둘둘 감은 헤르메스의 지팡이 카두세우스[9]나 기생 식물들이 제멋대로 타고 올라가 휘감긴 나무줄기의 형상을 닮았으며 또 닮도록 의도되었음을 내 비평가에게 알리는 바이다. 아편에 대한 순전히 의학적인 주제는 마르고 시들어 빠진 줄기에 대응한다. 이 줄기는 나름의 어떤 교묘한 재주를 발휘해 저 흐드러진 식물의 온갖 고리들을 싹 틔운 것처럼 보이지만, 사실은 식물과 그 덩굴손들이 그들의 무성한 잎으로 이 침울한 기둥을 에워싼 것이다. 일례로 여러분이 런던의 칩사이드[10]에서 좌우를 돌아보면, 주 도로에서 직각으로 뻗어 있는 골목들이 어찌나 비좁은지 마치 바빌론의 벽돌 가마를 발파해서 굴착한 것처럼 — 건설 인부에 의해 인위적으로 축조된 것이 아니라 그냥 구멍을 뚫어서 생긴 것처럼 — 보인다. 그러나 여러분이 그 동네에 사는 믿을 만한 사람들에게 물어본다면, 그들은 이 골목이 벽돌 무더기를 파내어 만든 것이 아니라 그 반대로 (아주 우습게 들리지만) 벽돌들이 이 골목을 비집고 들어와 자리를 차지했다고 입을 모아 증언할 것이다.

골목이 벽돌 더미 속으로 침범한 것이 아니라, 저주받은 벽돌들이 골목을 에워싸 가두게 된 것이다. 따라서 저 추한 기둥—홉 받침대든 덩굴 받침대든 격자 시렁이든—또한 지지대에 불과하다. 꽃이 기둥을 위해 있는 것이 아니라 기둥이 꽃을 위해 있는 것이다. 이와 똑같은 유추에 의거해, 나를 (가장 진실하고 열정적인 한 시인*의 말을 빌려) "흉악한 투창과 미늘창—(한때 숲의 생명체였다가 죽은 물질로 만들어졌다는 점에서) 그 기원으로써 죽음을 표현하며, 그 용도로써 파멸을 표현하는 사물들—을 꽃의 생기로 에워싸 화사한 초록빛으로 바꾸는 (*viridantem floribus hastas*)"[11] 사람으로 보아 달라. 내 『아편 고백』의 진정한 목적은 앙상한 생리학적 테마가 아니라—그것이야말로 추한 기둥이며, 흉악한 투창과 미늘창이다.—이 테마에 의해 구불거리며 뻗어 나가는 음악적 변주다. 이러한 기생적 상념들, 감각들, 여담들은 방울과 꽃송이를 매달고 저 마른 줄기를 칭칭 감아 올라 때론 너무도 울창한 녹음을 이루어 멀리까지 퍼져 나가며, 동시에 이러한 여담의 주제들이 지닌 끝없는 흥미로움으로—주제가 어떻게 전개되든—그 자체로는 한낱 무가치한 사건들에 찬란한 후광을 입힌다.

---

* 발레리우스 플라쿠스.

1. 이 제목은 구약성서 「시편」 130편 1절, "야훼여, 깊은 구렁 속에서 당신을 부르오니"에서 따온 것이다. 「심연에서의 탄식」은 1845년 『블랙우즈 에든버러 매거진』(이하 『블랙우즈 매거진』) 3, 4, 6, 7월 호에 총 4회 연재되었다. 익명이었지만 '『어느 영국인 아편쟁이의 고백』 속편'이라는 부제 덕에 필자가 누구인지는 명백했다. 몇 년 뒤인 1853년, 그는 저작집 『진지하고 쾌활한 선집(Selections Grave and Gay)』(총 14권) 중 『자전적 소묘(Autobiographic Sketches)』 1권에 「탄식」의 상당 부분을 수록했다. 이 번역본은 『블랙우즈 매거진』에 연재했던 원고를 토대로 했다.

2. 『고백』에서 드 퀸시는 다른 주장을 한다. "이야기의 진정한 주인공은 아편 복용자가 아니라, 아편 그 자체이다. 관심이 집중되어야 할 진정한 핵심은 바로 아편이란 주제이다. 이 이야기의 목적은, 쾌락을 위해서든 고통 때문 이었든, 아편의 놀라운 효능을 밝히는 것이다. 그 일이 끝났다면, 글 쓰는 일도 끝난다." (토머스 드 퀸시, 『어느 영국인 아편 중독자의 고백』, 김명복 옮김, 펭귄클래식코리아, 2011, 136쪽.)

3. 구약성서 「집회서」 38장 25절 참조. "쟁기를 잡고 막대기를 휘두르며 소를 모는 데 여념이 없고, 송아지 이야기밖에 할 줄 모르는 농부가 어떻게 현명해질 수 있으랴?"

4. 무슨 소설인지 알 수 없다. 드 퀸시가 지어낸 이야기일 가능성도 있다.

5. 『고백』에서 드 퀸시는 다른 이야기를 한다. "이 이야기의 교훈을 들어야 할 사람은 아편 복용자이다 (…) 만일 복용자가 이 이야기를 읽고 두려워 몸을 떨었다면, 그 의도는 충분히 성취된 셈이다." (토머스 드 퀸시, 앞의 책, 137쪽.)

6. '당신이 한 선서에 걸고(by the virtue of the oath which you have taken)'는 법정에서 증인을 심문할 때 어두에 흔히 붙이던 문구였다.

7. 4두, 6두 마차에서는 선두 왼쪽 말, 쌍두마차에서는 왼쪽 말 위에 타고 말들을 지휘하는 기수.

8. 바퀴가 왼쪽이나 오른쪽으로 틀지 못하게 '잠그면(locking)' 내리막길에서 마차의 속력이 줄어든다.

9. 헤르메스의 지팡이 카두세우스에는 뱀 두 마리가 구불구불 감겨 있다. 이 지팡이는 의학의 상징으로도 쓰인다.

10. 드 퀸시가 살던 시대의 칩사이드는 런던 중심의 가장 번잡한 상점가였다. 드 퀸시의 아버지는 1770년대에 이 거리에서 포목점을 운영했다.

11. 가이우스 발레리우스 플라쿠스 (Gaius Valerius Flaccus, ?–90)의 서사시 『아르고나우티카』, 6권 136행.

1부
어린 시절의 고통

허물없는 정직을 사랑하는 이에게 있어, 심오한 격정의 기록에 허영의 흔적이 간접적으로나마 슬며시 끼어 있는 듯 보인다면 이는 매우 고통스러운 일이다. 그럼에도 한편으로, 이야기의 자유를 부자연스럽게 억제하지 않는 이상 내 어린 시절을 실제로 감싸고 있던 사치스러운 또는 고상한 환경에서 스며 나온 미광이 독자에게 슬며시 가닿는 것을 막기란 불가능하기에, 내가 서두에서 이야기하려는 사건이 벌어진 당시 우리 가족이 속해 있던 사회계층에 대한 단순한 진실을 독자에게 처음부터 알리는 편이 어느 모로 보나 낫다고 생각한다. 만약 그렇게 하지 않고 내 초년기 경험을 둘러싼 환경을 그저 사실대로 정직하게 서술해 나간다면, 독자는 우리 가족이 실제보다 더 높은 계층이었다는 인상을 받을 수밖에 없을 것이다. 내 아버지는 상인이었다. 스코틀랜드에서 통용되는 것처럼 지하실에 저장해 둔 청과물을 파는 사람이라는 뜻이 아니라, 잉글랜드에서 통용되는 지극히 배타적인 의미에서의 상인이었다. — 즉 그는 다름 아닌 해외 무역, 따라서 다름 아닌 도매 무역에 종사하는 사람이었다. — 후자의 상황을 언급하는 것이 중요한 까닭은 이로써 그가 키케로의 거만한 구분법에 의한 특전을 입기 때문이다.*— 경멸의 대상임은 확실하나, 심지어 로마 원로원 의원에게도 그렇게까지 심한 경멸을 받지는 않을 대상으로서 말이다. 그는, 이불충분하게 경멸할 만한 인물은 일찍 세상을 떠났고, 여기에 기록된 사건이 일어나고 얼마 안 있어 아내와 여섯 자녀로 이루어진 그의 가족에게 매년 정확히 1천 600파운드의 수입이 나오는 부채 없는 토지를 물려주었다. 따라서 당연히,—이것을 이야기라고 부를 수 있다면—내 이야기의 배경이 되는 시점에 아버지의 수입은 장사 수익까지 보태서 그보다 더 많았다. 이제 상업 세계, 특히 잉글랜드의 상업계를 잘 아는 사람이라면, 잉글랜드에서 그런 계층에 속한 풍족한—상업적 추정치에 의거해 부유하지는 않더라도 풍족한—집안의 가정경제는 그에 상응하는 다른 나라의 계층에서는 전혀 볼 수 없을 정도로 윤택한 규모임을 쉽게 상기할 것이다. 하인들의 규모로 보나 모든 가족 구성원의 편의를 위한 물자 조달로 보나, 그러한 가계는 우리의 귀족계급 중에서 가난한 부류의 생활수준—그것도 유럽 기준으로는 대단히 화려하겠지만—을 뛰어넘는 일이 드물지 않으며, 나는 아주 어려서부터 잉글랜드와 아일랜드에서 이 사실을 개인적으로 확인할 기

---

* 키케로는 『윤리학』의 한 유명한 구절에서, 시시한 규모라면 구제할 길 없이 천한 것이 장사나 그것이 도매라면 그렇게까지 절대적으로 극악하지는 않다고 말한다.[1] 그는 (잉글랜드에서 통용되는 의미의 그러한) 진정한 상인이라면 자신을 물 탄 맥주[2]보다 약간 더 나은 존재로 여겨도 무방하다고 인정했다.

회가 많았다. 상인들의 가정경제에 작용하는 이러한 특수한 변칙성은 우리가 겉으로 드러나는 표지로 계층 간 관계를 가늠하는 보편적 기준에 혼란을 일으킨다. 소위 사회계층 간의 방정식이란 흔히 상대적 지출이라는 자연스러운 기준에 따라 통용되는데, 여기서는 이 방정식이 무너져서 통하지 않고 직업의 명칭에서 특정 계층이, 집안살림의 화려함에서 그보다 훨씬 높은 다른 계층이 도출되는 것이다. 그래서 나는 독자에게, 사치나 품격의 무심한 흔적으로부터 그에 상응하는 계층적 상승을 추론하지 말 것을 경고한다(아니, 내 설명으로 이미 경고가 되었다).

집안의 자녀인 우리는 사실 사회적 사다리에서도 온갖 좋은 영향을 다 받는 가장 행복한 층위에 있었다. "저를 가난하게도 부유하게도 하지 마시고" 하는 아가르의 기도[3]가 우리에게 실현되었다. 그 축복은 우리를 너무 높이지도 너무 낮추지도 않았다. 훌륭한 품행의 모범을 볼 수 있을 정도로 높았지만, 달콤한 고독 속에 방치되기에 충분할 정도로 외진 구석에 있었다. 우리는 부의 좀 더 고상한 혜택들, 건강과 지적인 문화와 품위 있는 즐거움을 누릴 여분의 수단을 넉넉히 지녔지만 그것의 사회적 차별에 대해서는 전혀 알지 못했다. 너무 누추한 궁핍을 의식하며 주눅 들지도 않았고, 너무 우뚝한 특권 의식에 사로잡혀 들뜨지도 않은 우리에게는 수치심을 지닐 동기도, 오만할 동기도 없었다. 또한 나는 우리가 다른 온갖 사치를 누리면서도 스파르타식의 검소한 음식에 익숙해지도록 교육받았으며, 실제로 하인들보다도 훨씬 덜 호화로운 식사를 했다는 데 대해 지금 이 시간까지도 감사한다. 그리고 (마르쿠스 아우렐리우스 황제를 본받아[4]) 내 유년기의 축복 하나하나에 대해 신의 섭리에 감사를 드려야 한다면, 나는 그중 기억할 가치가 있는 것으로 다음 네 가지를 꼽겠다. 시골에서 살았던 것, 고독 가운데서 살았던 것, 주먹싸움이나 했던 지긋지긋한 형제들[5]이 아니라 누이들 중에서도 가장 상냥했던 사람이 내 유아기의 정서에 큰 영향을 끼친 것, 마지막으로 나와 그들이 순결하고 거룩하고 숭고한 교회의 순종적인 자녀였던 것.

이날 이때까지도 기억에 남을 정도로 내게 깊은 영향을 끼친 인생 최초의 사건은 두 가지이며, 둘 다 내가 채 두 살이 되기 전의 일이다. 하나는 내가 가장 좋아했던 유모에 대한 굉장히 장엄한 분위기를 띤 이상한 꿈이었는데, 이것이 흥미로운 이유는 나중에 다시 언급할 것이다. 두 번째는 아주 이른 봄 다시 피어나는 크로커스와 깊은 비애감을 연관시켰던 사실이다. 나는 이를 설명할 길이 없다. 해마다 거듭되는 풀과 꽃의 부활은 오로지 추모 또는 큰 변화의 암시로서 우리 정서에 영향을 미치며, 따라서 죽음의 관념과 결부되어 있기 때문이다. 그러나 그때 나는 죽음에 대한 경험이 전혀 없었다.

하지만 그것은 빠르게 찾아왔다. 나의 두 손위 누이—당시 생존해 있던 세 자매 중 두 명—가 때 이른 죽음의 부름을 받은 것이다. 먼저 죽은 게 제인이었는데,[6] 나이가 나보다 한 살가량 많았다. 그녀는 세 살 반이었고, 나는 정확한 개월 수까지는 잘 기억나지 않지만 대략 두 살 반이었다.[7] 그러나 그때 나는 죽음을 거의 이해할 수 없었기에, 엄밀한 의미에서 내가 슬픈 당혹감[8]으로서의 비애를 겪었다고 말할 수는 없을 것이다. 같은 무렵 그 집에서는 또 다른 죽음이 있었는데 바로 나의 외조모였다. 하지만 그분은 어떤 면에서는 딸네 집에서 임종을 맞이할 분명한 목적으로 우리 집에 왔고 병환으로 인해 완전히 격리되어 생활했으므로 아이들 방에 있던 우리는 그분에 대해 거의 알지 못했다. 확실히 우리는 좋아하던 물총새가 사고로 다쳐서 죽었을 때(나는 그것을 지켜보았다.) 더 큰 충격을 받았다. 그러나 누이 제인의 죽음은 내게 대단히 두려운 인상을 남긴 한 사건과 연관되어 있었고(그 사건이 없었다면 이 죽음은 아까 말한 대로 슬프다기보다는 그저 불가해한 일이었을 것이다.), 이는 내 나이에 걸맞지 않게 깊은 생각에 잠기고 몰두하는 경향을 심화시켰다. 이 세상에서 내 본성이 무엇보다도 증오하는 한 가지가 있었다면 그것은 바로 잔인함과 폭력이었다. 당시 집안에는, 원래 맡은 일을 하루 이틀 손 떼고 어쩌다 제인의 시중을 들게 된 한 하녀가 한번은 그녀를 (잔인하게까지는 아니더라도) 가혹하게 다루었다는 소문이 돌았

33

다. 이 학대 사건은 그녀가 죽기 불과 이틀 전에 일어났기에—그 불쌍한 아이가 고통에 시달린 나머지 좀 칭얼댄 것이 원인이었음에 틀림없다.—집안사람들 사이에는 당연히 공포감이 번졌다. 내 짐작에 그 이야기는 어머니의 귀에 들어가지 않았고 아마도 과장된 것이었겠지만, 내게는 엄청난 영향을 미쳤다. 나는 이 잔인한 행동을 저질렀다는 장본인과 자주 마주칠 일이 없었지만 혹시라도 마주칠 때면 눈을 내리깔곤 했다. 분노로 눈이 흐려지지 않고서는 그녀의 얼굴을 차마 똑바로 쳐다볼 수 없었다. 그리고 복수심으로 말하자면, 어떻게 그런 것이 무력한 유아의 가슴에 깃들 수 있었겠는가? 나를 덮쳤던 감정은 내가 악의와 적대의 세계에 있다는 진실을 최초로 엿본 데서 기인한 몸서리치는 두려움이었다. 나는 큰 도시에서 태어났지만 출생 직후의 몇 주를 제외하고는 어린 시절의 전부를 호젓한 시골에서 보냈다. 그 모든 빈곤과 억압과 학대를 알지 못하게끔 영구히 차단된 고요한 정원에서 순진한 세 어린 자매를 벗 삼아 놀고 언제나 그들과 함께 잠자리에 들었던 나는, 그때까지 나와 자매들이 살고 있는 세상의 진정한 본색을 의심하지 않았다. 그때 이후로 내 사고의 특성은 확실히 크게 바뀌었다. 어떤 행위는 매우 전형적이어서, 그런 부류의 사례를 하나만 경험하더라도 그쪽으로의 온갖 가능성이 눈앞에 펼쳐지기에 충분하기 때문이다. 나는 그 잔인한 짓을 저질렀다는 여자가, 심지어 바로 직후에 비극이 닥쳤음에도 그 때문에 마음을 졸였다

34

는 말을 전혀 듣지 못했고, 그에 비추어 누이의 죽음은 더더욱 고통스럽게 두드러졌다. 한편, 나는 비슷한 상황에서 그런 잔인한 행동의 희미한 기미를 보였다는 이유로 그로부터 죽을 때까지 슬픔과 자책에 시달렸던 사례를 알고 있다. 여기서 잠시 멈추어 그 사례를 언급하겠다. 외모도 그랬지만 대단히 온순한 성품으로 눈길을 끌었던 한 소년이 어느 추운 봄날 어떤 기관 질환에 걸렸다. 정확히 후두염은 아니지만 그와 비슷한 병이었다. 그는 세 살이었고 아마도 나흘 동안 앓았지만, 그 중간중간에 일어나 놀수 있을 만큼 기분이 나아질 때도 있었다. 먹구름 사이로 간간이 비추는 이 햇살은 나흘째 되는 날까지도 계속되었고, 그날 밤 아홉 시부터 열한 시까지 소년은 어느 때보다도 활발한 모습을 보였다. 그가 아프다는 소식을 듣고 나이 지긋한 하녀가 병문안을 왔는데, 소년과 대화를 나누는 그녀의 말투는 그의 쾌활한 기질을 더욱 자극했다. 자정 무렵 소년의 어머니는 아들의 발이 차다 싶어서 털옷으로 발을 감싸 주었다. 소년이 싫다는 듯이 다소 바르작대자, 그녀는 가만히 있으라고 꾸짖는 뜻으로 한쪽 발바닥을 가볍게 찰싹 때렸다. 소년은 다시 움직이지 않았지만, 그로부터 채 1분도 안 되어 어머니는 그의 얼굴을 쳐들고 두 팔로 덥석 껴안았다. "대체 무슨 일이지?" 그녀는 돌연한 공포에 사로잡혀 소리 질렀다. "이 아이 몸이왜 이리 이상하게 잠잠해졌지?" 그녀는 다른 방에 있던하녀를 소리쳐 불렀지만, 그 하녀가 채 오기도 전에 아이는— 깊지만 가느다란— 숨을 두 번 들이쉬고는 어머니의 품에 안겨 숨을 거두었다. 이에 그 불쌍하고 비통한 여인은, 자기에 대한 저항의 표시라고 생각했던 그 몸부림이 실은 생을 하직하는 몸부림이었음을 깨달았다. 그 결과로 그의 마지막 몸부림은 그녀가 지었던 성난 표정과 영영 결부되고 말았다. 아니 그렇게 느껴졌다. 물론 아이는 그것을 뚜렷하게 느끼지 못했겠지만, 어머니는 다시는 그 사건을 자책감 없이 되돌아볼 수 없었다. 깊은 애정의 발로가 아니고서는 도저히 그 일을 죄로 여길 수 없겠지만, 7년 뒤 자신의 죽음을 맞을 때까지 그녀는 조금도 자신을 용서하지 못했다.[9]

그렇게 해서 내 유아기 놀이 친구였던 누이들 중 한 명이 세상을 떠났고, 그와 더불어 죽음과의 친교(그렇게 부를 수 있다면) 또한 시작되었다. 그러나 실제로 내가 죽음에 대해 아는 것이라곤 제인이 없어졌다는 사실뿐이었다. 그녀는 가 버렸지만 아마 돌아올 것이다. 하늘이 내려준 무지의 행복한 막간이여! 그 힘에 걸맞지 않게 큰 슬픔에서 면제된 유아기의 자비로운 특전이여! 나는 제인의 부재를 슬퍼했다. 하지만 여전히 마음 깊은 곳에서는 그녀가 돌아오리라고 믿었다. 여름과 겨울은 되돌아오며, 크로커스와 장미도 그러하다. 어린 제인이라고 왜 그러지 않겠는가?

그리하여 내 어린 마음의 첫 번째 상처는 쉽게 치유되었다. 두 번째 것은 그러지 못했다. 그대, 고귀한 엘리자베스의 상냥한 얼굴이 어둠 속에서 떠오를 때마다, 나는 그 넓은 이마 주위로 그대의 조숙하고 숭고한 지성의 징표인 빛의 왕관이나 반짝이는 후광을 상상하기 때문이다. — 우수하게 발달한 그대의 머리는 과학의 경이였다.* — 다음 차례는 바로 그대였다. 그사이에 행복했던 몇 년이 있었지만, 결국 그대 역시 부름받아 우리의 놀이방에서 떠나갔다. 그리고 그 사건이 일어난 밤은 내 삶 깊숙이까지 뒤쫓아 왔다. 아마도 그 사건이 없었더라면 나는 좋은 쪽으로든 나쁜 쪽으로든 지금의 나와 전혀 다른 모습을 하고 있을 것이다. 앞장서서 나를 이끌고 내 발걸음을 재촉했던 불의 기둥[13] — 그대의 얼굴이 멀리 하느님을 향해 돌려졌을 때 내 어린 마음에도 진정 죽음의 그림자를 드리웠던 어둠의 기둥 — 그대를 어느 저울에 놓고 가늠해야 하는가? 그대의 거룩한 존재로 인해 입은 축복이 더 컸

---

* '과학의 경이' — 그녀의 주치의인 퍼시벌 박사[10]는 유명한 문필가이자 내과 의사로 콩도르세나 달랑베르, 그리고 매우 저명한 외과 의사인 찰스 화이트 씨와 서신을 교환하기도 했는데, 그녀의 머리가 그 구조와 발달에 있어 자신이 본 그 어떤 머리보다도 훌륭하다고 선언한 사람이 바로 화이트 씨였다. 내가 알기로 그는 이후에도 여러 해 동안 이 단언을 열정적으로 되풀이했다. 여기서 추론할 수 있는 사실이지만 그는 이 주제에 대해 해박했고, 모든 인간 종에서 선별한 머리들의 수많은 측정값을 근거로 인간의 두개골에 대한 연구서를 집필·출간하기도 했다.[11] 한편 이 기록에 행여 허영처럼 보이는 기미가 끼어드는 건 원치 않기에 나는 그녀가 뇌수종으로 사망했음을 솔직히 인정하겠다.[12] 그리고 이런 경우 지력의 조숙한 확대는 완전히 병리적인 — 사실 질병의 자극으로 인해 발생하는 — 현상으로 흔히 여겨진다. 그러나 나는 질병과 지성의 발현 사이 관계의 순서 자체가 뒤바뀌었을 수도 있을 한 가지 가능성을 제시하겠다. 질병이 항상 지력의 초자연적인 성장을 야기하는 것이 아니라, 그 반대로 저절로 이루어진 성장이 물리적인 구조의 수용 능력을 초과하여 질병을 일으킬 수도 있다는 것이다.

던가, 그대가 떠난 뒤의 그림자가 더 컸던가? 새벽의 장관을 폭풍의 어둠과 나란히 놓고 저울질하고 평가할 수 있을까? 아니 설령 그럴 수 있다 하더라도, 잊지 못할 사랑 뒤에 잊지 못할 사별이 찾아왔을 때, 하느님이 고통받는 이를 그 모든 경험 이전의 한 시점으로 돌려놓고 비통을 없었던 일로 해주겠다고 제안한다면, 단 그 결과로 그 비통을 초래한 상냥한 얼굴까지 영영 지워지리라고 한다면 어찌할 것인가? 그런 거래 앞에서는 누구든 격렬히 몸을 사릴 것이다!『실낙원』에서는—이도 저도 아닌 단조로운 경험보다는 차라리 속세의 것과 뒤섞여 더럽혀진 천상의 경험을 더 선호하는—인간의 이 강한 본능을 거룩하게 찬양한다. "하느님께서 또 다른 이브를 창조하신다 해도"[14] 운운하는 아담의 말에는 얼마나 큰 정념의 세계가 깃들어 있는가. 하느님께서 그를 태초의 상태로 돌려놓고, 유혹에 귀 기울이지 않는 두 번째 이브를 자비롭게 다시 내려 주신다 해도, 여전히 그가 일찍이 고독을 벗했던 최초의 짝은,

> "눈으로든 마음으로든 더 나은 형상을
> 떠올릴 수 없는, 거룩하고 성스럽고
> 선하고 사랑스럽고 어여쁜 피조물"[15]

이었으므로, 그녀가 영원한 재앙과 결탁하고 나타나 그의 파멸에 기여한 뒤에도, 그는 더 훌륭하거나 행복한 이브

38

로 그녀를 대체할 수 없다. "그대의 죽음은!"이라고 그는
이 시련의 고통 가운데서 부르짖는다.

> "그대의 죽음은
> 내 마음에서 떠나지 않으리라. 절대로, 절대로.
> 자연의 유대가 나를 끌어당긴다. 그대는 내
> 살 중의 살이요 내 뼈 중의 뼈이니, 축복이든
>   재앙이든, 내 상태는
> 그대의 상태로부터 분리될 수 없으리라."*16

그러나 내 마음을 그토록 강한 중력으로 누나를 향해 이
끌었던 것은 무엇이었을까? 여섯 살이 갓 넘은 아이가 그
녀의 지적 조숙성에 그 어떤 특별한 가치를 둘 수 있었을
까? 지금 돌아볼 때 그녀의 정신이 내게 침착하고 포용력
있게 보이기는 했어도, 그것이 어린아이의 마음을 빼앗을

---

* 밀턴이 『실낙원』에서 저지른 실수 중 아직까지 인지되지 않은 것이 있다면 이는
확실히 그중의 하나다. ― 아담이 그의 유약한 동반자를 사랑하여 감내한 숭고한 희생을
너무 강렬한 정념의 빛으로 조명한 나머지, 하느님에게 불복종한 죄를 너무 크게 낮추어
버린 것이다. 그 뒤에 밀턴이 어떤 말을 하더라도 그 행위의 아름다움은 가려지지
않으며 또 가려질 수도 없다. 우리는 그의 행위를 냉정하게 돌아보며 단죄하지만,
유혹의 순간 아담이 취한 격정적인 위치에 자신을 놓고 볼 때 우리는 마음에서
그에게 수긍한다. 이는 확실히 실수이지만, 바로잡기 매우 어려운 실수이다. 나는 장
파울(리히터)의 여러 예리한 생각들 중에서 이 주제를 독특하게 건드렸다고 여겨지는 한
가지 견해를 기억한다. 그는 ― 진지한 신학적 논평이 아니라 시인의 마음에서 우러나온
종잡을 수 없는 공상으로서 ― 만약 아담이 이별의 고통을 극복하고 하느님께 순종하는
순수한 희생을 했다면, 이브가 용서받고 사면받으며 더불어 태초의 무구한 상태로
복귀하는 상을 받았을 거라고 했다.17

39

정도의 매력이었을까? 오, 아니다! 내가 지금 그것을 흥미롭게 여기는 이유는, (잘 모르는 사람의 귀에는) 그것이 그녀에 대한 나의 과도한 애정에 약간의 정당성을 부여하기 때문이다. 하지만 당시의 나는 그런 것을 전혀 몰랐다. 아니, 전혀 모르지는 않았다 해도 어렴풋이만 느끼고 있었다. 설령 그대가 백치였다 해도, 나의 누이여, 내가 그대를 덜 사랑하지는 않았으리라. — 내 마음에 애정이 흘러넘쳤던 바로 그때 그대의 드넓은 마음에도 애정이 흘러넘쳤으며, 사랑받아야 할 필요성으로 내 마음이 욱신거렸던 그때 그대의 마음도 그러했기에. 바로 그것이 그대에게 미의 왕관을 씌워 주어 —

"사랑, 그 거룩한 감각,
하느님이 주신 최고의 선물은, 네 안에서 가장
강렬했기에."[18]

낙원을 밝힌 등불은 나를 위해 불붙었고 그대 안에서 그토록 변함없이 빛났다. 그리고 나는 그대를 제외한 누구에게도, 그대가 떠난 뒤에는 단 한 번도, 나를 사로잡았던 그 감정을 감히 발설하지 않았다. 나는 대단히 수줍은 아이였고, 내 삶의 모든 단계에서 본능적 자존심이, 온전히 드러내도록 권장되지 않는 감정은 단 한 오라기도 노출하지 않게끔 스스로를 옭아맸기 때문이다.

　　나의 인도자이자 동반자를 앗아간 그 질병의 경과

40

를 따라가는 일은 고통스럽고도 불필요할 것이다. 누나는 (지금 내 기억에 따르면) 여덟 살 몇 개월이었고, 나도 여섯 살하고 딱 그 정도 개월 수였다. 누나가 판단력의 권위도 그 나이만큼 앞섰다는 점, 그러나 겸손하게도 그 권위를 내세우기를 거부했다는 점은 아마 그녀 존재의 매력 중 일부였을 것이다. 그때까지 그녀 안에 잠복되어 있던 뇌 질환의 소인에 운명의 불꽃이 떨어진 것은, 사람들의 생각에 따르면 어느 일요일 저녁이었다. 누나는 한 나이 지긋한 하녀의 아버지인 머슴의 집에서 차를 마셔도 된다는 허락을 받은 터였다. 뜨거운 낮 동안 머금었던 열기를 내뿜는 수풀을 헤치고 누나가 하녀와 함께 돌아왔을 때는 해가 진 뒤였다. 누나가 발병한 것은 그때부터였다. 아이는 행복하게도 그 상황에서 불안을 느끼지 않는다. 의술을 행하는 것이 의사의 당연한 기능이니까 의사란 질병의 치료를 본분으로 짊어진 사람이라고 여겼고, 그 직무상 고통과 질병에 대항해 싸울 특권을 지닌 사람으로만 알았던 나는 결과에 대해 불안해하지 않았다. 누나가 침대에 누워 있어야 했을 때는 정말로 슬펐고, 가끔 그녀의 신음 소리를 들을 때면 더더욱 슬펐다. 그러나 내게 이 모두는 곧 새벽이 밝아 올 하룻밤의 불편으로밖에 느껴지지 않았다. 오! 유모가 그 착각으로부터 나를 흔들어 깨우고, 누나의 임종이 확실히 임박했음을 알리며 내 심장에 하느님의 벼락을 꽂았던 암흑과 섬망의 순간이여! 참으로 철저한, 철저한 비탄에 의해, 나는 이 순간을 "기억할 수 없다."고

41

밖에 말할 수 없다.* 기억될 수 있는 것 자체가 그 자신의 혼돈 속으로 빨려 들어갔다. 나는 순전한 정신적 무질서와 혼란에 휩싸였다. 폭로된 진실 앞에서 휘청거리며 귀머거리가, 장님이 되었다. 내 고통이 극에 달했고 그녀의 고통이 또 다른 의미에서 임박해 있던 그때 상황을 나는 되새기고 싶지 않다. 그저 이렇게 말하는 것으로 충분하리라.—그것은 곧 끝났다. 그리고 마침내 그날 아침이 되었다. 아침은 깨어날 길 없는 잠을 자는 그녀의 순진무구한 얼굴과 위로할 길 없는 슬픔을 슬퍼하는 나를 굽어보았다.

누나가 죽은 다음 날, 그녀 두뇌의 사랑스러운 신전이 아직 인간의 천착에 의해 침범되지 않은 동안에, 나는 그녀를 한 번 더 보기 위한 나만의 계략을 세웠다. 나는 이를 바깥세상에 알리지도 않고 다른 목격자의 동행을 용인하지도 않을 결심이었다. 나는 '감상적'이라고 이름 붙은 감정을 들어본 적이 없었고 그런 가능성을 꿈에도 상상하지 못했다. 그러나 아이의 마음에 깃든 슬픔이라도 빛을 싫어하고 사람들의 눈길에 움츠러드는 법이다. 그 집은 넓었고 계단이 두 군데 있었다. 나는 온 집안이 조용해지는 정오 무렵에 그중 한 계단으로 몰래 올라가 그녀의 방에 들어갈 수 있다는 사실을 알았다. 짐작건대 내가 그 방문 앞에 다다른 때는 정확히 정오였다. 그 문은 잠겨 있었지만 열쇠가 그대로 꽂힌 채였다. 내가 들어가서 문을 아

*"나는 상상할 수 없는 무아경과 / 기억될 수 없는 고통 가운데 서 있었소." —콜리지의 「회개(Remorse)」 중에서 알하드라의 대사.[19]

42

주 가만히 닫았기 때문에 문이 1층부터 천장까지 뚫린 텅 빈 홀과 면해 있었는데도 고요한 벽에는 아무런 반향도 울리지 않았다. 나는 뒤돌아서 누나의 얼굴을 찾았다. 그러나 침대는 옮겨져 이제 등 돌린 채로 놓여 있었다. 눈앞에 보이는 거라곤 활짝 열린 커다란 창문뿐이었고, 그곳으로 한여름 정오의 태양이 장려한 빛을 폭포수처럼 쏟아붓고 있었다. 날은 건조했고 하늘에는 구름 한 점 없었으며 그 푸르름의 깊이는 무한 그 자체를 표현하는 듯했다. 삶과 삶의 찬란함을 그보다 비창하게 보여 주는 상징을 눈으로 볼 수도, 가슴으로 느낄 수도 없었다.

내 마음에 그토록 큰 충격과 혁명을 일으켰으며 (아무리 현세의 기억일지라도) 죽음의 순간 내게 살아 있을 그 기억을 향해 다가가는 지금, 잠시 멈추어 내가 최초의 『아편 고백』에서 — 다른 모든 조건이 같다고 가정할 때 (*caeteris paribus*), 그리고 최소한 그 죽음을 우연히 둘러싼 풍경이나 계절을 바꿀 수 있다고 가정할 때 — 왜 죽음이 다른 계절보다 여름에 더욱 깊은 충격을 주는지 설명하고자 했음을 일부 독자에게 다시금 일깨우고 나머지 독자에게 알리고자 한다.[20] 내가 그 글에서도 제시했듯이, 그 이유는 여름에 나타나는 생명의 열대적 과잉과 무덤의 어두컴컴한 불모성, 그 사이의 대조에 놓여 있다. 우리는 여름을 보고 있으나 우리의 생각은 무덤 주위를 떠돈다. 우리

* 일부 독자들은 그 사실 자체를 의심하고, 이유를 묻지도 않을 것이다. 하지만 그들이, 어떤 계절이 되었든 간에, 과연 슬픔을 느껴 본 적이 있을까?

43

주변은 찬란하나 우리 내면에는 어둠이 있다. 그리고 그
둘은 충돌하면서 서로를 더욱 선명히 부각시킨다. 그러나
내 경우 여름이 죽음의 광경이나 그에 대한 생각을 더욱
생생하게 만드는 강렬한 힘을 지니게 된 데에는 좀 더 미
묘한 이유가 있었다. 그리고 이를 회상할 때 나는, 우리의
가장 깊은 생각과 느낌들은 우리에게 직접적으로, 추상
적 형태 그 자체로 와닿는 것이 아니라, 구체적인 사물들
의 얽히고설킨 결합을 통해, 따로 분리해 낼 수 없는 복합
적인 체험들 속에서 (그런 단어를 만들어 본다면) 나선형
(*involutes*)으로 우리에게 전달된다는 중요한 진실과 마주
치곤 한다. 우리 아이들 방에 소장된 책들 중에는 그림이
많이 실린 성경책이 있었다. 길고 어두운 저녁, 나와 세 누
이가 아이 방 난로를 둘러싼 철망 주위에 옹기종기 모여
앉았을 때 우리가 가장 자주 읽어 달라고 조른 책이었다.
그 책은 마치 음악처럼 신비스럽게 우리를 지배하고 뒤
흔들었다. 우리 모두가 사랑했던 젊은 보모는 아직 촛불
을 밝힐 시간이 되기 전에 글자를 분간하려고 눈을 찌푸
려 가면서 우리에게 그 책을 읽어 주곤 했다. 그리고 때로
는 그녀의 단순한 능력이 미치는 한도 내에서 우리가 모
르는 부분을 설명해 주려고 애쓰기도 했다. 우리 아이들
모두는 기질적으로 우수에 젖는 경향이 있었다. 난롯불의
일렁임에 따라 빛과 어둠이 변덕스럽게 교차하는 그 방의
분위기는 저녁 무렵 우리의 감정 상태에 더없이 어울렸고,
우리를 압도한 신비적 아름다움과 권능의 거룩한 계시와

44

도 잘 어울렸다. 특히 한 의로운 사람—사람이면서 사람이 아닌 이, 그 무엇보다 실제이면서 그 무엇보다 어렴풋한 존재, 팔레스타인에서 죽음의 수난을 겪었던 의인의 이야기는, 마치 이른 새벽이 물 위에 내려앉듯이 우리 가슴에 내려앉았다. 보모는 근동 지방 기후의 주된 특징들에 대해 알고 설명해 주었는데, 그 모든 특징들은 (공교롭게도) 여름의 다채로운 양태로 표현되었다. 시리아의 구름 한 점 없는 햇빛은 영원한 여름을 분명히 보여 주는 듯했다. 제자들이 밀 이삭을 뜯었던 때도[21] 틀림없이 여름이다. 그러나 무엇보다도 '종려 주일(Palm Sunday, 영국국교회의 축일)'[22]이라는 단어는 마치 성가 구절처럼 내 마음을 휘저었다. '주일!' 그것은 무엇이었나? 이는 인간의 마음으로 헤아릴 수 없을 만큼 깊은 평화를 간직한 평화의 날이었다. '종려!'—그것은 무엇이었나? 이 단어는 두 가지 뜻으로 해석되었다. 트로피라는 의미에서 종려는 삶의 장려함을 표현하는 반면, 자연의 산물로서 종려는 여름의 장려함을 표현했다. 그러나 이 설명으로도 충분치 않다. 나를 홀렸던 것은—단순한 평화와 여름만도, 모든 안식 아래 놓인 안식과 승천하는 영광의 깊은 음률만도 아니었다. 이는 예루살렘이 시간적으로나 공간적으로 그런 심오한 이미지에 근접해 있기 때문이기도 했다. 종려 주일이 왔을 때 예루살렘에는 위대한 사건이 임박해 있었으며, 그 주일날의 장면은 예루살렘과 공간적으로 가까웠다. 하지만 그 예루살렘은 무엇이었나? 내가 그곳을 지상의 옴팔로스(배꼽)로 상상했던가? 한때 예루살렘에 대해, 또 한때는 델포이[23]에 대해 그런 주장이 제기된 바 있으나, 지구의 모양이 알려지면서 두 주장 모두 웃음거리가 되었다. 그러나 지구의 중심은 아니라 해도, 지구의 주민들에게 예루살렘은 죽음의 옴팔로스였다. 하지만 어떻게? 우리 유아들이 이해했던 대로, 오히려 죽음이 발아래 짓밟혔던 곳이 예루살렘이었음은 사실이다. 하지만 바로 그 이유로 인해, 죽음이 그 가장 컴컴한 아가리를 벌렸던 곳 역시 예루살렘이었다. 인간이 무덤으로부터 날개 치며 솟아오른 곳은 진정 예루살렘이었으나, 바로 그 이유로 인해 신이 깊은 구렁으로 빨려 들어간 곳 역시 예루살렘이었다. 큰 별이 가려져 빛을 잃기 전에는 보다 작은 별이 떠오를 수 없을 것이다. 그러므로 여름은 대조적 양상으로서만이 아니라 성서적 장면 및 사건들과의 복잡한 관계를 통해서도 그 자신을 죽음과 연결 짓고 있었다.

이제, 죽음에 대한 나의 감정과 이미지가 여름에 대한 그것과 얼마나 복잡하게 얽혀 있었는지를 보여 주기 위해 거의 반드시 필요했던 여담을 끝내고 다시 누나의 침실로 돌아온다. 나는 아름다운 햇빛을 뒤로하고 시신을 돌아보았다. 거기에는 사랑스러운 어린아이의 모습이, 천사의 얼굴이 누워 있었다. 그리고 사람들의 흔한 상상대로, 집안사람들에게 들었던 이야기처럼, 변한 것은 전혀 없어 보였다. 하지만 과연 그러했을까? 정말로 이마는, 그 평온하고 고상한 이마는, 그것은 똑같아 보였다. 그러나

46

얼어붙은 눈꺼풀, 그 밑에서 스며 나오는 듯한 어둠, 대리석 같은 입술, 마치 고통을 멈추어 달라는 애원을 거듭하는 듯 손바닥을 맞댄 채로 뻣뻣이 굳은 두 손이, 과연 산것으로 오인될 수 있었을까? 만약 그러했다면 어째서 나는 눈물 흘리며 그 천상의 입술에 달려들어 끝없는 키스를 퍼붓지 않았던가? 그러나 그럴 가망은 없었다. 나는 잠시 꼼짝 못 하고 그 자리에 서 있었다. 공포가 아닌 경외가 나를 덮쳤다. 그리고 내가 서 있는 동안, 엄숙한 바람이 — 인간의 귀에 닿은 가장 애통한 바람이 — 한 줄기 불기 시작했다. 애통이라! 그 말로는 아무것도 표현할 수 없다. 그것은 지난 100세기 동안 죽음의 벌판들을 휩쓸었던 바람이었다. 그때 이후로 태양이 가장 뜨거워지는 여름날이면, 나는 그때와 같은 바람이 일며 그때와 같은 공허한, 엄숙한, 멤논[24]의, 그러나 거룩한 음향을 뱉어 냄을 여러 번 느꼈다. 그것은 이 세상에서 우리가 귀로 들을 수 있는 유일한 영원의 상징이다. 나는 일생을 통틀어 그와 똑같은 상황에서 — 그러니까 여름 한낮의 열린 창문과 주검 사이에 서서 — 똑같은 소리를 세 번 들어 보았다.

그 순간, 내 귀가 그 아이올로스의 음률[25]을 감지했을 때, 내 눈이 생명의 황금빛 충만함으로, 바깥에 펼쳐진 천상의 장려함으로 가득 찼을 때, 그리고 돌아서서 누나의 얼굴을 뒤덮은 서리로 시선을 돌렸을 때, 황홀경이 나를 덮쳤다. 아득히 푸른 하늘의 꼭대기에 천정(天頂)이 열리고 끝없는 수직의 통로가 뚫린 듯했다. 나는 마음속으

47

로 그 통로를 따라 역시 끝없이 밀려 올라가는 격랑을 탄 것처럼 솟아올랐고, 그 격랑은 하느님의 옥좌를 향해 굽이치는 듯했다. 그러나 그 옥좌 또한 우리 앞에서 달리며 계속 멀어져 갔다. 도주와 추적은 영원히 계속될 성싶었다. 서리가, 점점 짙어지는 서리가, 차디찬 죽음의 바람이 나를 밀어내는 듯했다. 나는 잠들어 있었다. — 얼마나 오래 잤는지는 알 수 없다. 서서히 제정신이 들어 보니, 나는 아까처럼 누나의 침대 곁에 서 있었다.

오 외로운 신을 향한 외로운 아이의 피신이여* — 허물어진 시체로부터 절대 허물어지지 않는 옥좌로의 피신이여! — 네 안에는 생의 훗날을 위한 얼마나 풍부한 진실이 담겨 있었던가. 아이가 감당하기에는 너무나 거대한 슬픔의 황홀은 하늘이 내려 준 잠 속에 행복한 망각의 기틀을 다졌고 그 잠 속에 꿈을 감추어 놓았다. 훗날 내가 그 꿈의 의미를 서서히 해독했을 때 그것은 홀연 새로운 빛을 비추었다. 그리고 나중에 독자에게 보여주겠지만, 심지어 한 아이의 슬픔으로도 철학자들이 틀렸음을 입증할 수 있다.**

『아편 고백』에서 나는 아편(의 장기 복용)과 연관된, 시간의 차원을 증폭하는 놀라운 힘에 대해 약간 다룬 바 있다. 이 힘은 공간 역시도 때로는 무서울 정도로 증폭

---

* "진정 호젓함을 향한 호젓한 자의 피신(Φυγη μονου προς μονον)." — 플로티노스[26]
** 이 생각에 대해서는 마지막 주석에서 설명할 것이다. 이 시점에서는 이야기 진행에 너무 방해가 될 것 같다.[27]

시킨다. 그러나 아편의 격상시키고 증식시키는 힘이 주로 작용하는 차원은 바로 시간이다. 이때 시간은 무한히 유연해지며 측정 불가능한 소실점에 닿을 때까지 늘어나는데, 그 감각을 깨어 있을 때의 심상한 인간 생활에 상응하는 척도로 계산한다는 것은 우스운 일로 느껴진다. 별들의 공간에서는 지구 궤도나 목성 궤도의 지름을 척도로 삼아 계산하듯이, 어떤 꿈을 꾸는 동안 실제로 체험하는 시간을 세대 단위로 가늠하는 것은 우스운 일이다. ─1천 년 단위로 가늠하는 것도 우습다. 지질시대의 단위로 가늠하는 것도, 그 단위가 생각보다 유한하다면 역시 우습다고 말해야 할 것이다. 그러나 내 일생을 통틀어 오직 이때만은 그와 정반대되는 현상이 일어났다. 그런데 왜 이를 아편과 연관시켜 이야기하는가? 여섯 살 먹은 아이가 아편에 취해 있었을까? 전혀 아니다. 다만 이때에 아편의 작용이 정확히 반대로 뒤집혔기 때문이다. 이 경우에는 짧은 막간이 엄청나게 긴 시간으로 확장되는 대신에, 긴 시간이 일순간으로 수축되었다. 내 온전한 정신이 헤매고 돌아다닌, 혹은 허공을 떠돈 사이에 매우 긴 시간이 경과했다고 믿을 만한 이유가 있다. 내가 정신이 들었을 때 계단에서 발소리가 들렸던(혹은 들렸다고 상상했던) 것이다. 나는 화들짝 놀랐다. 만약 내가 있는 걸 누가 알아챈다면, 내가 다시 오지 못하도록 어떤 조치가 취해지리라고 믿었기 때문이다. 그래서 나는 다시는 키스하지 못할 그 입술에 황급히 키스하고 죄지은 자처럼[28] 발소리를 죽여 몰래 방을 빠져나왔다. 세상이 내게 계시한 모든 광경 중에 가장 아름다웠던 환상은 그렇게 스러졌다. 영원히 계속되어야 했을 이별도 그렇게 무참히 단절되었다. 사랑과 슬픔에, 완전한 사랑과 완전한 슬픔에 바치는 신성한 작별은 그렇게 공포로 오염되었다.

오, 아하수에로, 불멸의 유대인이여!* 전설이든 아니든, 그대가 그 끝없는 괴로움의 순례를 처음 시작했을 때, 예루살렘 성문 밖으로 처음 도망쳤을 때, 그대 뒤를 따라다니는 저주를 벗기를 헛되이 갈망했을 때, 산란한 그대 뇌리의 불안 속에서 자신의 비통한 운명을 읽었다 할지라도, 내가 누나의 방을 영원히 떠났을 때보다 더 똑똑히 읽지는 못했으리라. 내 심장에는 벌레가 있었고, 내가 삶의 그 단계에 갇혀 있는 한 이 벌레는 죽을 수 없었을 것이다. 내가 성년의 문턱에 섰을 때 벌레의 끝없는 갉작임에서 벗어났다면 그것은 새로운 희망, 새로운 필요성, 젊음의 끓는 피에 힘입은 지력의 현저한 확대가 나를 새로운 피조물로 변화시켰기 때문이다. 의심의 여지 없이 인간은, 갓난아기부터 노망난 늙은이까지의 감지할 수 없이 미세한 연쇄로 이루어진 하나다. 그러나 각기 다른 인생 단계의 특성에 따른 여러 감정이나 열정과 관련시켜 보았을 때 그는 하나가 아니다. 그런 면에서 볼 때 인간의 통일성은 그때그때의 열정이 속한 특정 단계에서만 성립한

---

* "불멸의 유대인"—'데어 에비게 유데(der ewige Jude)'—은 흔히 '방랑하는 유대인'을 가리키는, 우리의 것보다 더 숭고한 독일어 표현이다.[29]

다. 성적인 애정과 같은 어떤 열정은 그 기원의 반절만 천상에 있고 나머지 반절은 세속적·동물적이다. 이는 그에 해당하는 단계를 통과하면 소멸해 버리고 만다. 그러나 두 어린아이 사이의 애정처럼 온전히 신성한 애정은, 그가 노년의 침묵과 어둠을 언뜻 보는 날에 의심의 여지 없이 다시 찾아올 것이다. 그리고 나는 내 믿음을 거듭 천명한다. 육체적 고통이 방해하지만 않는다면, 누나의 침실에서의 그 마지막 경험은, 혹은 그녀의 순수함과 관련된 어떤 다른 경험은 내게 또다시 떠올라 죽음의 시간을 밝힐 것이다.[30]

내가 기록한 그 사건이 있은 다음 날, 누나의 뇌와 그 질환의 특성을 검토하기 위해 일군의 의료진이 당도했다. 그 병의 일부 증상에서 당혹스러운 이상이 포착되었던 까닭이다. 죽음의, 특히 순수한 어린아이에게 내려앉은 죽음의 엄중함 때문에, 평소에 남의 말을 옮기기 좋아하던 사람들도 그런 주제에 대해서는 말을 삼갔다. 그래서 나는 이 외과 의사들이 모여든 목적에 대해 알지 못했고, 누나의 머리에 일어났을 잔인한 변화에 대해서도 전혀 낌새를 채지 못했다. 그로부터 오랜 세월이 흐른 후 나는 이와 비슷한 사례를 목격한 바 있다. 외과 의사들이 두개골을 파헤친 지 한 시간이 경과한 시신(같은 병으로 열여덟 살에 사망한 아름다운 소년의 시신이었다.[31])을 살펴보았던 것이다. 그러나 부검의 무례한 흔적은 붕대로 가려져 있었고 시신의 평온한 얼굴은 흐트러지지 않았다. 그

51

러니 누나의 경우에도 아마 그러했을 것이다. 하지만 만약 그렇지 않았다고 하면, 비록 얼음장 같고 뻣뻣했을망정 평온해 보였던 그 대리석 같은 모습이 손상된 이미지로 인해 산산이 흐트러지는 충격을 모면한 것은 내게 다행한 일이었다. 낯선 사람들이 철수하고 몇 시간 뒤에 나는 그 방으로 몰래 다시 가 보았지만 그때는 문이 굳게 잠겨 있었고—열쇠도 꽂혀 있지 않았다.—나는 그곳으로부터 영영 차단되었다.

그리고 장례식이 다가왔다. 나도 예절에 따라 그곳으로 이동해야 했다. 나는 모르는 몇몇 신사들과 같은 마차에 타게 되었다. 그들은 내게 친절했지만 장례식과 동떨어진 화제를 자연스럽게 주고받았고, 그들의 대화는 내게 고문이었다. 성당에서 나는 흰 손수건을 눈에 대고 있으라는 말을 들었다. 공허한 위선이여! 사람의 입에서 나오는 말 한 마디 한 마디에 내면의 심장이 죽어 가는 그에게 가장이나 흉내가 무슨 소용이었으랴? 나는 성당에서 장례식이 진행되는 동안 집중하려고 노력했지만 계속 나만의 고독한 어둠 속으로 가라앉았고, 거의 아무 소리도 귀에 들어오지 않았다. 잉글랜드의 장례식에서 항상 낭송되는 성 바울로의 그 숭고한 장[32]에서 흘러나온 몇몇 구절만 제외하고 말이다. 그리고 여기서 나는 우리의 저명한 현 계관시인[33]이 범한 심대한 오류를 발견한다. "썩을 몸으로 묻히지만 썩지 않는 몸으로 다시 살아납니다. 천한 것으로 묻히지만 영광스러운 것으로 다시 살아납니다."라는 끔찍한 구절을 들었을 때—내게는 그것이 끔찍하게 들렸다.—내 감정은 너무 큰 혐오로 움츠러들어, 공공장소라서 자제하고 있지 않았다면 "오, 아냐, 아냐!"라고 큰 소리로 항변을 내질렀을 것이다. 한 아이의 내면에서 나온 본능의 소리로서 그러한 감정적 반발은, 아이의 단순한 의견이 틀렸을 가능성만큼이나 진실이다. 훗날 이러한 내 감정적 반발을 반추했을 때 나는 곧 『소요』중 한 대목의 부적절성을 깨달았다.[34] 그 책은 여기 없지만 나는 그 내용을 완벽히 기억한다. 워즈워스 씨는, 애도하는 이가 죽어서 지복의 상태로 들어간다는 사람들의 믿음에 만일 단 한 점의 의혹도 없다면, 사랑하는 대상을 이승에서 되찾기를 은밀히 소망할 정도로 이기적인 사람은 없어지리라고 주장한다. 예를 들어 자신의 자녀가 정말로 하느님의 품에 있다는 믿음을 어머니가 받아들이기만 한다면, 그녀는 자식을 그리워하며 그를 하느님의 품에서 은밀히 되찾아올 소원 따위는 꿈에도 품지 않을 것이다. 하지만 나는 이를 전적으로 부인한다. 내 사례를 들자면, 저 성 바울로의 끔찍한 구절이 누나에게 적용되는 것을—즉 그녀가 영적인 몸으로 다시 살아난다는 말을—들었을 때 내가 느꼈던 마음의 저항이 이기심의—아니, 고통스러운 사랑이 아닌 여하한 감정의—발로라고는 아무도 생각할 수 없을 것이다. 나는 그녀가 아름다움과 권능에 싸여 다시 올 것임을 이미 알고 있었다. 나는 이 점을 그때 처음 깨달은 게 아니었다. 그리고 의심의 여지 없이 그 생각은 내 슬픔을 더 숭고하게 만들었을 뿐 아니라 더 깊게 만들었다. 왜냐하면 바로 그곳에, "우리는 변화할 것입니다."[35]라는 그 치명적인 구절에 독침이 놓여 있었기 때문이다. 그녀가 변모한다면, 그리하여 내 가슴에 새겨진 흔적을 그녀의 상냥한 얼굴에서 더 이상 찾아볼 수 없다면 그녀에 대한 내 마음이 어떻게 온전히 보존될 것인가? 마법사가 아무 여성이나 붙들고 그녀의 자녀를 더 나은 모습으로, 심지어 기형인 아이를 완벽한 미인으로 바꾸어 놓겠다고 제안하면서 그 대가로 자녀의 정체성을 포기해야 한다고 말한다면, 자녀를 사랑하는 어머니라면 누구라도 공포에 떨며 그 제안을 거부할 것이다. 혹은 실제로 일어난 사례를 들어, 한 어머니가 두 살배기 아이를 집시에게 도둑맞았는데, 바로 그 아이가 잘생긴 스무 살 청년이 되어, 그러나 한때 다정했던 유대의 끊어진 고리를 회복할 수 있는 모든 기억이 이른바 죽음의 잠에 의해 단절된 채 그녀에게 되돌아왔다면, 그녀는 슬픔이 치유되지 않았다고, 심장을 사취당했다고 느끼지 않을까? 당연히 그러할 것이다. 우리 모두는 자신이 잃은 것보다 더 좋은 것을 내려 달라고 하느님께 간청하지 않는다. 그 결함과 약점까지 고스란히 지닌 똑같은 것을 달라고 간청한다. 물론 슬퍼하는 사람 그 자신도 결국에는 변화할 테지만 그건 죽음에 의한 변화다. 그처럼 멀고 현재의 우리 상태와 동떨어진 전망은, 멀리 있지 않고 지금 여기에 있으며 영적이 아니라 인간적인 고통 가운데 있는 우리를 위로할 수 없다.

마지막으로 영국국교회가 무덤 옆에서 행하는 장엄한 의식이 치러졌다. 여기서 관이 다시금 마지막으로 모습을 드러낸다. 모두의 눈이 그 이름, 성별, 나이, 사망 날짜가 맞게 기록되었는지를 확인하고 — 그 얼마나 무용한 기록인지! — 마치 벌레들에게 보내는 전언인 양 어둠 속으로 떨군다. 막바지에 이르러, 슬픔의 마지막 대포가 일제히 발사되며 심장을 한 겹 한 겹 찢어발기는 상징적 의식이 치러진다. 관이 그 안식처로 내려져 시야에서 사라진다. 교회지기가 토사를 떠 넣을 삽을 들고 대기한다. 다시금 사제의 목소리가 들린다 — 흙은 흙으로 — 그리고 관뚜껑으로부터 두려운 자그락자그락 소리가 올라온다. 재는 재로, 다시금 그 치명적인 소리가 들린다. 티끌은 티끌로,[36] 그리고 이별의 포성이 울리며, 무덤이 — 관이 — 얼굴이 영원히 봉쇄됨을 알린다.

오, 슬픔이여! 너는 음울한 격정의 일부로다. 진정 너는 티끌처럼 비천하면서도 구름처럼 드높도다. 오한에 떨면서도 서리처럼 견고하도다. 마음에 병을 옮기면서 또한 그 나약함을 치유하노라. 내 마음의 최우선에는 병적인 수치심이 존재했다. 그리고 10년 뒤, 나는 죽어 가며 도움을 청하는 한 동료 피조물이 내 앞에 던져지고 그를 도우려면 비난하거나 조롱하는 수많은 얼굴들을 대면해야 할 경

우를 가정하면서, 나라면 아마 그 의무를 비겁하게 회피하리라고 이 나약함을 자책하곤 했다. 물론 그런 상황이 실제로 일어나지는 않았으므로, 이는 나 자신이 그토록 비겁하다고 스스로를 책망하기 위한 허구의 궤변에 불과했다. 그러나 그런 의구심을 갖는 것 자체가 곧 비난을 느끼는 것과 다름없었고, 저지를 수도 있는 범죄는 내 눈으로 보기에 저질러진 범죄나 다름없었다. 하지만 이제 모든 것이 바뀌었다. 그리고 누나의 기억과 연관된 것을 위해서라면 한 시간 이내로 새로운 용기가 솟았다. 나는 웨스트모얼랜드에서 그와 비슷한 사례를 본 적이 있다. 암양이 사랑에 헌신하기 위해 돌연 자신의 본능을 억제하고 포기하는—그렇다, 뱀이 허물을 벗듯이 완전히 벗어 버리는—모습을 목격한 것이다. 그 암양의 새끼는 사람의 도움 없이는 탈출할 가망이 없는 깊은 구덩이에 떨어져 있었다. 암양은 큰 소리로 울면서 한 사람을 향해 대담하게 다가갔고, 그 사람은 결국 암양을 따라가서 그녀가 사랑하는 새끼 양을 구조해 주었다. 내 내면에서도 그 못지않은 변화가 일어났다. 누나의 사랑스러운 기억을 수호하기 위해서라면 나는 5만 명의 얼굴이 조소하더라도 개의치 않을 것이다. 열 개 군단이 막아서더라도 그녀를 찾아 헤매는 나를 물리치지 못할 것이다. 조롱이라! 그런 것은 내 앞에서 힘을 잃었다. 마음껏 나를 비웃으라, 한두 명이 그러했듯이! 나는 그들의 비웃음에 신경 쓰지 않았다. 내가 "계집애 같은 눈물"을 거두라는 모욕적인 말을 들었

을 때 "계집애 같은(*girlish*)"이라는 말은 내게 아무런 자
극도 주지 못했다. 이는 내 가슴에 영원히 깃든— 내 짧
은 삶에서 알았던 가장 사랑스러운 존재는 한 계집아이였
다는— 생각을 일깨우는 말의 메아리였을 뿐이다. 그 계
집아이야말로 이 세상에 미의 왕관을 씌웠고 순수한 사랑
의 거룩한 샘으로 내 갈증을 채워 준 장본인이었다. 이 세
상에서 나는 두 번 다시 그 샘물을 마실 수 없으리라.

깊은 감정은 고독을 구하며 고독의 품에 깃든다. 모
든 깊은 감정들이 얼마나 틀림없이 이 사실과 호응하는지
를 관찰하는 일은 흥미롭다. 깊은 슬픔, 깊은 사랑, 이들은
얼마나 자연스럽게 종교적 감정과 결합하는가. 그리고 이
세 가지, 사랑과 슬픔과 종교는 고독한 장소들의 단골손
님이다. 사랑, 슬픔, 몽상의 정열, 혹은 기도의 신비— 고
독이 없으면 이들이 다 무엇이랴? 가능할 때에는 하루 종
일, 나는 집 안뜰이나 인근 들판에서 가장 조용하고 구석
진 장소를 찾아 들어가 있곤 했다. 바람 없는 날, 때때로
여름 정오의 경외로운 고요함, 회색빛이나 안개 긴 오후
의 심금을 울리는 적막— 이들은 마치 마법처럼 나를 끌
어당겼다. 나는 그 속에 어떤 평안이 숨어 있기라도 한 것
처럼 숲이나 황야의 대기를 응시했다. 하늘이 넌더리를
낼 정도로 뚫어지게, 애원하는 눈길로 하늘을 올려다보았
다. 한순간 나타날지도 모를 한 천사의 얼굴을 찾아 온 하
늘을 샅샅이 훑으며, 집요한 주시로 그 푸르른 심연을 헤
집었다. 멀리 있는 희미한 흔적으로부터 심상을 빚어내고

57

이를 마음속의 갈망에 따라 재배치하는 능력은, 그때부터 내게 발생했던 경미한 시력 결함[37] 탓에 더욱 강화되었다. 그리고 지금 이 순간 나는, 한낱 그림자나 한 점의 희미한 빛이나 무에 불과한 것이 이 창조적인 능력에 충분한 기반을 제공할 수 있음을 보여 주는 사례를 떠올린다. 일요일 아침이면 나는 항상 어른들의 손에 이끌려 성당에 갔다. 그곳은 잉글랜드 고유의 오래된 양식에 맞추어 지어진 성당으로, 여러 개의 통로와 갤러리,[38] 오르간, 유서 깊고 숭엄한 모든 것, 그리고 위풍당당한 비례를 갖추고 있었다. 이곳에서 신자들이 무릎을 꿇고 기나긴 연도[39]를 바치는 동안, "모든 병자와 어린이들을" 대신하여 하느님께 탄원하며 "모든 죄수와 포로들을 불쌍히 여기소서."라고 간구하는, 많은 아름다운 구절 중에서도 빼어나게 아름다운 그 구절에 다다를 때마다 나는 남몰래 울었고, 젖은 눈을 들어 2층 회랑의 창문을 올려다보았으며, 햇빛이 비치는 날이면 예언자가 볼 수 있는 것만큼이나 감동적인 광경을 목격하곤 했다. 각 창문의 테두리는 거룩한 이야기를 묘사한 스테인드글라스로 둘러싸여 있었고 그 짙은 보라색과 주홍색 유리창을 통해 황금빛 햇살이 흘러 들어와, 천상의 조명으로 빚어진 장식이 인간 안의 가장 장엄한 것을 묘사한 지상의 장식과 한데 어우러지고 있었다. 거기에는 인간에 대한 거룩한 사랑의 발로로 현세와 현세의 영광을 짓밟은 사도들의 모습이 있었다. 그리고 화염을 통해, 고문을 통해, 사납게 모욕하는 수많은 얼굴들

58

을 통해 진리를 증거한 순교자들이 있었다. 그리고 견딜수 없는 고통 아래서 하느님의 의지에 순순히 복종함으로써 그분을 찬양한 성인들이 있었다. 그리고 언제나, 이 숭고한 기록화들의 격동이 저음의 반주로부터 울리는 깊은 화음으로서 지속되는 가운데, 나는 유리가 채색되지 않은 널따란 중앙 창문을 통해 짙푸른 하늘을 표류하는 흰 양털 구름들을 보았다. 그러한 구름이 단 한 조각만, 아니 흔적만 흘긋 스치더라도, 슬픔에 사로잡힌 내 눈앞에서 그것은 곧 뭉게뭉게 자라나 희고 고운 커튼이 드리운 침대들의 환영으로 변모했다. 그 침대들에는 병든 아이들이, 죽어 가는 아이들이 누워서 고통에 몸부림치며, 큰 소리로 울며 죽음을 간청하고 있었다. 하느님은 어떤 알 수 없는 이유로 인해 그들을 고통에서 곧바로 풀어 줄 수 없었지만, 침대들이 구름 사이로 천천히 올라가도록 내버려 두는 듯했다. 서서히 창공으로 침대들이 떠오를 때 서서히 천상에서 그분의 팔이 내려왔고, 당신이 유대에서 영원히 축복했던 당신의 어린아이들은,[40] 비록 끔찍한 이별의 수렁을 서서히 통과해야 하나 조만간 당신과 만나게 될 터였다. 이러한 환상은 아무런 외부 도움 없이 스스로 펼쳐졌다. 이 환상들은 나를 향한 그 어떤 소리나 내 감정에 영향을 끼치는 음악을 필요로 하지 않았다. 연도 중의 한 구절과 한 조각의 구름과 이야기가 묘사된 스테인드글라스만으로도 충분했다. 그러나 요동치며 울리는 오르간 소리는 그 못지않은 독자적 창조물을 빚어냈다. 그리고 성가를 부를 때면, 그 웅장한 악기가 성가대의 음성 너머로 격렬하고도 감미로운 음의 거대한 원주(圓柱)들을 토해 낼 때 — 아치형으로 솟아오르는 음향이 성악 성부의 다툼을 타 넘고 제압하여, 강대한 힘을 휘둘러 이 폭풍 전체를 하나로 모으는 듯 느껴질 때 — 나는 방금 전까지만 해도 기진한 슬픔의 징표로서, 심지어 슬픔을 창조하는 슬픔의 사제로서 우러러보았던 구름 위로 위풍당당하게 걷는 기분이 들었다. 그렇다, 때때로 음악의 변용 아래, 슬픔 자체가 그 슬픔의 근원을 딛고 당당히 솟아오르는 불의 전차가 된 듯한 느낌이 들었다.*

내가 종교적인 감정이나 생각이나 의례를 자주 언급하는 것은, 여러 면에서 심오한 종교와 결합되지 않은 심오한 슬픔이나 심오한 철학은 여태껏 없었기 때문이다. 그러나 나는 종교에 대해 특히 논쟁적으로나 비판적으로 논하도록 교육받은 아이가 전혀 아니었고 이는 당치도 않

* "나는 (…) 느낌이 들었다." — 이 부분과 다른 구절들을 읽는 독자는, 여기서 비록 아이의 감정에 대해 말하고 있지만 화자는 아이가 아님을 잊어선 안 된다. 아이가 그저 암호로 느꼈던 바를 나는 해석하고 있는 것이다. 그리고 이러한 구분, 이러한 설명은 형이상학적이거나 불확실한 대상을 가리키는 것이 전혀 아니기 때문에, 내가 여기서 주목하는 바가 이 아이나 저 아이의 특성이 아니라 모든 아이의 필연적 공통점임을 인식하지 못한다면 그는 확실히 주의력이 대단히 떨어지는 사람일 것이다. 성인기에 다다른 인간의 의식에서 꽃피고 확장되는 모든 것은 유년기에 이미 배아로 존재한다. 예를 들어 나는 아이였을 때 나 자신의 깊은 감정 속에서 의식적으로 이런 생각들을 읽지는 않았다. 전혀 아니다. 어린아이에게 그런 일이 가능하지도 않다. 감정을 느꼈던 사람은 아이인 나지만 그것을 해석하는 사람은 어른인 나다. 아이의 내면에는 아이 스스로 해독할 수 없는 필적이 새겨져 있으며, 나의 내면에는 그것에 대한 해석과 논평이 있는 것이다.

음을 독자들이 이해해 주었으면 한다. 우리가 책에서 때때로 볼 수 있듯이, 기독교 교리를 논하거나 심지어 자기보다 나이가 많은 사람들에게 교리의 경계와 차이에 대해 가르치는 아이들의 모습은 끔찍하다. 나는 하느님이 만든 가장 아름다운 것 중 두 가지 — 유년과 순수한 종교 — 가 인간의 어리석음으로 인해(그 둘을 잘못된 원칙으로 한데 옭아맴으로써) 서로의 아름다움을 퇴색시키며 심지어 단연코 혐오스러운 조합을 이룬다는 사실에 자주 놀라곤 한다. 종교는 난센스가 되며 아이는 위선자가 된다. 종교는 허언으로, 순수한 아이는 가식적인 거짓말쟁이로 바뀐다.*

확실히 당신의 기독교가 존재하는 곳이라면 하느님은 어디서나 아이들의 신심을 돌본다. 국가적 교회가 수립되어 동무들이 그것에 의탁하는 모습을 아이가 볼 수 있는 곳이라면, 흠모하는 어린 가슴을 가득 채우고 넘쳐흐르는 저 가없는 하느님 앞에 아이가 존경하는 모든 이들이 때마다 엎드리는 모습을 목격하는 곳이라면, 자기가 아는 갑남을녀들이 때때로 죽음의 잠에 휩쓸리는 것을 보며, 자기가 좇을 수 없을 만큼 높이 솟은 천상만큼이나 곤

---

* 그러나 한 가지 경우 — 장기의 질환으로 서서히 죽어 가며 자신의 상황을 인식하는 아이의 경우 — 는 제외하겠다. 그러한 아이는 엄숙해지며 — 때때로, 부분적인 의미에서 — 그 깊은 고통과 두려운 전망에서 영감을 얻는다. 그러한 아이는 여러 면에서 세속적인 마음가짐을 포기했기 때문에 자연스럽게도 모든 면에서 어린이다운 유치한 마음가짐을 버리게 될 것이다. 그래서 나는, 내 경우에 한해 말하자면, 자신이 수개월 안에 죽음의 선택을 받을 것임을 알고 아버지의 개종(그녀의 표현을 빌면)에 마음을 쏟은 나머지 마음에까지 병이 든 어린 소녀의 기록을 감동적으로 읽었음을 인정한다. 아버지에 대한 그녀의 사랑이 자식으로서의 도리와 효심을 압도한 것이다.

61

혹스러운 자기 마음의 심연을 엿보는 곳이라면, 그런 곳이라면 백합이 어떻게 차려입는지, 까마귀가 어떻게 새끼를 먹이는지를 걱정할 필요가 없듯이[41] 아이의 신심에 대해 걱정할 필요도 없다.

하느님은 어둠 안에 도사린 신탁을 통해 꿈속에서 아이들에게 말을 걸기도 한다. 그러나 무엇보다도 고독 안에서, 국교회의 진리와 예배를 통해 발화될 때 하느님은 아이들과 "누구의 방해도 없는 교감"[42]을 나눈다. 고독은 빛처럼 고요하면서도 빛처럼 가장 강한 매개체이니, 고독은 인간의 본질이기 때문이다. 모든 인간은 홀로 이 세상에 와서—홀로 이 세상을 떠난다. 심지어 어린아이의 의식 속에도, 만약 내가 하느님이 계신 곳으로 부름받아 먼 길을 떠나야 한다면 그 어떤 상냥한 유모도 내 손을 잡고 동행할 수 없으며 엄마도 나를 안아서 데려다주지 못하고 여동생과도 내 두려움을 나누지 못하리라는 끔찍한 속삭임이 존재한다. 왕과 사제, 전사와 처녀, 철학자와 아이를 막론하고 모두가 이 거대한 회랑을 홀로 걸어가야 한다. 그러므로 이 세상에서 아이의 마음을 매혹하거나 공포로 얼어붙게 하는 고독은, 그가 이미 통과한 더 깊은 고독이나 앞으로 통과해야 할 한층 더 깊은 다른 고독의 반향—한 고독의 반영이자 또 다른 고독의 전조—에 불과하다.

오, 존재의 모든 단계에서 인간에게 고착되어 있는—태어날 때 그러했고—살면서 그러하며—죽을 때 그러할—고독의 짐이여, 강대하고 본질적인 고독이여!

62

너는 과거에 그러했고 현재도 그러하며 또한 미래에 그러할 것이다. 대양의 표면을 가르는 하느님의 영(靈)처럼, 너는 기독교 세계의 아이들 방에 잠든 모든 마음 위에 덮여 있도다. 얼핏 무(無) 또는 희미한 허상처럼 보이나 그 안에 만물의 원리를 숨기고 있는 거대한 대기의 실험실처럼, 아이에게 고독이란 보이지 않는 우주를 비추는 아그리파의 거울[43]이다. 사랑으로 심장이 북받쳐 오르나 자신을 사랑해 줄 이 없는 수백만 뭇사람들의 삶의 고독은 깊다. 은밀한 슬픔을 지녔으나 자신을 동정해 줄 이 없는 사람들의 고독은 깊다. 의심 혹은 암흑과 싸우나 조언을 구할 이 없는 사람들의 고독은 깊다. 그러나 유년을 뒤덮은 고독은 가장 깊은 고독보다도 더 깊으니, 간혹 그것은 죽음의 문 안쪽에서 유년을 엿보며 기다리고 있는 최후의 고독을 앞세워 찾아온다. 독자여, 내가 한 가지 진실을 말하겠다. 고대 그리스의 아이에게 고독은 무에 불과했으나, 기독교도 아이에게 이는 하느님의 권능이자 하느님의 신비가 되었다. 뒤에서 여러분은 이 진실을 납득하게 될 것이다.[44] 오, 강대하고 본질적인 고독이여, 너는 과거에도 그러했고 현재도 그러하며 미래에도 그러할 것이다. — 너는 기독교의 계시의 횃불 아래 불붙어 이제 영원히 변모했으며, 텅 빈 무에서 하느님의 은밀한 상형문자로 옮겨져, 당신의 진리 가운데 가장 희미한 진리를 유년의 심장에 드리우노라![45]

"하지만 당신은 그녀를 잊었지요." 냉소하는 자는 말한다. "당신은 어느 날인가부터 누나를 잊게 되었죠. 그렇지 않나요?" 왜 그렇지 않겠는가? 발렌슈타인의 아름다운 대사를 인용하면,

"그 어떤 고통이
인간에게 영원하겠소? 인간은 일상의
가장 드높은 것으로부터든, 가장 지독한
　것으로부터든
멀어지는 법을 배우지. 강고한 시간이
그를 정복하니까."*

그렇다. 인간의 망각의 샘은 그곳에 놓여 있다. 그건 바로 위대한 정복자인 시간이다. "강고한 시간"의 포화는 인간의 모든 격정을 기습한다. 실러의 정제된 표현을 빌리면, "인간이 감내하지 못할 것이 무엇이랴?(*Was verschmerzte nicht der mensch?*)"[47] 애태우다 마침내 가라앉지 않을 슬픔이 인간에게 있으랴? **시간**은 굳건한 황동 문과 화강암 피라미드도 결국 정복했는데, 그가 나약한 인간의 마음을 정복할 수 있다는 사실이 어째서 우리에게 놀랄 일이며, **시간**에게 승리라 할 수 있겠는가?

---

* 『발렌슈타인의 죽음』 5막 1장, (콜리지의 번역), 소(小) 피콜로미니에 대한 그의 추억과 관련하여.[46]

그러나 이번만은 **냉소하는** 자가 틀렸다고 말해야겠다. 물론 아폴론의 화살에 버금가는 그의 냉소의 화살이단 한 번이라도 빗나갈 수 있다고 주장하는 건 내 외람의소치다. 그러나 그런 일이 아무리 불가능하더라도 이 경우에만은 그것이 빗나간다. 그리고 빗나가지 않았다 하더라도 내가 보기에는 그러한 이유를 독자 여러분에게 알려 주겠다. 그러면 여러분은 **냉소하는** 자가 딱히 의기양양해 할이유가 없음을 깨달을 것이다. 나는 갑작스럽게 잃은 어린딸의 생일이 돌아왔을 때, 딸이 죽은 지 얼마 되지도 않았는데 다른 사람이 일깨워 주고서야 그날임을 기억한 자신의 둔감함을 자책했다는 어머니의 이야기를 여러 번 들었다. 그러나 (노동에 종사해야 하는) 세간의 대다수 사람들은 고독과 명상으로 슬픔을 보듬을 시간이 없을뿐더러, 우리는 고인에 대한 기억이 주로 시각적 이미지에 기대고있었는지를 질문해야 적절하다. 두 살에서 다섯 살 먹은어린아이의 죽음이 주는 정서적 충격에 비하면 나머지 죽음의 충격은 대개 그 절반에도 미치지 못한다.

그러나 슬픔을 더 격렬하게 만드는 바로 그 이유로인해, 그 연령대 아이의 죽음이 주는 슬픔은 — 상실의 크기에 비해 — 더 쉽게 사그라질 가능성이 높다. 죽은 사람의 시각적·청각적 이미지가 슬픔의 유지에 필수 불가결할수록 그 슬픔은 더 일시적인 것이 된다.

얼굴은 곧 (셰익스피어의 훌륭한 표현을 빌리면) "스러지고(dislimn)"**48** 생김새는 가물거리며 이목구비의 짜임

65

새는 불분명해지기 시작한다. 심지어 그 표정마저도, 자기 마음에 재생해 낼 수 있는 이미지가 아니라 타인에게 설명할 수 있는 관념 정도로 단순화된다. 그러므로 어린아이의 얼굴은 텍사스의 사바나에 피는 꽃이나 숲속 새들의 지저귐처럼 신성하나, 텍사스의 꽃이나 숲새들의 지저귐이 그렇듯이 모든 인간적인 것을 집어삼키는 어둠의 추격에 곧 추월당하고 만다. 모든 육신의 찬란함은 스러지며, 추억의 거울에 비친 어린아이의 아름다움의 찬란함은 그중에서도 가장 일찍 스러진다. 그러나 떠난 사람의 지적이고 도덕적인 힘—육신 자체의 힘이 아닌 육신에 내재한 힘—이 내게 작용했을 경우, 최초의 정서적 충격은 좀 덜할지 몰라도 가슴속의 추억은 좀 더 견고해진다. 자, 내가 볼 때 누나에게는 유년의 미덕과 확장된 사고력의 미덕이라는 두 가지 미덕이 결합되어 있었다. 게다가 개인적인 이미지에 한정해서 말한다면, 아기의 순하고 토실토실한 용모는, 우수에 찬 다정함이 감돌며 조숙한 지성 덕에 독특한 표정을 띤 여덟 살짜리 아이의 용모에 비해 개성이 부족한 만큼 확실히 더 빨리 소멸할 것이다.

기억할 가치가 있는 것들이 내 기억에서 지워지는 일은 드물다. 하찮은 것들은 곧 사멸한다. 그래서 잠 못 이룬 채 뜬눈으로 누워 있을 때면, 내가 평생 단 한 번(그것도 30년 전에) 읽어 본 라틴어나 영어 시구절들이 새롭게 꽃피기 시작한다. 어둠 속에서 나는 능숙한 식자공이 되어, 환상의 식자판에 반 페이지짜리 시구절을 '조판'

66

하곤 한다. 이를 내가 단 한 번 손에 쥐어 봤던 그 책과 대
조해 보더라도 아마 웬만큼 정확할 것이다. 나는 자랑하
려고 이런 이야기를 하는 게 아니다. 당치도 않다. 오히려
반대로, 기억력에 대한 칭찬은 내게 치욕스러운 일 중 하
나다. 실제로 내가 받아 마땅했던 모든 칭찬은, 한 주제에
서 다른 주제로 번갯불처럼 건너가는 환상의 부교(浮橋)들
을 이용하여 전광석화처럼 유사성을 포착하는 더 고차원
적인 재능에 근거한 것이었다. 의식은 건드리지 않고 그
저 귓가만 간질이는 이 끈질긴 기억의 생명력은 사실 아
직까지도 나를 괴롭히고 있다. 단 한 번 그저 스쳐 간, 전
혀 귀 기울이지 않고 흘려들었던 단어들이 어둠과 고독
속에서 내 앞에 되살아난다. 그리고 서서히, 때때로 고통
스러운―어떤 의미에서 내가 강제로 끌려들어 가 일조
하는―과정을 거쳐 문장으로 배열된다. 그러므로 누나
의 장례식에서 들었던 구절은 내 기억력을 입증하는 특출
한 사례가 아니었다. 당시 나는 그 세 개 구절 중 하나만
빼고는―그 하나마저도 내가 언급하려는 부분과 관련해
서는―주의 깊게 듣지 않았지만 세 구절 모두가 귓전을
때렸음에 틀림없으니 내가 뜬눈으로 침대에 누워 있을 때
완벽히 되살아났기 때문이다. 그리고 나는 그 아름다움에
감동받으면서도, 그중 두 구절에 표현된 듯한 무자비한
의미에 대해 또한 격분하기도 했다. 나는 이 직접적인 목
적을 위해, 또 잉글랜드의 장례식에 익숙지 않은 이들에게
그 아름다움의 일부 견본을 제시한다는 간접적인 목적을

위해 세 구절 모두를 간략히 인용하겠다.

첫 번째 구절은 이러했다. "세상을 떠난 우리 자매의 영혼을 전능하신 하느님의 크신 자비에 의탁하며 그대의 육체를 땅에 안장하니, 흙은 흙으로 돌아가고, 재는 재로 돌아가고, 티끌은 티끌로 돌아가나 마지막 날에 그대를 부활케 하시어 영생을 누리게 하소서." ○○○[49]

여기서 잠시 멈추어, 이 대목에서 별안간 묵시록 구절이 열광적으로 터져 나오며 발현되는 숭고한 효과에 대해 언급하겠다. 전례 규정에는 "암송하든지 노래함"이라고 지시되어 있지만 이는 항상 성가대의 노래로 표현된다.

"내가 들으니, 하늘에서 음성이 나와 가로되, '기록하라, 지금 이후로 주 안에서 죽는 사람은 복이 있도다.' 하시매, 성신이 가라사대, '그러하다! 저희 수고를 그치고 쉬리로다.'"

이 경외로운 천상의 트럼펫이 터진 이후 거의 곧바로 이어지며, 내게 특별히 큰 상처를 주었으나 일곱 살이던 당시에도 그 아름다움에 감동받을 수밖에 없었던 두 번째 구절은 이러하다. "전능하신 하느님, 주 안에서 세상을 떠난 자들의 영혼이 주와 더불어 거하며, 믿는 자들의 영혼이 육신의 짐을 벗어난 후에 주와 더불어 기쁨과 지복을 누리나이다. 주께서 우리 자매로 하여금 이 죄 많은 세상의 괴로움을 벗어나게 하심에 성심으로 감사하나이다. 비나니 주의 선민을 충수(充數)하시고 주의 왕국이 속히 임하게 하소서." ○○[50]

(하느님의 사람이라 자처하는) 사람이 공공연히 일어서서, 내 누나를 데려간 하느님에게 "성심으로 감사"할 수 있다니 대체 나는 어떤 세상에 살고 있었던가? 그러나 어린아이는 이해한다. 이 죄 많은 세상의 괴로움으로부터 그녀를 데려간 것임을. 물론 그렇다! 나는 당신의 말을 듣고 그것을 이해한다. 하지만 그렇다고 해서 달라지는 바는 없다. 그녀가 가버린 지금, 이 세계는 분명히 (당신의 말대로) 불행의 세계다. 그러나 내게는 '카이사르가 있는 곳이 곧 로마(*ubi Caesar, ibi Roma*)'였다. — 누나가 저 위의 천상에 있든 그 밑의 지상에 있든 그녀가 있는 곳이 곧 낙원이었다. 그리고 잔인한 사제여! 그분이 '크신 자비'로 그녀를 데려가셨다고? 나는 아이였음에도 이에 대해 주제넘게 반발하는 생각을 품지 않았다. 그 이유는 가슴으로 전혀 수긍할 수 없는 말에 위선적으로 혹은 경건한 체하며 순종했기 때문이 아니라, 깊은 사색에 빠진 나의 지성이 이 세계의 구조 안에 있는 수수께끼와 미궁을 이미 감지했기 때문이었다. 나는 하느님이 우리가 움직이는 것처럼 움직이지 않으며 — 우리가 걷는 것처럼 걷지 않고 — 우리가 생각하는 것처럼 생각하지 않음을 알았다. 그러나 이 불쌍하고 나약하고 의존적인 피조물, 철저히 의지하던 버팀목으로부터 그토록 황망히 찢겨져 나온 나 자신을 향한 자비는 어디서도 찾을 수 없었다. 아니, 어쩌면 그곳에 자비가 있었을지도 모른다고, 나는 긴 세월이 흐른 뒤에야 생각하게 되었다. 그러나 그것은 까마득한

앞날을 향한 자비였고, 그때는 인생의 거대한 굽이가 돌아오지 않았으므로 아이로서는 도저히 감지할 길이 없었던 그러한 자비였다. 설령 그것이 돌아왔다 해도 나는 이를 깨닫지 못했을 것이며, 희미하게 깨달았다 해도 그 진가를 알아보지 못했을 것이다.

　　마지막으로, 장례식 전체를 마무리하는 기도로서 다음의 구절이 있었다.─내가 그때도 인정했고 지금도 인정하건대 이는 아름다운 동시에 위안을 주는 구절이다. 이 부분에서는 인간의 나약한 슬픔을 마치 종교의식에서 언급할 가치도 없는 것인 양 독선적으로 무자비하게 공격하지 않기 때문이다. 반대로 여기서는 마치 위대한 사도 자신이 이 격한 감정을 더불어 느끼기라도 하는 것처럼 슬픔을 향해 자애로운 시혜를 베푼다.

　　"자비하신 하느님! 우리 주 예수그리스도의 아버지시여, 주는 부활과 생명이시니 주를 믿는 자는 죽어도 살 것이로소이다. 또한 주께서 사도 성 바울로를 통하여 우리에게 가르치시되, '주 안에서 잠든 이들을 두고 소망 없는 자들처럼 슬퍼하지 말라.' 하셨나이다. 성부여, 우리들이 겸손히 비나니, 우리로 하여금 죄의 죽음에서 살아나, 의의 생명을 얻어, 이제 우리가 세상을 떠난 우리 자매를 위하여 바라는 것과 같이 우리도 이 세상을 떠날 때에 주 안에서 편히 쉬게 하소서."

　　아, 이것은 아름다웠다, 이것은 천국처럼 감미로웠다! 우리는 슬퍼할 수 있었다. 슬퍼해도 좋다는 허락을 받았다. ─ 소망 없이 슬퍼하지만 않는다면. 우리 자매를 위한 소망으로 말미암아 우리도 주 안에서 편히 쉬게 될 터였다. 그날 이후로 나는 이 거대한 슬픔의 심연들 위에 기록된 문자를 읽었고, 그들의 그림자가 원시의 공포와 태곳적 어둠의 보다 깊은 심연에서 온 보다 강대한 그림자들의 영향력 아래 있음을 보았으나, 그 속에서 일체의 소망이 전멸하지는 않았음을 믿기에, 자신에게 소망이 없다고 여기는 사람은 자연스럽지만 엄연한 착각에 빠져 있음을 안다. 만약 고통의 먼지 속에서 뒹구는 나와 많은 이들이 마치 예언자의 뼈에 닿자 생명의 찬란함으로 벌떡 일어난 메마른 시체처럼* 잠시나마 일어설 수 있다면, 내 어린 귓가에 울려 퍼지던 그 합창대의 장대한 성가 속에서 하느님의 음성이 음악의 구름에 둘러싸여 "슬퍼하는 아이야, 일어나서 올라오라. 내 하늘 위의 하늘로 잠시 들어오라."라고 말했다면 ─ 그 절망, 어둠의 고뇌는 그런 슬픔의 본질이 아니며, 마치 이 어수선한 땅 위에 빛이 오락가락하듯이 왔다가 사라질 것이 명백했다.

　　그렇지! 빛은 비쳤다가 사라지며 슬픔은 차고 이운다. 격정에 찬 마음속에서 종종 그러하듯, 슬픔은 가라앉았다가 다시 떠올라 심지어 하늘 위의 하늘까지 다다른다. 그러나 너무 큰 슬픔이 고독 가운데 방치되면 이는 결

---

* "벌떡 일어난 메마른 시체처럼"─「열왕기하」13장 20–1절 참조. 지금으로부터 30년 전, 당시 런던에 거주 중이던 흥미로운 미국인 화가 올스턴 씨는 이 인상적인 일화를 주제로 대형 제단화를 그린 바 있다.[51]

71

국, 필연적으로, 다시 올라올 수 없는 깊이까지 내려간다. 질병 같아 보이지 않는 질병에, 그 감미로움이 마음을 현혹하여 자칫 아주 건강한 상태로 오해되는 나른함에 빠져든다. 주술이 당신을 붙들었고 님프가 당신을 황홀에 빠뜨렸다. 이제 당신은 더 이상 울부짖지 않는다. 잠자코 순응한다. 아니, 자신의 상태에 열렬히 기뻐한다. 무덤은 감미로워진다. 당신도 곧 그리로 건너가기를 소망하기 때문이다. 이별은 사치가 된다. 당신에게 이는 아마도 단 몇 주 동안만 지속될 터이기 때문이다. 그리고 이윽고, 광적 희열을 정제함으로써 거룩한 재회의 새벽을 다소 지체시킬 시간은 짧은 여름 하룻밤에 지나지 않음을 문득 깨닫게 된다. 고독 속에서 이는 때때로 불가피한 일이다. ― 깊은 생각에 병적으로 빠져드는 사람들에게는 이런 일들이 일어난다. 사라져 버린 상냥한 얼굴들을 헛되이 끌어당기려고 우리가 두 팔을 열심히 어둠 속으로 뻗을 때, 슬픔의 새로운 계략은 서서히 떠오른다. 우리는 이렇게 중얼거린다. ―"그들이 더 이상 우리에게 돌아오지 않는다면, 좋다. 하지만 우리가 그들에게 가는 걸 누가 방해하랴?"

이 위기는 특히 아이에게 닥칠 때 위태롭다. 이 슬픔의 주술은 저 빈한한 아프리카 오비어*의 천한 주술보

---

* "아프리카 오비어"[52] ― 30년 전이었다면 '오비(Obi)'나 '오비어(Obeah)'의 마법에 대해 한 마디도 덧붙일 필요가 없었을 것이다. 당시 몇몇 유명 작가들이(일례로 에지워스 양이 그녀의 작품 『벨린다』에서[53]) 이 미신을 소설에 활용했고, '세 손가락 잭'[54]에 대한 놀라운 이야기가 무대에서 공연되어 이 미신이 역사적 사실로서 악명을 떨쳤기 때문이다. 그러나 이 이야기가 대중의 머리에서 아마도 잊힌 지 오래된 지금은 다음과

다 숭고하나 그 효과는 완전히 동일하며, 자연적인 경로를 따르도록 방치되었을 경우 똑같은 죽음의 재앙 가운데서 종료된다. 인간의 가슴에 흥미로운 그 어떤 현상도 소홀히 하지 않는 시는, 간간이

"무덤의 숭고한 매력"[55]

을 슬쩍 건드려 왔다.

그러나 당신은, 때때로 어른에게 존재하는 이러한 매혹이 아이에게는 존재할 수 없다고 생각한다. 당신이 틀렸음을 알라. 이러한 매혹이 아이에게도 엄연히 존재함을 이해하라. 오히려 아이의 사랑은 한곳에 집중되는 반면 어른의 주의는 자신에게 영향을 끼치는 여러 사물들을 향해 어쩔 수 없이 분산되는 까닭에, 이는 어른에게 존재할 수 있는 매혹보다 훨씬 더 강렬할 것이다. 마왕의 딸에 대한 (한 대중적 번역서를 통해 잘 알려진) 독일의 미신[56]이 있다. 그녀는 자기가 사랑으로 점찍은 어떤 아이를 꾀어내 숲속에 있는 자신의 그늘진 왕국으로 데려갈 기회를 엿본다.

같은 설명을 해 주어야 적절할 것이다. 인간의 공포심과 인간의 맹신의 어두운 공모를 천명하는 오비어 맨이 귀기 서린 공포의 끔찍한 그물을 짜서 선택된 희생자에게 던지면, 희생자는 그물 밑에서 헛되이 떨고 몸부림치다가 무기력해졌다. 주문을 되돌리지 못할 경우, 희생자는 대개 아무런 상처 없이도 그 자신의 압도적인 상상만으로 목숨을 잃었다.

"숲을 헤치고 저토록 쏜살같이 달려가는 이는
   누구인가?"

그는 아들을 안장에 앉히고 품에 안은 기사다. 마왕의 딸
은 그 오른편에서 말을 달리며 오직 아이에게만 들리는
유혹의 말을 속삭인다.

"예쁜 아가, 나와 함께 저 멀리 가면,
   우리는 재미있는 구경을 하고, 재미있는 놀이를 할
   거란다."

그녀가 성공을 거두려면 아기의 동의가 필수다. 그리고
마침내 그녀는 성공한다. 아마 나에게는 이와는 사뭇 다
른 매력과 유혹이 필요했을 것이다. 그런 재미에 매료되기
에 내 지능은 너무 많이 앞서 있었다. 그러나 마왕의 딸이
내 앞에 모습을 드러내고 누나가 있는 곳으로 데려가 주
겠다고 약속했다면, 아마 그녀는 내 손을 잡아끌고 지상
에서 가장 어두운 숲으로 유인할 수 있었을 것이다. 당시
나는 시름시름 앓는 상태였다. 여전히 나는 "허락될 수 없
는" 것을(하늘에서 내려온 목소리가 내 마음을 통해서 그
렇게 대답하는 것 같았다.) 앓고 있었다. 내가 다시금 앓을
때마다 그 목소리는 되풀이했다. "허락할 수 없다."

그 위기에 직면했을 때, 내 후견인 중 한 분의 지도하에 고전어 공부를 시작함으로써 내 의지와 상관없이 삶의 굴레를 쓰게 된 것은 다행한 일이었다. 그는 국교회의 성직자였고 (라틴어에 한해서는) 가장 뛰어난 학자였다.[57]

　　이 새로운 공부를 막 시작했을 때, 내게 짧은 고통을 준 사건이 일어났다. 이는 살아 숨 쉬는 모든 피조물 사이에 괴로움과 비참이 속속들이 스며들어 있다는 침울한 인상을 남겼다. 어떤 사람이 내게 새끼 고양이 한 마리를 주었다. 인간 유년기의 두 가지 속성 — 기쁨과 티 없는 순수 — 에 담긴 아름다움을 가장 잘 반영하는 듯한 세 동물이 있다. 유년기의 세 번째 속성인 단순함은 온전히 표현되려면 언어가 필요하기에 그보다는 덜하다. 이 세 동물은 바로 새끼 고양이, 새끼 양, 새끼 사슴이다. 다른 짐승들도 그만큼 행복할지는 모르지만 이런 속성을 그렇게 많이 드러내지는 않는다. 가엽고 철없던 나는 이 조그만 새끼 고양이에게 크나큰 애정을 쏟았다. 하지만 나는 오전 열 시에 집을 나서서 오후 다섯 시가 다 되어 귀가했기 때문에 꼬박 일곱 시간 동안 그놈을 내버려 둔 채 혼자 알아서 잘 지내기를 바랄 수밖에 없었고, 익히 상상할 수 있듯이 현실적으로 그런 희망을 품을 근거는 박약했으므로 좀 걱정이 되었다. 새끼 고양이가 지금보다 덜 미련해지기를 바란 것은 전혀 아니었지만, 내가 집을 나설 때 녀석이 보이는 아둔한 행동을 보고 있으면 가슴이 아팠다. 마침 그

즈음 레스터셔에서 좋은 품종의 어린 뉴펀들랜드 개 한 마리가 선물로 들어왔는데, 그곳에서 젊은 혈기를 못 가누고 사고를 치는 바람에 눈 밖에 난 녀석이었다. 네 살 난 내 사촌 동생 엠마 H——에게 너무 심하게 버릇없이 굴었던 것이다. 실은 그녀의 뺨을 물어뜯어서 살 조각이 거의 떨어질 뻔했다. 가정교사의 분투로 다시 꿰매 붙여 나중에 흉터 없이 아물기는 했지만 말이다. 그 개의 이름은 '터크(Turk)'[58]였는데, 사건 직후 그 집 인근에 사는 가장 뛰어난 그리스어 학자는 이를 일러 '에포니모스(ἐπώνυμος, 의미 심장하게 이름을 지었다, 혹은 그놈의 성격을 이름으로 잘 표현했다)'라고 선언했다. 하지만 엠마 양은 자기가 그놈에게서 뼈다귀를 빼앗으려 했다고 자백했고, 그런 문제에 대해 개가 농담을 이해하도록 훈련시킬 수는 없는 까닭에, 우리 관청의 담당자는 그놈을 엄벌에 처해야 한다고는 여기지 않았다. 게다가 (큰 마을과 붙어 있는) 우리 집 정원에는 주로 멜론 때문에 끊임없이 도둑이 들었으므로 적당한 정도의 사나움은 그놈의 성격에서 오히려 바람직한 특성이라고 여겨졌다. 불쌍한 내 새끼 고양이는 장난을 치다가 레스터셔의 사촌 동생과 비슷하게 터크의 소유물을 침해했던 것 같다. 이에 터크는 그 자리에서 고양이를 죽여 버렸다. 저녁 다섯 시에 하인이 죽어 버린 그 조그만 짐승을 내밀어 보여 사건을 알게 되었을 때 내 슬픔은 말로 표현할 수 없었다. 헤어질 때만 해도 찬란한—심지어 한 마리 새끼 고양이 안에서도 한없는—생명으로 가득 차 있

76

던 그가, 이제는 미동도 없이 축 늘어져 있었다. 그때 마당에 큰 석탄 더미가 있었던 것이 기억난다. 나는 라틴어 책을 떨어뜨리고 그중 커다란 석탄 덩어리 하나에 주저앉아 엉엉 울음을 터뜨렸다. 내 격한 슬픔에 충격을 받은 하인은 황급히 집으로 들어가더니 곧 지하층에서 부엌과 세탁실의 하녀들을 불러왔다. 하녀들 사이에서 1. 슬픔과 2. 불행한 사랑만큼 절대적으로 신성시되며 고전적인 거룩함을 띤 주제는 없다. 모든 젊은 여자들이 나를 품에 안고 입 맞추었다. 그리고 마지막으로 요리사인 나이 지긋한 하녀는 내게 입 맞추었을 뿐만 아니라 (분명 그녀 자신의 개인적인 슬픔을 실어) 큰 소리로 울어서 나는 그녀의 목에 두 팔을 감고 그녀에게 입 맞추어 답례했다. 지금 생각해 보면, 내가 누나의 죽음을 슬퍼한다는 소문이 그들 귀에 닿았을 가능성이 있다. 그 외에 내가 집 안에서 그들의 구역을 방문하는 것은 허락되지 않았다. 하지만 그랬든 아니든, 누나가 죽었을 때 내가 겪은 황량한 슬픔을 공유한 하녀로부터 그만큼의 동정을 받았더라면, 아니 어떤 동정이든 받기라도 했더라면, 나는 그토록 깊은 충격에 떨지 않았으리란 생각이 나중에 내 가슴을 찔렀다.

　　하지만 그때 내가 터크에게 분노를 느꼈던가? 전혀 아니다. 그 이유는 이렇다. 내게 라틴어를 가르쳐 준 후견인은 마음 내킬 때마다 우리 집을 방문해 어머니의 식탁에서 식사를 들곤 했다. 인간에게 의존하는 동물들을 나처럼 불쌍히 여겼던 그는, 그때마다 예외 없이 나를 데리고 가사실 쪽 뒷마당에 나가서 개들을 묶은 줄을 풀어 주었다. 그곳에는 마스티프 개 '그림(Grim)'과 우리의 어린 친구 터크, 이렇게 두 마리 개가 있었다. 내 후견인은 대담하고 운동선수처럼 건장한 사람이었으며 개들을 좋아했다. 이렇게 가두어 두면 불쌍한 개들은 시들시들해져서 죽어 버린다고 그는—또한 내 마음은—내게 말했다. 나와 내 후견인(나와 내 주군[*ego et rex meus*])을 보는 순간 개들이 표현하는 기쁨은 이루 말할 수 없었다. 터크는 대개 안절부절못했고, 그림은 뿌루퉁하니 잠으로 시간을 때웠다. 하지만 우리—작고 볼품없는 나와 키가 6피트나 되는 후견인—의 모습이 보이는 순간 두 개는 기쁨에 겨워 정신없이 짖어 댔다. 우리가 손수 목줄을 풀어 주면 그놈들은 손을 핥아 댔고, 나로 말하면 내 초라한 작은 얼굴을 핥아 댔다. 그리고 개들이 타고난 기쁨의 천성을 단번에 되찾았다. 우리는 항상 개들이 괴롭힐 것이 없는 들판으로 그놈들을 데리고 나갔다가, 아버지의 사유지 경계를 한 바퀴 휘감아 흐르는 개울에 찬물 목욕을 시키는 것으로 나들이를 마무리하곤 했다. 우리가 개들을 그 혐오스러운 감옥으로 다시 데려올 때 그들을 사로잡은 절망은 얼마나 컸을 것인가! 그들의 고통을 차마 볼 수 없었던 나는 다시 목줄을 채우기 시작할 때쯤 슬쩍 빠져나오곤 했다. 옥외에 보호해야 할 사유지를 지닌 모든 사람들이 개들을 같은 식으로 묶어 놓는다고 말해 보았자 소용없었다. 이는 오로지 학대의 정도를 입증할 뿐이었다. 생명과 생명의 열망으로 끓어오르는 짐승들이 죽음에 의해 해방될 때까지 그렇게 붙들려 갇혀 있어야 한다는 것은 엄연히 무지막지한 학대로 보였기 때문이다. 불쌍한 그림과 터크에게 그 해방은 우리 모두의 예상보다 더 일찍 찾아왔다. 그로부터 채 1년이 못 되어 밤도둑 무리가 놓은 독을 먹고 두 마리 모두 죽었기 때문이다. 그해 말에 나는 『아이네이스』를 읽고 있었다. 그리고 터크의 반항적인 울부짖음을 기억하는 내게, 이 부분은 타르타로스[59]의 공포 속에서 자신의 권리를 자각하고 쇠사슬에 반항하는 강대한 짐승들의 돌연한 번득임과 그 안에 가득 찬 생명력이 특별히 훌륭하게 표현된 대목으로 느껴졌다.

> "사슬에 항거하는
> 사자들의 분노(Iraeque leonum /
> Vincla recusantum)."*

의심의 여지 없이 베르길리우스는 로마 원형경기장 맹수 우리(*caveae*)의 식사 시간에 이곳을 방문하여 이 보석을 건졌을 것이다. 그러나 맹수들이 인간의 자비로운 관용을 요구할 권리란, (비록 잔혹성을 제멋대로 휘두르지는 않을

---

* (내가 이 글을 쓰고 있는 장소에는 책이 하나도 없는 관계로) 그 뒤에 이어지는 문장으로 기억하는 "밤늦도록 울부짖는 신음 소리(et serâ sub nocte rudentum)"[60]는 베르길리우스의 착각인 게 같다. 사자들은 밤이 오고 있어서 포효한 게 아니라, 밤이 되면 먹이를 가져다주기 때문에 허기를 참지 못해 울었던 것이다.

만큼은 고상했지만) 바로 그 원형경기장에서 심지어 인간의 권리조차도 배려하지 않았던 국민의 관념에는 추호도 들어올 수 없었다. 기독교 아래서 짐승들이 처한 조건은 개선되었고 앞으로 더더욱 개선될 것이다. 사실 개선의 여지가 많이 있다. 그러나 유감스럽게도, 인간관계에서는 더없이 상냥한 기독교도 아이들에게서 가장 흔히 보이는 악덕은 바로 자기 손에 떨어진 열등한 피조물에 대한 잔인성이며, 그들의 어머니는 그 광경을 무심히 보고 넘기는 경우가 너무나 많다. 나의 경우, 내 행복의 토대를 이룬 주재료는(슬픔의 구름으로 뒤덮이기는 했어도 내 본성은 기쁨이었으므로) 첫째로 사랑이 흘러넘치는 가슴으로부터 나왔다. 그리고 우리가 아이 방에서 읽은 많은 책들의 세례로 기독교 정신에 너무 흠뻑 취해 있었기에, 그 거룩한 말씀 가운데서 나 자신의 성향을 정당화해 주는 문구를 읽지 않을 도리가 없었다. 내가 소망하는 것은 마땅히 소망해야 하는 것이며, 내가 사랑하는 자비는 곧 하느님이 축복을 내린 자비라고 말이다. 내 귀에 영원히 울려 퍼질 산상수훈의 한 구절, "자비를 베푸는 사람은 행복하다!"에 나는 "그들은 자비를 입을 것이다."[61]를 덧붙일 필요가 없다. 그토록 거룩한 입술로, 그토록 신성한 진리의 기운 가운데 서서 단순히 축복을 받는 것 — 그것만으로도 충분한 승인이었다. 그렇게 계시되고 그 자리에 있음으로써 신성해진 모든 진리는 돌연 생명을 얻어, 납득시킬 증거도, 유인할 약속도 필요 없이 스스로 자신의 참됨을 입증하기에 이른다.

　그러므로, 철학적으로 말하자면 기독교의 초월적 정의라 할 만한 것을 내면에서 그토록 일찍이 일깨운 나는 터크가 본능의 강압에 굴복한 것을 탓하지 않았다고 자신할 수 있다. 그는 내가 사랑했던 것을 죽였다. 하지만 그는 원초적 욕구의 압박에 못 이겼을 뿐만 아니라, 스스로가 치명적인 학대의 희생물이었다. 그는 살아 있는 한 제 분을 못 이기는 존재가 될 운명을 타고났다. 그 무엇으로도 이를 나의 상냥함과 화해시킬 수 없었다. 당시 나의 상냥함을 뒷받침한 두 기둥은 내가 태어날 때부터 하느님이 내려 주신 깊고 깊은 마음, 그리고 특출한 건강이었다. 나는 두 살이 될 때까지 24개월간 거의 내내 열병[62]을 앓았다. 하지만 그 열병이 나음과 동시에 모든 병균과 질병의 흔적이 내게서 영원히 떠나갔다.— 런던에서 학교생활의 스트레스로부터 이어받은 것(이는 얼마나 쉽게 치료되었는지!)이나, 아편으로 인해 발생한 것만 제외하면 말이다. 심지어 기나긴 열병도 나의 주된 기질을 조장하는 데 유리한 면이 없지 않았고, 전체적으로 보면 동정할 일만은 아니었다. 덕분에 자연스럽게도 노소를 막론한 여자들이 나를 다정하게 보살피며 상냥히 쓰다듬어 주었기 때문이다. 나는 다소 응석둥이였다. 그러나 지금쯤 독자는, 심지어 내가 이승에 가냘픈 집을 세운 '도시 건설의(*ab urbe condita*)'[63] 원년에조차 어리광을 마구 남발하기에는 철학자적 기질이 너무 강했음을 깨달았을 것이다. 어쨌든 덕분에 나는 날씨

81

가 허락할 때마다 말을 타고 밖에 나갈 수 있는 특권 역시 부여받았다. 성미 고약한 늙은 하인이 나만큼 어리지는 않지만 그래도 순혈종의 특징을 보이는 크고 흰 말에 올라탄 뒤 그 앞에 방석을 받치고 나를 앉혀 주었다. 그리고 우리 셋 중에서 가장 나이가 많고 가장 성질이 나빴던 그 노인조차도, 나와 이야기할 때만은 — 나머지 온 세상을 향한 — 퉁명스러운 언행을 삼가고 부드럽게 대해 주었다.

이러한 것들이 나의 성향에 은혜로운 배양의 힘으로서 작용했다. 그리고 나는 넘치는 사랑의 발로로, 독자의 웃음을 자아내기에 — 때로는 나 자신을 당혹스럽게 만들기에 — 딱 알맞은 행동을 하기도 했다. 그런 무수한 사례 중 하나가 이 두 가지 효과의 조합을 잘 보여 줄 것이다. 네 살 때 나는 하녀가 긴 빗자루를 치켜들고 떠돌이 거미를 쫓는(주로 죽이는) 광경을 여러 번 보았다. 내가 보기에는 모든 생명이 거룩했으므로 나는 그 가엾고 불운한 놈을 구하려는 책략을 고안하기에 이르렀다. 간청해 보았자 소용없으리라고 생각했으므로, 나의 전략은 그림을 보여주겠다는 핑계로 하녀의 주의를 돌려 이미 도주 중인 거미가 탈출할 시간을 벌어 주는 것이었다. 그러나 눈치 빠른 하녀는 내가 그림을 보여 주는 시점과 탈주 거미의 고통 사이에 우연의 일치가 존재함을 발견하고 곧 나의 술책을 알아챘다. 그래서 그 이후로 — 저잣거리에서 빌려 온 표현을 독자가 양해해 준다면 — 그림은 '나가리 되었다'. 하지만 나의 동기를 이해한 그녀는, 그 거미가 수많은

82

살생을 범했으며 만약 사형을 유예한다면 그놈은 앞으로
도 수많은 살생을 범할 것이 확실하다(내게 이는 앞의 것
보다 더욱 나쁜 일이었다.)고 말해 주었다. 이에 나는 큰
충격을 받았다. 나는 과거는 기꺼이 용서해 줄 수 있었지
만, 거미 한 마리를 살려 줌으로써 파리 50마리를 무차별
하게 죽음으로 몰아넣는 것은 그야말로 경솔한 관용인 것
같았다. 잠시 동안 나는, 사람들도 잘못을 뉘우칠 때가 있
으니 거미 또한 그럴 수 있다고 말할까 하고 소심하게 생
각했다. 하지만 책에서 그런 이야기를 읽은 적이 전혀 없
었을뿐더러, 참회하는 거미라는 발상을 그녀가 비웃을지
도 모른다는 생각에 자제했다. 그런 상황에서는 단념하는
수밖에 없었다. 하지만 하녀가 말한 난해한 문제는 내 뇌
리를 떠나지 않았다. 한 피조물의 안녕이 다른 피조물의
파멸 위에 기초한다는 인식은 골똘히 생각에 잠긴 내 머
리를 어지럽혔으며, 이후로 그 거미의 사례는 내 마음에
고통을 준 것 이상으로 이해력에 혼란을 주었다.

　　아이의 인지와 지적 경험에 큰 가치를 부여할 수 있
는가의 문제에 대해, 독자는 유년기의 그러한 경험들을 회
상하며 감동하는 나와 견해를 달리할지도 모르겠다. 어른
과 마찬가지로 아이들의 기질과 성격 역시 무한히 다양한
범위에 걸쳐 있으며, 이는 바로 우리 발밑의 티끌에서부
터 가장 드높은 하늘에까지 이른다. 나는 음탕하고 잔혹하
고 사악한 아이들을 본 적이 있다. 그러나 인간 본성의 치
유력(*vis medicatrix*)과 하느님의 선하심 덕분에, 다른 모든

괴물들처럼 이런 아이들 역시 희귀한 구경거리다. 사랑스러운 인간 아이를 이토록 혐오스럽게 모방하고 희화화한 존재를 보았을 때, 사람들은 이 조그만 괴물들이 킬크롭일지도 모른다고 생각했다.* 그러나 어쩌면(나중에 문득 떠오른 생각이지만), 심지어 이렇게 악마처럼 보이는 아이들의 끔찍한 성격 내부에도 어떤 숭고한 목적의 부름에 응답하는 한 줄의 현이 존재할 수 있다. 언뜻 이러한 종류의 악마성처럼 보이는 사례들이 존재한다. 사실 그렇게까지 "끔찍"하지는 않지만, 조금 편향된 입장에서 보는 사람들에게는 그렇게 보이는 성격들을 우리 주위에서는 흔히 볼 수 있다. 대개 이웃에는 부인들이 키우는 고양이의 꼬리에 깡통을 매달거나 ─ 내가 대단히 못마땅하게 여기는 짓이다. ─ 과수원에서 서리하는 ─ 내가 약간 못마땅하게 여기는 짓이다. ─ 짓궂은 소년들이 있기 마련이다. 그리고 보라! 그다음 날 잔뜩 화가 난 부인들을 만났을 때 그들은 내게 말한다. "오, 그 아이 편을 들 생각일랑 하지 마세요! 그 녀석이 결국 교수대에 매달리게 되는 꼴을 우리 모두가 보게 될 거라고요." 음, 이는 누구 편에서 보든 그리 유쾌하지 않은 예측이므로 나는 화제를 돌린다. 그리고 보라! 그로부터 5년 뒤, 영국의 한 프리깃함이, 더욱 튼튼한 강철 구조로 된 (국적은 상관없다.) 프리깃함과 전투를

---

* "킬크롭(Kilcrop)" ─ 사우디의 초기 시들 가운데 이 미신을 언급한 것을 참조하라. 사우디는 이 믿음에 이의를 제기하지만 나로 말하자면 그 반대편을 지지하는 쪽으로 더 기운다.[64]

벌이고 있다. 고귀한 함장은 오로지 그의 동포들만이 해낼 수 있는 훌륭한 작전을 전개했으며, 오로지 자부심 높은 섬사람만이 가할 수 있는 맹렬한 공격을 퍼부었다. 불현듯 불의의 기습(*coup-de-main*)을 감행할 빈틈을 포착한 그는 확성기에 대고 소리친다. ― "누가 나와 함께 돌격하겠는가?" 그 즉시 흰 셔츠 소매를 검은 리본으로 동여매고 아직 소년다운 쾌활함을 띤, 선원 중에서도 특히 뛰어난 사병 50인이 갑판에 모습을 드러낸다. 그리고 보라! 그 최선두에는, 일찍이 부인들의 고양이 꼬리에 깡통을 매달았고 ― 내가 대단히 못마땅하게 여기는 짓이다. ― 과수원에서 서리했던 ― 내가 약간 못마땅하게 여기는 짓이다. ― 우리의 친구가 손에 단검을 쥐고 당당히 섰다. 그러나 여기에 선 이 청년에게서는 대단히든 약간이든 간에 못마땅한 구석을 전혀 찾을 수 없으리라. 그의 눈에는 천상의 불길이 타오르며, 그의 가슴에는 조국이, 영광스러운 조국이 있다. 그는 스스로를 고양이의 목숨이나 깡통 조각 이상으로 간주하지 않는다. 희열에 들뜬 그는 적함의 갑판 위로 몸을 내던지며, 만일 그가 전사자 명단에 끼게 된다면, 그토록 영광스럽게 이타적인 대상을 위해 자신의 생명과 반짝이는 청춘을 즐거이 바친다면, 아마도 천국에서 그는 가장 작은 사람[65]으로 대접받지 않을 것이다.

그러나 유년기의 경우로 되돌아와서, 나는 아이들이 인간의 모든 기본적 감정들을 어른보다 더 날카롭게 응시한다는 의견을 고수한다. 내 견해는 제반 조건이 뒷받침할 때, 마음이 깊을 때, 겸손과 부드러움이 강하게 존재할 때, 주변 상황이 고독과 상냥한 감정에 호의적일 때 아이들은 진리를 보는 특별한 힘을 지니며, 이 힘은 그들이 세상 속으로 들어갈 때 사라진다는 것이다. 세상에 대해 풀어야 할 지식을 요하지 않는 기본적인 여정에서 아이들이 어른들보다 더욱 견고하게 발 디디며, 정의에 내재한 아름다움을 더욱 절절히 느끼며, 우리 위대한 계관시인의 불후의 노래에 의하면* 하느님과 더욱 긴밀한 교감을 나눈다는 사실은 내가 보기에 명백하다. 독자도 눈치챘겠지만, 나는 종교에 대해서는 별로 — 이른바 본격적으로는 — 참견하지 않는다. 나의 길은 종교와 철학 사이에, 그 둘을 연결하는 공간에 놓여 있다. 그러나 여기서만은 내 영역이 아닌 땅을 침범하여, 당신이 「성 마테오의 복음서」 21장 15절을 찾아보고 성전에서 외치며 그리스도를 최초로 공개적으로 승인한 이들이 누구였는지 확인하길 바란다. 그리고 당신이 "오, 하지만 아이들은 어디서 들은 말을 따라 한 것일 뿐 독립된 권위자는 아니지요!"라고 말한다면 16절까지 읽어 보라고 청해야겠다.[67] 이 부분에서 당신은, 이 아이들의 증언이 가장 지고한 증언에 의해 독자적 가치를 지닌 것으로 재가되었음을, 그리고 이 아이들의 승인 그 자체가 천상의 승인을 받았음을 알게 될 것이다. 그리고 예루살렘에 산헤드린과 랍비 들보다 훨씬 더 날카로운 눈

---

* 「어린 시절에 내재한 불멸성의 깨달음에 부치는」 송가.[66]

으로 진리를 꿰뚫어 보는 아이들이 없었다면 그 일은 있을 수 없었을 것이다.

그 어떤 잊지 못할 슬픔이든, 그것이 진짜 초래한 엄청난 경련을 표현함으로써 제대로 펼쳐 보이려면 그 슬픔을 다양한 국면에서 바라보아야 한다. 여기서 이는 다음에 나오는 내용과 균형을 잡기 위해 거의 반드시 필요하다. 일례로 그 첫 번째는 사건 직후 닥치는 너무도 멍하고 혼란스러운 충격의 국면이다. 두 번째는 바람의 날개에 실려 미칠 듯 북받쳐 오르는 초기의 격한 소요로서의 진동, 또는 갈망으로 시름시름 앓는 병적 충동 — 이를 통해 슬픔 자체는 우리를 감미로운 휴식으로 손짓하는 밝은 천사로 변모한다. — 의 국면이다. 주기적으로 찾아오는 이러한 감정의 단계들에 대해서는 이미 묘사한 바 있다. 아울러 나는, 스스로를 달래어 잠잠해진 듯했던 고통이 또 다른 양상의 슬픔 — 끝없는 불안, 그리고 양심의 가책으로 인한 괴로움 — 과 결합해 별안간 다시 솟아오르는 세 번째 국면을 묘사하고자 한다. 때때로* 잉글랜드의 호수 지방에서, 끝없는 선회로 이루어진 도저히 흉내 낼 수 없는 비행 — 아폴로니오스[69]의 기하학으로도 풀 수 없을 미로 같은 무한 곡선의 한가운데 있으면서 동시에 그리스적 단순성을 갖춘 운동 — 으로 눈이 피로해지도록 공중을

---

* 이 부분에서 표현한 나의 감정은 일부분 워즈워스 씨의 시에 담긴 아름다운 풍경 묘사에서,[68] 일부분은 해당 사례에 대한 나 자신의 경험에서 끌어온 것이다. 지금 여기에 그 시가 없는 관계로 감사의 말을 어떻게 안배해야 할지 모르겠다.

질주하던 물새들은, 마침내 수면에 내려앉으려는 듯하다. 마치 휴식을 취하려는 확고한 목표가 있는 것 같다(고 당신은 상상한다). 아, 그들이 물려받은 생명의 무한한 힘에 대한 당신의 이해는 얼마나 빈약한가! 그들은 휴식을 원치 않는다. 그들은 휴식을 비웃는다. 이 모두는 아기가 엄마의 숄 뒤에서 까르르 웃는 얼굴을 숨기는 것과 같은 '가장 놀음'에 불과하다. 일순 그들은 잠잠하다. 쉬려는 건가? 그들의 조급한 심장이 거기 오래 숨어서 견딜 수 있을까? 차라리 폭포가 피로에 지쳐 멈출 것인지 물어보라. 햇살이 내리쬐다 말고 한숨 눈을 붙일 것인가? 대서양의 해류가 움직임을 멈추고 휴식을 취할 것인가? 아기나 호수의 물새들이 놀이의 일부로서가 아닌 한 놀이를 중단할 수 없으며 자연의 생리적 필요가 방해하지 않는 한 쉴 수 없는 것 또한 그와 마찬가지다. 아기는 불현듯 박차고 일어나며 새들은 불현듯 날아올라, 마치 만화경의 끝없는 변화처럼 종잡을 수 없는 새로운 진화 단계로 접어든다. 그리고 아름다움과 무궁무진한 다양성이 영원히 교차하며 빚어지는 그들의 찬란한 율동은 결국 지켜보기 애처로운 광경이 된다. 이와 마찬가지로, 다양하게 변화하는 생명을 띤 인간 본성의 근간을 뒤흔드는 경련 — 아마도 오로지 인간 신체의 근간을 이루는 조직에서만 경험할 수 있는 경련* — 또

* 냉소하는 자는 이렇게 반박한다. "그렇다면, 당신은 (자기 입으로 솔직히 말했듯이) 자신의 마음을 인간 신체의 근간을 이루는 조직 중 하나로 취급하는 건가요?" 나는 그를 약 올리기 좋아하므로 이렇게 대답하며 즐거워할 것이다. "어쩌면요." 그러나 나는 꼭

한, 메아리치는 충격에 의해 거듭거듭 되살아난다.

후견인과의 새로운 교류와 그로 인해 자연스럽게 이루어진 제반 상황의 변화는, 내가 완전한 고독 속에 더 오래 방치되었더라면 내 마음을 위협했을 순전한 질병을 끊고 나오는 데 도움이 되었다. 그런데 이 변화로 인해 내 슬픔을 되살려 놓은 또 다른 사건이 발생했다. 다만 이번의 슬픔은 보다 근심스러운 형태를 띠었으며, 처음으로 후회나 극도의 불안 비슷한 것과 결부되어 있었다. 이는 내가 범한 최초의 일탈이었고 모든 측면을 고려했을 때 가벼운 일탈이었다고 자신 있게 말할 수 있다. 아무도 이를 알아채지 못했고, 나 자신이 솔직히 털어놓지 않았다면 이날 이때까지 아무도 몰랐을 것이다. 하지만 그때의 나는 그것을 알지 못했다. 그리고 일곱 살 또는 그 이전부터 열 살이 될 때까지 몇 년간 끊임없는 공포 속에서 살았다. 이는 내 슬픔을 되살려 놓았지만 어떻게 보면 내게 크나큰 도움이 되었다. 이는 그전처럼 시름시름 앓으며 무기력을 갈망하는 상태가 아니라, 안절부절못하고 초조해 하며 끊임없이 신경을 쓰는 상태였기 때문이다. 덕분에 나는

필요한 질문 외에는 대답하지 않으므로 그의 말은 정확한 표현이 아니라고만 지적하는 데서 그치겠다. 어떤 이들의 마음은 인간 최초 본성의 원형에 더 근접해 있으며, 우리 어두운 행성의 거대한 자력에 다른 이들보다 더 긴밀히 조응한다. 평범한 마음보다 더 거대한 규모로 감동하고, 더 깊게 진동하며, 그 진동의 규모가 멀리까지 미치는 마음은 — 그 지적 체계의 다른 부분들이 그에 맞먹는 범위의 능력을 지녔든 그렇지 않든 — 무서운 경련이 일 때 더 깊숙이까지 떨릴 것이며, 더 기나긴 파동의 궤적을 더듬어 원래대로 돌아올 것이다.

그 와중에도 지적 활동을 활발히 이어 나갈 수 있었다. 사건은 이러했다. 이제 나는 라틴어 공부에 최초로 입문하면서 매주 많은 용돈을 타게 되었다. 사실 내 나이에 비하면 너무 많은 돈이었지만, 이는 안전하게 내 수중에 맡겨졌을 뿐더러 나는 그중 단 한 푼도 책 이외의 다른 용도에 쓰지 않았고 쓸 생각도 없었다. 하지만 알고 보니 이 모든 돈도 나의 원대한 계획에는 너무 적은 액수였다. 바티칸과 보들리언과 프랑스 왕립 도서관을 몽땅 털어 내 만족을 위한 개인 장서를 꾸린다 해도 이 유별난 갈증을 채우기에는 턱도 없었을 것이다. 내 지출은 곧 용돈을 초과했고 나는 약 3기니 깊이의 빚구덩이에 빠지게 되었다. 여기서 나는 멈칫했다. 이 불가사의한 (그리고 실로 떳떳치 못한) 빚의 흐름이 결국 어느 경로로 흘러갈지에 대한 깊은 불안이 이제 나를 짓누르기 시작했기 때문이다. 현재로서 이는 동결되어 있었다. 하지만 내게는, 크리스마스가 되면 일체의 빚이 녹아서 수많은 호주머니들을 향해 움직이기 시작하리라고 생각할 모종의 이유가 있었다. 이제 나머지 모든 빚들과 더불어 내 빚 또한 녹아 흐르게 될 것이다. 그러면 어느 방향으로 흘러갈 것인가? 바다로 날라 줄 강이 있는 것도 아니었다. 의심의 여지 없이 이는 누군가의 호주머니로 향할 것이다. 그렇다면 그 누군가는 누구일까? 이 질문은 나를 영원토록 괴롭혔다. 크리스마스가 왔다. 크리스마스가 갔다. 그동안 나는 3기니에 대해 아무런 말도 듣지 못했다. 하지만 이로써 내 마음이 더 편해지지는 않았다.

오히려 무슨 말을 듣는 편이 훨씬 더 나았을 것이다. 도사린 재앙이 언제 닥칠지 모른다는 불안에 속이 바짝바짝 탔기 때문이다. 오이디푸스의 아나그노리시스 (anagnorisis)*가 닥치기를 기다리던 고대 그리스의 관객들도 빚이 폭발하기를 기다리는 나보다 더 바들바들 떨며 두려워하지는 않았을 것이다. 내가 덜 무지했다면 매주 받는 용돈을 담보로 잡히거나 채무 상환을 위한 감채 기금을 적립하겠다고 제안했어야 했다. 내가 매주 받는 액수가 전체 빚의 거의 5퍼센트에 달했기 때문이다. 하지만 나는 이 문제를 넌지시 내비치는 일마저도 설명할 길 없이 두려웠다. 이는 내게 신뢰할 수 있는 친구가 없었던 탓이었지만, 한편 나의 슬픔은 내가 항상 그러했던 것은 아니라는 기억을 끊임없이 불러일으켰다. 하지만 채 일곱 살도 안 된 아이가 그런 빚을 지고 고통받게 된 데는 서점 주인의 책임도 있지 않았을까? 전혀 그렇지 않다. 그는 나의 사소한 거래에 신경 쓸 겨를이 없는 부자였으며 또한 존경할 만한 인물로 잘 알려져 있었다. 사실 내가 매주 책에 지출한 돈으로 봤을 때, 겨우 3기니 정도의 소액은 당연히 가족의 허락을 받았겠거니 여겼더라도 이상한 일은 아니었다. 하지만 그의 입장은 보다 더 분명했다. (사람들의 표현에 따르면) 매우 나태했으며 그의 어리고 우울한

---

* (영국의 독자들을 위해 덧붙이자면) 그의 진짜 정체를 깨달음. 한순간 번뜩인 무서운 계시에 의해, 그는 과거에 저지른 근친상간, 살인, 존속살해 행위와 연결되며 미래에 도사린 고통스럽고 불가해한 숙명과 연결된다.

피후견인과 마찬가지로 온종일을 독서로 보냈던 내 후견인은, 주문할 책 목록을 내게 쥐여 주고 서점에 자주 심부름을 보내곤 했다. 이는 내가 잊지 않게 하기 위해서였지만, 책에 관해서라면 '잊는다'는 말은 내 사전에 없음을 깨달은 뒤로는 굳이 목록을 적어 주는 일도 생략했다. 그리하여 나는 후견인의 총중매인으로서, 그의 책과 더불어 나의 정상적 교육과정을 위해 필요한 책의 구매까지 책임지게 되었다. 그렇게 해서 나의 개인적인 '소액 거래'는 실제로 크리스마스에 우리 집으로 흘러 들어갔다. (내가 예상한 것처럼) 독립된 흐름이 아니라, 더 중요한 어느 하천의 유량에 섞여 들어간 가느다란 실개천 지류로서 말이다. 이 사실을 지금은 알지만 그때만 해도 확실히 알 길이 없었다. 그래도 그 정도로 그쳤다면 나는 시간이 경과하면서 이 문제에 대한 불안으로부터 서서히 벗어났을 것이다. 하지만 이 경우에는 나의 지나친 무지로 인한, 그리고 내 영혼을 한층 더 깊숙이 갉아먹은 또 다른 걱정거리가 있었다. 이 문제가 살아 있는 한 다른 문제에 대한 불안도 사라지지 않았다. 빚과 관련해서, 나는 그 액수 자체를 중대한 위험으로 여길 만큼 무지하지는 않았다. 내가 받은 용돈은 그런 착각을 하지 않기에 충분한 액수였다. 폭로될까 봐 두려웠던 것은 도의적인 부분, 즉 내가 주제넘게도 개인적으로 빚을 졌다는 사실이었다. 그러나 이 또 다른 사건은 그 규모만으로도 불안해할 이유가 있었다. 이는 사실이 아니라 누가 농담으로 던진 말에 근거한 것이었지만,

나는 (그 이전에도 이후에도 항상 그랬듯이) 그 말을 철석같은 믿음으로 받아들였다. 내가 구입한 책들은 모두 영어로 쓰인 것이었는데 그중에는 영국 역사책이 있었다. 물론 이는 브루투스와 1천 년에 걸친 여러 불가능한 사건들[70]의 기술로부터 시작했는데, 이 우화들은 뒤에 이어지는 대량의 역사적 사실에 덧붙여 인심 좋게 끼워 넣은 작은 부록 같은 것이었다. 내 짐작에 따르면 이는 총 60부 내지 80부로 완결될 예정이었다. 하지만 최종 규모가 얼마나 될지 그보다 더 막연한, 그 성격으로 미루어 보건대 훨씬 더 넓은 범위를 포괄하는 듯 보이는 또 다른 시리즈가 있었다. 그것은 바로 수많은 여행기들을 기초로 한 항해사(航海史)였다. 자, 바다가 얼마나 광대하고, 그토록 많은 수천 명의 선장과 함장과 제독 들이 영원히 종횡무진 오가며 그 표면에 무성한 궤적을 그리고 있음을, 그래서 몇몇 주요 '대로'와 '광장'(그렇게 부를 수 있다면)에서는 그들의 경로가 어지러이 겹쳐 분간할 수 없는 얼룩으로 뭉개져 버림을 생각했을 때—그런 책은 무한히 계속되지 않을까 나는 두려워지기 시작했다. 만국의 대양에 비하면 조그만 잉글랜드는 얼마나 보잘것없는가? 하지만 짐작건대 이것도 장장 80부작에 달한다. 이제 나의 평정을 위협하는 불확실성을 견디지 못한 나는 최악의 경우를 확인하기로 결심하고, 영원히 잊지 못할 그날 서점으로 찾아갔다. 서점 주인은 나이 지긋하고 온화한 남자로 내게는 언제나 친절하고 너그러운 모습을 보여 주었다. 아마 그는 일부분 나의 엄숙한 태도에, 일부분은 내가 후견인의 책 심부름을 갔을 때 그와 여러 대화를 나누면서 드러낸 바보스러운 단순함에 깊은 인상을 받았던 것 같다. 그러나 내가 일찍부터 그에게서 아버지 같은 배려를 받았던 데는 또 다른 이유가 있었다. 처음 삼사 개월 동안 라틴어를 배우는 일은 내게 고역이었다. 당시 내가 라틴어 문헌의 드넓은 품으로 나아가지 못하게 가로막고 있던 '버팀목'을 영원히 떨쳐 낸 계기가 된 사건은 이러했다. 어느 날 서점 주인이 베자의 『라틴어 성경』[71]을 꺼내 오더니, 책을 펼치고 자기가 가리키는 장을 번역해 달라고 부탁했다. 나는 그 부분이 무덤과 부활에 대한 성 바울로의 위대한 장[72]임을 알고 얼떨떨해졌다. 라틴어 판본은 한 번도 본 적이 없었지만, 어떤 역본에서든 드러나는 성서적 문체의 단순성 덕분에(비록 베자의 판본은 훌륭한 것과 거리가 멀었지만) 해석을 못 하려야 못 할 수가 없었다. 더욱이 그 특정한 장은 내가 그 장엄함에 너무도 감격하여 영어로 읽고 또 읽었던 부분이었기에, 나는 마치 황홀한 기교로 노래하는 오페라 가수처럼 유창하고도 인상적으로 읽어 내려갔다. 나의 친절한 나이 든 친구는 흐뭇해하며 칭찬의 표시로 내게 그 책을 선물로 주었다. 내게 깊숙이 새겨진 영어 문장의 기억이 — 라틴어와 영어라는 — 두 평행한 흐름 사이의 정확한 대응을 들여다보도록 이끌었던 그 순간 이후로, 이 특정 언어의 빠른 습득을 제지할 만한 어려움을 단 한 번도 겪지 않았음은 놀라운 일이다. 열한 살이 되기도 전에 나는, 아직 그리스어 실력은 썩 좋지 못했지만, 라틴어를 눈부시게 통달했으며 이는 내가 구사했던 알카이오스 시행과 코리암부스 율격[73]으로 입증할 수 있다. 그리고 한 소년에게는 참으로 잊지 못할 이 변화의 모든 계기는, 바로 내 가슴을 채우고 있던 어느 문장을 번역해 달라는 이 우연한 부탁이었다. 그 이후로 그는 나를 귀여워하며 친절하게 대해 주었고, 대단히 너그럽게도 나만 보면 누구와 대화 중이든 간에 잠시 중단하고 내게로 와서 말을 걸어 주곤 했다. 하지만 후에 내게 운명의 날로 판명된 그날만은 그러지 못했다. 그는 분명히 나를 보고 고개를 끄덕였지만 나이 지긋한 낯선 손님들 곁을 떠나 이리로 오지는 못했다. 어쩔 수 없이 나는 젊은 직원들 중 한 명과 상대해야 했다. 마침 그날은 장날이라 서점에는 시골 사람들이 북새통을 이루었고, 나는 제발 내 질문이 그들 귀에 들리지 않기를 바랐다. 어느 견딜 수 없는 수수께끼의 해답을 얻기 위해 두근대는 심장을 안고 델포이로 가서 신탁의 여사제 앞에 섰던 인간들도, 그때 책상 뒤에서 미소 짓는 젊은이에게 다가갔던 나보다 더 딱하게 입술을 우물대지는 않았으리라. 그의 대답은 향후 2년간 내가 한시라도 평안을 누릴 수 있을지 여부를 결정하게 될 터였다. 그때의 나는 그.것을 확실히 알 수 없었지만 말이다. 그는 잘생기고 선량했지만 장난기가 있는 유쾌한 젊은이였다. 그리고 그에게.는 필시 우스우리만치 불안해 보였을 내 모습이 아마 재미있었을 것이다. 내가 그 책에 대해 설명하자 그는 내 말을 단박에 이해했다. 그의 생각에 이 책이 총 몇 권까지 이어질 것인가? 그는 아마도 익살의 뜻이 담긴 묘한 눈빛을 띠었다. 하지만 불행히도 선입견에 눈이 멀었던 나는 그의 대답이 이어지는 동안 이를 경멸의 뜻으로 해석했다. "몇 권이나 되냐고? 아! 꼭 집어 말하긴 힘들지만 아마 1만 5천 권은 될 걸. 그보다 많거나 적을 수도 있지만." "많을 수도 있다고요?" 나는 "적을 수도 있"는 경우를 완전히 무시하고 공포에 질려서 말했다. "글쎄," 그가 말했다. "이런 건 확실하게 판단할 수가 없단다. 하지만 책의 주제를 감안할 때," (아아, 그것은 바로 나 자신이 감안했던 것이기도 했다.) "약간 더 초과될 가능성이 있다고 말해야겠군. 이를테면 400권 내지 500권 정도. 물론 그보다 많거나 적을 수도 있겠지." 그러니까 이는 증보에 증보가 붙을 수 있다는 — 이 책이 절대로 끝나지 않을 수도 있다는 말이었다. 저자나 출판사가 이런저런 구실로 500권을 더 추가할 수 있다면, 아마 1만 5천 권을 고스란히 한차례 더 추가하는 것도 가능할 것이다. 실로 한 세대의 모든 외다리 함장과 퇴역한 제독 들이 그들의 기나긴 모험담을 다 풀어냈을 때쯤 그다음 세대가 똑같이 용맹한 또 다른 이야기꾼들을 무수히 길러 내리라는 생각은 지금 봐도 위협적으로 느껴진다. 나는 더 이상 묻지 않고 서점을 빠져나왔다. 그리고 다시는 그곳에 예전처럼 쾌활하게 들어서지도, 들어가서 솔직한 질문을 던지지도 못했다. 이제 나는 몇 권의 책을 구입하고 다른 몇 권의 책을 외상으로

얻어 감으로써 암암리에 나머지 모든 책의 구매 계약
을―그것이 최후 심판의 천둥까지 이어져 있음에도 불구
하고[74]―맺은 장본인으로 주목받는 것이 심각하게 두려
웠기 때문이다. 확실히 나는 1만 5천 권짜리 저작이 있다
는 말을 들어본 적이 없었지만, 그렇다고 그것이 당연히
불가능한 일도 아니었다. 그리고 어쨌든 무궁무진한 바다
에 대한 책이고 보면 그렇게 터무니없다고도 할 수 없었
다. 게다가 수치에 약간의 오류가 있다 한들 그것이 궁극
적 전망에 대한 공포에 영향을 끼칠 수는 없었다. 나는 이
책이 런던에서 출간되었음을 판권장을 통해 보았고 또 들
은 바 있었다. 내게 그곳은 미스터리의 광대한 중심지였는
데, 한 번도 가 본 적이 없었던 데다 거의 200마일이나 멀
리 떨어져 있었기에 더더욱 그러했다. 나는 여기에 저 막
강한 수도로부터 모든 지방을 향해 방사상으로 뿜어져 나
온 유령 같은 거미줄이 존재한다는 치명적 진실을 감지했
다. 나는 그 바깥쪽 가장자리를 남몰래 밟아 뭉개서 가느
다란 실과 고리들을 훼손 혹은 교란했다.―은폐나 복구
는 불가능했다. 아마도 천천히, 그러나 확실히, 진동은 런
던으로 거슬러 올라갈 것이다. 그 중심에 도사리고 앉은
늙은 거미는 망을 타고 모든 씨실과 날실을 거쳐 달려올
것이고, 마침내 사고를 초래한 비열한을, 그토록 엄청난
비행을 저지른 장본인을 발견할 것이다. 설령 나보다 덜
무지한 아이였다 할지라도, 이토록 붐비는 왕국의 방방곡
곡까지 찾아들어 가 어떤 복잡한 저작물을 배포하고 수금

하고 질의하고 응답을 받아 낼 수 있는—이 모든 일을 깊은 침묵 속에서, 아니, 심지어 어둠 속에서 수행하는 —거대하고 체계적인 조직체에는 아이의 상상력을 서늘하게 만드는 뭔가가 있었다. 또한 나는 '서적출판업조합 (Stationers' Company)'**75**에 대해 모종의 희미한 공포심을 품고 있었다. 대중 서적에서 나는 그들이 미지의 징벌로 미지의 사람들을 위협하는 문구를 자주 보았다. 그 못지않게 미지의, 아니 내게는 무엇인지 도무지 상상도 되지 않는 어떤 범죄에 대해서 말이다. 그토록 오래전부터, 말하자면 예언으로써 지목되어 온 신비스러운 범죄자가 바로 나일 수 있을까? 나는 의심의 여지 없이 모두 막강한 권력자들일 서적출판업자들이 밧줄을 당기면 그 줄 반대쪽 끝에 불운한 나 자신이 대롱대롱 매달린 채 딸려 오는 광경을 상상했다. 그러나 지금 생각하면 개중에서도 가장 우스꽝스러운 한 이미지가, 그때는 내 슬픔의 부활과 가장 긴밀히 연결되어 있었다. 내 기민한 머리에는, 서적출판업조합이든 다른 어떤 조합이든 간에 책을 배송할 때까지는 내게 돈을 청구할 수 없으리라는 생각이 떠올랐다. 그리고 누구도 내가 수령을 확실히 거부했다고는 말할 수 없으므로, 그들이 이 배송을 정중히 완수하지 않을 이유도 없을 것이다. 내가 전혀 고객이 아니라고 밝혀지지 않는 한, 현재로서 나는 가장 우수한 고객—1만 5천 권의 책을 실제로 주문한 고객—으로 대접받을 권리가 있음이 분명했다. 이제 내 눈앞에는 그 장대한 배송 장면이 마치 오페라하우스 무대의 '셰나(scena)'[76]처럼 펼쳐졌다. 중앙 현관에 벨이 울릴 것이다. 선두 짐마차의 마부는 단조로운 목소리로, "우리 회사에 책을 주문하신 젊은 신사분"을 찾을 것이다. 밖을 내다보면 짐수레와 짐마차의 행렬이 질서 정연하게 일제히 앞으로 전진하는 광경이 눈에 들어올 것이다. 그들은 차례로 한 대씩 돌아가며 꽁무니를 내보이고 마치 석탄 더미를 쏟아붓듯이 잔디밭에 책 짐을 우르르 내려놓은 뒤, 다음 짐수레에 길을 터 주기 위해 줄 끄트머리로 돌아갈 것이다. 그토록 이목을 끄는 상황에서, 그토록 산더미같이, "하늘의 별까지 닿도록"[77] 쌓인 내 과거 비행의 기록은 하인들을 시켜 시트나 덮개나 식탁보로 가리는 것조차 불가능하리라! 사람들은 나의 범죄를 그저 아는 데서 그치지 않고 두 눈으로 똑똑히 보게 될 것이다. 그러나 이런 형태의 결과가 무엇보다도 내 상상력을 사로잡은 이유는, 이것이 나와 누나가 특히 재미있게 읽었던 『아라비안나이트』의 한 이야기와 연관되어 있었기 때문이다. 그것은 몸에 항상 밧줄을 지니고 다니는 젊은 짐꾼이 어느 늙은 마법사의 특별한 '사유지'를 우연히 침범하게 되는 이야기였다. 그는 그곳에 갇힌 아름다운 여인을 발견하고, 자기가 쭈글쭈글한 마법사보다 그녀의 나이에 더 적합한 신랑감임을 호소하며 그녀에게 구혼한다(그리고 성공할 가망이 없지 않다). 그런데 이 중대 기로에 마법사가 돌아온다. 젊은이는 그날은 무사히 도망쳐 나왔지만 불운하게도 밧줄을 챙겨 오지 못했다. 다음

날 아침 마법사가 그의 집 대문을 두드린다. 마법사는 자신의 하렘에 밧줄을 놓고 간 불운한 젊은이에 대해 짐짓 대단히 진심 어린 태도로 크나큰 애도의 뜻을 표한다. 이 이야기를 읽을 때 나는 젊은이의 떨리는 입술을 빌려 마법사를 향해 복화술을 하며 누나를 웃기곤 했다. "오, 마법사님! 이 밧줄은 제 것일 리가 없습니다. 이건 지나치게 좋은 물건입니다. 게다가 아시다시피 누가 다른 가난한 젊은이를 상대로 도둑질을 하겠습니까? 천만에요, 마법사님, 저는 이렇게 아름다운 밧줄을 살 만한 돈을 가진 적도 없습니다." 하지만 마법사 앞에서 우겨 보았자 소용없다. 마법사는 젊은 짐꾼을 강제로 끌고 길을 떠나며 ― 그의 밧줄을 챙기는 것도 잊지 않는다.

한때 내게 그토록 깊은 인상을 남긴, 머나먼 시대와 머나먼 땅에서 온 단순한 허구적 이야기 속의 사례가, 지금 여기서 문자 그대로 나 자신에게 재현되었던 것이다. 마법사가 낡은 밧줄을 고문 도구 삼아 젊은이를 괴롭힌 것이든, '서적출판업회관'이 1만 5천 권의 책(어쩌면 그 꽁무니에도 밧줄이 달려 있었을까?)으로 나를 괴롭힌 것이든 무슨 차이가 있단 말인가? 그로부터 채 12개월도 안 되어 나 자신이, 아아! 신뢰할 수 있는 조언자도 없이 세상에 홀로 선 채로, 마법사의 내실에 침입한 바그다드 젊은이의 공포를 내면에서 고스란히 체험하게 될 줄을 우리 중 한 명이라도 짐작했더라면, 내가 복화술을 했을 것이며 누나는 이를 보며 웃었을 것인가? 마치 그때 내가 『아라비안나이트』에서 나 자신에 대한 전설을 읽고 있었던 것 같았다. 나는 이미 수천 년 전에 티그리스 강둑에서 활자로 예언되었던 것이다. 공포와 비탄이 나를 그런 생각으로 이끌었다.

　　오호통재라! 한 아이의 고뇌는 어른들의 웃음거리가 될 수도 있으니!—심지어 고통의 당사자인 나 자신마저도 마치 그것이 농담이었던 것처럼 웃을 수 있다. 3년간 내 삶의 은밀한 고통을 이루었던 것, 마치 잠 못 드는 역병 환자들의 귀에 째깍거리는 죽음의 시계[78]와도 같았던 그 영원한 공포를 가지고 말이다. 나는 감히 조언을 구하지 못했다. 구할 사람이 없었다. 우리 둘 다 이해하지 못하는 문제에 대해서는 아마 누나라도 조언해 줄 수 없었을 것이다. 그리고 다른 사람들에게서 정보를 구하려 한다면 그 이유가 전부 들통나게 될 터였다. 그러나 조언은 주지 못한다 해도, 누나는 내게 동정을, 그녀의 끝없는 사랑의 표현을 베풀었을 것이다. 그리고 모든 괴로움을 잠시나마 치유하는 공감의 위안과 더불어 최고의 사치—나 자신보다도 더 나를 배신하지 않을 오직 한 사람의 손에 내 비밀이 있으므로, 내 비밀을 내주었으되 내주지 않았다는 인식—를 선사했을 것이다. 당시, 내 고통이 극에 달했던 그해에 나는 카이사르의 저작을 읽고 있었다. 오, 월계관을 쓴 학자여—햇빛 찬란한 지성이여—"이 세계의 제일인자"[79]여—얼마나 자주 나는 그대의 불후의 저작을 베개 삼아 내 피곤한 이마를 받쳤던가! 저녁에 집으로 돌아올 때면, 나를 포위한 상념에 누구 눈에도 띄지 않고 몸을 내맡길 수 있는 어느 조용한 들판으로 발길을 돌리곤 했노라! 불과 1년 사이 내 행복을 뒤집어엎은 혁명은 경악스러웠고 그 경악에는 끝이 없었다. 이런 격랑이 나를 집어삼킬 수 있다니! 그해 초에는 얼마나 눈부시게 행복했던가! 그해 말에는 얼마나 견딜 수 없이 외로웠던가!

"그대는 알리라, 얼마나 높은 데서
얼마나 깊은 구렁텅이로 떨어졌는가를."[80]

오래도록 나는 자신도 이해할 수 없는 정처 없는 생각에 사로잡혀 심연들을 더듬었다. 오래도록 나는 막연한 생각들을 머릿속에서 만지작거렸다. 어떤 어렴풋한 방식으로 누나의 사랑이 나를 고통에서 구출하는 데 소용될 수 있을지, 혹은 똑같이 어렴풋한 어떤 방식으로, 내가 겪었고 또 겪고 있는 고통이 그녀의 사랑을 되찾기 위한 보속이 될 수 있을지를.

독자여, 여기서 잠시 멈추라! 당신이 저 구름까지 닿는 그네에 앉아, 광기에 찬 두 손의 충동에 따라 진동하고 있다고 상상해 보라. 인간의 꿈에는 광기의 힘과 광기의 무서운 변덕과 광기의 악의가 깃들어 있을지 모르나, 바로 그 꿈의 희생자는 그럴수록 광기로부터 더 확실히 멀어지는 까닭이다. 마치 다리에 가해지는 압력이 커질수록 그 저항력도 커지면서 힘과 응집력을 얻는 것처럼 말이다. 이 그네에 앉은 당신은 우울의 최저점에 급속히 도달했듯이 그 못지않게 드높은 별들의 고도까지도 단숨에 올라가게 될 것이다. 또 우리의 격렬한 행로를 오르락내리락하며 고점과 저점을 목격할 것이고, 당신의 안내자이자 이 진동의 지배자인 나를 향해 때때로 조심스럽고 의심스러운 눈길을 보내고 싶을 것이다. 내가 멈춤을 외친 시점에 독자는 내 유년기 고통의 밑바닥에 도달했다. 나는 이 『고백』의 운동을 지배하는 예술적 원칙에 따라, 이 지점으로부터 솟아오르는 환상의 아치 너머 높은 곳으로 그를 쏘아 올릴 계획이었다. 이는 그의 행로에서 방금 묘사한 나락으로의 곤두박질과 균형을 맞추기 위해 꼭 필요했다. 그러나 출판사의 사정으로 이번 달 호에서 그 목표를 달성하기가 불가능해졌다.[81] 글 전체의 균형과 상호 대립을 위해 계획한 단락들의 효과를 극대화하는 데 꼭 필요했던 입지적 이점이 이렇게 사라지다니 아쉽다. 한편 정규 돛대가 없을 경우 임시 돛대를 설치하는 수부의 원칙에 의거하여, 나는 일종의 '임시' 결어를 방편으로 삼으려 한다. 이는 그 비중으로 보면 균형을 맞추기에 불충분하지만, 내가 생각했던 균형을 질적으로 표현하기에는 충분할 것이다. 본 『고백』의 앞부분을 정말로 읽은 사람이라면, 내가 과거를 더 엄정히 고찰함으로써 — 꿈꾸는 능력을 담

103

당하는 조직 전체가 여태껏 기록된 모든 선례를 뛰어넘는 경련을 일으켰음을 고려할 때 이는 당연한 수순이었다. — 이 엄청난 결과에 한 가지 힘이 아니라 두 가지 힘이 함께 작용했다고 확신하기에 이르렀음을 알게 될 것이다. 유년기의 경험은 아편과 동맹을 맺고 자연적으로 공동 작용한 힘이었다. 유년기의 경험을 서술한 것은 바로 그런 이유에서였다. 논리적으로 볼 때, 꿈꾸는 능력의 경련과 이 경험의 관계는 이것과 아편의 관계와 동일하다. 내 유년기 꿈의 극장에는 이상화하는 경향이 존재했다. 그러나 그것을 연출하고 채색하는 초자연적인 힘은 두 원인이 결합한 이후에야 처음으로 발달했다. 이제 그로부터 12년 반이 흘러 옥스퍼드에 있는 내 모습을 가정해 보자. 나는 청춘의 찬란한 행복 가운데 있으나 이제 아편에 최초로 손대기 시작했다. 그리고 이제 최초로 유년기의 소요가 강렬히 재개되었다. 이제 최초로 그것은, 독립적이고도 동시적인 아편의 자극 아래서 새 생명을 얻은 힘과 장대함으로 두뇌를 엄습했다.

다시금, 12년의 세월이 흐른 후에, 유년 시절의 아이 방이 내 눈앞에 펼쳐졌다. — 누나가 침대에서 신음하고 있었다. — 나는 이해할 수 없는 두려움으로 안절부절못하기 시작했다. 다시금, 그러나 이제는 거대한 크기로 자라난 그 유모가, 어느 그리스비극의 무대 위에 있는 듯이 우뚝 서서 한 손을 치켜들고는, 마치 코린토스의 아이 침실에서 자식들만을 데리고 당당히 홀로 선 메데이아처럼* 나를 바닥에 때려눕혀 실신시켰다. 다시금 나는 누나의 시신을 안치한 방에 있었다.—다시금 생명의 장관이, 여름의 찬란함이, 죽음의 서리가 침묵 가운데서 일어났다. 꿈은 꿈속에서 신비스럽게 그 형체를 갖추었고, 누나 방의 황홀경—푸른 창공, 끝없는 천정, 치솟는 격랑, "그 위에 앉으신 분"[83]의 (모습이 아닌) 사념에 둘러싸인 옥좌, 도주와 추적, 지상으로 귀환하는 나의 돌이킬 수 없는 발걸음—이 이 옥스퍼드의 꿈속에서 끝없이 새롭게 빚어졌다. 다시금 장례 행렬이 모였다. 흰 중백의를 입은 사제가 한 손에 책을 들고, 교회지기가 삽을 들고 파헤친 무덤가에 서서 기다렸다. 관이 내려갔다. 티끌은 티끌로 가라앉았다. 다시금 나는 어느 천상의 일요일 아침 성당에 있었다. 하느님의 황금빛 햇살이 그의 사도들, 순교자들, 성인들의 머리 가운데 잠들어 있었다. 연도 한 구절—구름한 조각—이 다시금 얇은 커튼이 드리운 침대들을 깨워하늘 높이 올려 보냈고—다시금 환영(幻影)의 두 팔을 깨워서 아래로 움직여 침대들을 맞이하게 했다. 다시금 찬송가의 증폭이—할렐루야 합창의 파열이—폭풍이—그모두를 짓밟는 성가의 격정적 움직임이—내 떨리는 공명의 소요가—성가대의 요동이—오르간의 분노가—일어났다. 다시금, 수렁에서 뒹굴던 나는 구름 위에 올라선 자가 되었다. 그리고 이제 옥스퍼드에서, 모든 것이 한데 묶

* 에우리피데스.[82]

105

여 일체가 되었다. 최초의 상태와 최후의 상태가 서로 녹아들어 태양처럼 빛나는 찬란한 안개가 되었다. 내가 자리한 높은 곳에서 무수히 반짝이는 천상의 존재들이 죽어가는 아이들의 베개 주위를 감싸고 맴돌았다. 그리고 그런 존재들은 기진한 슬픔과 솟구치는 슬픔에 똑같이 공감한다. 그런 존재들은 죽음 가운데서 앓는 아이들과 살아 있으나 눈물 흘리며 앓는 아이들을 똑같이 동정한다.[84]

1. 키케로, 『의무론』, 1권 151절. "무역이 소규모라면 천하게 생각해야 하지만, 그것이 대규모로 세계 각처에서 물품을 수입하여 대량으로 많은 사람들에게 속임 없이 분배한다면 비난을 퍼부어선 안 될 것이다." (마르쿠스 툴리우스 키케로, 『키케로의 의무론』, 허승일 옮김, 서광사, 2006, 109쪽.) 드 퀸시가 키케로의 『의무론(On Duties)』을 『윤리학(Ethics)』으로 오기한 듯하다.

2. small beer. 상하수도가 발달하지 않은 19세기에 깨끗하지 않은 물 대신 마시던 묽은 맥주.

3. 구약성서 「잠언」 30장 8절에 나오는 ('아가르'가 아니라) 아구르의 기도. "가난하게도, 부유하게도 마십시오. 먹고 살 만큼만 주십시오."

4. 마르쿠스 아우렐리우스는 『명상록』 1권에서 유년기의 자신에게 좋은 모범이 되었던 사람들의 이름을 열거한다.

5. 드 퀸시에게는 형제가 세 명 있었는데 그중 장남인 윌리엄은 어린 드 퀸시를 놀리고 괴롭혔다.

6. 워즈워스의 시, 「우리는 일곱이에요 (We are seven)」 49행 참조. "먼저 죽은 게 제인 언니였는데."

7. 실제로 제인 퀸시(1786–90)는 드 퀸시보다 한 살 어렸다.

8. sad perplexity. "흐릿하고 희미한 또 조금은 슬픈 당혹감이 깃든 / 숱한 기억들과 더불어, / 마음속 그림이 되살아난다." (윌리엄 워즈워스, 『워즈워스 시선』, 윤준 옮김, 지식을만드는지식, 2014, 「틴턴 수도원에서 수 마일 떨어진 상류 지점에서 지은 시」, 36쪽.)

9. 여기서 드 퀸시는 막내아들 줄리어스(1829–32)의 죽음에 대해 이야기하고 있다. 드 퀸시의 아내 마거릿은 줄리어스가 죽고서 (7년 뒤가 아니라) 5년 뒤에 사망했다.

10. 찰스 화이트(Charles White, 1728–813)와 토머스 퍼시벌(Thomas Percival, 1740–804)은 드 퀸시 집안의 주치의였고 맨체스터 지식인 사회에서 영향력 있는 인물이었다. 퍼시벌이 집필한 『아버지의 가르침(A Father's Instruction)』은 어린 드 퀸시와 누나 엘리자베스의 애독서였다.

11. 다른 글에서 드 퀸시(『토머스 드 퀸시 저작집: 10권』, 11쪽)는 찰스 화이트의 저서 『인간, 동물, 식물의 규칙적 발전 단계에 대한 설명(Account of the Regular Gradation in Man, and in Different Animals and Vegetables)』에 대해, "인간이 일련의 규칙적인 연결 고리에 의해 짐승과 이어져 있음을 — 일례로 아프리카인의 두개골과 유인원이나 다른 생물종 두개골 간의 차이는 유럽인과

아프리카인의 차이보다 더 급격하지 않음을 — 입증하기 위해 쓰인" 책이라고 소개했다.

12. 뇌수종(물뇌증)은 머리 안에 뇌척수액이 축적되어 머리가 부풀어 오르는 질병이다. 드 퀸시는 이 병이 과도한 두뇌 활동과 연관이 있다고 믿었고 자신도 이 병에 걸리지 않을까 두려워했다. 하지만 실제로 엘리자베스의 사인은 뇌척수막염이었을 가능성이 높다.

13. 구약성서 「출애굽기」 13장 21절. "야훼께서는 그들이 주야로 행군할 수 있도록 낮에는 구름기둥으로 앞서가시며 길을 인도하시고 밤에는 불기둥으로 앞길을 비추어주셨다."

14. 밀턴(John Milton, 1608–74), 『실낙원(Paradise Lost)』, 9편 911행.

15. 같은 책, 9편 897–9행.

16. 같은 책, 9편 912–6행.

17. 요한 파울 프리드리히 리히터 (Johann Paul Friedrich Richter, 1763–825)는 독일의 소설가이며 '장 파울'이라는 필명으로 활동했다. 여기서 드 퀸시가 말하는 내용이 리히터가 쓴 어떤 책의 구절인지는 불분명하다.

18. 워즈워스, 「같은 개를 추모하며 (Tribute to the Memory of the Same Dog)」 29–30행.

19. 새뮤얼 테일러 콜리지(Samuel Taylor Coleridge, 1772–834)의 희곡 「회개」 4막 3장 78–9행.

20. "죽음을 떠올릴 때마다, 일 년 중 어느 계절보다 여름의 죽음이 더욱 가슴 아프다."(토머스 드 퀸시, 『어느 영국인 아편 중독자의 고백』, 김명복 옮김, 펭귄클래식코리아, 2011, 131쪽 참조.)

21. 신약성서 「마태오의 복음서」 12장 1절. "그 무렵 어느 안식일에 예수께서 밀밭 사이를 지나가시게 되었는데 제자들이 배가 고파서 밀 이삭을 잘라먹었다."

22. 부활절 직전의 일요일로, 예수가 십자가형을 앞두고 군중의 환영을 받으며 예루살렘으로 입성한 사건을 기념하는 날이다.

23. 아폴론 신전이 있는 곳으로, 고대 그리스인들은 이곳이 세계의 중심이라고 믿었다.

24. 고대 그리스신화에 나오는 에티오피아의 왕으로, 테베에 있는 그의 거대한 석상에 아침 햇빛이 닿으면 음악과 같은 소리가 난다고 한다.

25. 여기서 드 퀸시는 바람이 스치면 저절로 소리가 나는 '에올리언하프 (Aeolian harp)'를 말하는 듯하다. 에올리언은 그리스신화에 나오는 바람의 신 아이올로스에서 유래한 이름이다.

26. 고대 그리스의 신플라톤주의 철학자 플로티노스(205–70)의 『엔네아데스』, 6권 9장 11절 참조. "자기 자신 안에 머무른다는 것은 저 (세상의) 존재하는 것들 사이에 존재하는 어떤 것이 아님을 가리킨다. 왜냐하면 누구든 [세상에 존재하는 것들의] 존재로서가 아니라 존재 저편에 다가가는 영혼을 일으켜 세울 수 있겠기 때문이다. (…) 그리하여 지혜를 통해 저편의 존재에 이르게 될 것이다. 이 같은 자는 신에 속하는 자일지니, [소위] 신적이며 복된 사람으로 사는 것을 가리킨다. 그것은 이 세상에 존재하는 다른 모든 것들과 구별된 삶으로서 이 세상에 존재하는 것들을 더 이상 좇지 않는 삶이요, 하나를 향한 하나의 피신(= 진정 호젓함을 향한 호젓한 자의 피신)을 뜻한다." (플로티노스, 『플로티노스의 '하나'와 행복』, 조규홍 옮김, 누멘, 2010, 52쪽.)

27. 이 '마지막 주석'은 끝내 쓰이지 않았다.

28. like a guilty thing. 셰익스피어, 「햄릿」 1막 1장 130–3행. "유령이 말할 찰나 수탉이 울었어. 그러자 무서운 귀환 명령을 들은 죄지은 자처럼 화들짝 놀라더군." (『셰익스피어 전집』, 이상섭 옮김, 문학과지성사, 2016, 489쪽.)

29. 기독교 전승에 따르면, 방랑하는 유대인은 십자가를 짊어지고 가는 그리스도를 조롱한 벌로 심판의 날이 올 때까지 죽지 못하고 지상을 방황하는 저주를 받았다. 이 유대인에게는 다양한 이름이 붙었는데 그중 '아하수에로'는 17세기 독일에서 출간된 팸플릿에서 유래했다.

30. 이 예언은 결국 이루어졌다. 드 퀸시는 임종 직전에 깜짝 놀란 듯이 두 팔을 치켜들고 "누님! 누님! 누님!(Sister! sister! sister!)"이라고 외쳤다고 한다.

31. 드 퀸시의 장남 윌리엄은 1834년 18세의 나이로 사망했고, 머리에 부검이 행해졌다. 드 퀸시는 아들이 엘리자베스처럼 뇌수종으로 죽었다고 믿었지만 실제로 그의 사인은 급성 백혈병이었을 가능성이 높다.

32. 신약성서 「고린토인들에게 보낸 첫째 편지」 15장 42–3절.

33. 이 글이 쓰인 당시 계관시인(1843–50)이었던 윌리엄 위즈워스.

34. 위즈워스, 『소요(The Excursion)』, 4권 153–61행. "이성이 약속하고 성서가 / 모든 신자들에게 보장하는 / 순수와 불멸과 지복의 / 상태에 대한 만족스러운 관점을 / 확립할 수만 있다면, 그 누가 / 이 불안정한 세상을 떠난 사랑하는 이를 / 그렇게 오래도록 끈질기게 애도할 만큼 / 몰지각할 수 있겠는가? 누가 그러한 / 이기적인 지경까지 내려앉을 수 있겠는가?"

35. 신약성서 「고린토인들에게 보낸

첫째 편지」15장 51절. "내가 이제
심오한 진리 하나를 말씀드리겠습니다.
우리는 죽지 않고 모두 변화할
것입니다."

36. 『성공회 기도서』의 매장 예식에서
하관 기도문의 일부.

37. 근시를 말한다. 드 퀸시가
옥스퍼드에 입학할 무렵에는 사람
얼굴을 분간할 수 없어 인사를 못 할
정도로 근시가 심해졌다.

38. 교회 건축에서 통로(aisle)의 상부층.
회중석 쪽으로 열려 있다.

39. litany. 인도자와 회중이 번갈아
주고받으며 읊는 기도.

40. 신약성서 「마태오의 복음서」18장
1–6절 참조.

41. 신약성서 「루가의 복음서」12장
24–7절.

42. communion undisturbed. 워즈워스,
『소요』, 4권 83–6행. "당신은 우리
주위를 / 유년의 구름으로 감쌌고, 당신
자신이 / 그 속에서 우리의 단순성과
잠시간 / 지상에서 누구의 방해도
없는 교감을 나누었으리라." 여기서
당신(thou)은 절대자를 가리킨다.

43. 하인리히 코르넬리우스
아그리파(Heinrich Cornelius Agrippa,

1486–535)는 독일의 철학자이자
신비주의자이다. 저서인 『오컬트 철학에
대한 세 권의 책(De occulta philosophia
libri tres)』에서 공기가 곧 '정기(精氣,
vital spirit)'이며 이것이 "마치 전능한
거울처럼 온갖 자연물과 인공물뿐만
아니라 모든 말들을 자신 안에 받아들여
간직하며, 그것을 싣고 사람과 동물들의
몸속으로 들어가서 (…) 갖가지 기이한
꿈과 예언의 재료를 제공한다."고
주장했다.

44. 하지만 드 퀸시는 뒤에서 이 주제를
다시 언급하지 않았다.

45. 『블랙우즈 매거진』에 첫 번째로
게재된 원고는 여기서 끝난다.

46. 『발렌슈타인의 죽음(Wallensteins
Tod)』은 30년전쟁을 배경으로 한
프리드리히 폰 실러(Friedrich von
Schiller)의 희곡으로, 1800년에
콜리지가 번역했다. 알브레히트 폰
발렌슈타인(Albrecht von Wallenstein)은
30년전쟁 중 신성로마제국 군대의
사령관이었고, 오타비오 피콜로미니
(Ottavio Piccolomini)는 그 휘하의
장군이었다. '소(小) 피콜로미니'는
오타비오 피콜로미니의 아들인 막스
피콜로미니로, 실러가 창작한 인물이다.

47. 앞에서 인용한 발렌슈타인의 대사
앞부분. 콜리지는 이 문장을 "What
pang is permanent with man?(그 어떤
고통이 인간에게 영원하겠소?)"로

옮겼지만, 나중에 이것이 부정확한 번역이며 "What does not man grieve down?(인간이 감내하지 못할 것이 무에 있겠소?)"이 원문에 더 가깝다고 정정했다.

48. 셰익스피어, 「안토니와 클레오파트라」, 4막 15장 10–1행. "조금 전엔 말처럼 생겼던 게 / 금세 흩어져서 물에 물을 탄 것처럼 / 분간할 수 없게 돼."(『셰익스피어 전집』, 이상섭 옮김, 문학과지성사, 2016, 845쪽.)

49. 이 부분에서 무엇이 삭제되었는지 알 수 없다.

50. 이 부분에서 무엇이 삭제되었는지 알 수 없다.

51. 미국의 화가이자 시인 워싱턴 올스턴(Washington Allston, 1779–843)이 그린 『예언자 엘리사의 뼈에 닿아 되살아난 시체(Dead Man Revived by Touching the Bones of the Prophet Elisha)』(1811–3)를 가리킨다. 하지만 이 그림은 제단화가 아니다.

52. 오비어(Obeah)는 서아프리카에서 기원하여 카리브해 연안에서 신봉되는 주술 신앙이다.

53. 영국계 아일랜드 작가 마리아 에지워스(Maria Edgeworth)는 그의 사회소설 『벨린다(Belinda)』(1801)에 오비어 주술을 소재로 차용했다.

54. '세 손가락 잭'이라는 별명으로 불렸던 잭 맨송(Jack Mansong)은 노예 출신의 도적 우두머리로 1780–1년 자메이카 섬의 식민 지배자들을 공포에 몰아넣었다. 전승에 따르면 그가 차고 다녔던 작은 오비어 주머니가 그를 불굴의 존재로 만들어 주었다고 한다. 그는 민간 영웅이 되었고 영국에서도 그를 주인공으로 한 연극이 상연되었다.

55. the sublime attractions of the grave. 워즈워스, 『소요』, 4권 238행. "무덤의 숭고한 매력 속에서 / 은밀히 기뻐하며, 사랑을 굳게 다지고 / 순수한 갈망을 지탱할 정도의 / 딱 그만큼의 슬픔만을 남기고."

56. 여기서 드 퀸시가 인용하는 책은 덴마크 전설에 바탕을 둔 괴테의 이야기시 「마왕」을 영국 소설가 매슈 루이스(Matthew Lewis)가 영역한 판본(1801)이다.

57. 드 퀸시의 후견인 중 한 명이었던 새뮤얼 홀(Samuel Hall)을 말한다.

58. '투르크인'이라는 뜻도 있다.

59. 그리스신화에 나오는 지옥 밑의 바닥없는 연못. 하지만 베르길리우스의 『아이네이스』에서 이 포효는 타르타로스가 아니라, 사람을 짐승으로 바꾸는 사악한 마녀 키르케의 궁전에서 들려오는 소리였다.

60. 베르길리우스, 『아이네이스』, 7권 15–6행 참조. "그녀의 궁전에서는 사슴을 거부하여 밤늦도록 울부짖는 / 사자들의 성난 신음 소리와 (…) 큰 짐승들이 짖어 대는 소리가 들려왔다." (『아이네이스』, 천병희 옮김, 숲, 2007, 224쪽.)

61. 신약성서 「마태오의 복음서」 5장 7절.

62. ague. 당시 고열을 일컫던 의학 용어.

63. '도시(로마)가 세워진 이래로.' 고대 로마의 역사가 리비우스가 쓴 『로마사』의 원제이다.

64. 킬크롭은 진짜 아기와 바꿔치기된 요정이나 악마의 아기를 말한다. 로버트 사우디의 시 「킬크롭(Killcrop)」 119–20행 참조. "내 말을 믿게, 자네의 착각이야, 이 아이는 킬크롭이 아니네. / 얘가 방긋 웃는 것을 보게! 가여운 아기, 아이를 내게 주게나."

65. 신약성서 「마태오의 복음서」 11장 11절. "나는 분명히 말한다. 일찍이 여자의 몸에서 태어난 사람 중에 세례자 요한보다 더 큰 인물은 없었다. 그러나 하늘나라에서 가장 작은 이라도 그 사람보다는 크다."

66. 워즈워스의 시 「어린 시절의 추억으로부터 불멸을 깨닫는 노래(Ode: Intimations of Immortality from Recollections of Early Childhood)」.

67. "대사제들과 율법학자들은 예수께서 행하신 여러 가지 놀라운 일이며 성전 뜰에서 "호산나! 다윗의 자손!" 하고 외치는 아이들을 보고 화가 치밀어서 예수께 "이 아이들이 하는 말이 들립니까?" 하고 물었다. 예수께서는 그들에게 "들린다. '주께서 어린이들과 젖먹이들의 입으로 주를 찬양하게 하시리라.' 하신 말씀을 읽어본 일이 없느냐?" 하고 대답하셨다."

68. 워즈워스의 시 「물새(Water Fowl)」 10–7행. "그들의 환희에 찬 약동은 / 수백의 곡선과 원으로, 앞뒤로 / 위아래로 전개되며, 마치 하나의 정신이 / 그들의 지칠 줄 모르는 비행을 조종하듯 / 복잡하나 혼란스럽지 않게 전진한다. 이제 끝인가 — / 열 번 아니 그 이상이나, 나는 멈춘 줄 알았지만 / 보라! 사라졌던 무리가 다시금 / 솟구친다."

69. 고대 그리스의 기하학자(B.C. 240?–190). 저서인 『원뿔곡선론(Conics)』에서 포물선, 타원, 쌍곡선의 개념을 처음으로 정립했다.

70. 중세 영국의 연대기 작가 몬머스의 제프리(Geoffrey of Monmouth)가 쓴 『브리타니아 열왕기(The History of the Kings of Britain)』(1138)의 기술에 따르면, 트로이의 신화적 영웅인 아이네이스가 브리튼 섬에 정착하여 브리튼의 전설적인 초대 왕인 '트로이의

브루투스'의 조상이 되었다고 한다.

71. 프랑스 신학자이며 칼뱅의 후계자인
테오도르 베자(Theodore Beza)의
신약성서 라틴어 번역본(1556)은 킹
제임스 성경(1611)을 번역할 때 중요한
참고 문헌이었다.

72. 신약성서 「고린토인들에게 보낸
첫째 편지」15장.

73. 그리스어와 라틴어 시 율격 중 일부.

74. 셰익스피어, 「맥베스」, 4막 1장
133행. "최후의 심판까지 이어 나갈
셈이냐?"(『셰익스피어 전집』, 이상섭
옮김, 문학과지성사, 2016, 666쪽.)

75. 1556년 영국에서 왕령으로
설립된 인쇄·출판·도서 판매업 길드.
출판물의 판권을 보호받기 위해서는
서적출판업조합에 등록해야 했다. 무단
복제 행위는 처벌받는다는 경고문이
책에 삽입되기도 했다.

76. 가극의 한 장면.

77. 밀턴, 「셰익스피어에 대해(On
Shakespeare)」, 1–4행. "나의
셰익스피어의 영예로운 뼈에 무엇이
필요할까, 돌무더기에 바친 긴 세월의
노동일까, 하늘의 별까지 닿는 피라미드
밑에 / 그의 신성한 유골을 감추어야
할까?"

78. the ticking of death-watch.
딱정벌레의 일종인 빗살수염벌레(death-
watch beetle)는 밤중에 낡은 집의 목재
등을 갉아먹으며 시계가 째깍거리는
듯한 소리를 내는데, 그래서 이 소리가
죽음의 전조라는 미신이 있다. 이 벌레
소리는 에드거 앨런 포의 「고발하는
심장」에도 등장한다.

79. 셰익스피어, 「줄리어스 시저」, 4막
3장 22행.

80. 밀턴, 『실낙원』, 1편 91–2행.

81. 원래 드 퀸시는 『탄식』의 두 번째
연재글을 「레바나와 슬픔의 모후들」로
끝맺을 계획이었지만, 4월 호 지면이
부족해 세 번째 연재분으로 넘겨야 했다.

82. 에우리피데스의 희곡 「메데이아」
1271–8행. 이아손에게 배신당한
메데이아가 격분하여 그와의 사이에서
태어난 자식들을 살해하는 장면.

83. 밀턴의 시, 「장엄한 음악을 듣고서(At
a Solemn Music)」 6–8행 참조. "그
위에 앉으신 분의 청옥색 옥좌 앞에서
/ 흐트러짐 없이 순수한 조화의 노래 /
영원히 불리워지네."

84. 『블랙우즈 매거진』에 두 번째로
게재되었던 글은 여기서 끝난다.

팰림프세스트

남성 독자여, 아마 당신은 팰림프세스트가 무엇인지 나보다 더 잘 알 것이다. 어쩌면 당신의 서재에도 한 부 소장되어 있을지 모른다. 그럼에도 이를 알지 못하거나 잊었을 수도 있는 다른 사람들을 위해 여기서 내가 설명하는 것을 양해해 주기 바란다. 영광스럽게도 이 졸문에 눈길을 주시는 어느 여성 독자께서, 내가 한 번도 설명하지 않았다며 질타하는 일이 없도록 하기 위해서 말이다. 이는 내가 세 번이나 설명했다며 자존심 강한 남성 열두 명이 동시에 제기하는 불평보다 더 견디기 힘든 일일 것이다. 그러므로 그대 어여쁜 독자여, 내가 오로지 당신의 편의를 위해 이 단어의 의미를 설명함을 이해하시라. 이는 그리스어다. 그리고 당신의 모든 그리스어 질문에 상담해 주는 의무와 특권은 우리 남성들의 기쁨이다. 당신이 허락한다면 우리는, 당신을 위한 종신 세습 통역관이다. 그러니 당신이 어느 그리스어 단어의 의미를 우연히 안다 해도, 이 문제에 박식한 상담역인 우리에 대한 예의의 차원에서 언제나 그것을 알지 못하는 척해 주시길 바란다.

팰림프세스트는 여러 번 반복하여 겹쳐 써서 원래 적혀 있던 원고가 지워진 양피지 낱장 또는 두루마리이다.

그리스인과 로마인 들이 인쇄 서적의 이점을 누리지 못했던 이유는 무엇일까? 100명 중 아흔아홉 명은 대답할 것이다. — 그때는 아직 인쇄술의 신비가 발견되지 않았기 때문이라고. 그러나 이는 완전한 오해다. 분명히 인쇄술의 비밀은 활용되기, 아니 활용 가능해지기 이전에 이미 수천 번이나 발견되었다. 인간의 창의력은 비범하며, — 길이 남을 우둔한 세대를 잇달아 거치며 소파가 더디게 발전해 온 과정을 통해 쿠퍼(Cowper)가 대단히 재미나게 보여 주듯이[1] — 인간의 어리석음 또한 비범하다. 등받이 없는 조립 걸상이 의자로 승격되기까지는 수 세기간의 돌대가리들을 거쳐야 했다. 그리고 의자를 늘려서 긴 안락의자(*chaise-longue*), 즉 소파로 만들 수 있는 가능성이 드러나는 데는, 과거 세대의 기준으로 보면 천재의 기적과도 같은 일이 일어나야 했다. 그렇다. 이는 지력의 엄청난 고투를 요하는 발명이었다. 그러나 이것마저도, 또 인간의 어리석음은 너무도 감탄스러운 만큼, 인쇄술과 관련하여 자신을 그토록 노골적으로 빤히 쳐다보는 대상을 회피해 온 과업에는 정녕 미치지 못했다. 일상의 평범한 활용을 매일 수없이 반복하는 과정에서 인쇄술의 주된 비밀을 읽어 내는 데는 아테네의 지혜가 필요치 않았다. 다양한 수공업 장인들 사이에 통용된 유사한 기술들은 말할 것도 없고, 인쇄에 필요한 일체의 기술은 동전과 메달을 주조하는 모든 나라에 확실히 알려져 있었다. 그러므로 일찍이 페이시스트라토스[2] 시대부터 인쇄 서적의 도입을 막은 장애물은 인쇄술 — 다시 말해 대량으로 찍어 내는 기술 — 의 부재가 아니라 찍히는 값싼 재료의 부재였다. 고대인들은 금

116

과 은으로 된 기록에 인쇄술을 응용했지만 금은보다 값싼 대리석과 기타 여러 재료에는 응용하지 않았다. 그런 재료로 된 기념물은 일일이 명각(銘刻)을 하는 수고가 필요했기 때문이다. 초기의 인쇄 역량을 그 원천에서부터 동결시킨 것은 단지 찍히는 값싼 재료의 결핍이었다.

이러한 관점은 약 20년 전, 더블린의 현 대주교인 웨이틀리 박사에 의해 명쾌하게 상술된 바 있다.[3] 내 생각에 이 견해를 처음 제시한 공로는 그에게 돌아가야 한다. 그 이후 이 이론은 간접적으로 확증되어 왔다. 그러니까 내 구성 있는 책을 만들기에 적합한 모든 재료가 애초부터 부족했고 이 상태가 비교적 근래에 이르기까지 지속된 탓에 팰림프세스트가 만들어질 여지가 생겨난 것이다. 자연스럽게도, 양피지나 독피지(犢皮紙, 송아지 피지) 두루마리가 한때 그 시대 사람들에게 관심을 끌었던 내용을 몇 세대 동안 전파했지만 견해 또는 취향의 변화로 그 내용이 감정적으로 시들해지거나 지적으로 시대에 뒤떨어지면서 소임을 다했을 때, 양피지나 독피지 같은 값어치 있는 재료와 그 안에 담긴 값어치 있는 사상의 화물이라는 이중적 측면을 지닌 인간 기술의 산물은, 두 측면의 가치가 동시에 급락했다.—그러나 이는 두 측면이 서로 뗄 수 없이 엮여 있었다고 가정할 때에 한해서다. 한때 피지에 그 가치를 불어넣었던 것은 인간 정신의 날인이었다. 비록 송아지 피지가 값비싼 재료이긴 했어도 그것이 전체 결과물의 가치에 기여하는 요소는 어디까지나 부차적이었다.

그러나 세월이 흐르면서 매개체와 화물 사이의 관계는 서서히 약화되었다. 보석을 박아 넣는 틀이었던 피지는 세월이 흐르면서 보석 그 자체로 승격되었다. 그리고 피지에 주된 가치를 부여했던 사상의 화물은 이제 그 가치를 유지하는 데 주된 장애물이 되었다. 아니, 그 가치를 아주 없애 버렸다. 피지와의 연결을 끊을 수 없다는 전제하에서는 그랬다. 그러나 이 단절이 이루어질 수만 있다면, 피지 자체는 그 독자적 중요성을 빠르게—피지에 적힌 글이 쓰레기로 전락하는 것과 같은 속도로—되찾는다. 그리고 보조적 가치를 띠었던 피지는 마침내 모든 가치를 흡수하게 되었다.

그러므로 이 분리가 이루어져야 한다는 게 우리 조상들에게는 중요한 일이었다. 그래서 두루마리에서 글을 지우고 그 위에 새로운 사상들을 연이어 기록할 수 있게 만드는 일이 중세에 화학의 무시 못 할 목표로 떠올랐다. 한때 온실 식물이었으나 이젠 잡초로 취급되는 것을 토양에서 제거한 뒤, 새롭고 더욱 적합한 작물을 받아들일 수 있게 준비시키는 것이다. 수도승 화학자들은 이 목표를 달성해 냈다. 그러나 그들이 성공한 방식은—성공의 정도가 아니라 그 운신의 폭을 제한한 미묘함에 있어—거의 믿을 수 없을 정도로 놀라웠다. 그들의 성공은 그 시대의 당면한 이해관계와도, 또 과거를 복구하려는 우리의 이해관계와도 딱 맞아떨어졌다. 그들은 성공했지만, 그들의 후손인 우리가 그것을 되돌릴 수 없을 정도로 완벽하게 성

118

공하지는 않았다. 그들은 새 원고 쓸 공간을 확보할 정도로 충분하게, 그러나 우리가 오래된 원고의 흔적을 복구할 수 있을 정도로 불충분하게 글을 지웠다. 마법이, 헤르메스 트리스메기스토스[4]가 이 이상의 일을 할 수 있으랴? 어여쁜 독자여, 당신은 이런 문제에 대해 어떻게 생각하겠는가? 현 세대에는 의미 있으나 다음 세대에는 무의미해지고, 그다음 세대에 새롭게 의미를 되찾았다가 네 번째 세대에 가서는 다시 무의미해지는 그런 책을 쓰는 일, 마치 시칠리아의 아레투사 강과 잉글랜드의 몰 강[5]처럼 — 혹은 아이들이 강굽이에서 물수제비 뜬 납작한 돌멩이가 물 밑에 잠겼나 싶더니 수면을 스치며 나오고, 어둠 깊이 가라앉았다가 빛 가운데로 둥실 떠오르기를 반복하며 시야 저 멀리로 요동쳐 나아가듯이, 밤으로 가라앉았다가 낮으로 불타오르기를 번갈아 하며 죽 이어지는 일을 말이다. 당신은 이러한 일이 불가능하다고 말한다. 그러나 사실 이는 한 세대가 죽음을 선고하고 그다음 세대가 되살리는 것, 매장되었다가 후손들에 의해 부활하는 것보다 더 어렵지 않은 문제로 보인다. 그러나 바로 그것이, 우리의 보다 엄정한 화학으로부터 나온 반작용과 결합되었을 때 옛 시대의 미숙한 화학자들이 일으킨 일이었다. 만약 그들이 좀 더 뛰어난 화학자였고 우리가 좀 더 무능했다면, 그들에게서 죽은 꽃이 우리 손에서 부활하는 엇갈린 결과는 나올 수 없었을 것이다. 그들은 자신에게 제기된 일을 했고, 그 위에 원하는 것을 모두 지어 올렸으므로 그 일을

119

효율적으로 해냈다. 그러나 우리가 위에 쓰인 것을 전부 지우고 그 밑의 지워진 것을 전부 복원함으로써 그들의 작업을 되돌려 놓았으므로 이는 비효율적이기도 했다.

일례로, 여기에 아이스킬로스의 「아가멤논」이나 에우리피데스의 「포이니케 여인들」 같은 그리스비극이 담긴 양피지가 있다. 고명한 학자들의 눈에 그 가치는 보잘 것없었으므로, 이는 여러 세대를 거치면서 점점 더 희귀한 물건이 되었다. 서로마제국이 멸망하고 4세기가 흘렀다. 기독교는 또 다른 종류의 드높은 장대함으로 또 다른 제국을 세웠다. 그리고 어느 완고한 그러나 아마도 경건한 수도사가 (자신의 확신에 의거하여) 이교도의 비극을 지우고 그 자리에 수도원의 전설을 채워 넣었다. 그 전설은 꾸며 낸 이야기들을 일화로 끼워 넣어 왜곡되었지만, 그래도 기독교적 윤리와 가장 숭고한 기독교의 계시를 엮어 넣었기에 보다 높은 의미에서 봤을 때는 진실이었다. 그 후로 3, 4, 5세기가 흘렀어도 사람들은 변함없이 경건했다. 그러나 언어가 시대에 뒤떨어지게 되었고, 심지어 기독교 신심에도 새로운 시대가 도래하여 이를 십자군적 열광이나 기사도적 열정의 길로 밀어 넣었다. 이제 피지는 「시드의 노래」나 사자심왕, 「트리스트렘 경」이나 「리보스 데스코누스」 같은 기사 로맨스[6]를 담기 위해 필요해졌다. 이런 식으로, 중세에 알려진 불완전한 화학에 힘입어 한 개의 두루마리가 그것을 물려받은 주인들의 필요에 특화되어, 서로 완전히 판이한, 각기 독립된 3세대의 꽃과 과일을 심는 온실 역할을 하게 되었다. 그리스비극과 수도원 전설과 기사 로맨스는 각각 자신의 시대를 지배했다. 이 수확물들은 시대적으로 멀찍이 떨어진 간격을 두고 인류의 저장고에 차례로 축적되었다. 같은 수력 기계가 같은 대리석 분수로부터, 각 세대의 습관과 교육에 맞추어 그들의 갈증을 해소할 물을, 우유를, 포도주를 길어 전파했다.

그것이 미숙한 수도원 화학의 성과였다. 그러나 우리 시대의 좀 더 정교한 화학은 어설픈 우리 조상들의 이 모든 활동을 거꾸로 돌려, 그들 눈으로 보았을 때 마법의 가장 환상적인 가능성을 모든 단계에서 실현하는 성과를 이루었다. 타고 남은 재로부터 원래의 장미나 바이올렛을 복원해 내겠다는 파라셀수스의 오만한 허풍[7] ― 현대의 업적은 이제 바로 그것에 필적한다. 차례차례 삭제되었다고 상상한 일련의 필적들 하나하나가 그 역순으로 차례차례 소환되었다. 늑대나 수사슴 같은 사냥감을 쫓다가 발자국이 끊길 때마다 급선회와 역주행 흔적을 더듬어 거슬러 올라가는 것처럼, 고대 아테네 무대의 코러스가 스트로페를 통해 신비스럽게 감긴 각각의 스텝을 안티스트로페를 통해 푸는 것처럼,[8] 서로 멀찍이 떨어진 여러 시대의 비밀들은 과학이라는 우리 현대 주술의 엑소시즘*을 통해 수세기간 축적된 그림자로부터 끌려 나왔다. 루카누스의 에

* 일부 독자들은 오로지 영어의 경험에 근거하여, 'exorcise'라는 단어가 명계로의 응당한 추방을 뜻한다고 여기는 경향이 있다. 하지만 그렇지 않다. 명계로부터의 소환, 혹은 때로 고문에 가까운 강제적인 접신의 간청이야말로 좀 더 진정한 주된 의미다.

릭토(『파르살리아』 6권 혹은 7권 참조)[9]처럼 강대한 마녀인 화학은, 심상한 눈에는 꺼진 것 같지만 아직 잉걸불 속에서 명멸하는 생명의 비밀을 망각된 세기의 먼지와 잿더미로부터 비틀어 강탈했다. 심지어 피닉스—영원히 이어지는 화장장의 연기를 통해 여러 세기에 걸쳐 홀로 존재하고 홀로 태어나 번식했던 불멸의 새—의 우화도 우리가 팰림프세스트에 가한 행위의 한 형태에 불과하다. 우리는 기나긴 소급(*regressus*)을 거쳐 피닉스 한 마리 한 마리를 거슬러 올라가, 자기 재 밑의 재 속에서 잠들어 있는 피닉스의 시조를 강제로 노출시켰다. 옛 선조들은 우리의 요술에 경악했을 것이다. 그리고 그들이 파우스트 박사[10]에 대한 화형 집행의 적절성을 놓고 고심했다면, 우리는 생각할 것도 없이 만장일치로 화형시켰을 것이다. 재판도 생략했을 것이다. 그리고 그 일에 참여한 모든 사람의 집을 갈아엎고 그 터에 소금을 뿌리지 않고서는, 우리 현대적 마법의 파렴치한 난봉에 대한 그들의 공포를 잠재울 길이 없었을 것이다.

　　독자여, 내가 예를 들거나 빗대어 말하기 위해 들어 보이는 이 소란스러운 이미지들이, 충동이나 재미를 좇으려는 의도에서 나왔다고 생각하지 말라. 이는 한시도 쉬지 못하고 흔히 신경이 자극받을 때면 열 배는 더 심해지는 사고력의 번득임에 불과하다. 앞으로 한두 가지 이야기를 더 한 뒤에 당신은 이를(어떻게 신경이 자극받고 왜 그러한지를) 이해하는 법을 비로소 알게 될 것이다. 우리 인간

122

존재의 한 가지 위대한 사실에 관한 것으로, 내가 볼 때 어느 팰럼프세스트로부터 기인하며 곧 내가 보여 주게 될 이미지, 기념물, 기록은 웃음에 심하게 반발한다. 간혹 웃음이 가능하다 할지라도 이는 많은 경우 망망대해로부터 던져진 그런 웃음이다.* 숨어서 보이지 않거나, 점점 커지는 소요를 회피하는 듯 보이는 웃음이다. 번쩍이는 심연의 소용돌이 주위에 한순간 인광의 화환을 엮는 포말의 방울들이다. 쾌활함의 환영을 눈앞에 불러오고, 종종 사납게 휘몰아치는 바다의 합창과 섞여 덧없는 웃음의 메아리를 귓가에 불러오는, 지상의 꽃을 흉내 낸 가짜 꽃이다.

인간의 두뇌보다 더 자연적이고 위대한 팰럼프세스트가 또 무엇이 있으랴? 그러한 팰럼프세스트가 바로 나의 두뇌다. 그러한 팰럼프세스트가, 독자여, 바로 당신의 두뇌다. 당신의 두뇌 위에는 사고와 이미지와 감정이 빛처럼 사뿐히 한 겹 한 겹 내려앉아 영구한 지층을 이루었다. 각각의 층들은 과거에 지나간 모든 일을 파묻은 듯하다. 그러나 그럼에도 실제로는 단 한 가지도 사라지지 않았다. 그리고 기록 보관소나 도서관의 고문서들(*diplomata*) 가운데 놓인 독피지 팰럼프세스트에 두서없거나 웃음을

---

* "망망대해로부터 던져진 웃음" — 이 글을 쓰고 있을 때는 내 머리에 떠오르지 않았지만, 많은 독자들은 「프로메테우스」의 이 유명한 구절11을 떠올릴 것이다.

　　　— ποντίων τε κυμάτων

　　　Ἀνήριθμον γέλασμα.

"오, 대양 창파의 무수한 웃음이여!" 아이스킬로스가 이 웃음을 눈에 호소하는 것으로 여겼는지, 귀에 호소하는 것으로 여겼는지는 분명치 않다.

자아내는 요소가 있다면, 흔히 아무런 자연적 관련도 없이 순전한 우연에 의해 두루마리에 연이어 층층이 쌓인 주제들 사이의 그로테스크한 충돌이 존재한다면, 천상에서 창조된 우리 자신의 팰림프세스트, 우리 두뇌에 있는 깊숙한 기억의 팰림프세스트에는 그런 불일치가 존재하지도 않고 존재할 수도 없다. 인간 삶의 순간적 우연과 그 외적 양상은 실로 뜬금없고 부조리할 수 있다. 그러나 이들을 조화롭게 융합하며 확고히 고정된 중심으로 모으는 구성 원리 덕에, 삶의 이질적 요소들이 외부로부터 아무리 많이 축적되더라도 인간의 장대한 통일성은 크게 침해되지 않으며, 죽음의 순간이나 다른 극심한 경련에 휩싸여 과거를 돌아볼 때 그 궁극적 안식이 방해받지 않는 것이다.

물에 빠져서 서서히 숨이 막히는 몸부림도 그런 경련 중 하나다. 그리고 나는 최초의 『아편 고백』에서 자연이 한 부인의 유년기 경험을 통해 나와 소통했던 사례를 언급했다. 그 부인은 이제 대단한 고령이지만 아직까지 생존해 있다.[12] 그리고 원칙을 가볍게 여기거나 빈틈없는 정직성을 소홀히 하는 경향은 그녀의 결점 중에 없다고 말해 두겠다. 오히려 반대로 그녀의 결점은, 아마도 너무 가혹하고 음울하며 타인에게도 자신에게도 너그럽지 못한 엄격성에서 기인한 것이었다. 이 사건을 들려주었을 때 그녀는 이미 매우 연로했고 금욕주의를 따를 정도로 독실한 신자였다. 지금 내 기억에 따르면, 그녀는 만 9세 때 외딴 개울가에서 놀다가 그 안의 깊은 웅덩이 속으로 빠졌

124

다. 말을 타고 좀 떨어진 길을 지나던 농부가 수면으로 떠오르는 그녀의 모습을 보고 달려와 겨우 목숨을 구했지만, 그러기까지 얼마나 긴 시간이 경과했는지는 아무도 모른다. 그사이에 그녀는 죽음의 심연으로 내려가 그 비밀을 — 이승으로의 복귀를 허락받은 인간이 두 눈으로 볼 수 있었던 가장 먼 곳까지 — 엿보았다. 이 침강의 어느 단계에서 충격이 그녀를 강타하여 — 안구에서 인광이 솟아나왔고 그 즉시 뇌 속에 웅장한 무대가 펼쳐졌다. 한순간, 눈 깜빡할 사이에 모든 정경이, 과거 인생의 모든 줄거리가 되살아나, 차례대로가 아니라 동시에 존재하는 것처럼 배열되었다. 다마스쿠스로 가던 운명의 사도를 에워싼 빛처럼,[13] 그 빛은 유아기의 어둠까지 거슬러 올라가는 인생의 모든 행로를 밝게 비추었다. 사도의 빛은 그의 눈을 잠시 멀게 만들었지만, 그녀의 빛은 뇌리에 천상의 시력을 부여하여 한순간 무한히 펼쳐진 과거 정경의 구석구석까지 의식이 편재하게 해 주었다.

당시 몇몇 비판적인 이들은 이 일화를 회의적으로 받아들였다. 하지만 그것만 빼면, 서로 전혀 모르는 다른 사람들이 같은 상황에 처하여 기본적으로 같은 경험을 했다는 보고들이 이 사건을 확증해 주었다. 진정 놀라운 부분은 과거의 인생사 — 실은 순서대로 일어난 — 가 무시무시한 계시의 대열을 이루어 동시에 배열되었다는 사실이 아니다. 이는 부차적인 현상에 불과했다. 더 심오한 지점은 먼지 속에서 그토록 오래 잠들어 있었던 것의 부활

125

그 자체, 부활의 가능성에 있다. 삶은 모든 경험의 흔적 위에 망각만큼이나 깊은 휘장을 드리우지만, 불현듯 조용한 명령이, 뇌리에서 발사된 맹렬한 로켓의 신호가 떨어짐과 동시에 휘장이 걷히고 무대 전체가 밑바닥까지 드러난다. 더 위대한 신비는 바로 여기에 있었다. 이제 이 신비에는 아무런 의심의 여지가 없다. 아편의 희생자들에게, 이는 아편에 의해 재현되고 또 1천 번에 걸쳐 재현되기 때문이다.

그렇다, 독자여, 당신 두뇌의 팰림프세스트에는 슬픔 또는 기쁨의 신비스러운 필적이 수없이 겹쳐 새겨져 있다. 매년 떨어지는 원시림의 낙엽처럼, 히말라야의 만년설처럼, 빛 위에 내려앉는 빛처럼, 끝없는 지층이 망각 속에서 서로를 뒤덮고 있다. 그러나 죽음의 순간에 의해, 열병에 의해, 아편의 탐색에 의해 이 모두는 강하게 되살아날 수 있다. 그들은 죽은 것이 아니라 잠든 것이다. 내가 어느 특정한 팰림프세스트의 사례를 가지고 상상한 예시에서, 그리스비극은 수도원의 전설로 대체된 듯했지만 대체되지 않았고 수도원 전설은 기사 로맨스로 대체된 듯했지만 대체되지 않았다. 체계에 모종의 강한 경련이 일어나면 모든 것은 가장 이른 초기의 단계로 되돌아간다. 마음을 어지럽히는 로맨스나, 어둠에 혼탁해진 빛이나, 반쯤 지어낸 전설이나, 인간의 거짓과 섞인 천상의 진리 들은 삶이 진행되면서 저절로 퇴색되어 사라진다. 청년이 숭배했던 로맨스는 소멸했다. 소년을 현혹했던 전설도 사라졌다.

그러나 아이의 두 손이 어머니의 목으로부터, 아이의 입술이 누이의 입맞춤으로부터 영영 단절되었을 때와 같은 유년의 깊고 깊은 비극은 맨 밑바닥에 마지막까지 남아 도사리고 있다. 이 불멸의 낙인을 태워 없앨 수 있는 열정의 연금술이나 질병의 연금술은 없다. 그리고 앞의 절을 마무리 지었던 꿈(이는 1부의 서곡을 종결짓는 합창의 성격을 띤 것으로 볼 수 있다.)은, 뒤에 이어질 꿈들과 더불어 이러한 진리의 예시에 불과하다. 자신의 본성이 이와 비슷하거나 똑같이 교란되어 비슷한 꿈이나 착란의 경련을 겪는 사람이라면, 아마도 누구든 이 진리를 경험적으로 마주하게 될 것이다.*

* 그러려면, 경험이 그에 상응하는 시간만큼 지속되어야 한다고 말할 수 있다. 그러나 우리 본성 안에 이런 신비스러운 힘이 도사리고 있다는 근거로, 나는 모두가 관찰할 수 있는 한 가지 현상을 독자에게 상기시키고자 한다. 이는 바로 굉장히 늙은 사람들이 지닌 기억력의 빛이 어린 시절 초기의 장면들로 거슬러 올라가 거기에 집중되는 경향이다. 그들은 인생 경험의 중간 단계들은 흔히 깡그리 잊어버리면서도, 그가 한창 나이였을 때는 심지어 그 자신조차 망각했던 어린 시절의 여러 흔적들을 떠올리곤 한다. 이는 인간의 두뇌가 본질적으로 팰림프세스트의 성질을 띠고 있음을, 폭력적인 매개 없이도 입증해 준다.

1. 영국의 시인 윌리엄 쿠퍼(William Cowper, 1731–800)의 장시 「일(The Task)」에는 밀턴을 흉내 낸 장중한 어조로 소파의 기원에 대해 설명하는 대목이 나온다.

2. 고대 아테네의 참주(B.C.?–527).

3. "문자 문화가 존재하는 국가에서, 인쇄술이 발명된 후에 이 기술을 활용할 수 있을 만큼 값싼 종이의 전래가 신속히 뒤따르지 못했음은 너무나 명백하다." 리처드 웨이틀리(Richard Whately), 『수사학의 요소(Elements of Rhetoric』(1828), 3쪽.

4. Hermes Trismegistus. 그리스 신 헤르메스와 이집트 신 토트가 결합된 신적인 존재로 '세 배 더 위대한 헤르메스'라는 뜻. 그는 다양한 철학·점성술·유사과학적 비전(祕典)이 담긴 2–8세기 '헤르메스주의' 문헌들의 원저자로 간주되었다.

5. 그리스의 알페이오스 강은 지하로 들어갔다가 시칠리아의 아레투사 샘에서 지상으로 솟아난다고 한다. 템스강의 지류인 몰 강의 물줄기도 중간에 지하를 통과한다고 알려져 있다.

6. 「시드의 노래(El Cantar de mío Cid)」는 스페인 군사 영웅들의 무훈을 노래한 12세기의 서사시이다. 사자심왕 리처드(재위 1189–99)는 많은 기사 로맨스의 소재였다. 「트리트스렘 경(Sir Tristrem)」은 트리스탄과 이졸데 이야기를 소재로 한 13세기 말의 장편시이다. 「리보스 데스코누스(Libeaus Desconus)」는 가웨인 경의 아들인 깅글레인이 자신의 고귀한 태생을 재발견하는 내용의 14세기 로맨스이다.

7. 독일계 스위스 연금술사이자 의사였던 파라셀수스(Paracelsus, 1493–541)는 『물질의 본성에 관하여(De Natura Rerum)』 6권에서 죽은(분해된) 자연물의 소생과 부활에 대해 논했다. 보르헤스는 드 퀸시의 이 구절에서 영감을 얻어 단편 「파라셀수스의 장미」를 썼다.

8. 스트로페는 고대 그리스극의 코러스가 무대 오른쪽에서 왼쪽으로 이동하면서 부르는 시절(詩節), 안티스트로페는 왼쪽에서 오른쪽으로 이동하면서 부르는 시절로, 서로 대구나 응답 구조를 이루고 있다.

9. 고대 로마의 시인 루카누스(Marcus Annaeus Lucanus, 39–65)의 『파르살리아(Pharsalia)』는 카이사르와 폼페이우스 사이의 내전을 다룬 서사시이다. 에릭토는 이 시의 6권에 등장하는 테살리아의 주술사로, 임박한 전투의 결과를 예언하기 위해 죽은 병사의 영혼을 강령술로 불러낸다.

10. 독일의 주술사이자 점성가인 요한 게오르크 파우스트(Johann Georg Faust, ?–1540경). 힘과 지식을 얻기 위해 악마에게 영혼을 팔았다는

전설이 내려오며, 크리스토퍼 말로의 『포스터스 박사의 비극』(1593)과 괴테의 『파우스트』(1832)의 모델이 되었다.

11. 아이스킬로스의 비극 「결박된 프로메테우스」에서 프로메테우스가 탄원하는 대목(89–90행). "오오, 고귀한 대기여, 날랜 날개의 바람의 입김이여, / 강의 원천들이여, 바다 위 파도들의 / 무수한 미소들이여 (…) 내 그대들을 부르고 있습니다. 그대들은 보시오, / 신인 내가 신들에게서 어떤 일을 당하는지!"(『그리스 비극 걸작선』, 천병희 옮김, 숲, 2010, 119쪽.)

12. 여기서의 부인은 드 퀸시의 모친인 엘리자베스 퀸시이다. 그가 『탄식』을 발표한 1845년 당시 그녀는 95세였다. "언젠가 가까운 사람이 자신은 어린 시절 강에 빠져 죽음의 가장자리까지 갔다가 절박한 순간에 도움을 받아 살아났는데 그때 자신의 전 생애를 한순간에 보았다고 말했다. 마치 거울 앞에 선 것처럼 전 생애의 작은 사건까지 동시에 펼쳐졌다고 했다."(토머스 드 퀸시, 『어느 영국인 아편 중독자의 고백』, 김명복 옮김, 펭귄클래식코리아, 2011, 123쪽.)

13. 기독교도를 박해하러 다마스쿠스로 가던 길에 빛의 형태로 예수를 영접하고 회심한 사도 바울로의 일화를 가리킨다. "길을 가다가 오정 때쯤에 다마스쿠스 가까이에 이르렀을 때에 갑자기 하늘에서 찬란한 빛이 나타나 내 주위에 두루 비쳤습니다." 신약성서 「사도행전」 22장 6–12절 참조.

129

레바나와 슬픔의 모후들

옥스퍼드에 있을 때 나는 꿈에서 자주 레바나(Levana)를 보았다. 고대 로마의 레바나 상징을 통해 그녀를 알아볼 수 있었다. 레바나는 누구인가? 스스로 많은 학식을 쌓을 여유가 있다고 자부하지 않는 독자라면 내가 이를 설명한다고 해서 노여워하지 않을 것이다. 레바나는 고대 로마의 여신으로, 신생아에게 최초로 고귀한 지위를 부여하는 자애로운 임무를 수행했다. 그 방식에 있어 이 임무는 세상 모든 인간에 내재된 위대함을 상징하며, 심지어 이교도의 세계에도 때때로 강림해서 그 위대함을 떠받치는 보이지 않는 힘의 자비로움을 상징한다. 탄생의 순간, 신생아가 우리 뒤숭숭한 행성의 대기를 최초로 맛본 바로 그때, 아기는 땅바닥에 놓였다. 여기까지는 여러 가지로 다르게 해석될 수 있다. 그러나 그 즉시, 그토록 위대한 피조물이 잠깐 이상 그곳에 엎드려 있지 않게끔, 레바나 여신의 대리인인 아버지나 그 아버지의 대리인인 어느 남자 친척의 손이 아기를 똑바로 들어 올려 온 세상의 왕으로서 직립한 자세를 취하게 했다. 아기의 이마를 치켜들어 별들에게 선보이며 그는 아마 마음속으로 이렇게 말했으리라. '너희보다 더 위대한 것을 보라!' 이 상징적 행위는 레바나의 기능을 표상했다. 그리고 (꿈에서 나에게만은 제외하고) 절대로 얼굴을 드러내지 않으며 항상 대리인을 통해서만 일하는 이 신비스러운 여인은, 하늘 높이 들어 올린다는 뜻의 라틴어 동사(이자 지금도 통용되는 이탈리아어 동사) '레바레(levare)'에서 이름을 따왔다.

이상이 레바나에 대한 설명이다. 그리하여 일부 사람들은 유아기의 교육을 관장하는 수호의 힘으로서 레바나를 이해하기에 이르렀다. 자신의 경외로운 피후견인이 탄생 시에 예시나 모방으로조차 격하되는 것을 용납하지 못하는 그녀라면, 그가 자기 힘을 계발하지 못함으로써 실제로 격하되는 일은 더더욱 용납할 수 없을 것이다. 따라서 그녀는 인간의 교육을 보살핀다. 자, 끝에서 두 번째 음절이 단음인 '에두코(edŭco, 교육하다)'는 끝에서 두 번째 음절이 장음인 '에두코(edūco, 높이다, 추어올리다)'에서 파생되었다(이러한 사례는 언어가 결정화[結晶化]되는 과정에서 자주 볼 수 있다). '높이거나(educes)' 계발하는 일이 곧 교육이다. 그러므로 레바나의 교육이란 철자 교본과 문법책에 의해 움직이는 조잡한 기계가 아니라, 인간 삶의 깊은 심장부에 숨겨진 중추적 힘들의 장대한 체계를 의미한다. 격정을 통해, 갈등을 통해, 유혹을 통해, 저항의 에너지를 통해, 이 힘들은 영구히 — 마치 밤과 낮의 강대한 바퀴 그 자체처럼 밤낮으로 쉬지 않고, 부단한 바큇살처럼 회전하는 순간순간 영구히 명멸하며* — 아이

---

* "명멸하며" — 나는 그 누구의 소나 나귀 할 것 없이 이웃의 소유는 무엇이든 감히 탐낸 적이 없으므로,[1] 타인의 이미지나 은유를 탐내는 일은 철학자에게 더더욱 걸맞지 않을 것이다. 따라서 이 회전하는 바퀴와 명멸하는 바큇살의 근사한 이미지를 밤과 낮의

들에게 작용한다.

레바나가 이러한 힘들을 통하여 일한다면, 그녀는 슬픔의 힘을 얼마나 깊이 경외할 것인가! 그러나 그대 독자여! 일반적으로 아이들은 나의 슬픔과 같은 그런 슬픔에 그리 쉽게 빠지지 않음을 생각하라. 여기서 '일반적으로'라는 말에는 두 가지 의미가 있다. '보편적으로'(혹은 그 종의 전체 범위)를 뜻하는 유클리드적 의미와, '대체로'를 뜻하는 이 세상의 어리석은 의미이다. 여기서 나는 아이들이 보편적으로 나와 같은 슬픔을 느낄 능력이 있다고 말하는 것이 전혀 아니다. 그러나 우리의 이 섬에는 슬픔으로 말미암아 죽는 아이들이 당신이 아는 것보다 더 많이 있다. 그 흔한 사례를 알려 주겠다. 이튼 스쿨의 규칙에 따르면 장학금을 받는 생도는 이곳에 12년간 재학해야 하며, 18세에 졸업하므로 결과적으로 6세에 입학해야 한다. 그 나이에 어머니와 누이들의 품에서 강제로 떨어져 나온 아이들이 죽는 일은 드물지 않게 일어난다. 나는 내가 아는 사실을 말하고 있다. 교무과에서는 그 질환을 슬픔이라고 기재하지 않지만 사실은 그러하다. 그 나이에 그런

쏜살같은 연쇄에 적용한 워즈워스 씨에게 그 소유권을 반환한다.[2] 나는 문장을 강조하기 위해 이 표현을 잠시 차용했다. 이제 거래는 종결되었고, 독자는 내가 지금 이 주석을 통해서 그것을 즉시 반환했으며, 오로지 이를 반환하려는 목적으로 주석을 작성했음을 목격한 증인이다. 같은 원칙에 의해, 나는 편지를 봉할 때 젊은 숙녀들의 봉인을 자주 빌려 쓴다. 확실히 거기에는 '추억'이나 '희망'이나 '장미'나 '재회'에 대한 상냥한 감정이 묻어 있기 때문이다. 그리고 편지의 수취인이 설령 내 호소에 무감할 정도로 취향이 형편없는 사람이라 하더라도, 그 봉인의 호소력에 감동받지 않는다면 필시 딱한 짐승에 불과할 것이다.

종류의 슬픔은, 지금껏 그 희생자로 인정된 수효보다 더 많은 아이들을 살해해 왔다.

그래서 레바나는 인간의 심장을 뒤흔드는 힘들과 자주 교감하는 것이다. 그래서 그녀가 슬픔을 각별히 아끼는 것이다. 레바나가 대화를 나누는 사절들을 보았을 때 나는 스스로에게 이렇게 속삭였다. "이 여인들은, 이들은 슬픔이다. 그리고 그들은 세 명이다. 인간의 삶을 아름다움으로 치장하는 미의 여신이 세 명이며, 신비스러운 베틀을 가지고 항상 일부분 슬픈 색조로, 이따금 비극적인 진홍과 검정의 맹렬한 색조로 인간 삶의 암울한 직물을 짜는 운명의 여신이 세 명이며, 무덤 저편에서 호출된 천벌로 이편에서 활보하는 죄악을 응징하는 복수의 여신이 세 명이며, 심지어 인간의 열정적 창조라는 위대한 후렴구에 맞추어 하프, 트럼펫, 또는 류트를 연주하는 뮤즈 또한 세 명인 것처럼 말이다.[3] 이들은 슬픔이며, 나는 세 명 모두를 익히 알고 있다." 이 중 마지막 문장은 지금 하는 말이다. 옥스퍼드에서 나는 이렇게 말했다—"그들 중 한 명을 나는 익히 알고 있으며, 틀림없이 그 나머지도 알게 될 것이다." 이미 나는 강렬했던 어린 시절에 그 경외로운 자매들의 (내 꿈의 어두운 배경 위로 희미하게 두드러진) 불완전한 윤곽을 보았기 때문이다. 이 자매들—우리는 그들을 어떤 이름으로 부를 것인가?

그냥 '슬픔'이라고만 부른다면 용어를 착각할 가능성이 있다. 이는 개개의 슬픔—개별적인 슬픔의 사례들—으로 이해될 수도 있다. 하지만 나는 인간 마음의 모든 개별적 고통 속에서 체현되는 강대한 추상을 표현한 용어를 원한다. 그리고 이 추상들이 의인화되어, 즉 생명의 인간적 속성을 입고 육신을 암시하는 기능을 갖춘 모습으로 나타나기를 바란다. 그러므로 그들을 <u>슬픔의 모후들</u>이라고 부르기로 하자. 나는 그들을 속속들이 알고 그들의 왕국 전체를 걸었다. 그들은 한 신비스러운 가계의 세 자매이며, 그들의 길은 서로 멀찍이 떨어져 있으나 영토에는 한계가 없다. 나는 그들이 레바나와 대화하는 모습을 자주 보았고, 가끔은 나에 대한 대화를 나누는 모습도 보았다. 그렇다면 그들은 말을 하는 것인가? 오, 전혀 아니다! 이런 강대한 영(靈)들은 언어의 허약함을 경멸한다. 그들이 인간의 가슴에 거할 때는 인간의 기관을 통해 목소리를 내지만, 그들끼리는 음성도 소리도 없다.—영원한 침묵이 그들의 왕국을 지배한다. 레바나와 이야기할 때 <u>그들은</u> 말하지 않는다. <u>그들은</u> 속삭이지 않는다. <u>그들은</u> 노래하지 않는다. 그럼에도 나는 그들이 노래하는지도 모른다고 자주 생각했다. 하프와 탬버린, 덜시머와 오르간에 의해[4] 그들의 신비가 해독되는 것을 자주 들었기 때문이다. 그들이 섬기는 하느님처럼, 그들도 사멸하는 소리나 흩어지는 말이 아니라 천상의 징표로써—지상의 변화로써—비밀스러운 강들의 맥박으로써—어둠 위에 채색된 문장(紋章)으로써—그리고 두뇌의 명판에 적힌 상형문자로써 자신의 즐거움을 표시한다. <u>그들이</u> 미로 속을 선회하면 나는 그들의 발자취를 판독했다. 그들이 멀리서 신호를 보내면 나는 그 신호를 읽었다. 그들이 공모하면 내 눈은 어둠의 거울 위에서 그 계략을 더듬어 밝혀냈다. 그들에게 상징이 있다면 — 내게는 말이 있다.

이 자매들은 누구인가? 그들은 무엇을 하는가? 그들의 형상과 존재를 묘사하겠다. 형상이라고는 하나 그 윤곽은 계속 불안정하며, 존재라고는 하나 이는 항상 전면에 두드러져 있는가 하면 또 항상 그림자 속으로 물러나 있다.

셋 중 맏이의 이름은 마테르 라크리마룸(*Mater Lachrymarum*), 눈물의 모후다. 사라진 얼굴들을 부르며 밤낮으로 절규하고 신음하는 이가 바로 그녀다. 라마에서 울부짖는 소리가 들려올 때, 라헬이 자식을 잃고 울며 위로마저 마다할 때 그녀는 그곳에 서 있었다.[5] 헤롯의 칼이 무고한 아기들의 침실을 휩쓸어, 이따금 위층에서 아장아장 걷는 발소리로 온 가족의 가슴에 하늘까지 닿는 사랑의 고동을 일깨웠던 조그만 발들이 영원히 뻣뻣이 굳어 버린 그 밤에 베들레헴에 서 있었던 이가 바로 그녀였다.

그녀의 눈빛은 상냥하고 섬세하며 광기와 졸음 사이를 오간다. 종종 구름까지 올라가며 종종 하늘에 도전한다. 그녀는 머리에 왕관을 쓰고 있다. 그리고 나는 유년기의 기억을 통해, 그녀가 연도의 흐느낌 혹은 오르간의 천둥소리를 듣거나 여름의 구름이 뭉게뭉게 피어오르는 모습을 보게 되면 바람을 타고 멀리까지 돌아다닐 수

136

있음을 알았다. 이 맏이는 허리띠에 교황보다 더 많은 열쇠를 차고 다니며 이 열쇠로 모든 오두막집과 모든 궁전의 문을 열 수 있다. 내가 알기로 그녀는 내가 그토록 자주, 그토록 즐겁게 이야기를 나누었던 눈먼 거지의 침상 곁에 지난여름 내내 앉아 있었다. 그의 신앙심 깊은 딸, 쾌활한 얼굴의 여덟 살배기는 놀이와 마을의 흥겨움에 끼고픈 유혹을 이기고 몸이 불편한 아버지와 함께 종일 먼지 쌓인 길을 걸었다. 이에 하느님은 그녀에게 큰 상을 내렸다. 그해 봄, 그녀 자신의 봄날이 막 싹을 틔울 즈음 당신 곁으로 부른 것이다. 그러나 눈먼 아버지는 끝없이 그녀를 애도한다. 아직도 한밤중이면 그는 자신을 이끌던 조그만 손이 자기 손에 꼭 쥐여져 있는 꿈을 꾸며, 이제는 더 깊은 제2의 어둠에 묻힌 어둠 속에서 깨어난다. 이 마테르 라크리마룸은 1844–5년 겨울 내내 차르의 침실에도 앉아 있었고, 그 못지않게 갑자기 하느님 곁으로 떠난 뒤 그만큼이나 깊은 어둠을 남긴 (또 그만큼이나 신앙심 깊었던) 딸을 그의 눈앞에 데려왔다.[6] 갠지스강에서 나일강까지, 나일강에서 미시시피강까지, 잠 못 이루는 남자와 잠 못 이루는 여자와 잠 못 이루는 아이들의 침실에 그녀가 지닌 열쇠의 힘으로 유령 같은 침입자를 슬며시 들여보내는 이는 바로 **눈물의 모후**다. 그리고 그녀가 집안의 맏이며 가장 넓은 제국을 소유하고 있으므로, 우리는 그녀에게 '마돈나'라는 칭호를 수여하기로 하자.

둘째 자매는 마테르 수스피리오룸(*Mater Suspi-riorum*), 탄식의 모후라 불린다. 그녀는 구름 위로 올라가지도, 바람을 타고 돌아다니지도 않는다. 그녀는 왕관을 쓰지 않는다. 그리고 그녀의 눈은, 행여라도 그것을 볼 수 있다면, 상냥하지도 섬세하지도 않다. 아무도 그 눈에서 사연을 읽어 낼 수 없을 것이다. 거기에는 사멸하는 꿈들과 잊힌 착란의 잔해만이 가득 차 있음을 발견할 것이다. 그러나 그녀는 눈을 들지 않는다. 낡아 빠진 터번이 얹힌 머리를 영원히 떨구고 영원히 티끌을 응시하고 있다. 그녀는 울지 않는다. 신음하지도 않는다. 그러나 간간이 들리지 않게 탄식한다. 그녀의 언니인 **마돈나**는 자주 사납게 날뛰고 광분한다. 하늘에 대고 극도의 분노를 터뜨리며 사랑하는 이를 돌려줄 것을 요구한다. 그러나 **탄식의 모후**는 소란을 피우지 않고, 맞서지 않고, 반항적인 열망을 꿈꾸지 않는다. 그녀는 비굴하게 자신을 낮춘다. 그녀의 온순함은 절망의 일부다. 그녀는 웅얼거릴지 모르나 이는 잠결의 웅얼거림이다. 그녀는 속삭일지 모르나 이는 황혼 녘에 혼잣말로 하는 속삭임이다. 그녀는 때때로 중얼거리지만, 이는 자신의 황량함만큼이나 황량한 외딴 장소에서의, 폐허가 된 도시에서의, 태양이 그 안식처로 가라앉았을 때의 중얼거림이다. 이 자매는 천민의 곁으로, 유태인의 곁으로, 지중해 갤리선에서 노 젓는 노예 곁으로, 노퍽 섬에 수감되어 머나먼 고향의 호적에서 말소된 영국인 범죄자의 곁으로,[7] 참회하려고 한 외로운 무덤을 향해 끊임

138

없이 눈길을 돌리지만 그 무덤은 과거에 피의 제물이 바쳐진 제단의 파괴된 잔해처럼 보이며 이제 그 제단 위에서는 그가 빌려는 용서를 위해서건 시도하려는 배상을 위해서건 그 어떤 봉헌도 무용해진 탓에 어찌할 바를 모르는 이들의 곁으로 찾아간다. 정오에 소심한 원망의 눈빛으로 열대의 태양을 올려다보며, 한 손으로는 우리의 보편적 어머니이나 그에게는 의붓어머니인 대지를 가리키고, 다른 한 손으로는 우리의 보편적 스승이나 그로부터는 봉쇄되고 격리된 성경을 가리키는 모든 노예들*— 비바람으로부터 머리를 지켜 줄 사랑도 없이, 고독을 밝게 비춰 줄 희망도 없이, 하느님이 그녀의 여성적 가슴에 심은 거룩한 애정의 싹에 불꽃을 피울 천부의 본능이 사회적 강제에 의해 억눌려 마치 고대인들이 묻힌 무덤의 등불처럼 음침하게 타서 재로 변하고 이제 어둠 속에 나앉은 모든 여자들 — 장차 하느님의 심판을 받을 사악한 남자 친척들에게, 돌아오지 않을 인생의 봄날을 사취당한 모든 수녀들 — 모든 지하 감옥에 갇힌 모든 죄수들 — 배반당한 모든 사람들과 거부당한 모든 사람들, 인습적 법률에 의해 추방된 자들과 유전적 수치를 안고 태어난 아이들 — 이 모든 자들이 '탄식의 모후'와 함께 걷는다. 그녀

* 독자도 알다시피 이는 주로 면화와 담배를 생산하는 북아메리카의 여러 주에 해당되지만 반드시 그곳에만 해당되는 것은 아니다. 그래서 나는 노예들을 굽어보는 태양을 거리낌 없이 열대의 태양이라고 묘사했다. — 엄밀히 열대에 있든, 혹은 단순히 열대 근처라서 유사한 기후가 조성되는 장소에 있든 상관없다.

도 열쇠를 하나 가지고 있지만 이를 거의 필요로 하지 않는다. 그녀의 왕국은 주로 셈의 천막들[8] 가운데, 그리고 만방의 집 없는 부랑자들 사이에 있기 때문이다. 그러나 가장 높은 계층의 사람들 속에도 그녀의 예배당은 있다. 그리고 심지어 찬란한 영국에도, 세상을 향해 순록처럼 오만하게 머리를 쳐들고 다니나 이마에 은밀히 그녀의 징표를 받은 이들이 존재한다.

그러나 셋째이자 가장 어린 자매는—! 쉿! 그녀에 대해 말할 때는 목소리를 낮추라! 그녀의 왕국은 넓지 않다. 그랬더라면 육신을 지닌 그 누구도 살 수 없었을 것이다. 그러나 이 왕국 안에서 일체의 권력은 그녀에게 있다. 키벨레처럼 탑을 얹은[9] 머리는 거의 시야를 벗어날 정도로 높이 솟아 있다. 그녀는 고개를 떨구지 않으며, 눈은 너무 높이 있기에 멀리 떨어져서 보면 마치 숨겨진 것처럼 보일 수도 있다. 그러나 그 본성상 이는 숨겨질 수가 없다. 그녀가 두른 세 겹의 장례 베일을 뚫고 나오는 불타는 고통의 맹렬한 빛은—조과(早課) 때도 만과(晩課) 때도—정오에도 자정에도—썰물 때도 밀물 때도—쉬지 않으며 지상에서도 읽을 수 있을 것이다. 그녀는 하느님에게 반항하는 자다. 또한 그녀는 광기의 어머니이며, 자살을 권고하는 자다. 그녀가 지닌 힘의 근원은 깊으나 그녀가 지배하는 나라는 좁다. 그녀는 중추적 경련에 의해 깊숙한 본성이 뒤흔들린 이들에게, 외부에서 닥친 폭풍과 내부에서 몰아친 폭풍의 공모로 심장이 떨리고 두뇌가 요동치는 이들에게만 접근할 수 있기 때문이다. **마돈나**는 빠르거나 느린 불안정한 발걸음으로, 그럼에도 비극적 품위를 갖추어 걷는다. **탄식의 모후**는 머뭇거리며 살금살금 걷는다. 그러나 이 막내는 예측할 수 없는 움직임으로 껑충 뛰어 호랑이처럼 도약한다. 그녀에게는 열쇠가 없다. 그녀가 사람들에게 오는 일은 드물지만, 일단 들어가도 된다는 허락이 떨어진 모든 문에는 폭풍처럼 들이닥치기 때문이다. 그리고 그녀의 이름은 마테르 테네브라룸(*Mater Tenebrarum*) — 어둠의 모후다.

이들이 바로 내 옥스퍼드 꿈의 셈나이 테아이(*Semnai Theai*), 즉 숭고한 여신들이었고* — 에우메니데스(*Eumenides*),[10] 즉 자비로운 여신들(고대인들은 그들을 두려워하며 비위를 맞추기 위해 이런 이름으로 불렀다.)이었다. **마돈나**가 말했다. 그녀는 그 신비한 손으로 말했다. 내 머리를 건드리며 **탄식의 모후**를 손짓으로 불렀다. 그리고 그녀가 무엇을 말했는지, (꿈에서를 제외하고는) 누구도 읽을 수 없는 암호를 번역하면 다음과 같다.

---

* '숭고한 여신들' — 이 단어 '셈노스(σεμνος)'는 사전에서 보통 '연로하고 덕망
있는(*venerable*)'이라고 풀이되는데, 여성에게 아주 듣기 좋은 별칭은 아니다. 그러나
이 단어가 두드러지게 사용된 수많은 구절들을 가늠해 볼 때, 나는 이를 우리의
숭고(*sublime*) 개념에 가장 — 그리스어 단어가 근접할 수 있는 최대치만큼 — 근접한
것으로 여기고 싶다.

'보라! 여기 내가 유년 시절에 나의 제단에 바쳤던 그가 있다. 그는 한때 내가 귀여워했던 자다. 나는 그를 꾀어 샛길로 유인했고 그를 현혹했으며 그의 어린 심장을 빼앗아 내 것으로 삼았다. 나를 통하여 그는 우상을 경배하게 되었다. 나를 통하여 그는 갈망으로 시름시름 앓으며 벌레를 경배했고 벌레 먹은 무덤을 향해 기도했다. 그에게 무덤은 거룩했으며 그 어둠은 사랑스러웠고 그 부패는 성스러웠다. 친애하는 **탄식의 자매**여! 나는 이자를, 이 어린 우상숭배자를 너에게 맞추어 길들였다. 이제 그를 너의 심장으로 데려가, 우리 끔찍한 자매의 입맛에 맞도록 길들여라. 그리고 너,'—그녀는 마테르 테네브라룸을 돌아보며 말했다.—'유혹하고 증오하는 사악한 자매여, 그녀에게서 그를 데려가거라. 너의 홀(笏)이 그의 머리를 무겁게 짓누르게 하라. 그의 어둠 속에서 여인과 여인의 상냥함이 그의 곁을 지키지 못하게 하라. 덧없는 희망을 추방하라.—사랑의 궁휼함을 말려 죽이라.—눈물의 샘을 태워 없애라. 오직 너만이 내릴 수 있는 저주를 그에게 내려라. 그럼으로써 비로소 그는 불가마에서 완성되리라.—그럼으로써 그는 보여서는 안 되는 것을—끔찍스러운 광경과 형언할 수 없는 비밀을—보게 되리라. 그럼으로써 그는 선대의 진리를, 비통한 진리를, 위대한 진리를, 두려운 진리를 읽게 되리라. 그럼으로써 그는 죽기 전에 다시 일어서리라. 그리고 그럼으로써 비로소, 우리가 하느님으로부터 받은—그의 마음을 핍박하여 정신적 능

142

력을 열어젖히는 — 임무가 완수되리라.'*

* 본 『고백』의 경로를 조금이라도 이해하고자 하는 독자라면 이 꿈-설화를 무시해서는
안 된다. 그 무렵 나의 깨어 있는 사고를 지배했던 환영이 꿈속에서 재출현한 것은 그리
놀랄 일이 아니다. 실제로, 잠들었을 때 되풀이하여 떠오른 설화의 대부분은 나 자신이
백일몽 가운데 은밀히 쓰거나 새겼던 것이었다. 그러나 이 부분이 본 『고백』에서 지니는
중요성은 — 바로 이 글의 경로를 시연 또는 예시한다는 데 있다. 본 **1부**는 '마돈나'에
해당한다. **3부**는 '마테르 수스피리오룸'에 해당하며 '천민의 세계들'이라는 제목이 붙을
것이다. 본 작품을 완결하는 **4부**는 '마테르 테네브라룸'에 해당하며 '어둠의 왕국'이라는
제목이 붙을 것이다. **2부**에 대해 말하자면 이는 다른 부분들의 효과를 위해 필수적인
삽입부로, 이에 대해서는 적절한 지점에서 설명할 것이다.11

1. 구약성서 「출애굽기」 20장 17절 참조.
"네 이웃의 아내나 남종이나 여종이나
소나 나귀 할 것 없이 네 이웃의 소유는
무엇이든지 탐내지 못한다."

2. 워즈워스, 「— 에 대한
결어(Conclusion. To —)」, 9–11행.
"빈 허공을 가르는 / 화살처럼, 삶은
달아나니: 지금 하루하루는 / 회전하는
주일(週日)의 날쌘 바퀴 속에서 /
명멸하는 바퀴살일 뿐이니."

3. 그리스신화에서 미의 세 여신은
아글라이아(빛), 에우프로시네(기쁨),
탈레이아(만발한 꽃)이다. '모이라이'라고
하는 운명의 세 여신은 인간의 생명을
관장하는 실을 관리하는데 한 명이
실을 자으면 다른 한 명이 감고 남은 한
명은 끊는다고 한다. 복수의 세 여신인
'에리니에스'는 알렉토, 티서포네,
메가에라다. 뮤즈(그리스어로 무사)는
예술과 창조 활동에 영감을 주는
여신들인데 본래 세 명이었으나 후에
일곱 명, 아홉 명으로 늘어났다.

4. 구약성서 「욥기」 21장 11–2절 참조.
"개구쟁이들을 양 새끼처럼 풀어놓으면,
그 어린것들이 마구 뛰어놀며 소구를
두드리고 거문고를 뜯으며 노래하고
피리 소리를 들으며 흥겨워하지 않는가?"
'덜시머(dulcimer)'는 채로 현을 쳐서
소리를 내는 현악기로, 한반도에는
양금으로 전래되었다.

5. 신약성서 「마태오의 복음서」 2장

16–8절, "헤롯은 (…) 베들레헴과 그
일대에 사는 두 살 이하의 사내아이를
모조리 죽여 버렸다. 이리하여 예언자
예레미야를 시켜, '라마에서 들려오는
소리, 울부짖고 애통하는 소리, 자식 잃고
우는 라헬, 위로마저 마다는구나!' 하신
말씀이 이루어졌다."

6. 러시아 황제 니콜라이 1세(1796–
855)의 막내딸인 알렉산드라 여대공은
1844년 19세의 나이로 출산 후
급사했다.

7. 뉴질랜드와 뉴칼레도니아 사이의
외딴 바다에 위치한 노퍽 섬은
당시 대영제국에서 가장 악명 높은
유형지였다. 이 유형지는 1855년
폐쇄되었다.

8. 구약성서 「창세기」 9장 18–27절,
"배에서 나온 노아의 아들은 셈과 함과
야벳이었다. 함은 가나안의 조상이다.
이 세 사람이 노아의 아들인데, 온 세상
사람이 그들에게서 퍼져 나갔다. 한편,
노아는 포도원을 가꾸는 첫 농군이
되었는데, 하루는 포도주를 마시고
취하여 벌거벗은 채로 천막 안에 누워
있었다. 마침 가나안의 조상 함이
아버지가 벗은 것을 보고 밖에 나가 형과
아우에게 그 이야기를 했다. 셈과 야벳은
겉옷을 집어 어깨에 걸치고 뒷걸음으로
들어가, 아버지의 벗은 몸을 덮어드렸다.
그들은 얼굴을 돌린 채 아버지의 벗은
몸을 보지 않았다. 노아는 술이 깨어
작은아들이 한 일을 알고 이렇게 말했다.

144

'가나안은 저주를 받아 형제들에게
천대받는 종이 되어라.' 그는 또 말했다.
'셈의 하느님, 야훼는 찬양받으실 분,
가나안은 셈의 종이 되어라. 하느님께서
야벳을 흥하게 하시어 셈의 천막에서
살게 하시고, 가나안은 그의 종이
되어라.'" (강조는 옮긴이)

9. 키벨레(Cybèle)는 고대 오리엔트에서
유래한 대지 모신으로, 성의 모습을
본뜬 성벽관(mural crown)과 베일을 쓴
모습으로 많이 묘사되었다.

10. 말 그대로 '자비로운 여신들'이라는
뜻이다. 고대 그리스인들이 복수의 세
여신 에리니에스의 이름을 직접 부르지
않기 위해 완곡하게 일컬었던 이름이다.

11. 드 퀸시가 이 주석에서 구상한
내용의 글은 결국 집필되지 않았다.

브로켄의 유령[1]

이 눈부신 성령강림주일,[2] 나와 함께 북독일의 브로켄 봉에 올라가자. 구름 한 점 없이 화창한 가운데 새벽이 열렸다. 새 신부의 달인 6월의 새벽이다. 그러나 시간이 흐르면서, 때때로 5월의 앞뒤 경계를 거침없이 뛰어 넘어오는 막내 여동생 4월이, 이리저리 방향을 바꾸며 제멋대로 달리는 — 도망갔다 쫓아갔다, 열었다 닫았다, 숨었다 다시 나타나는 — 소나기의 기습 공격으로 신부의 맑은 성정을 어지럽히기도 한다. 그러한 아침, 일출 무렵 숲이 우거진 산의 정상에 다다르면 우리에게는 유명한 **브로켄의 요괴**를 목격할 기회가 한 번 더 생길 것이다.* 그는 누구이며 무

---

* '브로켄의 요괴' — 이 매우 인상적인 현상은 지난 50년간 독일과 영국의 작가들에 의해 끊임없이 묘사되어 왔다. 하지만 이런 묘사를 접하지 못한 독자들도 많이 있을 터이므로 그들을 위해서, 이 사례를 과학적으로 가장 훌륭하게 설명한 데이비드 브루스터 경의 『자연의 마법』을 참고하여 몇 마디 설명을 보태고자 한다.[3] 이 요괴는 사람의 윤곽을 본뜬 모습을 띠며 방문객이 한 명보다 많을 경우에는 요괴의 수도 늘어난다. 그들은 파란 하늘을 배경으로, 혹은 그 방향에 구름이 끼어 있을 경우 구름이 드리운 어두운 배경 위에 떠오르며 혹은 바위산을 암막으로 삼아 강하게 두드러져 보이기도 하는데, 몇 마일의 거리를 두고 언제나 엄청나게 확대된 비율로 나타난다. 그 거리와 어마어마한 크기 때문에 모든 구경꾼들은 처음에 이를 자신과 전혀 무관한 형상으로 간주한다. 하지만 그것이 자신의 움직임과 몸짓을 그대로 흉내 내는 것을 보고 곧 깜짝 놀라며, 그 유령이 자기 자신의 확대된 상에 불과하다는 확신에 눈뜨게 된다. 지구상의 유령들 가운데서도 이 거인은 대단히 변덕스러우며, 아마도 그 자신만이 가장 잘 알 만한 이유로 돌연히 사라지고, 오비드의 님프 에코[4]보다도 더 밖으로 나오기를 수줍어한다. 그가 이처럼 드물게 목격되는 한 가지 이유는, 이 현상이 나타나려면 여러 조건이 일치해야 하기 때문이다. 태양이 지평선 가까이에 있어야 하고(멀리 떨어진 엘빙게로데의 기착지에서 출발하는 사람에게는 그 자체로 불편한 시간대를 의미한다.),

엇인가? 그는 외로움을 사랑한다는 의미에서 외로운 유령이다. 그것만 아니면 그는 항상 외로이 출현하지는 않으며, 오히려 적절한 경우에는 자신을 모욕하는 이들에게 공포를 불러일으키기에 아주 충분한 힘을 드러낸다고 알려져 왔다.

이제 이 신비스러운 유령의 본성을 시험하기 위해, 우리는 그에게 두세 가지 실험을 해 볼 것이다. 우리는 그가 너무 오랜 세월을 불결한 이교도 주술사들과 더불어 살아 왔으며 무수한 세기에 걸쳐 사악한 우상숭배를 목격해 왔기에 그의 마음이 타락했을 수도 있다는, 그리고 심지어 지금까지도 그의 신앙심이 불안정하거나 불순할지 모른다는 이유 있는 두려움을 품고 있다. 한번 시험해 보자.

성호를 긋고 그가 이를 따라 하는지 관찰하자, (성령강림주일이므로* 그는 이를 반드시 해야만 한다.) 보라!

구경꾼이 태양을 등지고 서야 하며, 대기 중에 수증기가 어느 정도 있어야 하지만 불균질하게 분포해야 한다. 콜리지는 1799년 성령강림주일에 영국인 학생 일행과 함께 괴팅겐에서 출발하여 브로켄 봉을 등정했지만 유령을 보지는 못했다. 나중에 그는 영국에서 (그리고 똑같은 세 가지 조건 아래서) 그보다 훨씬 더 드문 현상을 목격하고 이를 다음 8행의 시구절로 묘사했다. 수정된 판본을 인용한다.[5] (서두의 돈호법은 어떤 이상적인 관념을 향해 묻는 말로 이해해야 할 것이다.)

"그런데 너는 헛것인가? 겨울날 새벽,
나무꾼이 계곡 서편을 감아 오르고
양 떼가 밟고 간 오솔길의 미로 위로
보이지 않는 눈안개가 반짝이는 아지랑이를 엮을 때
바로 그의 눈앞에, 발소리도 없이 미끄러지며
머리에 후광을 두른 형체가 나타날 때와 같이?
이 그림자를, 그는 금빛만 보고서 숭배하며
스스로 (알지도 못한 채) 만들어 내며 쫓아가는구나."

* "성령강림주일이므로"―다른 날보다도 성령강림주일에 요괴의 형상이 더 자주

148

그가 성호를 따라 했다. 그러나 세찬 소나기가 형체를 어지럽힌다. 그가 마지못해서 혹은 어물쩍 움직이는 기미를 띠는 이유는 어쩌면 그 때문인지도 모른다. 이제 햇살이 다시 환히 비추고, 소나기는 기병 대대처럼 신속히 후퇴했다. 다시 시험해 보자.

아네모네 한 송이를 꺾어 보자. 한때 주술사의 꽃으로 불렸으며, 그의 무시무시한 공포의 의식에서 아마도 한 부분을 담당했을 이 많은 아네모네 중 한 송이를 말이다. 그것을 이교도의 제단 형태와 꼭 닮았으며 한때 주술사의 제단이라고 불렸던 돌로 가져간다.* 그런 다음 무릎을 꿇고 오른손을 하느님께로 치켜들고 이렇게 말한다. — "하늘에 계신 아버지 — 한때 공포의 숭배를 찬양했던 이 사랑스러운 아네모네가 방황으로부터 당신의 우리로 돌아왔나이다. 한때 코르토에게 바치는 피비린내 나는 의식으로 악취를 풍겼던 이 제단은, 오래전에 다시 세례받아 당신의 거룩한 예배를 위해 돌아왔나이다. 어둠은 사라졌으며 — 어둠을 낳았던 잔인함도 사라졌나이다. 희생자들이 토했던 신음은 사라졌으며, 한때 그들의 무덤 곁

목격되는 것은 특기할 만한 일이다. 아마 이 초여름의 시기에 주로 나타나는 기온과 날씨 때문일 것이다.
* "주술사의 꽃"과 "주술사의 제단" — 브로켄 봉의 아네모네와 이 산 중 한 봉우리의 정상 부근에 있는 제단 모양의 화강암 바위에 지금까지도 붙어 있는 이름이다. 아주 오랜 세월 동안 하르츠 산 전체와 브로켄 봉은 잔인한 그러나 사멸해 가는 우상숭배의 마지막 도피처였으므로, 둘 다 고대의 전승을 통해 이교주의의 음울한 실체와 이어져 있음은 의심의 여지가 없다.

에 계속 머물러 있던 구름 — 항거할 수 없는 이들의 눈물로부터, 정의로운 이들의 분노로부터 당신의 옥좌를 향해 영원히 피어오르던 항의의 구름 — 도 걷혔나이다. 그리고 보소서! 당신의 종인 저는 이 성령강림절 축일에 한 시간 동안 저의 종으로 삼은 이 어둠의 유령과 더불어, 되찾은 당신의 사원에서 일치된 예배를 드리나이다."

자, 보라! 유령이 아네모네를 꺾어 제단에 놓는다. 또 무릎을 꿇고 오른손을 하느님께로 치켜든다. 그는 우둔하다. 그러나 때로는 우둔한 이가 하느님의 마음에 들도록 그분을 섬긴다. 그럼에도 여전히 당신은, 잔인한 의식에서 그토록 자주 절하고 무릎 꿇도록 강요받아 온 그가 어쩌면 기독교 교회의 대축일을 맞아 초자연적 영향력에 압도되어 충성을 고백했을지도 모른다는 생각이 든다. 어쩌면 그는 종교적 의식에 임하여 겁을 먹었는지도 모른다. 그러니 그의 선호나 두려움으로 인한 편향이 개입될 여지가 없는 세속적 격정을 가지고 그를 시험해 보자.

당신이 과거 유년기에 형언할 수 없는 고통을 겪었다고 치자. 그러한 적을 상대하기에 무력했던 시절, 격리된 무덤 속에 도사린 호랑이와 대결하도록 소환되었다고 치자. 그런 경우에 당신은 (로마 동전에 새겨진) 유대의 모습[6] — 종려나무 아래 울며, 머리를 베일로 가리고 앉은 여인 — 을 본떠 머리를 베일로 가린다. 그 후 여러 해가 흘렀다. 당시 당신은 여섯 살을 갓 넘긴, 혹은 (굳이 진실을

150

다 털어놓자면) 그 나이에도 못 미치는 작고 무지한 존재였다. 그러나 당신의 마음은 다뉴브강보다 깊었고 사랑과 슬픔도 그만큼 깊었다. 어둠이 당신의 머리에 자리 잡은 지 여러 해가 흘렀다. 숱한 여름과 숱한 겨울이 지나갔다. 그러나 4월의 소나기가 새 신부 6월의 찬란함을 기습하듯, 여전히 그림자들은 간간이 되돌아와 그대를 엄습한다. 그러므로 지금 성령강림절의 이 순결한 아침에, 당신은 그 초월적 비통을 기념하며 그것이 발화로 표현될 수 있는 모든 말을 뛰어넘었음을 증언하는 뜻으로 유대처럼 머리에 베일을 쓰고 있다. 곧 당신은 브로켄의 유령이 종려나무 아래 우는 유대의 모습을 본떠, 그의 머리에 베일을 쓰고 있음을 본다. 마치 그도 인간의 마음을 지닌 것처럼, 역시 유년 시절에 형언할 수 없는 고통을 겪은 그가 그 고통을 기념하고 오랜 세월이 흐른 뒤에도 진정 이를 말로 표현할 수 없었음을 기록하기 위해, 이 무언의 상징을 통해서 하늘을 향해 한 줄기 탄식을 토하고 싶어 하는 것처럼 말이다.

　이 시험은 결정적이다. 이제 당신은 이 유령이 자신의 그림자에 불과함을 확신한다. 그리고 그에게 자신의 비밀스러운 감정을 토로함으로써, 이 유령을 어둠의 상징적 거울로 삼아 그러지 않았다면 분명 영원히 은폐되어 있었을 것들을 햇빛 아래서 비추어 본다.

　이것이 바로, 곧 독자가 내 꿈의 침입자로 이해하게 될 어둠의 해석자(Dark Interpreter)와 내 정신 사이의 관

151

계다. 본래 그는 내 내면 본성의 단순한 반영에 불과하다. 그러나 브로켄의 유령이 때때로 폭풍이나 세찬 소나기에 흐트러져 그 진짜 근원이 은폐되는 것처럼, 같은 방식으로 해석자 또한 가끔 내 궤도로부터 이탈하며 외계의 본성들과 조금씩 섞인다. 이런 경우 나는 그를 나 자신의 환일(幻日)[7]로만 인식하지 않는다. 대체로 그가 하는 말은 내가 대낮에, 마음에 새겨질 정도로 깊은 사색 중에 했던 말들에 불과하다. 그러나 가끔 그의 얼굴이 변모하고 그의 말이 바뀔 때가 있는데, 그것이 꼭 내가 했거나 할 수 있는 말 같지만은 않다. 그 누구도 꿈에서 벌어지는 모든 일을 설명할 수는 없다. 대체로 나는 이렇게 믿는다.— 그는 나 자신의 충실한 대리인이지만, 때때로 꿈을 지배하는 신인 판타소스[8]의 활동에 예속된다고.

우박의 합창*이, 그리고 폭풍이 내 꿈으로 들어온다. 땅을 달리는 우박과 불덩이, 진눈깨비와 앞이 보이지 않는 태풍, 견딜 수 없는 영광의 계시와 그 뒤를 일제히 덮치는 어둠 — 이들은 본래 그림자에 불과했던 형상을 어지럽히고, 꿈의 심연만큼이나 위태로운 대양을 항해하는 모든 선박의 닻을 떠내려 보낼 수 있는 힘들이다. 그러나 해석자는 대체로 고대 아테네 비극의 코러스 같은 역할을 한

---

* "우박의 합창"— 독자가 헨델의 애호가라면 그의 오라토리오『이집트의 이스라엘인』에 이런 제목으로 익히 알려진 합창이 있음을 굳이 말할 필요가 없을 것이다. 그 가사는 다음과 같다.—"주께서 비 대신 우박을 저들에게 내리시고, 불덩이가 우박에 섞여 땅을 달렸노라."[9]

다는 점을 이해하라. 어쩌면 고대 그리스의 코러스는 비평가들에게 제대로 이해되지 못하고 있는지도 모른다.[10] 내가 어둠의 해석자를 제대로 이해하지 못하는 것처럼 말이다. 그러나 둘의 주된 기능은 그렇게 간주되어야 한다.—나는 전혀 새로운 것을 말하는 게 아니다. 이는 극에서 배우들에 의해 행해졌던 것이다. 나는 당신 자신 안에—잠시 숨겨져 있거나 불완전하게 발달한 채로—웅크린 생각을 일깨우려는 것이다. 그리고 당신이 사색해 볼 시간도 없이 너무 빨리 사라져 버리는 무리들과 직접 관련하여, 교훈을 가리키거나 신비를 해독하는, 신의 섭리를 정당화하거나 고통의 맹렬함을 진정시키는,—잠길 시간만 허락된다면—당신 자신의 사색적 마음에도 떠오를 수 있고 또 떠올랐을지 모를, 예언적인 혹은 회고적인 논평을 당신 앞에 제시하려는 것이다.

해석자는 내 꿈에 정박한 채 정지해 있다. 그러나 그와 음울한 대응을 이루는 수줍은 **브로켄의 유령**처럼, 큰 폭풍과 세찬 안개가 몰아치면 그는 불안정하게 흔들리거나 심지어는 완전히 숨어 버리기도 한다. 그리고 새로운 형상을, 혹은 이상한 형상을 취한다. 꿈에는 언제나 복제만으로 만족하지 않는 절대적 창조나 변형의 힘이 있기 때문이다. 독자는 내 어떤 경험이 한층 더 나아간 단계에서 이 어두운 존재를 다시 보게 될 것이다. 그리고 경고하건대 그는 항상 내 꿈속에만 들어앉아 있지 않으며, 때로는 그 바깥에서도, 그리고 밝은 대낮에도 나타날 것이다.

1. 뉴욕 공립도서관에 소장된 수고에 따르면, 원래 드 퀸시는 이 「브로켄의 유령」 앞에 「어둠의 해석자」라는 글(315–22쪽 참조)을 서문 격으로 배치할 생각이었던 것 같다.

2. Whitsunday. 부활절로부터 일곱 번째 주일로, 예수 부활 뒤 50일째 되는 날 사도들이 모인 곳에 성령이 강림한 사건을 기념하는 날이다.

3. 『블랙우즈 매거진』의 필자였던 데이비드 브루스터(David Brewster)의 저서, 『자연의 마법에 대해: 월터 스콧 경에게 보내는 편지(Letters on Natural Magic: Addressed to Sir Walter Scott, 1834)』, 128을 가리킨다. "유사 이래로 브로켄은 놀라운 일들이 벌어지는 현장이었다. 그 정상에 가면 '주술사의 의자와 제단'이라고 불리는 거대한 화강암 바위를 여전히 볼 수 있다. 깨끗한 물이 솟구치는 샘은 '마법의 샘'으로 알려져 있다. 브로켄의 아네모네는 '주술사의 꽃'이라는 이름으로 유명하다. 이러한 명칭들은, 기독교의 자애로운 영향력이 인접한 평원 지대로 확대되었을 때 작센인들이 브로켄 봉 정상에서 비밀리에 숭배했던 강대한 우상, 코르토의 제사 의식에서 기원했다고 추측된다."

4. 그리스신화에서 님프인 에코는 다른 사람이 한 말을 받아 반복만을 할 수 있는 저주를 받았다. 그녀는 미소년 나르키소스를 사랑하게 되었지만 저주

탓에 그에게 거절당했고, 부끄러움 때문에 외딴 동굴이나 절벽에 숨어 지내다가 점점 여위어 결국 형체를 잃고 목소리만 남게 되었다. 오비디우스, 『변신 이야기』, 3권, 358–401행 참조.

5. 콜리지, 「관념적 대상을 향한 한결같은 마음(Constancy to an Ideal Object)」, 25–32행. 출간된 판본은 마지막 두 행이 다음과 같다. "홀린 촌부는 그 고운 빛을 숭배하고, / 알지도 못한 채로, 그림자를 만들며 또 그것을 쫓아가는구나!" 드 퀸시가 말하는 '수정된 판본'이 정확히 무엇을 가리키는지는 불분명하다.

6. 로마 황제 베스파시아누스(9–79)는 아들인 티투스(39–81)가 유대의 반란을 진압하고 예루살렘을 점령한 것을 기념하기 위해 특별 동전을 주조했다. 이 동전에는 유대가 종려나무 아래 슬프게 앉은 한 여인의 모습으로 묘사되었다.

7. parhelion. 미세한 얼음 조각이 태양 빛에 굴절 반사되어 두 개 이상의 태양이 떠 있는 것처럼 보이는 현상.

8. 판타소스는 잠의 신 솜누스의 셋째 아들로, 꿈속에서 땅이나 바위 등의 무생물로 둔갑할 수 있다. 오비디우스, 『변신 이야기』, 11권, 641–3행 참조.

9. 헨델의 오라토리오 『이집트의 이스라엘인』 중 합창 「주께서 우박의 재앙을 내리셨다」. 구약성서 「시편」

105편 32절, "비를 기다리는 때에 온
나라에 우박을 쏟으시며"와 구약성서
「출애굽기」 9장 23-4절, "모세가 하늘을
향하여 지팡이를 쳐들자, 야훼께서
천둥소리와 함께 우박을 쏟으셨다.
번갯불이 땅으로 비껴다. 야훼께서
이집트 땅에 우박을 쏟으신 것이다.
번개가 번쩍거리며 우박이 맹렬하게
쏟아졌다. 이집트 나라가 생긴 뒤로
일찍이 볼 수 없었던 심한 우박이었다."

10. 1840년에 드 퀸시는 이렇게 썼다.
"코러스가 교훈을 가르치는 역할을
뒷받침한다거나 그래야 한다는 관념은
제거되어야 할 큰 착각이다. 코러스는
무대 위의 사건이나 이해관계로부터 한
발 떨어진 채 공감하는 관망자의 차원에
서 있었고, 그 역할은 관객의 공감을
이끌거나 해석하는 것이었다." (『토머스
드 퀸시 저작집: 11권』, 501쪽.)

1부 피날레: 사바나라마르

하느님이 사바나라마르(Savannah-la-Mar)[1]를 치시어, 하룻밤 사이에 지진으로 그 도시와 거기 선 모든 탑과 잠든 주민들을 해변의 견고한 지반으로부터 쓸어 내어 산호바다 밑바닥으로 가라앉히시었다. 그리고 하느님이 말씀하셨다. ―"나는 폼페이를 파묻어 17세기 동안 인간의 눈으로부터 감추었다. 나는 이 도시를 파묻겠지만 감추지는 않을 것이다. 이는 앞으로 수 세대에 걸쳐 푸르른 빛 가운데 놓인 채, 나의 불가사의한 분노를 인간에게 보여 주는 기념비가 되리라. 나는 이를 내 열대 바다의 수정 돔 안에 간직할 것이기 때문이다." 그래서 이 도시는 마치 모든 장구를 탑재하고 기대(旗帶)를 나부끼며 삭구를 완벽히 갖춘 거대한 갤리언선처럼 대양의 소리 없는 밑바닥을 따라 떠다니는 듯 보인다. 그리고 종종 유리 같은 무풍이 깔릴 때면 각국에서 온 뱃사람들은, 이제 이 조용한 숙영지 위에 공기로 짠 차양처럼 반투명하게 펼쳐진 물의 대기를 통해 이 도시의 안뜰과 테라스를 들여다보고, 대문의 개수를 세며, 성당의 첨탑을 헤아린다. 이는 하나의 거대한 공동묘지이며 여러 해 동안 그러했다. 그러나 열대 위도를 몇 주 동안 뒤덮는 장대한 무풍 속에서, 이 도시는 파타모르가나(*Fata-Morgana*)[2]의 신기루 같은 계시로 눈을 사로잡는다. 마치 우리가 사는 상층의 대기를 괴롭히는

157

폭풍으로부터 안전한 해저의 피난처에서 인간의 삶이 여전히 존속되고 있는 듯하다.

감청색 바다의 아름다움에, 외부의 방해로부터 놓여난 인간 거주지의 평화에, 영구한 신성 안에서 잠든 대리석 제단의 일렁임에 이끌려, 꿈에서 어둠의 해석자와 나는 우리와 도시의 시가지 사이를 갈라놓은 물의 베일을 헤치고 자주 그곳으로 들어가곤 했다. 우리는 종들이 그들의 결혼식 종소리를 일깨울 부름을 헛되이 기다리며 매달려 있는 종탑 안을 들여다보았다. 우리는 함께 거대한 오르간의 건반을 눌러 보았으나 거기에서는 하느님의 귀에 들릴 유빌라테(*jubilate*)³도 — 인간 슬픔의 귀에 들릴 레퀴엠도 흘러나오지 않았다. 우리는 모든 아이들이 잠들어 있던, 그리고 지금껏 다섯 세대에 걸쳐 잠들어 있는 고요한 아이 침실들을 함께 둘러보았다. "그들은 천상의 새벽을 기다리고 있구나." 해석자가 혼잣말로 속삭였다. "그리고 그때가 되면 종과 오르간들은 낙원의 메아리에 의해 거듭 울려 퍼질 유빌라테를 터뜨리리라." 그리고 그는 나를 돌아보며 말했다. —"이것은 슬프다. 이것은 애처롭다. 그러나 이보다 덜하다면 하느님의 목적에 충분치 않으리라. 자, 로마의 물시계에 물 100방울을 넣고, 이것을 모래시계 속의 모래처럼 흘려 내보내 보라. 한 방울이 100분의 1초로 측정되므로 이는 곧 36만 분의 1시간에 해당한다. 이제 떨어지는 물방울의 개수를 세어라. 그리고 100 중 50번째 방울이 구멍을 통과할 때, 보라! 49방울은 이

158

미 떨어져 버리고 없다. 그리고 나머지 50방울도 아직 오지 않았으므로 없다. 그렇다면 진정한 실제의 현재는 얼마나 짧은지, 얼마나 헤아릴 수 없이 짧은지 그대는 알리라. 이미 달아난 과거나 아직 날아오고 있는 미래에 속한 시간은 우리가 현재라고 부르는 이 시간의 100분의 1조차도 아니다. 그것은 이미 소멸했거나 아직 태어나지 않았다. 그것은 과거에만 존재했거나 아직 존재하지 않는다. 그러나 이 진리의 근사치조차도 무한한 오류다. 현재에 해당한다고 상정된 물 한 방울을 같은 식으로 다시 분할하여 더 작은 파편들로 만들면, 그대가 정지시킨 현재는 이제 3천 600만 분의 1시간에 불과해진다. 이러한 무한한 감쇄에 의해, 그 속에서만 우리가 오롯이 살고 즐기는 진정한 바로 지금의 현재는 오직 천상의 시력으로만 식별할 수 있는 티끌의 티끌로 사라져 버릴 것이다. 그러므로 인간이 소유한 유일한 시간인 현재에 그가 발 디딜 자리는, 여태껏 거미가 자궁 속에서 꼬아 낸 가장 가는 거미줄보다도 더 가늘다. 그리고 미세한 달빛 한 줄기에 드리운 이 측정 불가능한 그림자조차, 기하학으로도 잴 수 없고 천사의 생각으로도 따라잡을 수 없을 만큼 일시에 사라져 버린다. 존재하는 시간은 수학적 점으로 축소되며, 그 점조차 우리가 미처 그 탄생을 고하기도 전에 1천 번 소멸한다. 현재의 모든 것은 유한하며, 그 유한함조차도 죽음을 향한 비행 속도에 있어서는 무한하다. 그러나 하느님 안에서 유한한 것은 없다. 하느님 안에서 일시적인 것은 없다. 하느님 안에서는 그 무엇도 죽음을 향할 수 없다. 따라서 이렇게 된다.— 하느님에게는 현재가 있을 수 없다. 미래가 곧 하느님의 현재이며, 그분이 인간의 현재를 희생시키는 것은 미래를 위해서다. 그래서 그분이 지진으로 역사하시는 것이다. 그래서 그분이 슬픔으로 역사하시는 것이다. 오, 얼마나 깊게 지진의 쟁기는 땅을 일구는가! 오, 얼마나 깊게," (그리고 그의 목소리는 대성당의 성가대에서 울려 퍼지는 상투스처럼 웅장하게 증폭되었다.) "슬픔의 쟁기는 가슴을 일구는가! 그러나 많은 경우 이보다 덜하다면 하느님의 경작에 충분치 않을 것이다. 하룻밤의 지진으로, 그분은 인간을 위한 1천 년의 복된 주거지를 세운다. 한 유아의 슬픔으로써, 그분은 그것 없이는 불가능했을, 인간 지성으로부터 찬란하게 숙성된 포도주를 빈번히 빚어낸다. 그보다 덜 맹렬한 쟁기 날로는 굳은 토양을 뒤집어엎을 수 없으리라. 앞의 것은 우리 행성인 지상을 위해 — 인간의 거처인 지상 그 자체를 위해 필요하다. 그러나 뒤의 것은 그보다 더 자주 필요하다. 하느님의 가장 강력한 도구를 위해, 그렇다, 바로," (그리고 그는 엄숙하게 나를 보았다.) "지상의 신비로운 아이들을 위해!"

1부 끝[4]

1. 자메이카 남서부 해안의 항구도시.
1780년 허리케인으로 완전히 파괴되었으나
이후 재건되었다.

2. 이탈리아반도와 시칠리아 섬 사이의
메시나해협에 나타나는 신기루를 말한다.
아서왕 전설에 나오는 요정 모르가나에서
이름이 유래했다.

3. 환희의 노래. 참고로 구약성서 「시편」
100편은 "온 세상이여, 야훼께 환성
올려라."로 시작된다.

4. 『블랙우즈 매거진』에 세 번째로
게재되었던 원고는 여기서 끝난다.

2부

앞에서 그 일부를 소개한 옥스퍼드 환상은 내가 유년기에 엿보았던 것을 묘사하기 위해 필요한 (그 반응으로서의) 선행음에 불과했다. 본 2부에서 나는 이 선행음으로부터 제자리로 되돌아와, 후년에 좀 더 어두컴컴한 세계에서 경험하게 될 것들의 맹아를 제공했거나 드러냈던 부분에 한하여 내 어린 소년기의 윤곽을 되짚으려 한다.

내게는 삶의 환상이 너무 강렬하게, 너무 일찍 엄습했다. 이는 1천 년에 열 명이나 스무 명꼴로 드물게 겪는 일이다. 삶의 공포가 이미 유년 초기에 삶의 거룩한 감미로움과 뒤섞였다. 비통이 내게 그 이슬을 내려, 이제 겨우 아침 햇빛에 반짝거리고 있을 뿐인 삶의 샘물을 미리 맛보여 주었다. 100명 중 한 명만이, 그것도 인생의 마지막 단계에서 삶을 슬프게 돌아본 후에야 그런 비통을 이해할 감수성을 지닐 것이다. 나는 훗날 돌이켜 보게 될 것을 멀리서부터 그리고 앞서서 내다보았다. 이는 우울한 그늘 속에서 보낸 유년 초기에 대한 묘사인가? 아니, 지고한 행복 속에서 보낸 유년에 대한 묘사다. 그리고 사람의 이마에 새겨진 명문과 글귀를 읽는 데 없어선 안 될 (극소수의 사람들만이 지닌) 열정이 독자에게 있다면, 그가 인간 삶의 델포이 동굴에서 올라오는 탄식[1] 하나하나의 깊은 음조에 (대부분의 사람들처럼) 무덤보다도 귀가 어둡지 않다면, 그는 완벽한 음악—모차르트나 베토벤의 음악—이 그러하듯 삶의 환희(혹은 근사치로라도 그렇게 이름 붙일 만한 모든 것) 또한 강하고 무시무시한 불협화음과 섬세한 협화음의 융합에 의해 탄생한다는 사실을 알 것이다. 이 요소들은 많은 이들의 미약한 관념처럼 대조되거나 상호 반발함으로써가 아니라 일치됨으로써 작용한다. 이것이 음악의 성적인 힘이다. "하느님은 그들을 남자와 여자로 지어 내셨다."[2] 그리고 이 강대한 적대자들은 그들의 적대를 척력이 아니라 지극히 깊은 인력으로 표현한다.

"내일이 이미 오늘 속을 걷고"[3] 있듯이, 과거 유년기의 경험 속에서도 미래가 희미하게 보일 수 있다. 고립된 아이나 소년이나 아주 젊은 청년이 이질적 이해관계나 적대적 시각과 겪는 충돌은—그런 사람이 취할 수 있는 저항의 면면은, 그가 타인의 운명이나 행복에 조금이라도 중요한 영향을 끼칠 수 있는 연줄이 극히 보잘것없고 변변찮다는 사실에 의해 제한된다. 상황에 따라 그의 중요성이 잠시 확대될 수도 있지만, 결국 그가 타인의 배에 건 모든 밧줄은 갈등이 불거지기라도 하면 쉽게 풀려 버린다. 반면 인생이 전개되면서 성인이나 책임 있는 인간을 그의 주변 집단과 연결하는 관계는 이와 전혀 다르다. 이러한 관계망은 1천 배는 더 복잡하고, 이렇게 복잡한 관계에서는 충돌도 1천 배는 더 자주 일어나며, 이러한 충돌로 확산되는 진동 또한 1천 배는 더 심하다. 성인의 문턱에 선 젊은이는 이 진실을 불안스럽게, 혼란한 시야로 앞서 감지한다. 이 진실

164

이 그 탄생의 순간에 모습을 드러내고 자문될 수 있다면, 공포와 두려움이라는 최초의 본능이 그의 정신에 암운을 드리울 것이다. 마침내 그가 완전히 혼자 힘으로 모든 걸 통제해야 할 인생의 조수 속으로 떠밀리는 그 순간을 육체적 탄생의 순간처럼 정확히 집어낼 수 있다면, 같은 성질을 띤 두 번째 본능이 그의 마음의 떨리는 거울을 다시금 오염시킬 것이다. 망망한 인생 전체는 처음부터 어두운 대양처럼 보인다. 하지만 타인들의 직접적 책임 아래 머물던 상태로부터 영영 떠나오라고 그를 부르는 대양 내부의 두 번째 방은 더더욱 어둡고 끔찍해 보인다. "인간 아이의 모습이 될지어다."—라고 선언하는 아침은 끔찍하다. 그러나 "이제부터 평생 동안 그대 자신을 통치하는 왕홀(王笏)을, 그리고 삶의 수난을 짊어질지어다!"라고 선언하는 아침은 더욱 끔찍하다. 그렇다. 이 두 가지는 모두 끔찍하다. 그러나 끔찍스러운 토대 없이는 완벽한 환희도 없다. 이 공포와 장엄한 어둠의 토대는 일부분 인생사에서 생겨난 슬픔을 통해 서서히 축적된다. 이에 대해서는 이미 묘사했다. 그러나 삶이 확대되면서, 슬픔의 기반은 우리를 괴롭히는 불화를 통해, 서로 충돌하는 견해, 입장, 감정, 이해의 불화를 통해 더 많이 확립되고 침적되며,—그렇지 않았다면 표면만 흐릿하게 반짝였을—삶의 보석을 통해 어둡고 빛나는 광채를 쏘아 올린다. 인간은 더 날카로운 시야를 얻기 위해 고통과 분투를 대가로 치르든지, 아니면 그냥 지적 계시가 결여된 얕은 시각에 머물러야 할 것이다.

초년 시절(그러니까 소년 시절부터 시작해서 내가 옥스퍼드에 입학해 실질적으로 나 자신의 주인이 된 18세 때까지), 내 천부적 자유의 당연한 권리에 마치 로마의 '레티아리우스(retiarius)'[4]처럼 치명적 억압이나 제약의 그물을 던지고자 했던 몇몇 사람이나 무리들과 맹렬하고 지속적인 싸움에 끝없이 휘말렸던 것은 일부분 우연 때문이었지만, 이는 내 타고난 본성이라는 우연, 지금 떠올리더라도 전혀 괴롭지 않은 본성적 기질 때문이었다. 내 줄기찬 반항의 절반은 단순히 정당한 분노로 인한 인간적 반응이었지만, 나머지 절반은 나를 노예로 삼으려는 이들에게 죽음을 무릅쓰고라도 저항하고 내 머리를 자기 발밑에 놓으려는 이들에게 경멸로 응수하는 것을 단순한 권리나 임의의 특권으로 취급하지 않으려는 — 아니, 지고한 의무로 여기는 양심적 본성의 몸부림이었다. 심지어 후년에도, 나는 세간에 호인으로 통하는 사람들의 내면에서 자기보다 우월한 지적·인격적 자질로 본의 아니게 자기를 압박한다고 느껴지는 사람을 깎아내리려는(그리고 가능하다면 자기 비하를 시켜서 깎아내리려는) 성향을 너무나 자주 감지하곤 했다. 그들은 당신을 존경하지만 어쩔 수 없이 존경하며, 내심 그러기 싫어한다. 그래서 다음 수순으로, 그들은 이 압박감을 떨쳐 버릴 길을 찾으며 이에 대해 복수를 꾀한다. 당신 삶의 불운한 우연을 끌어들여 굴욕감을 주고, (가능하다면) 당신이 그 굴욕에 동의할 수밖에 없게끔 만든다. 오, 어찌하여 이런저런 남녀의 '친구'로 자처하는 사람들은, 그토록 자주 다른 누구보다도, 그 남녀가 죽을 때 "절대로 너를 만나지 말았어야 했다."는 고별사를 남기기 십상인 인간이 되는 것인가?

나는 이 초년기 고투의 한두 가지 사례를 소개하면서, 훗날 내가 아편의 지배 아래 보았던 환상에 그것이 끼친 영향을 주로 염두에 두고 있다. 또한 이 너그러운 회고에는, 소년기의 미숙한 경험과 결부된 이런 온갖 전력을 거쳐 온 성숙한 독자를 동반해야 한다. 자기 권리를 뺏길까 봐 신경이 곤두서 있으며 세상의 인사법에 대한 연습이 부족한 융통성 없고 단순한 사람이 이런 싸움을 피하려면 자존심에 얼마간 상처를 입을 수밖에 없는 반면, 성격이 원만하고 세상에도 익숙한 사람들은 비굴하게 아첨하는 전략을 쓰지 않고도 수월하게 싸움을 피할 수 있다. 물론 이러한 상냥한 태도가 과단성 있는 일처리와 조화될 수 있는 건 사실이지만, 지식이나 노련하고 신중한 언어 등 자신의 원만한 성격을 활용할 수 있는 적절한 자원을 갖추지 못한 젊은이에게는 쉽지 않은 일이다. 어른들이 모욕과 못된 행동으로부터 보호받는 것은 그들이 노련하기 때문이기도 하지만, 설령 그런 노련함을 전혀 지니지 못했다 하더라도 그들이 만나는 사람들 모두가 사회로부터 보편적인 자제심을 훈련받았기 때문이기도 하다. 그러나 다른 소년들로부터 그런 자제나 훈련된 태도로써 대우받지 못하는 소년들이 불화에 휘말리는 빈도는, 툭하면 싸우기 좋아하는 성격보다는 꼿꼿한 성격에 더 비례할 때가 많다. 하지만 이런 주제의 가장 적절한 예시를 들려면 내가 겪었던 주된 불화 한두 건을 간단히 소개하는 게 상책일 것이다.

첫 번째 것은 그 이후에 꿈속에서 다른 경외로운 색채를 띠고 되살아나지 않았다면 전혀 신경 쓸 가치가 없었을 일시적이고 장난스러운 불화로서, 내 후견인 중 한 명이 나를 무시했다는 혼자만의 상상에서 비롯되었다. 내 후견인 넷 중에서 지식과 재능이 가장 출중했던 한 명[5]은 은행가로 우리 집에서 약 100마일 떨어진 곳에 살고 있었는데, 내가 열한 살 때 그가 나를 자기 집에 초대했다. 그 집의 맏딸은 아마 나보다 한 살 어렸을 텐데, 그 무렵 그녀는 내가 그때까지 거의 본 적 없는 아주 천사 같은 성격과 기질이 엿보이는 매우 사랑스러운 얼굴을 하고 있었다. 자연스럽게도 나는 사랑에 빠졌다. 이런 말이 터무니없게 들릴지도 모르겠다. 게다가 우리보다 더 완벽하게 순진했던 아이들을 상상하기란 힘들고, 우리 둘 다 학교에는 전혀 다녀 본 적도 없었으니 더더욱 그럴 것이다. 그러나 내가 지극히 기사도적인 의미에서 그녀를 사랑했음은 단순한 사실이다. 그리고 내가 그러했다는 증거는 별개의 세 가지 양태로 드러났다. 나는 그녀의 장갑이 드물게 탁자에 놓여 있는 것을 볼 때마다 거기에 키스했다. 둘째로 나는 그녀를 질투할 구실을 엿보았다. 그리고 셋째로 싸움을 일으키려고 안간힘을 썼다. 내가 싸움을 바랐던 것은 화해라는 사치를 누리기 위해서였다. 골짜기를 내려가는 수고를 하지 않으면 산을 오를 수 없는 법이다. 비록 그처럼 참으로 상냥한 소녀와 한순간이라도 불화한다는 생각 자체가 싫기는 했지만, 그러한 연옥을 거치지 않고서 어떻게 그녀의 미소를 되찾는 낙원을 얻을 수 있겠는가? 그러나 이 모두는 수포로 돌아갔는데, 단순히 그녀가 전혀 싸울 생각이 없었기 때문이다. 또 질투도 실현되지 않았는데, 그런 격정을 쏟을 버젓한 대상이 없었기 때문이다. 제아무리 정신 나갔다 해도 연적으로 지목할 수는 없는 늙은 음악 교사를 질투하지 않는다면 말이다. 한편, 딸을 상대로는 전혀 타오르지 않은 싸움이 내 쪽에서 그녀의 아버지를 향해 조용히 불붙었다. 그의 죄상은 이러했다. 저녁 식사 자리에서 나는 당연히 M 옆에 앉았고 간간이 그녀의 손을 건드리는 것이 크나큰 기쁨이었다. M은 육촌 혹은 팔촌뻘 되는 동생이었으므로 이 사소하고 다정한 행동이 그리 대단한 무례라고는 생각되지 않았다. 아니 6천 촌이었다고 해도 친척 동생임에는 변함이 없다. 또 내가 그런 행동을 대단히 계획적으로 숨긴 것도 아니었고, 만에 하나 그랬다 해도 내가 아니라 그녀를 생각해서였을 것이다. 그런데 어느 날 저녁 그녀의 아버지가 내 교묘한 손 움직임을 보았다. 그가 불쾌해 보였던가? 전혀 아니었다. 심지어 그는 너그럽게도 내게 미소를 지어 보이기까지 했다. 하지만 바로 다음 날 그는 M을 내 맞은편에 앉혔다. 이로써 동생의 귀여운 얼굴을 더 잘 볼 수 있게 되었다는 한 가지 점에서 보면 사실 더 좋아진 셈이었다. 하지만 첫째로는 손이 사라졌음을 고려해야 하고, 둘째로 이는 나에 대한 모욕이었다. 꼭 복수를 해야 했다. 그때 내가 점잖게 할 수 있는 복수는 세상에서 딱 하나밖에 없었지만 그것이라면 훌륭하게 해낼 수 있었으니, 바로 라틴어로 6보격 시를 쓰는 일이었다. 유베날리스는, 비록 당시 내가 그를 대단히 많이 읽지는 않았지만 아주 멋진 본보기로 보였다. 분노의 영감이 마치 히브리 예언자를 통하듯이 그를 통해서 흘러나왔고, 바로 그 영감이 이제는 나를 통해서 흘러나오고 있었다. "분노가 내 시를 만든다(*Facit indignatio versum*)."[6]고 유베날리스는 말했다. 그리고 인정하건대 분노의 여신은 그날 그에게 내려 준 시만큼 뛰어난 것을 이제껏 만들어 내지 못했다. 그렇긴 하지만, 이 기민한 격정은 심지어 내게도 몇 단락을 위한 천재적 영감을 베풀어 주는 뮤즈임이 입증되었다. 그리고 내가 여기에 언급할 한 행은 유베날리스 자신의 시 속에 들어앉을 자격이 있다. 이 말에는 양심의 거리낌도, 손톱만 한 허영도, 또 반대로 이러한 소년의 성취와 결부되는 거짓 겸손도 들어 있지 않다. 그 시는 이렇게 시작되었다.

"그대, 거룩한 식탁의 계약을 파기하는 너무 가혹한
    자여
나는 풍자의 메아리치는 채찍으로 그대를
괴롭히노라."[7]

170

그러나 내가 로마 풍의 기상을 띠고 있다고 주장하는 한 행은 바로 다음 문장의 결구였다. 여기에 담긴 감정이 전체적으로 불러일으키는 효과란 — 나의 시끄러운 분노가 벽창호의 귀청까지 뚫고 들어가는 듯했다.

> "—— 나의 맹렬한 항의는
> 귀지로 꽉 막혀 겨울밤의 폭풍 소리조차
> 듣지 못할 귀에 내려앉노라."[8]

그러나 내 시에 기운을 불어넣은 힘은 곧 꺼져 버렸다. 자칫 무례하게 비칠 수도 있었던 저녁 식탁에서의 이 한 차례 사건을 제외하고는, 나와 M과의 교제에 여하한 제약이 추가로 꾀해지지 않았음을 알고서 분이 일찌감치 사그라졌기 때문이다. 게다가 훌륭한 시를 홀로 가슴속에만 간직하는 건 너무 괴로운 일이었다. 하지만 설령 사촌 동생이 라틴어 실력이 있다고 하더라도, 그 아버지를 향한 신랄한 풍자나 주상고행자[9]의 독설로 그녀의 착한 효심에 충격을 줄 수야 있겠는가? 그때 문득 이 시를 그녀의 아버지에게 보여 주면 어떨까 하는 생각이 떠올랐다. 하지만 그에 대한 풍자의 가면 뒤에 숨어서 그의 칭찬을 얻어낸다는 건 좀 기만적인 행위가 아닌가? 또 보여 준다고 해도 그가 내 시의 의미를 이해할 것인가? 왜냐하면 그로부터 1년 뒤에 어떤 사람이 '거룩한 식탁'(sacrae mensae, 나는 이 말을 환대의 신성함이라는 뜻으로 썼는데)이라는 표현을 성찬 식탁이라는 의미로 차용했기 때문이다. 그리고 생각해 볼수록, 환대의 신성한 유대를 침해한 쪽은 오히려 나라고 비난하는 이들이 많지 않을까 하는 의구심이 들기 시작했다. 환대의 유대는 주인뿐만 아니라 손님에게도 똑같이 적용되기 때문이다. 이렇게 생각이 누그러진 것은 게으름 탓이기도 했다. 게으름이란 나쁜 충동뿐만 아니라 때로는 이렇게 좋은 충동을 불러일으키기도 한다. M과의 친교 또한 내가 풍자 활동을 관두는 데 한몫했다. 이리하여 결국 내 라틴어 시는 미완성으로 끝났다. 하지만 종합해 볼 때, 후견인은 내 6보격 시를 통해 명예가 추락했다면 자칫 후세에 부정적으로 전해질 뻔했던 것을 겨우 모면한 셈이었다.

이는 그저 장난스러운 불화의 사례였다. 하지만 바로 그 라틴어 시재(詩才)가 나를 곧 진짜 불화로 이끌었고, 이 불화는 한 감정을 다른 감정과 대립시키는 바로 그 힘 때문에 생각보다 더욱 심하게 내 마음을 괴롭혔다. 그것은 내 마음을 골육상쟁처럼 찢어 놓았다. 약 1년 뒤, 후견인의 집에서 되돌아오고 열두 살이 거의 끝나갈 무렵 나는 어느 큰 퍼블릭스쿨에 입학하게 되었다.[10] 그토록 큰 혜택을 누릴 수 있으면 누구나 기뻐하는 게 당연한 이치다. 때때로 나는 아직 너무 어리고 여성의 온화함에 크게 의존하며 정서가 아주 예민한 아이들을 그런 거친 환경에 내보내 노출시키는 관습을 비판했고 지금도 비판한다. 그러나 아홉 살이나 열 살쯤 되면 성격에서 남성적 활력이

172

발달하기 시작한다. 아니, 그렇지 않더라도 잉글랜드의 훌륭한 고전 학교에서의 활기찬 교제보다 더 발달에 도움이 되는 훈련은 없을 것이다. 이곳에서 이기적인 아이들은 관용이라는 공적 기준에 스스로를 맞추어야 하고, 나약한 아이들은 남성적인 규칙에 순응해야만 한다. 나는 퍼블릭 스쿨을 두 군데 다녔는데 이 두 곳에서 받은 혜택에 대해 감사하게 생각한다. 또한 강직한 후견인의 조용한 집에서 아주 효과적으로 라틴어를 배울 수 있었음에 대해서도 감사하게 생각한다. 그러나 내가 짧은 기간 목격한, 삼사십 명의 소년들을 수용한 소규모 사립학교들[11]은 선생들의 편애와 일부 학생들의 야비한 태도를 생생히 보여 주는 사례였다. 잉글랜드의 학교에서 그 예를 매우 널리 찾아볼 수 있는 공의의 숭고함은 어디에도 없었다. 그처럼 공명정대한 아레오파고스[12]와 일체의 부정한 방식에 대한 혐오는, 전 우주를 통틀어 잉글랜드의 군중이나 잉글랜드의 유서 깊은 퍼블릭스쿨에서밖에 찾아볼 수 없다. 하지만 내가 그런 학교 시설에 처음 입학했을 때의 환경은 특수하고 모순적이었다. 학교에서 나를 '평가'할 때, 즉 등급을 매길 때 나의 (천문학적 표현을 사용하면) 천체 고도는 당연히 그리스어 실력으로 결정되었다. 하지만 그때 나는 그리스어 신약성경과 『일리아드』 같은 쉬운 책을 겨우 해석할 수 있는 정도였다. 내 나이를 감안하면 이 정도도 충분히 잘하는 것으로 통했지만, 그래도 이 때문에 나는 학교의 최우수 학급에서 세 단계 아래 학급에 배정되었다.

하지만 채 1주일도 지나지 않아, 그때쯤엔 그 힘과 폭을 키운 내 라틴어 시재가 알려지게 되었다. 나는 유대인 모르드개[13] 이후로 그 어떤 남자나 소년도 받지 못했던 상을 누리게 되었다. 비록 교장이 담당한 학급이 아니라 교감이 맡은 학급에서 뛰어난 축에 속하기는 했지만, 이제는 학교의 최고 심사 위원회에서 내 작품이 매주 우수작으로 뽑혀 공개되었던 것이다. 처음에 이는 칭찬의 따스한 햇볕만을 내려 주었고 그때까지 고독에 잠겨 있던 내 마음은 기쁠 따름이었다. 하지만 6주 만에 상황이 변했다. 칭찬은 여전히 계속되었고 공개적인 발표도 계속되었다. 또 내가 군인과 인도에 가 있는 이들[14] 외에는 남자 친척이 없어서 은밀한 도움의 혜택을 받을 수 없다는 건 몇몇 학우들에게 충분히 알려진 사실이었으므로, 일반적인 경우였다면 내 온당한 자부심에 대한 질투나 초조한 저항으로 성가신 반발이 빚어지지도 않았을 것이다. 하지만 유감스럽게도 당시 자기가 맡은 최고 학급의 성적이 오르지 않는데 불만이 컸던 교장은, 열두 살짜리가 지은 시의 우수성을 열일곱, 열여덟, 열아홉 살짜리가 지은 시와 비교해 가며 그들을 계속 질책하고 있었음이 이내 밝혀졌다. 그는 가끔씩 손가락으로 나를 가리키곤 했는데, 그 몸짓과 동시에 이 청년들의 침울한 시선이 집중됨과 더불어 프랑스 기자들의 말을 빌리면 "센세이션"이 뒤따르는 걸 볼 때마다 나는 당혹스러웠다. 당연하게도 나는, 청년이라고 불리며 소포클레스(내 귀에는 무슨 세라핌의 음성을 실어 나르는 듯 들렸던 이름)를 읽고 나 같은 어린애하고는 말 한 마디 섞지 않으려 드는 이 소년들을 선배로서 경외의 눈 길로 바라보고 있었다. 하지만 이 모든 게 송두리째 바뀌는 날이 왔다. 운동장에서 이 선배들 중 한 명이 성큼성큼 내게로 걸어오더니, 때리려는 게 아니라 단순한 첫인사의 공식으로 내 어깨를 한 대 툭 치면서 이렇게 물어본 것이다. "어떻게 돼먹은 악마 새끼가 도의도 내팽개치고 그딴 식으로 남을 괴롭히냐? 알고 보면 끔찍하게 형편없는 네 놈의 시 때문에 모두가 발 뻗고 쉬지도 못하잖아?" 이런 인사말에 답하기는 어려운 일이었겠지만, 상대는 대답을 바라지 않았다. 나는 앞으로는 시를 서투르게 써야 한다는 짤막한 경고를 받았다. 만약 그렇지 않으면 — 이 돈절법[15]에 내가 의문이 담긴 표정으로 화자를 쳐다보자, 그는 나를 "말살"해 버리겠다고 말함으로써 그 빈틈을 메웠다. 이런 요구에 아연실색하지 않을 사람이 있겠는가? 나는 내 수준에 못 미치는 서투른 시를 써야 했는데, 내 시에 대한 그의 평가를 감안하면 이는 어려운 일임에 틀림없었다. 게다가 그자보다 더 서투르게 써야 했는데 이는 불가능한 일일 터였다. 완전히 다르게 표현했으면 몰라도 그런 식의 우격다짐에 오히려 반발심이 솟았음은 충분히 상상할 수 있는 일이다. 그래서 다음번에 시를 제출할 때 나는 받은 명령에 따르기는커녕 총알을 두 배로 장전했고, 박수도 두 배로 받았다. 하지만 나는, 비록 스스로 한 일을 후회하지는 않았지만, 적의 진영이 두 배의 혼란에 빠

175

저 동요하는 모습을 보고 조금 두려워졌다. 그들 가운데 나를 "말살"하려는 친구가 저 멀리서 위협적으로 모습을 드러내며 나를 향해 거대한 주먹을 휘둘렀지만, 그의 눈에는 불길한 미소 비슷한 것이 어려 있었다. 그는 일찌감치 기회를 보아 내게 경의를 표하러 와서 이렇게 말했다. "이 새끼 악마야, 이게 네가 제일 못 쓴 글이라고?" "아니," 나는 대답했다. "내 최고작이라고 해 두지." 알고 보니 그 말살자는 사실 사람 좋은 청년이었다. 하지만 그는 곧 케임브리지로 떠나 버렸고, 나는 그 나머지, 혹은 그중 일부와 거의 1년 동안 전투를 계속했다. 그러나 단 한 마디의 친절한 말을 위해서라면, 나는 내 모자에 달린 공작 깃털을 싸구려 장난감처럼 아낌없이 내던졌을 것이다. 물론 칭찬 또한 내 귀에는 달콤하게 들렸다. 하지만 그 반대편에 버티고 선 것에 비하면 그건 아무것도 아니었다. 나는 내 우수한 성적이 다른 이들의 굴욕과 결부되는 게 몹시 싫었다. 또 설령 그걸 극복할 수 있다 치더라도, 끝없는 불화는 내 성정을 들볶고 괴롭혔다. 일찍이 내 어린 시절에 그저 필수 불가결한 요소였던 사랑, 그것은 이제 낙조의 잔영이 되어 버린 지 오래였다. 그러나, 비록 사랑은 불가능해졌을지언정(이 세상에서 사랑은 참으로 희귀한 것이니까), 평화 그리고 갈등으로부터의 자유는 내 마음에 절대적으로 불가결한 요소였다. 그럼에도 누군가와 싸우는 것이 내 숙명이었고 나는 이 싸움에서 벗어날 길을 알지 못했다. 나는 싸움 자체도 싫었지만 싸움이 내 마음에 일으키는 치명적인 격정 때문에 그것을 죽음보다 더 혐오하고 증오했다. 그것은 순전히 상급생들 탓으로 돌릴 수만은 없는 내 마음의 산란과 내적 불화를 더욱 심화시켰다. 나는 그들에게 굴욕을 주는 구실로 이용되었다. 그리고 한편 내가 한 가지 재주에서 우월했고 그것도 어디까지나 순전한 우연 또는 특수한 취향과 감정의 소산이었던 반면, 다른 한편 그들은 더욱 정교하고 난해한 그리스어와 고대 그리스 합창시에서 나보다 훨씬 우월했다. 그들이 나를 미워하는 걸 반드시 이상하게만 볼 수는 없었다. 하지만 그들이 나와 이런 식의 갈등을 빚기로 한 이상 저항하는 것 외에는 달리 방법이 없어 보였다. 이 싸움은 내가 머리에 매우 위험한 병이 들어 학교를 그만두면서¹⁶ 비로소 끝났다. 하지만 싸움을 1년 가까이 치르고 난 뒤 나는 이 공적들 중 몇 명과 개인적으로 친구가 되었다. 그들은 나보다 훨씬 나이가 많으면서도 나를 자기 친구들 집에 초대하고 내게 경의를 표해 깊은 감동을 주었는데, 이는 내 시의 훌륭함보다는 내가 보인 의연한 태도에 대한 경의임이 명백했다. 그리고 실제로 자연스러운 우연으로 인해 내 시의 필력이 떨어지기도 했다. 우리 반 몇 명이 내게 시를 대신 써 달라고 습관적으로 부탁했던 것이다. 나는 거절할 수 없었다. 하지만 우리 모두에게는 똑같은 시제(詩題)가 주어졌기에, 같은 땅에서 그렇게 많은 작물을 거두어들이면서 모든 작물의 품질을 유지하기란 불가능했다.

그로부터 2년 반이 흐른 뒤, 나는 다시금 설립된 지 아주 오래된 퍼블릭스쿨[17]에 들어갔다. 이제는 나 자신이 최우수 학급을 이루는 세 명 중의 하나였다. 또 예전의 내 귀에는 너무나 신비스럽게 들렸던 소포클레스도 이제는 익숙한 이름이 되었다. 그런데 이상하게도, 이제 16세가 된 나는 라틴어 시의 아름다움에 완전히 심드렁해졌다. 학교에서 배우는 모든 것이 내 눈에는 하찮고 시시하게 보였다. 별다른 노력을 기울이지 않아도 되는 그런 것은 내 주의를 조금도 끌지 못했다. 이제는 내 모국의 문학이 주의를 온통 집어삼키고 있었다.[18] 물론 항상 숭배해야 마땅한 고대 그리스 연극만은 여전히 숭배했지만, 그 이외의 고전 공부에는 애착이 없어졌다. 더 깊은 마법이 나를 지배했고, 나는 더 깊은 열정이 그 음성을 발하는 우거진 그늘 밑에서만 살았다.

그러나 이곳에서 또 다른, 더 중대한 싸움이 시작되었다. 나는 열일곱 살을 앞두고 있었고, 그로부터 1년 뒤에는 옥스퍼드에 입학하기에 적당한 나이가 되었다. 후견인들은 나의 옥스퍼드 입학을 반대하지 않았고, 당시 일반적으로 옥스퍼드 학생에게 필요한 최저한도의 용돈으로 여겨졌던 연 200파운드를 지급하는 데 기꺼이 동의했다. 하지만 그들은 내가 장래의 직업을 사전에 확실히 결정해야 한다는 전제 조건을 내걸었다. 내가 그런 결정을 내린다 해도 내가 최종적으로 약속을 준수하도록 강제할 법률은 존재하지 않으며, 또 그러한 의무가 증서나 서명을 통해서 생겨날 수도 없음을 그때쯤에는 나도 잘 알고 있었다. 하지만 그런 식으로 약속을 회피하는 것은 내 성미에 맞지 않았다. 또 나는 그러한 시도 아래 깔린 의도가 부당하다고 생각해서 분개했다. 돈을 절약해서 나를 도우려는 게 그들의 목적임은 확실했다. 일례로 내가 만약 변호사를 직업으로 택하겠다고 하면, 옥스퍼드보다는 어느 전문 변호사 사무실에 가는 편이 더 적합하다고 (물론 잘못 알고서) 주장할 사람이 있을 터였기 때문이다. 하지만 나는 그런 식의 주장이 마음에 들지 않았다. 나는 옥스퍼드를 보금자리로 삼을 것이며, 또 내가 장래에 택할 길을 나중에 후회할지도 모를 약속에 얽매이지 않겠다고 결심했다. 오래지 않아 이 싸움에 파국이 닥쳤다. 나는 17세 생일을 불과 얼마 앞둔 어느 아름다운 여름날 아침에 노스웨일스로 떠났다. 그리고 몇 개월간 그 지역을 떠돌아다니다가, 신변의 안전을 위해 돈을 마련하겠다는 막연한 희망을 품고 결국 런던으로 올라갔다. 그때 나는 18세가 되어 있었다. 내가 가혹한 고통의 시련을 겪은 것은 바로 이 시기였고, 이에 대해서는 이전의 『고백』에서 얼마간 서술한 바 있다. 하지만 본 연재 글에서 이 시기를 잠깐 되돌아볼 동기가 생겼으므로 이 시점에서 그리고자 한다.

　예비 고백에 서술된 사건들이 사실무근일 수도 있다고 넌지시 내비치는 글이 어느 잡지에 실린 적이 있었다. 명백히 터무니없고 확실히 거짓인 발언 외에는 그 어떤 논증으로도 뒷받침되지 않는, 그저 이유 없는 악의에서 나온 그러한 표현에 대해 나는 굳이 대답할 필요를 느끼지 않았다.[19] 사실, 판단력을 갖춘 사람이 내가 책의 그 부분을 멋대로 왜곡했다고 진지하게 의심할 수도 있다는 생각은 꿈에도 해 본 적이 없었다. 물론 내용을 전부 다 알 정도로 그 상황의 중심적 위치에 있는 관계자는 나밖에 없지만, 그 회고의 부분 부분을 아는 사람들은 많이 있기 때문이다. 일련의 모든 사건들 하나하나의 정확성에 대해, 말하자면 파수꾼이 되어 줄 증인을 줄줄이 소환할 수도 있을 것이다. 그리고 그들 중에는, 그럴 힘만 있다면, 문자 그대로의 지극히 엄격한 진실에서 벗어난 부분을 폭로하는 데 거의 지대한 관심을 기울였던 이들도 있었다. 내가 여기서 언급한 비난의 글을 읽은 지 이제 22년이 흘렀다. 그리고 내가 그 글을 무시하고 넘어갔다고 말하긴 했어도 그것이 내가 오만하다고 비난할 이유는 될 수 없다. 그러나 진실성을 의심받았을 때는 누구나 오만해질 자격이 있다. 게다가 그 의심이 부정직한 주장에 의해, 혹은 그렇지 않더라도 거의 부정직할 정도의 부주의를 노출하는 주장에 의해 제기되었을 때, 거짓말을 했다는 누명을 씌우려고 의도된 경우에는 더더욱 그렇다. 부주의하게 해석하는 것은 각자의 마음이지만, 자신의 해석을 남의 명예를 훼손하는 목적에 이용하려 드는 것은 용납할 수 없다. 이런 중상에 대한 내 경멸을 지난 22년간의 침묵으로 충분히 표현한 만큼,* 이제는 자유롭게 — 특히 악의가 흔히 얼마나 경솔하게 작용하는지를 보여 주기 위해서 — 그것을 짚고 넘어갈 수 있을 것 같다. 예비 고백에서 이야기한 소년기의 기구한 경험은 나 같은 신분의 사람이 흔히 겪지 않는 고통에 나를 노출시켰고, 나약함이 겹친 상황에서 아편을 사용하고픈 유혹을 후유증으로 남겼다. 예비 고백에서 나는 평판이 좋지 않은 런던의 한 변호사[20]를 언급할 기회가 있었다. 그가 내게 다소나마 관심을 기울인 것은 일부분 내가 유산상속 가능성이 있는 소년이기 때문이기도 했지만, 그보다는 내 옛 친구로서 당시 편지를 주고받는 사이였던 젊은 백작 앨○○트[21]에게 직업적인 갈고리를 채우려는 목적에서였다. 나는 이 변호사의 집을 간략히 묘사했고 그의 가정경제의 몇몇 흥미로운 특징에 대해서는 좀 더 자세히 노출했다. 그래서 자연스럽게도 한 가지 의문이 몇몇 사람들의 호기심을 끌었다. — 그 집은 어디에 있었는가? 게다가 내가 바로 그날 저녁(즉 『고백』의 해당 페이지를 집필한 그날 저녁)에 그 거리를 다시 찾았다고 말해서 이에 대한 관심을 새롭게 불러일으켰기 때문

* 내가 거의 항상 런던을 비웠고 많은 경우 다른 대도시에서도 떨어져 있었던 관계로 세간에 나도는 대부분의 잡지를 훑어볼 호기를 자주 갖지는 못했지만, 같은 취지의 다른 중상들이 존재했을 가능성은 충분하다. 나는 내 눈으로 직접 보았거나 우연히 전해 들은 것에 대해서만 말하고 있다. — 그러나 실은 우리 모두가 이런 보이지 않는 곳에 도사린 사악한 비방에 노출되어 있다. — 여하한 에너지와 가처분 시간을 동원하더라도 모든 잡지를 그런 식으로 빈틈없이 감시할 수는 없기 때문이다. 따라서 그런 모든 악의가 스스로 붕괴되도록 조용히 놔두는 편이 더 낫다.

에 더더욱 그러했다. 내가 어린 소녀와 단둘이 밤새 그 집에 묵으며 실제로 변호사 법률 사무실 바닥에서(우리 둘다 꽁꽁 언 가련한 피조물이었다.) 그의 지긋지긋한 양피지 서류를 베개 삼아 잠을 자던 당시에는 음울한 황량함이 그곳을 지배하고 있었지만, 그날 창문을 올려다보았을 때 나는 집의 각 층으로부터 흘러나오는 빛과 소음 속에서 즐겁게도 안락과 품위와 가정적 활기의 증거를 목격했다. 이에 대해 그 고지식한 평론가는 내가 그 집이 옥스퍼드 스트리트에 있는 것처럼 기술했다고 말하면서, 그 거리에 대한 독자들의 지식에 호소하며 과연 그런 집이 그런 곳에 있을 수 있는가에 대한 의문을 제기했다.[22] 하지만 왜 있을 수 없는지는 언급하지 않았다. 확실히 옥스퍼드 스트리트 동쪽 변두리의 집들은 그 변호사의 집에 대한 나의 묘사에 부합하기에는 너무 작은 축에 든다. 하지만 왜 꼭 동쪽 변두리에 있어야 하는가? 옥스퍼드 스트리트는 길이가 1.25마일인 데다 양쪽으로 계속 확장되고 있으므로 다양한 계급의 집이 들어설 여지가 있다. 한편, 공교롭게도 그 글에서는 문제의 집이 매우 모호하게 암시되긴 했지만 옥스퍼드 스트리트의 집은 어느 집이든 간에 아주 명백히 제외되었다. 『고백』을 주의 깊게 읽은 독자들이 그 변호사의 집이 있는 거리가 아니라고 단언할 수 있는 곳은 광대한 런던을 통틀어 단 한 군데뿐이며, 그곳은 바로 옥스퍼드 스트리트였다. 왜냐하면 내가 이 집의 외관을 보며 옛 기억을 되살린 이야기를 하면서, 그곳을 답사차 방문하기 위해 옥스퍼드 스트리트에서 벗어났다고 암시하는 표현을 썼기 때문이다. 이는 그 자체로는 철저히 사소한 문제지만, 작가의 정확성에 영향을 끼치는 의문이라는 점에서는 사소하지 않다. 소년기의 가장 격렬한 시련—끔찍한 추위 속에서 보낸 밤들, 많은 이들은 생존하지 못할 정도로 밤낮없이 그를 약탈한 굶주림—의 무대였기에 한 사람의 감정에 고통스러운 기억으로 새겨진 어떤 집의 진짜 소재지처럼 절대로 잊을 수 없는 사실과 관련하여, 만약 그가 그 집을 식별하는 데 망설임을 보이거나 훨씬 더 염려스럽게도 부정확성을 노출한다면, 그날 이후로 그가 다른 주제에 대해서 내뱉는 단 한 음절의 말도 신중한 독자에게 신뢰받지 못할 것이며 또 신뢰받을 자격도 없을 것이다. 이제 나는—내가 박해를 두려워해야 할 헤롯은 이미 죽었으므로[23]—그 문제의 집이 그릭 스트리트의 서쪽 길가에 있음을 밝힌다. 이 집은 소호스퀘어 근처에 있지만 그곳에 접해 있지는 않다.『고백』이 출간된 당시에는 이를 언급하기가 그리 안전하지 않았다. 사실, 나의 친구인 그 변호사는 아마 1 대 25의 확률로 교수형에 처해졌으리라는 것이 내 개인적 견해였다. 하지만 뒤집어 말하면, 나의 친구가 교수형에 처해지지 않은 채로 런던 시내를 활보하고 있었을 확률이 25 대 1이었던 셈이다. 그럴 경우 그가『고백』의 해당 구절을 놓고 소송을 제기하여 정신적 피해에 걸맞는 위자료 액수에 대한 배심의 판단을 구할 절호의 기회가 (그가 아니라 나의 본의 아

183

닌 계략으로 인해) 생겼을 것이고, 이는 그에게 신이 내려 준 완벽한 선물이 되었을 것이다. 거리 이름만 명시했다 해도 충분했을 것이다. 그릭 스트리트에 그러한 그리스인 은, 혹은 미지수의 다른 조건들을 충족하는 인물은 확실 히 한 명밖에 없었을 터이기 때문이다. 또 그와 별개로, 겉 보기와 달리 전혀 터무니없지만은 않은 다른 위험도 있었 다. 그 변호사가 나를 만날 확률은 희박했지만, (그에 대한 교수형 집행 영장이 아직 뉴게이트 형무소에 송달되지 않 았다는 전제 아래) 내 책을 접하기는 쉬웠을 것이다. 그는 문필에 익숙했고 문필을 존중했기 때문이다. 또 변호사로 서 그는 몇몇 주제에 대해 유창하게 글을 썼다. 어쩌면 그 가 자신의 『고백』을 내놓을 수도 있지 않았을까? 혹은 그 보다 더 나쁘게, 내 책의 보론을 원본과 정확히 대응되도 록 편집해서 내놓을 수도 있지 않았을까? 만약 그랬다면 나는 역사가 기번이 그토록 두려워했던 바로 그 고통, 즉 자기 책에 대한 반론과 이에 대한 자신의 재반론이 한 권 의 책으로 묶여서 치고받고 싸우는 꼴을 지켜보는 고통을 겪어야 했을 것이다.[24] 나아가 그는 런던의 중앙 형사 재 판소에서 하는 식으로 나를 대중 앞에서 반대 심문했을지 도 모른다. 지금껏 인간이 토해 낸 가장 솔직한 이야기도 그것을 버텨 내지는 못하리라. 그리고 내 독자들은, 알고 보면 그 변호사야말로 고통받는 무고한 자의 본보기가 아 닌가 — 그리고 (최대한 좋게 말해서) 내가 학창 시절의 기 억을 저도 모르게 왜곡한 게 아닌가 — 하는 괴로운 의심에 빠졌으리라. 이 사례 및 그와 관련된 기억으로부터 벗어나기 전에 한마디하자면, 나는 그 변호사가 최소한 오스트레일리아로 건너갈 길을 찾았을 가능성[25]을 믿어 의심치 않았지만 그런 결말을 생각하는 게 기분 좋지는 않았다. 내가 알기로 그 친구는 미워할 수 없는 건달이었다. 그리고 우리 사이의 당좌계정에서(그러니까 일반적인 의미로 금전 관계에서) 계산이 그에게 유리하지도 않았다. 내가 빌린 (우리 둘 모두가 보기에 상당한 액수의) 돈의 거의 전부는, 그가 내세운 말로는 무슨 법적 절차상의 "인지대" 명목으로(물론 거짓말이었다.) 대부업자에게 넘어갔고, 당시 그는 어린 유산상속인들에게 돈을 꿔 주는 여러 유대인들과 사업상의 관계를 맺고 있었으며, 그들은 나의 보잘것없는 신용에는 별 관심이 없고 실은 앨○○트경의 신용에 훨씬 큰 기대를 걸고 있었기 때문이다. 다른 한편으로, 그는 자기 아침 식탁의 잔해를 내게 남겨 주었는데 이는 그야말로 잔해에 불과했다. 하지만 이를 두고 그를 나무랄 수는 없다. 그 자신도 누리지 못했고, 지금 생각하면 그의 사생아 딸이었음에 틀림없는 그 불쌍한 굶주린 아이에게도 베풀지 못했던 것을 내게 줄 수는 없는 노릇이었다. 그는 기근처럼 사납고 무덤처럼 굶주린 빚쟁이들에 쫓겨 필사의 아슬아슬한 추격전을 벌이고 있었다. 또한 감옥에 갈지도 모른다는 (그 이유는 여러 가지를 떠올릴 수 있지만 정확히 무엇 때문인지는 모른다.) 두려움이 너무 깊은 나머지 이틀 연속 한집에 묵는 일이 드물었다. 지방에서 1실링이면 되는 침대 하나에 최소한 반 크라운[26]을 지불해야 하는 런던에서는 그 비용 자체도 대단히 큰 부담이었을 것이다. 그가 부정한 짓을 저지르고 다닌다든지, 중언부언 이야기하다 말고 (항상 돈과 관련된 것만은 아닌) 자신의 부정한 계략을 은밀히 털어놓을 때면 (내 기억에는 이것이 그의 부정한 행동 자체보다 더 큰 충격을 남겼다.), 그의 눈에는 가끔 정처 없는 고통의 빛이 어른거렸고, 그것은 나중에도 이따금씩, 19세의 눈부신 행복 속에서, 옥스퍼드의 엄숙한 고요 속에서 문득 떠올라 내 마음을 강하게 흔들어 놓곤 했다. 이것 자체도 흥미로운 일이었지만, 그가 타고난 악인이어서 그 지경이 된 것은 전혀 아니었다. 그의 마음은 사악함과는 양립할 수 없었다. 게다가 그는 학문을 존경했고, 이는 그가 당시 17세였던 나한테 보여 준 존중으로 미루어 볼 때 명백했다. 또 그는 문학에 관심이 있었는데 이는 그에게 좋은 면이 있었다는 증거다. 그는 내가 책으로 화제를 돌릴 때마다 항상 즐겁거나 심지어 신이 난 기색을 보였다. 아니, 내가 위대한 시인들의 고상하고 열정적인 구절을 인용할 때면 매우 감동한 듯 한 번 더 읊어 달라고 부탁하곤 했다. 그가 금전적 곤란에 부딪쳐 고통받지 않았더라면 선한 목적을 위해 인상적인 에너지를 쏟아붓는 사람이 되었으리라. 아마 이는 어느 고객이 위탁한 돈으로 인해 빚어진 치명적인 유혹에 굴복하면서 시작되었으리라. 아마 그는 어느 긴요한 순간에 50기니를 손에 넣었고, 그 푼돈을 위해서 단지 일생의 평온과 안락을 희생했으리라. 이러한 경우에 연민과 친절을 거부하는 것은 내 성격에 맞지 않았다. 그리고 내가 바랐던 것은 OOO²⁷ 하지만 나는 혼잡한 런던에서 그의 발자취를 끝내 찾을 수 없었고, 몇 년 전부터는 그가 죽었다고 확신하게 되었다. 대체로 이 세상에서 내가 싫어한 몇 안 되는 이들은 명성 높고 부유한 사람들이었다. 반면에 내가 알았던 건달들은 결코 적지 않았지만 하나도 빠짐없이 즐겁고 애틋하게 기억하고 있다.

아아! 런던에서의 짧은 경험을 통해 내가 보고 들었던 고통들을 되돌아볼 때, 만약 삶이 사전의 어느 시점에서 그 줄줄이 이어진 방들을 우리 눈앞에 열어젖힐 수 있다면, 우리가 어느 은밀한 자리에서 삶의 광대한 회랑을 미리 둘러보고 그 양옆으로 입 벌린 후미진 곳들을, 비극의 홀과 징벌의 방들을 들여다볼 수 있다면, 이 거대한 대상(隊商)의 쉼터에서 우리 자신이 드나들게 될 작은 별채만을, 우리 자신이 방황하게 될 좁은 시간 범위만을, 우리가 개인적으로 관심을 쏟게 될 사람들에게만 시선을 한정해서 볼 수 있다면, 이 삶의 전망에 우리는 얼마나 공포로 움츠러들 것인가! 저 갑작스러운 재난과 저 달랠 길 없는 고통들이 거의 내 눈앞에서 내가 아는 이들에게 이미 닥쳤고 이제는 그들 전부가 — 일부는 오래전에 — 고인이 되었는데, 만약 나와 그들이 첫 아침의 희망찬 현관에 서 있었을 무렵에, 재앙의 가능성은 아직 움틀 기미도 안 보이고 그들 중 일부는 아직 갓난아기에 불과했을 무렵에,

그 재난과 고통이 어느 은밀한 계시로서 내 앞에 펼쳐졌다면 어땠을 것인가! 과거처럼 보이는 과거가 아니라, 10년 뒤로 물러난 관찰자의 눈에 마치 미래처럼 보이는 과거. 1830년의 시점에서 예측하는 1840년의 재앙 — 파멸을 우려하지 않고 인식할 수도 없는 시점에서 바라보는, 행복에 조종을 울리는 파멸 — 1835년에는 심장에 아무런 울림을 주지 않았던 이름이 1843년에 맞게 될 죽음 — 대관식 날[28]에는 순수하게 객관적으로 감탄하며 바라보았지만 지금은 절로 신음을 흘리며 바라보게 되는 여왕 폐하의 초상화 — 이런 사례들은 감수성 깊고도 사려 깊은 모든 이들에게 이상한 감동을 준다. 어여쁜 독자여(이러한 과거의 환기를 누구보다 뼈저리게 느낄 사람은 바로 당신일 터이므로) — 나 자신의 경험에서 아주 급하게 즉석에서 떠올린 서너 가지 실례를 받아 주셨으면 한다.

　　아직 무서운 충격의 그림자를 온몸에 생생히 드리운 채 고개를 떨군 저 기품 있는 외모의 젊은 여인은 누구인가? 눈에서 불꽃이 이글거리는 저 나이 든 여인은 누구인가? 저 풀 죽은 열여섯 살짜리 아이는 누구인가? 그들의 발치에 마구 찢어진 채로 떨어진 쪽지는 무엇인가? 누가 저 쪽지를 썼는가? 그 수신인은 누구인가? 아! 이 군상의 중심인물인 — 우리 앞에 모습을 드러낸 이 당시에 스물두 살인 — 그녀가, 꽃다운 열일곱 살 생일날에 5년 뒤 자신의 모습을 지금 우리가 보는 것처럼 볼 수 있었다면, 그녀는 절대적 축복을 간구하듯이 삶을 간구했을 것인가?

188

아니, 다가올 재앙으로부터 벗어나게 해 달라고 — 적어도 이날이 밝아 오기 이전의 어느 날 저녁에는 삶의 짐을 벗게 해 달라고 — 간구하지 않았을까? 아직까지 그녀의 표정에는 조용한 긍지가 서려 있으며, 남에게 가하느니 차라리 몇 번이라도 죽는 편을 택했을 상처를 입었으면서도, 본디 그녀의 것인 고상한 미소의 흔적이 어려 있음이 사실이다. 여성으로서 자존심을 지키기 위해, 남들이 보는 앞에서 충격에 완전히 굴복하기를 꿋꿋이 거부하는 것이다. 그러나, 그럼에도 불구하고 그녀는 혼자가 되기만을 갈망하고 있으며, 그때가 되면 눈물이 하염없이 흘러내릴 것임을 당신은 안다. 이 방은 그녀의 어여쁜 내실이고, 바로 오늘 밤까지 — 가엾은 사람! — 그녀는 이곳에서 즐겁고 행복했다. 저쪽에는 그녀의 축소판 온실이 있고, 또 저쪽에는 그녀의 축소판 서재가 있다. 문학의 세계를 일주하는 우리 여행자들은 (알다시피) 모든 여성의 서재를 축소판으로 취급하는 경향이 있으니까. 이 중 어느 것도 그녀의 얼굴에 다시 미소를 불러일으킬 수 없으리라. 그리고 저쪽 너머에 악보가 있다. 이제 악보는 그녀의 모든 소유물을 통틀어 어느 때보다도 소중한 물건이 될 것이다. 그러나 한때 그러했듯이 깊은 수심에 찬 시늉을 하거나, 반쯤 상상에서 우러난 슬픔을 달래는 용도로 쓰이지는 않을 것이다. 그녀는 진정으로 슬플 것이다. 그러나 그녀는 침묵 속에서 슬픔을 견디는 부류에 속한다. 그녀가 조금이라도 의무를 소홀히 하거나, 이 고독한 방에서 그녀 혼자

189

힘으로 찾을 수 있는 도움을 남에게 구하며 푸념하는 모습은 누구도 볼 수 없을 것이다. 그녀는 사람들 앞에서 고개를 떨구지 않을 것이다. 이 방에서 한 발짝만 나가면 이 일과 관련된 사람은 하느님 말고는 아무도 없기 때문이다. 그녀가 미래에 어떻게 될지, 당신은 우리가 발길을 돌리기 전에 알게 될 것이다. 하지만 지금은 무슨 일이 일어났는지를 알려 주겠다. 확신하건대 당신은 내 도움 없이도 대략의 일을 추측했겠지만, 이런 경우 눈이 흐리멍덩한 우리 남자들은 당신처럼 눈이 예리한 자매들에 비하면 장님이나 다름없기 때문이다. 과거에는 필시 당당하고 빼어난 미인이었을, 고대 로마 풍 이목구비 — 지금이라도 아그리피나[29]를 호의적으로 묘사한다면 나올 법한 외모 — 를 지닌 저 도도한 표정의 여인은 더 젊은 여인의 이모이다. 소문에 의하면 그녀는 이날 조카딸에게 닥친 것과 같은 모종의 잔인한 상처를 과거에 입었고, 그 후로 남자를 경멸하는 태도를 견지해 왔으며, 그러한 태도 아래에는 진정한 위엄이 도사리고 있음을 완전히 부인할 수 없었다. 바닥에 떨어진 편지를 찢은 사람은 바로 이 이모였다. 그것은 찢어져 마땅한 물건이었지만, 편지를 찢을 우선권을 지닌 장본인은 그렇게 하지 않으려 했었다. 그것은 어느 교양 있는 청년이 거룩한 약혼을 파기하려는 의도로 교묘히 쓴 편지였다. 무슨 필요가 있어서 그러한 약혼을 변호하겠는가? 순수한 품위를 갖춘 여성이, 그저 약혼을 이행할 마음이 없다는 기색을 내비치는 것 외에 무엇을 호소할 필요가 있단 말인가? 다행히도, 이제 이모가 문 쪽으로 향한다. 창백하고 소심한 열여섯 살 사촌 여동생이 그 뒤를 따른다. 사촌 동생은 이 사태가 뼈저리게 안타깝지만 지적인 동정의 말을 건네기에는 너무 어리고 숫기가 없다.

오늘 밤 우리의 젊은 수난자에게 친구로서 의지가 되어 줄 수 있었을 사람이 이 세상에 단 한 명 있으니, 그것은 바로 그녀의 사랑하는 쌍둥이 자매다. 두 사람은 침실 사이의 칸막이 문을 항상 열어 둔 채로 18년간 함께 읽고 쓰고, 생각하고 노래하고, 잠자고 숨 쉬면서 한시도 마음이 떨어진 적이 없었다. 하지만 지금 그녀는 아득히 먼 땅에 있다. 달리 누가 그녀의 부름에 응할 것인가? 하느님 말고는 아무도 없다. 이모는 조카딸의 얼굴에 어린 표정을 힐끗 보고는 눈매를 누그러뜨리면서도, "자존심을 의지로 삼아야" 한다며 그녀를 다소 엄하게 타일렀다. 아아, 그렇다. 하지만 자존심이란 남들 앞에서는 강한 원군이면서도, 혼자 있을 때는 바로 그 자존심으로써 물리친 최악의 인간들 못잖은 배신자로 돌변하는 경향이 있다. 젊은 여인이 거의 2년 동안 철석같이 믿고서 모든 사랑을 바쳤으며, 그 비열함에도 불구하고 다재다능하고 걸출하고 실력 있는 청년을, 단지 금전적 계산 때문에 자신이 그의 마음에서 지워졌거나 그런 것 같다는 이유로, 단지 자존심 때문에 마음에서 지워 버릴 수 있을 것인가? 분별 있는 사람이라면 그렇게 생각할 수 없을 것이다. 보라! 믿고 속내를 터놓을 수 없는 이들의 압박으로부터 겨우 놓여

난 그녀는 두 시간째 양손에 얼굴을 파묻고 앉아 있다. 그러다가 마침내 일어나서 무엇을 찾는다. 무슨 생각이 떠올랐는지, 사슬에 달린 작은 금 열쇠를 품에서 꺼내어, 그녀의 몇 안 되는 보석이 담긴 상자를 열고 그 속에서 뭔가를 찾는다. 무엇일까? 그것은 정교하게 채색된 성경책이고, 권말의 백지에는 편지 한 통이 예쁜 비단 세공 끈으로 매달려 있다. 이 편지는 현명하고도 애절하게 적힌 아름다운 기록으로, 그 속에는 임종 앞에서도 애끓었던 어머니의 근심이, 또 나머지 모든 것이 그녀의 눈에서 급속히 희미해지는 와중에도 사랑하는 쌍둥이와 마지막 이별의 교감을 갖고자 했던 염원이 담겨 있다. 임종 전날 밤에 열세 살을 일이 주 앞두고 있던 두 자매는 어머니의 침대 옆에 앉아서 눈물을 흘리며, 어머니의 입술에 매달려 작별 인사를 속삭이고 또 작별의 키스를 했다. 두 사람은 기운이 허락했던 인생의 최후 한 달 동안 어머니가 그 간절한 마음속에 있는 사랑의 마지막 번민을 자식에게 보내는 조언의 편지에 전부 쏟아부었음을 알고 있었다. 두 자매에게 한 통씩 돌아간 이 편지를 통해 그녀는 어미 잃은 자식들과 오랜 대화를 나눌 수 있으리라고 믿었다. 그리고 그날 밤 어머니가 둘에게 간청한 마지막 약속은 ― 만일의 두 가지 사태 중 하나가 닥쳤을 때, 자신의 조언과 자신이 가리킨 성경 구절을 찾아보라는 것이었다. 첫 번째는 두 자매나 그중 한 명에게 재앙이 일어나 인생행로가 칠흑 같은 어둠으로 뒤덮일 때이고, 두 번째는 너무나 순탄하게 번창하며 흘러가는 인생행로에 취한 나머지 일체의 영적인 것에 대한 관심에서 멀어질 위험에 처했을 때였다. 어머니는 이 두 극단적인 경우 중에서 택해야 한다면 자녀들에게 전자를 택해 주겠다는 마음을 숨기지 않았다. 그리고 지금, 그녀가 마음속으로 맞이하기를 갈망했었던 그런 사태가 정말로 도래했다. 9년 전, 임종을 앞둔 부인의 침실에 있던 시계의 낭랑한 음색이 여름 저녁 아홉 시를 쳤을 때 그녀의 간절한 눈에서 시각(視覺)을 감지하는 최후의 빛이 흘러나와 이제 고아가 될 쌍둥이에게 가 닿았고, 그녀는 이후로 밤새 잠을 자다가 그대로 하늘나라로 올라갔다. 이제 다시금 기억에 남을 불행한 여름 저녁이 찾아왔다. 이제 다시금, 딸은 해 질 무렵 어머니의 감기는 눈에서 흘러나오며 꺼져 가던 사랑의 빛을 생각했다. 다시금 그때의 영상을 머리에 떠올리는 순간 똑같은 시계의 낭랑한 음색이 아홉 시를 쳤다. 다시금 그녀는 어머니가 임종 시에 했던 부탁과, 자신이 눈물로 정화했던 약속을 기억했다. 그리고 어머니의 무덤에 마음을 묻으며, 이제 그 약속을 지키기 위해 일어섰다. 이제, 유언으로 남겨진 충고의 이 엄숙한 상기가 단지 망자를 위한 의무이기를 그치고 그녀 자신을 위한 위로의 형태를 취하는 이 시점에서, 우리는 잠시 멈추기로 한다.

인생사의 숨겨지거나 망각된 장면들을 규명하기 위한 이 탐험 여정의 어여쁜 동반자여, 이제, 어쩌면 우리의 망원경을 그녀를 배신한 불충한 연인에게로 돌리는 것도 유익할지 모른다. 그럴 수도 있다. 하지만 그러지 말기로 하자. 그에게 우리가 바라는 정도를 넘어선 호감이나 동정을 품게 될 수도 있다. 그의 이름과 기억은 세상 사람들의 뇌리에서 사라진 지 오래다. 그는 신의를 배신하고 양심의 보석과 "자기 종족 전체보다도 값진 진주"[30]를 단 하루아침에 내던진 그 순간 이후로 외적 번창과 (보다 중요한) 내적 평화의 빛을 단 한 줄기도 누리지 못했다고 전해진다. 하지만 어쨌든 간에 그가 결국 파멸했음은 확실하다. 그리고 가망 없이 파멸한 자에 대해 이야기하는 건 괴로운 일이며, 그 때문에 다른 이들까지 파멸했다면 더더욱 그렇다.

그렇다면, 내실에 있던 젊은 여인에게 2년 가까운 세월이 흐른 후, 그녀를 다시 들여다볼까? 어여쁜 친구여, 당신은 주저한다. 그리고 나 역시 주저된다. 실은 그녀 또한 파멸했기 때문이다. 변한 그녀를 보면 우리 모두가 비통할 것이다. 21개월 후의 그녀는, 불행했던 저녁에 우리가 이모와 사촌과 더불어 목격했던 아리따운 젊은 여인과 비슷한 흔적조차 남지 않았다. 그래서 생각한 끝에, 우리는 이렇게 하기로 했다. 우리의 망원경을 그로부터 약 6주가 더 지난 시점의 그녀 방으로 돌려 보기로 하자. 그 정도 시간이 흘렀다고 치자. 이제 수의를 차려입고 관 속에 안치된 그녀의 모습을 상상해 보자. 이렇게 하는 것의 이점은—비록 어떤 변화로도 과거의 참화를 복구할 수는 없지만, 그럼에도 (젊은이들에게 흔히 그러하듯이) 소녀 시절의 표정이 되살아났다는 것이다. 아이 같은 면모가 되돌아와 그녀의 이목구비에 자리 잡았다. 살이 빠져 홀쭉해진 얼굴도 그렇게까지 두드러져 보이지는 않는다. 그리고 이 고운 대리석 같은 얼굴에서, 11년 전 그녀 어머니의 흐려지는 눈이, 사랑하는 쌍둥이의 형체가 구름에 덮이기 직전, 최후까지 바라보았던 바로 그 모습이 보인다고 상상할 수도 있을 것이다. 그러나 그것은 일부분 상상이라 할지라도, 최소한 이것만은 상상이 아니다. 비단 아이다운 진실과 소박함뿐만이 아니라, 영원에 합당한 고요와 완전한 평화 또한 이제 영면한 그녀의 얼굴이라는 신전에 복귀한 것이다. 우리가 격정에 찬 군상—위압적으로 비난을 퍼붓는 이모, 동정하면서도 침묵을 지키는 사촌 동생, 가련히 짓밟힌 조카딸, 그들 발밑에 갈가리 찢긴 채 놓인 사악한 편지—을 바라보았던 잊지 못할 저녁에 살아 있는 얼굴에서 영영 떠나갔던, 바로 그 고요와 완전한 평화가 돌아온 것이다.

이 젊은 처자와 그녀의 짓밟힌 희망을 우리에게 드러내 보였던 구름이 다시 닫히는구나. 그로부터 불과 사오 년이 흐른 지금, 네 장막 안에 숨기고 있던 그간의 밀린 소식을 다시 우리에게 보여 다오. 다시금 "열려라, 참깨!"하며 3대째가 우리 앞에 모습을 드러낸다. 저 수풀에 둘러싸인 잔디밭을 보라. 얼마나 완벽한 녹음인가 — 푸른 초목의 장벽으로 외부 침입을 차단해 주는, 저 꽃이 핀 관목림은 얼마나 무성한가. 구불구불하게 분포한 초록의 선에 의해, 흡사 잔디 깔린 홀이나 현관 — 숲속의 회랑과 밀실 — 이라고 해도 좋을 공간들이 형성되어 우거진 그늘로 포위되어 있다. 울창한 관목림이 순전히 변덕스럽게 마구 뻗어 나간 덕에, 숲속 호숫가의 가장 외진 구석과 물웅덩이와 토굴처럼 예기치 않게, 마치 뱀처럼 유연하게 풀려나오며 생겨난 이런 은신처들 중 일부는 너무나 아담하고 고요해서 여인의 내실로 쓰기 위해 만들어졌다고 상상할 수도 있을 정도이다. 여기에, 만약 변덕이 덜한 기후였다면 어느 고독한 마음으로부터의 숨결이나 어느 격정적 기억으로부터의 탄식(suspiria)을 글로 토로하기에 더없이 훌륭한 서재가 되었을 장소가 있다! 나무 그늘에 덮인 이 서재 한 귀퉁이의 틈새로부터 좁은 통로가 뻗어 나와, 그 장난스러운 미로 속을 거의 한 바퀴 돌아서 제자리로 돌아오는가 싶더니 결국에는 넓어져서 작고 둥근 방을 이룬다. (입구로 되돌아가는 길을 제외하면) 크든 작든 간에 이 방에서 나가는 출구는 없다. 그러니까 작가는 서재 바로 옆에 아담한 침실을 거느린 셈이며, 그 덕에 여름 내내 밤새도록 누워서 하늘의 반짝이는 별무리를 올려다볼 수 있는 것이다. 여름 한밤중의 그곳은 얼마나 조용할 것인가, 그 고요는 무덤 속 같으리라! 하지만 바로 지금 이 한낮에 느껴지는 것보다 더 깊은 고요나 적막을 구할 필요가 있을까? 오늘이 특히 평온한 날이며 큰길이 멀리 떨어져 있다는 것 말고 이런 유별난 정적이 내려앉은 한 가지 이유는, 숲의 바깥 구역이 거의 모든 방향에서 관목림을 에워싸고 ― 붕대처럼 감고 (그렇게 표현할 수 있다면) 허리띠처럼 둘러매고 ― 짧게는 2펄롱,[31] 길게는 3펄롱 떨어진 거리에서 굽어보며 바람을 막아 주고 있기 때문이다. 그러나 어떻게 생겨나고 유지되든 간에, 이 환상적인 잔디밭과 잔디 깔린 방에 내려앉은 정적은, 특히 한여름에 산속에서든 숲에서든 고독에 익숙지 않은 사람들에게는 흔히 숨 막힐 듯한 느낌을 주곤 한다. 그리고 많은 이들은 주된 부속물이 이 관목림뿐인 저 저택이 비어 있다고 속단하기 쉬울 것이다. 하지만 그렇지 않다. 저 집에는 적법한 여주인 ― 이 대지 전체의 소유주 ― 이 거주하고 있다. 그것도 전혀 조용하지 않고 여느 다섯 살 난 꼬마 숙녀 못지않게 시끄러운 주인으로, 실은 그녀가 다섯 살이기 때문이다. 우리가 이야기하고 있는 바로 지금, 당신은 그녀가 집에서 뛰어나오며 즐겁게 재잘대는 조그만 소리를 들을 수 있을 것이다. 그녀는 새끼 사슴처럼 깡충깡충 뛰어 이쪽으로 오고 있다. 그러고는 내가 기억으로부터 탄식의 깊은 화음을 엮어 내는 이에게 적합한 서재로 지목한 바로 그 은신처로 곧장 달려 들어간다. 하지만 그녀가 처한 인생 단계에는 탄식이 많지 않으므로, 내가 보건대 그녀는 이 장소에서 그런 성격을 곧 몰아낼 것이다. 이제 그녀가 춤을 추면서 모습을 드러낸다. 그녀가 유아기의 가능

197

성을 보존한다면 장래에 사람들의 이목을 끄는 흥미로운 인물이 될 것임을 알 수 있다. 다른 측면들로 보아도 그녀는 매력적인 아이다. 반경 몇 마일 내에 사는 여느 이웃들 — 새끼 토끼, 다람쥐, 산비둘기 — 못지않게 사랑스럽고 꾸밈없고 야생적이다. 하지만 당신이 가장 놀랄 만한 사실은 — 순수한 영국인의 피가 흐르는 이 아이가 영어를 거의 못 하며, 아마도 당신이 알아듣기 불편할 정도로 벵골어로만 말하고 있다는 것이다. 어린 주인과는 사뭇 다른 느린 걸음으로 뒤에서 따라오고 있는 사람은 그녀의 아야³²다. 하지만 걸음걸이는 다를지라도 다른 면에서 그들은 지극한 일심동체이며 서로를 끔찍이 사랑한다. 사실이 아이는 태어난 이래로 줄곧 이 아야의 품에서 자랐다. 이 아이는 그녀보다 나이가 많은 어른을 아무도 기억하지 못하며, 아야는 그녀의 눈에 가장 나이 든 존재이다. 만일 아야가 영국과 바다와 벵골을 창조한 **철도의 여신**이나 **증기선의 여신**을 자처하면서 이 아이에게 자신을 숭배하라고 시킨다 해도, 저 어린것은 다만 키스하는 것도 숭배가 되느냐고만 묻고는 순순히 분부대로 따를 게 틀림없다.

매일 저녁 아홉 시, 침대에 누워 아직 눈을 말똥말똥 뜬 이 어린것의 곁에 아야가 앉아 있을 때, 시계추가 낭랑한 소리로 정각을 알린다. 독자여, 당신은 그녀가 누구인지 알 것이다. 그녀는 황혼 녘에 곧 고아가 될 쌍둥이를 바라보며 시름시름 앓다 세상을 떠난 바로 그 부인의 손녀딸이다. 이 아이의 이름은 그레이스다. 또 그녀는 과거

198

에 행복했던 연상의 그레이스, 바로 이 방에서 많은 행복한 날들을 보냈지만, 내실에서 찢어진 편지를 발치에 두고 극도의 비탄에 빠진 모습을 우리가 보았던 바로 그 그레이스의 조카딸이다. 그녀는 쌍둥이 자매의 딸로, 그 쌍둥이 자매는 장교의 아내였지만 그는 외국에서 사망했다. 어린 그레이스는 외할머니도, 자기에게 이름을 선사한 다정한 이모도, 또 기억하는 한 엄마도 본 적이 없다. 그녀는 이모인 그레이스가 죽고서 6개월 뒤에 태어났다. 그녀의 어머니는 죽음의 고통이라는 안개 너머로밖에는 그녀를 보지 못했고, 딸이 태어나고서 3주 뒤에 숨을 거두었다.

이 장면은 수년 전에 찍힌 것이다. 그 후 어린 그레이스 또한 자기 차례로 다가온 고통의 구름에 휩싸였다. 하지만 그녀는 아직 18세가 되지 않았고, 어쩌면 그녀에게는 희망이 있을지도 모른다. 너무나 짧은 시간 안에 이런 일들을 목격하는 — 그 조모는 32세에 사망했으므로 — 우리는 말한다. **죽음**은 직면할 수 있다고. 그러나 우리 중의 일부가 그러하듯이 인생이 무엇인지를 안다면, 그 누가 탄생의 시간에 직면하여 (그 자리에 의식적으로 소환된다면) 몸서리치지 않을 수 있을 것인가?

1. 델포이의 신탁은 퓌티아라 불리는 여인에 의해 전해진다. 퓌티아는 월계관을 쓰고 월계수로 장식된 삼각의자에 앉는다. 이 의자는 깊숙이 틈이 진 곳에 놓여 있는데, 지하 동굴에서 발산된 특수한 증기가 그곳으로 새어 나온다. 퓌티아가 증기를 마시면 무아경에 함몰되어 영감을 얻고 아폴론의 신탁을 읊조리게 된다.

2. 구약성서 「창세기」 1장 27절. "하느님의 모습대로 사람을 지어 내시되 남자와 여자로 지어 내시고."

3. 『발렌슈타인의 죽음』(콜리지의 번역), 5막 1장 102행.

4. 투망과 삼지창을 가지고 싸우는 검투사.

5. 헨리 지(Henry Gee).

6. 고대 로마의 시인 유베날리스(55–140)의 『풍자시』, 1권 79행.

7. "Te nimis austerum, sacrae qui foedera mensae / Diruis, insector Satyrae reboante flagello."

8. "—— mea saeva querela / Auribus insidet ceratis, auribus etsi / Non audituris hybernâ a nocte procellam."

9. stylite. 4–5세기경 주로 초기 동로마에서 금욕과 고행을 위해 높고 비좁은 기둥 위에 올라가 생활했던 수도승들. 당대인의 사치를 매섭게 꾸짖는 내용의 설교를 했다.

10. 실제로 드 퀸시가 배스 그래머스쿨에 입학한 것은 11세 때인 1796년 말이었다.

11. 여기서 드 퀸시는 특히 그가 1년간(1799–800) 재학했던 윌트셔의 윙크필드 스쿨을 염두에 두고 있다.

12. areopagus. 고대 아테네의 형사 법정.

13. 구약성서 「에스델」 6장 2–11절 참조. 모르드개는 아하스에로스 왕의 대신 중 한 명으로, 왕에 대한 암살 모의를 고발하여 큰 상을 받았다.

14. 드 퀸시의 외삼촌인 토머스 펜슨(?–1835)은 벵골의 동인도회사에서 대위로 복무했다.

15. *aposiopesis*. 효과를 극대화하기 위해 문장을 도중에서 잠깐 그치는 수사법.

16. 1853년에 드 퀸시는 이때의 일을 이렇게 회상했다. "지금 돌이켜 보면 그때 실제로 아주 심각한 병이 있었던 것은 아니다. 사실 나는 머리에 무슨 문제가 생길까 봐 항상 과민한 공황 상태에 빠져 있었고, 내면의 느낌을 본의 아니게도 확실히 과장되게 표현했으며, 이것이 의료진들을 오도한 것이다."(『토머스 드 퀸시 저작집: 19권』, 95쪽)

17. 드 퀸시가 1800년 11월에 입학한 맨체스터 그래머스쿨.

18. 여기서 드 퀸시는 1798년에 워즈워스와 콜리지의 『서정 담시집(Lyrical Ballads)』을 읽었던 일을 염두에 두고 있다. 훗날 그는 이 경험이 "내 정신을 열어 준 가장 큰 사건"이었다고 회고했다.

19. 여기서 드 퀸시는 아일랜드의 풍자 작가이자 『블랙우즈』의 필자 중 한 명이었던 윌리엄 매긴(William Maginn)이 1824년 『존 불 매거진(John Bull Magazine)』에 기고한 비판 글을 가리키고 있다. 그는 『고백』이 "새빨간 거짓(ultra-lying)"이라고 비난했을 뿐만 아니라 드 퀸시 아내의 비천한 출신을 들먹이며 비아냥거렸다. 드 퀸시는 아내의 명예를 훼손한 매긴에게 자기가 얼마나 격분했는지에 대해 (여기서의 주장과는 달리 22년 — 정확히는 21년 — 간 침묵하지 않고) 1841년 『테이츠 매거진(Tait's Magazine)』에 기고한 글에서 이미 밝힌 바 있다.

20. 1856년에 출간된 『고백』의 개정판에서 드 퀸시가 밝힌 바에 따르면, 이 변호사는 대개 '브루넬(Brunell)'이라는 이름을 썼고 이따금 '브라운(Brown)'이라는 좀 더 흔한 이름을 쓸 때도 있었다고 한다.

21. 드 퀸시가 배스에 살 때 사귄 친구로 1800년부터 1809년까지 '앨터몬트 백작'이었던 하우 브라운(Howe Brown). 『고백』에서 드 퀸시는 자신이 런던에서 무일푼으로 헤맬 때, 앨터몬트 백작과 주고받은 서신을 대부업자에게 보여 주고 그의 재력을 담보 삼아 돈을 빌렸다고 말하고 있다.

22. 윌리엄 매긴은 『존 불 매거진』에 기고한 평문에서, 옥스퍼드 스트리트에 과연 그런 집이 있는가를 의심하며 그와 앤이 묵었던 집의 정확한 번지수를 밝히라고 요구했다.

23. 매긴은 드 퀸시가 이 글을 쓰기 3년 전인 1842년에 사망했다.

24. 에드워드 기번(Edward Gibbon)은 『로마제국 쇠망사』(1776-88) 1권 15-6장에서 초기 기독교에 대해 냉정히 서술해 종교계의 심한 공격을 받았는데, 이에 대한 대응으로 『15장과 16장 중 일부 구절에 대한 변호(Vindication of some Passages in the Fifteenth and Sixteenth Chapters)』(1779)라는 책을 따로 발표해야 했다. 하지만 그는 『쇠망사』와 『변호』를 한 권으로 묶어서 출판하는 것에는 단호히 반대했다.

25. 오스트레일리아로 유배되었을 가능성.

26. 1크라운은 5실링이었다.

27. 이 부분에 무엇이 삭제되었는지는 알 수 없다.

28. 빅토리아 여왕의 대관식은 1838년에 행해졌다.

29. 로마 역사가 타키투스는 『연대기(Annals)』에서 칼리굴라 황제의 어머니인 대(大) 아그리피나(Agrippina the Elder, B.C. 14–A.D. 33)의 미모와 기상을 찬양하는 글을 남겼다.

30. 셰익스피어, 『오셀로』, 5막 2장 347–8행.

31. 1펄롱은 400미터이다.

32. ayah. 인도에 거주하는 유럽인 가정에 고용된 인도인 유모나 하녀를 부르던 말.

영국의 우편 마차

혹은 움직임의 희열[1]

내가 옥스퍼드에 입학하기 20여 년 전에, 배스의 하원 의원인 파머 씨[2]는 비록 혜성을 탄 괴짜들의 눈에는 하찮아 보일지 몰라도 우리의 작은 행성 지구에서는 매우 이루기 힘든 두 가지 업적을 달성했다. 우편 마차를 발명하고, 공작의 영애*와 결혼한 것이다. 그러므로 그는 갈릴레오보다 두 배로 위대했다. 확실히 갈릴레오는 목성의 위성을 발명(혹은 발견)했으며 이 위성들은 속도가 빠르고 시간을 잘 지킨다는 두 가지 중요한 점에서 우편 마차에 바짝 버금가지만, 그는 공작의 영애와 결혼하지 못했기 때문이다.

파머 씨가 조직한 이 우편 마차들은 나의 상세한 고찰 대상이 될 자격이 있는 것이, 그 이후 내 꿈을 뒤숭숭하게 휘젓는 데 큰 몫을 했기 때문이다. 그러한 힘은 첫째로 그 당시만 해도 유례가 없었던 빠른 속도에 의한 것이었다. 그들은 최초로 움직임의 희열을 보여 준 동시에, 막연하지만 닥칠 수 있는 위험에 대한, 그리 불쾌하지만은 않은 잠재적 감각을 제시해 주었다. 둘째로 마차의 등불과 외딴길의 어둠 사이에서 우리 눈이 감지하는 멋진 효과에 의한 것이었다. 셋째로 우편배달용으로 선별된 말들이 흔히 보여 주는 동물적 아름다움과 힘에 의한 것이었다. 넷째로 그 중심에 의식적으로 존재하는 지성에 의한 것이었다. 이 지성은 머나먼 거리**와 폭풍과 어둠과 밤을

* 레이디 매들라인 고든.[3]
** '머나먼 거리.' ─ 우편 마차 승객들에게 친숙한 한 가지 예가 있다. 우편 마차 두 대가

뚫고 온갖 장애물을 제압해서 하나의 견고한 협업을 이룩하여 국가적 성과를 거두었다. 내가 느끼기에 이 우편 서비스는 대규모 오케스트라를 연상시켰다. 악기들 1천 대 전부가 서로를 무시해서 불협화음을 일으키기 직전까지 갔다가, 어느 위대한 지휘자가 지고한 지휘봉을 들자 모두가 노예처럼 순종하여 마치 동물의 건강한 조직에 있는 심장과 정맥과 동맥처럼 완벽한 화음을 내며 끝을 맺는 오케스트라 같았다. 그러나 끝으로 이 복합체에서 내게 가장 큰 인상을 남긴 특별한 요소는, 파커 씨의 우편 마차 체계가 공포와 기막힌 아름다움으로 지금 이 시각까지 나의 꿈을 지배하고 있는 주된 요인은, 바로 당시에 그 체계가 수행했던 경외로운 정치적 임무에 있었다. 마치 세상 종말의 호리병 뚜껑을 열듯, 트라팔가르, 살라망카, 비토리아, 워털루[4]에서 날아온 가슴 뛰는 소식을 지표면에 퍼뜨렸던 것은 바로 우편 마차였다. 그 승전보들은 그들이 뿌렸던 눈물과 피를 한꺼번에 만회하는 수확이었다. 가장 비천한 농부도, 기독교 세계의 운명을 서서히 결정짓고 있던 이 전투들을 대부분 국력 대결의 시험대에 불과한 그저 그런 일상적 분쟁과 혼동할 정도로 그 시대의 위대함과 슬픔에서 소외되지는 않았다. 이 거대한 경쟁에서 영국이 거둔 승리들은 그 자체로 하느님을 향한 자연스러운 찬미가(*Te Deums*)[5]로 격상되었다. 그리고 모두가 탈진한

남북으로 600마일 떨어진 두 지점에서 서로 반대 방향으로 동시에 출발했을 때, 둘은 거의 언제나 전체 거리의 정확히 절반 지점에 놓인 특정한 다리 위에서 만나게 된다.

위기에서 이러한 승리는 우리 자신에게도 이롭지만 결국에는 프랑스에게도, 또 무기력했기에 프랑스에 정복되었던 중서부 유럽 나라들에게도 그 못지않게 이로운 일이라는 것이 사려 깊은 이들의 생각이었다.

우편 마차는 이런 묵직한 사건들을 알리는 국가의 기관으로서, 열정에 찬 가슴들에게 그 자체로 승화와 미화의 대상이 되었다. 그리고 당연하게도 당시 옥스퍼드의 모든 가슴들은 깨어 있었다. 당시 옥스퍼드에 살고 있던 우리 주민들*의 수는 추측건대 약 2천 명가량이었고, 이들은 스물다섯 개 칼리지에 흩어져 있었다. 그중 일부 칼리지에서는 학생들이 '짧은 학기'라는 것을 따르도록 하는 관습이 있었다. 그러니까 옥스퍼드 주민들은 도합 91일, 즉 13주 동안 미클머스 학기, 사순절 학기, 부활절 학기, 구술 학기[7]의 네 학기를 이수하게 되는 것이다. 체류 기간이 이렇게 나뉘어 있으므로 학생은 1년에 네 번 고향에 내려갈[8] 기회를 가질 수 있다. 그러면 왕복으로 총 여덟 번 여행하게 된다. 고향 집들이 브리튼 섬 전역의 주(州)에 골고루 퍼져 있었고 우리 대다수는 폐하의 우편[9]이 아닌 모든 마차를 무시했으므로, 런던을 제외하면 파머 씨의 시스템에서 옥스퍼드만큼 광범위한 연결망을 자랑하는 도시는 없었다. 따라서 평균 6주마다 한 번씩 여행

* '주민들.' — 명부에 등록된 사람의 수는 이보다 훨씬 많았고, 그들 중 다수는 옥스퍼드와의 연줄을 간헐적으로 유지하고 있었다. 그러나 나는 학문 연구를 중단하지 않고 계속 이어 간 사람들, 펠로우로서 상주하던 사람들을 말하는 것이다.[6]

하게 되는 우리들은 이 시스템의 자세한 운영 방식을 조금 들여다보는 데 자연스럽게 관심을 갖게 되었다. 그 운영 방식의 일부는 파머 씨와 관련이 없었다. 이것들은 각 역참 나름의 사정에 맞는 그런대로 합리적인 규칙에 의거하여 시행되었으며, 또 실내 탑승객들의 배타성을 과시하기 위한 그 못지않게 엄격한 규칙에 의거하여 시행되었다. 후자의 규칙은 우리의 경멸을 불러일으켰으며, 경멸이 반항으로 바뀌기까지는 그리 오랜 시간이 걸리지 않았다. 당시만 해도, 인류를 품종으로 나눌 때 (찰스2세 때부터 모든 공용 마차에 이어져 내려온 오랜 전통대로)[10] 실내에 탄 승객 네 명은 네 점 한 벌짜리 고급 도자기 세트를 구성하며, 바깥에 탄 초라한 질그릇 세 점과 인사말 한 마디라도 섞으면 그들의 품위가 손상된다는 전제가 확립되어 있었다. 심지어 바깥에 탄 사람을 걷어차기만 해도 이에 동원된 발이 오염된다고 여겼으니, 순수한 피를 회복하려면 아마 의회에서 제정한 법령이 동원되어야 했을 것이다.[11] 그러니 바깥에 탄 세 사람, 천민 3인이 축성된 4인과 같은 식탁에서 아침이나 저녁 식사를 하려는 헛된 시도를 했을 경우 — 그리고 그런 일은 실제로 가끔씩 일어났다. — 그 대역죄에 대한 공포와 경악을 무슨 말로 표현할 수 있었겠는가? 나는 그런 시도를 직접 목격한 적이 있다. 그때 한 자애로운 노신사는, 이 범죄 기도를 가지고 우리가 바깥사람들을 다음번 순회재판에 고발하더라도 법원은 이를 중죄가 아닌 정신이상(혹은 알코올의존에 의

한 섬망증) 사건으로 다룰 것이라고 말하며 세 거룩한 동료들을 진정시키려 애썼다. 영국의 위대함은 바로 그 사회 구성 깊숙이 자리 잡은 귀족적 요소에 있다. 나는 이를 비웃는 사람이 아니다. 그러나 이는 때때로 과도한 양상으로 표출되었다. 내가 목격했던 그 사례에서 정신 못 차린 바깥사람들이 합석을 시도했을 때 어떤 방침이 취해졌던가? 웨이터는 "여보쇼, 이쪽이오." 하고 소리쳐 그들을 특권층 식당에서 쫓아내 부엌으로 몰아넣었다. 하지만 이런 방법이 항상 먹히지는 않았다. 매우 드물긴 했지만, 가끔 평소보다 힘이 세거나 공격적인 불청객들이 일어나기를 단호히 거부하고 끝까지 주장을 관철하여 방구석에 자기들 테이블을 따로 차리게 만드는 일이 벌어지기도 했다. 하지만 귀빈석이나 높은 자리에서 보이지 않게 시야를 차단해 주는 큼직한 인도식 칸막이만 찾을 수 있으면, 법적 의제로서 그 자리에 질그릇 인간 세 명이 존재하지 않는다고 가정할 수 있었다. 보이지 않는 대상은 존재하지 않는 대상과 똑같은 논리로 취급한다는 명제[12]에 의거해, 도자기 인간들은 그들을 무시할 수 있었다.

이러했던 당시 우편 마차의 관행 아래서 우리 젊은 옥스퍼드 학생들은 무엇을 해야 했을까? 대부분 귀족 출신으로, 심지어 실내 승객들조차도 얄팍한 인간들로 거만하게 낮춰 보는 습관에 푹 빠져 있던 우리들이 그런 모욕을 자진해서 감수하려 했을 것인가? 우리의 옷차림과 행동거지가 '천것'(raff, 당시 '스노브[snob]'*를 가리키던 말)이라는 의심의 눈길로부터 우리를 대체로 보호해 주긴 했지만, 우리가 앉은 자리로 볼 때 우리는 정말 '천것'으로 간주되었다. 우리는 일식의 깊은 그림자에 먹히지는 않았지만 적어도 그 반그림자 주변으로 들어갔다. 또 우리는 극장의 비유를 반박해야 했다. 1층이나 꼭대기층 좌석에서 겪는 짜증 나는 상황들은 비싼 박스석 표값을 지불하면 곧바로 해결되기 때문에 아무도 그런 걸 가지고 불평해선 안 된다는 것이다. 그러나 우리는 이 비유의 적합성에 이의를 제기했다. 극장의 경우는 열등한 상황이 나름의 매력을 띤다고 주장할 수 없다. 1층석이 공연을 취재하는 기자의 목적에 부합하는 경우도 있지만, 기자나 평론가는 많지 않다. 대다수 사람이 경험하는 혜택은 오로지 표값에 좌우된다. 하지만 그와 반대로 우편의 바깥자리는 실내와 공유할 수 없는 이점을 지녔으며 우리는 이것을 포기할 수 없었다. 우리는 더 비싼 값을 지불할 용의도 있었지만 그것은 실내에 앉아서 가는 조건과 결부되어 있었고 우리는 그게 못 견디게 싫었다. 우리는 신선한 공기를 마시며 탁 트인 경치를 즐기고 말을 가까이서 느끼며 높은 곳에 앉아 가고 싶었다. 하지만 무엇보다도, 바

---

* '스노브'와 그 반대말인 '노브(nob)'[13]는 그로부터 약 10년 후 구두 수선공들 내의 파벌에서 유래된 말이지만, 이 용어들이 그보다 훨씬 이전부터 존재했을 가능성도 충분하다. 하지만 이 단어가 처음 생생하고 실질적으로 알려진 것은 대중의 이목을 고정시킨 한 순회 법정의 재판을 통해서였다.

깥에 앉으면 이따금 마차를 직접 몰아 볼 기회를 잡을 수 있었다.

이 크나큰 실제적 곤경에 직면한 우리는 우편 각 부분의 진정한 품질과 가치에 대한 면밀한 연구에 착수했다. 우리가 형이상학적 원리에 따라 연구를 수행한 결과, 혹자는 다락이라고 부르는 마차의 지붕은 사실 거실이며, 마부석은 거실에 놓인 발 받침대 혹은 소파임이 유감없이 규명되었다. 한편 전통적으로 신사들이 자리 잡을 수 있는 유일한 공간으로 여겨져 왔던 마차의 실내는 사실 위장한 지하 석탄 창고였다.

훌륭한 재치는 시공을 뛰어넘는다. 중국의 지식인들이 이와 똑같은 발상을 하기까지는 그리 오랜 시간이 걸리지 않았다. 이 나라에 파견된 최초의 대사가 가져간 선물 중에 의례용 마차가 한 대 있었다. 이는 조지3세가 개인적으로 보내는 선물로서 특별히 간택된 것이었다.[14] 그러나 그것을 정확히 어떻게 사용해야 하는가는 북경 사람들에게 수수께끼였다. 사실 대사(매카트니 경)는 애매하고 불완전하나마 그 부분에 대해 설명해 주었다. 그러나 출국 직전에 그저 외교적인 귀띔으로 전해 주었기에 천조국 사람들의 머릿속은 침침하기만 했다. 그리하여 '황제[15]께서는 어디에 앉으실 것인가?'라는 중대한 국가적 질문에 대한 각료 회의가 소집되어야 했다. 마침 마부석의 덮개가 대단히 호화로웠다. 그래서 일부는 이에 대한 고려로, 일부는 마부석이 가장 높은 곳에 위치했고 부인할 수 없

211

는 맨 앞자리라는 이유로, 모두의 갈채와 더불어 마부석이 황제의 자리로 결정되었다. 그리고 마차를 모는 잡것은 아무 자리든 알아서 찾아 앉을 것이다. 그리하여 말들에 마구가 채워지고 음악과 예포가 울려 퍼지는 가운데, 황제 폐하께서 오른손은 최고 재상에게, 왼손은 가장 총애하는 어릿광대에게 맡긴 채 새로 마련된 영국식 옥좌에 엄숙히 오르시었다. 온 북경이 이 장관에 감격했다. 그러나 그 자리에 대표로서 몸소 참석한 모든 중화인들 가운데 불만을 품은 딱 한 사람이 있었으니 그는 바로 마부였다. 속이 시커먼 데다 딱 그렇게 보였던 이 반항적인 인간은 방약무인하게도 이렇게 소리쳤다. "나는 어디에 앉으란 말이오?" 그러나 그의 불충에 격분한 추밀원 의원들은 만장일치로 마차 문을 열고 그를 걷어차 안으로 집어넣었다. 그는 마차 실내를 전부 독차지하게 되었다. 그러나 야심이 무엄하게도 하늘을 찔렀던 그는 여전히 만족하지 않았다. "제 말은," 그는 창문 밖으로 목을 내밀고 그 자리에서 황제에게 탄원하며 외쳤다. "어떻게 말고삐를 잡으란 말입니까?" 대답은 이러했다. "어떻게 하든지 간에, 영광스러운 자리에서 짐을 귀찮게 하지 마라. 창문을 통하든, 열쇠 구멍을 통하든 네가 좋을 대로 해라." 결국 이 불손한 마부는 하차 신호 줄을 늘려서 임시로 고삐를 만들어 말들을 조종했다. 이것으로 그는 주어진 조건 아래 최대한 견실하게 말을 몰았다. 황제는 최단 거리로 한 바퀴 돌아 제자리로 돌아왔다. 옥좌에서 위풍당당하게 내려온 그는 다시는 여기에 오르지 않으리라고 굳게 다짐했다. 폐하께서 목이 부러지지 않고 순조롭게 탈출하신 데 대해 공개적으로 감사제를 올리라는 명이 떨어졌다. 그리고 의례용 마차는— 교양 있는 이들은 좀 더 정확하게 피피 신이라고 부르는— 포포 신[16]에 대한 공물로서 영구히 봉헌되었다.

그 시절의 젊은 옥스퍼드 학생들이 우편 마차의 사회구조에 일으킨 혁명도 이와 똑같은 중국적 특성을 띠고 있었다. 그것은 완벽한 프랑스혁명이었고, 우리는 '사이라(Ca ira)'[17]를 부를 타당한 명분이 있었다. 실제로 이 자리는 곧 너무 인기를 끌게 되었다. 처음에 '대중(public)'— 존중할 구석이 없는 것은 아니나 특별히 불쾌하며 회당에서 제일 높은 자리를 찾는 것으로[18] 악명 높은, 유명한 캐릭터 — 은 이 혁명에 시끄럽게 반대했다. 그러나 모든 반대가 헛된 노력으로 드러나자, 이제 우리의 불쾌한 친구는 저돌적 열성으로 여기에 뛰어들었다. 이로써 우리 사이에는 일종의 경쟁이 벌어졌다. 대중은 대체로 30세 이상이었기에(일반적으로 30세에서 50세 사이라고 하겠다.) 평균 20세 전후였던 우리 젊은 옥스퍼드 학생들이 당연히 유리했다. 그래서 대중은 마두(馬頭) 등에게 뇌물 또는 수고비를 주거나 해서 마부석에 다른 사람을 대신 앉혀 자리를 미리 맡아 놓았다. 여러분도 알다시피 그것은 우리의 윤리 감각에 큰 충격을 주었다. 우리가 보기에 뇌물을 쓴다는 것은 아리스토텔레스와 키케로와 그 외

213

모든 철학자들의 윤리에 조종을 울리는 일이었다. 게다가 그래 봤자 무슨 소용이 있었겠는가? 우리도 뇌물을 썼는데 말이다. 그리고 유클리드의 이론으로 입증된 바에 의하면 우리의 뇌물 대 대중의 뇌물은 5실링 대 6펜스였으므로, 여기서도 젊은 옥스퍼드 학생들이 유리했다. 그러나 이 경쟁은 우편 제도의 안정성이라는 원칙을 훼손하는 것이었다. 운영 체계 전체가 끊임없이 뇌물을 먹고 또 먹고 많은 경우는 그 위에 또 뇌물을 먹었다. 그래서 당시 냉철한 사람들은 마두와 말구종과 그 심부름꾼을 이 나라에서 가장 부패한 인물들로 여겼다.

　　대중의 머리에는 이런 마차들의 바깥쪽 좌석이 위험한 자리라는 인상이 새겨져 있었다. 우편의 속도가 점점 빨라졌음을 고려할 때 이는 자연스럽지만 실은 아주 잘못된 생각이었다. 반대로 나는 이렇게 주장했다. 만약 어떤 사람이, 지금 다가오는 어떤 보름달이 모종의 알 수 없는 위험을 가져온다고 어린 시절에 집시가 예언한 말 때문에 불안해 하고 있다면, 그래서 "어디로 가서 숨어야 할까요? 감옥이 가장 안전한 피난처일까요? 아니면 정신병원? 아니면 대영박물관?" 하고 진지하게 물어본다면, 나는 "오, 아니요, 어떻게 할지 제가 알려드리죠. 앞으로 40일 동안 폐하의 우편 마부석에서 숙식하세요. 거기 있으면 아무도 당신을 건드릴 수 없습니다. 만약 당신을 불행하게 만드는 것이 지불 기한 90일짜리 환어음이라면 — 만약 그 인수를 거절한 자나 이를 공증한 자가 점성술에서 당신의 생명의 집에 어두운 그림자를 드리우는 악당이라면 — 다음에 말씀드리는 제 격렬한 항변에 주목해 주십시오. 모든 주의 집행관들이 민병대를 이끌고 당신을 추격하더라도, 당신이 우편 마부석에 법적 주소지를 두고 그곳을 떠나지 않는 한 그들은 당신의 머리카락 한 올도 건드리지 못할 겁니다.[19] 우편을 멈추는 건 중죄입니다. 심지어 집행관도 할 수 없는 일입니다. 그리고 언제든 선두마를 향해 채찍 한 번만 더 때리면(그 채찍이 집행관을 스치더라도 크게 문제 될 것은 없습니다.) 당신의 안전은 보장될 겁니다." 하고 대답할 것이다. 사실 조용한 집의 침실도 충분히 안전한 피난처인 듯 보인다. 그러나 여기서는 한밤의 강도라든지 쥐나 화재 같은 나름의 성가신 일들이 벌어지기 십상이다. 그러나 우편은 이런 두려움들을 가볍게 비웃는다. 강도에 대한 해답은 경호원이 지닌 나팔총 총신 안에 포장되어 배달될 만반의 준비가 갖춰져 있다. 또 쥐는! 본 트로일이 다녀온 아이슬란드에 뱀이 없듯[20] 우편 마차에는 쥐가 없다. 간혹 출몰하는 의회의 쥐[21]만 빼고 말이다. 이들은 언제나 '지하 석탄 창고'에 자신들의 수치심을 은닉하곤 한다. 그리고 불로 말하자면 우편 마차에 화재가 일어난 경우는 내가 아는 한 딱 한 번뿐으로, 엑서터 우편을 타고 데번포트로 가던 한 고집 센 선원 때문에 일어났다. 법과 그 위반에 강경한 입법자를 가벼이 여겼던 잭[22]은 지붕 뒤쪽의 금지된 자리[23]에 앉겠다고 고집을 피웠고, 마침내 거기 앉아서 경호원과 허풍을 주고받을 수 있었

215

다. 우편 마차에 대해 이보다 더 중대한 범법 행위는 그때까지 알려진 바 없다. 그건 대역죄이자 반역죄였으며, 그 성격상 방화나 다름없었다. 그리고 잭의 파이프에서 날린 재가 우편 행낭들을 실은 뒤쪽 짐칸의 지푸라기에 떨어져 불길을 일으켰고, (마차의 움직임으로 일어난 바람에 힘입어) 편지들의 공화국의 혁명으로 번질 기세였다. 그러나 이조차도 마부석의 신성함은 침해하지 못했다. 화재가 우리 있는 곳까지 미치려면 그전에 실내에 앉은 네 명의 승객을 불태워야 한다는 사실에 의거하여, 마부와 나는 품위를 잃지 않은 채 평온하고 침착하게 앉아 있었다. 나는 다소 진부한 옛말을 인용하여 마부에게 이렇게 말했다.

> "얌 프록시무스 아르데트 우칼레곤(Jam proximus ardet Ucalegon)."[24]

그러나 그가 받은 교육과정에 베르길리우스에 대한 부분이 누락되었을 수 있음을 상기한 나는, 어쩌면 지금 이 순간 우리의 훌륭한 형제이자 곁에 있는 이웃인 우칼레곤이 불타고 있는지도 모르겠다고 친절히 해석해서 말해 주었다. 마부는 아무 말도 하지 않았지만, 그의 희미한 회의적 미소로 미루어 보건대 자기를 바보로 아느냐고 생각하는 것 같았다. 공교롭게도, 사실 우칼레곤이라는 사람은 승객 명부에 없었기 때문이다.

어느 지점에서 불분명하거나 불가해한 것과 연관되

지 않고서는 어떤 위엄도 완벽해질 수 없다. 우편이 국가 및 행정부와 맺고 있는 연관성 — 명백하지만 아직 엄밀히 규정되지는 않은 연관성 — 은 우편제도 전체에 위엄과 공식적 권위를 부여했으며, 이런 위엄과 권위는 교통 서비스를 제공함과 동시에 우리에게 적절한 두려움을 부여했다. 그러나 이러한 두려움이 덜 인상적이지는 않았으니, 그 권위의 정확한 법적 한계가 불명확하게 규정되었기 때문이다. 저 도로 요금소들을 보라. 우리가 그곳에 다가갈 때마다 그들이 얼마나 황송해하며 서두르는지, 얼마나 고분고분하게 뛰어 일어나 활짝 문을 열어 주는지를! 저 앞에 도로 정중앙을 대담하게도 점거하고 있는 짐마차와 짐마차꾼들의 긴 줄을 보라. 아, 반역자들은 아직 우리가 오는 소리를 듣지 못했다. 그러나 우리가 다가가고 있음을 알리는 무시무시한 뿔나팔 소리가 귀에 닿자마자, 겁에 질린 그들이 앞다투어 말 머리를 잡고 황급히 짐마차를 돌려 우리의 분노를 달래는 모습을 보라. 자신들이 반역죄를 범했음을 그들은 뼈저리게 느끼고 있다. 짐마차꾼들은 자신이 재산을 몰수하고 공민권을 박탈하는 금지령을 위반한 듯한 느낌이 든다. 그의 피는 이후 6대에 걸쳐 더럽혀질 것이며,[25] 그의 공포스러운 앞날을 마감하는 데는 망나니와 도끼, 단두대와 톱밥만이 필요하리라. 뭐! 공공 도로에서 왕의 메시지를 지체시키는 행위가, 성직의 특전[26]을 받을 수 있는 죄에 해당된다고? 국가적 소통의 거대한 호흡, 밀물과 썰물을 교란하며, 세상 모든 나라와 언어 사이에 밤낮없이 흐르는 소식들의 안전을 위협하는 행위가? 혹은 그 범죄자들의 시체를 과부들에게 넘겨 기독교식 매장을 허락하는 일이, 가장 우매한 자의 상상에서라도 가능할 것인가? 우리의 권능에 대한 의문은 그것을 불확실로 휘감아 더욱 두렵게 만들었다. 이는 사분기 재판소[27]에서 내린 가장 뚜렷한 법 규정에 의거하는 것보다 더욱 효과적이었다. 우리는(여기서 우리란 공공 우편을 말한다.) 불손한 태도를 취해 우리가 특권을 지녔다는 인상을 높이는 데 전력을 다했다. 이 불손은 이를 승인하는 법률에 의거하든 그런 승인마저 거만하게 생략한 권위 의식에 의거하든 똑같이 막강한 지위의 증거였고, 그런 사람은 언제 어떤 불손한 행동을 하더라도 권위자[28]로 공손하게 대접받았다.

아침 식사를 마친 다음이면 폐하의 우편은 가끔씩 넘치는 기운을 다스리지 못할 때도 있었다. 그리하여 마차를 몰기 힘든 이른 시간대의 복잡한 시장통 한가운데서 사과나 계란 등을 가득 담은 손수레를 엎어 버리기도 했다. 그 고생과 낭패는 이루 말할 수 없었고 박살 난 참상은 눈뜨고 볼 수 없었다. 그 피해는 해당 촌락 단위에서 배상해 주었으리라고 나는 믿지만 말이다. 이런 경우 나는 우편의 양심과 윤리적 감수성을 대변하기 위해 최대한 노력했다. 그리고 무수한 계란이 우리 말의 발굽 아래 짓밟혀 수란이 되었을 때,[29] 나는 슬픔에 잠겨 두 손을 앞으로 내밀고 (당시 마렝고에서 잘못 전해져* 너무나 많이 인구에 회자된 문장으로) 이렇게 말했다. "아! 우리는 어째서 그대들을 위해 울 시간이 없는가?" 그건 진짜로 불가능했다. 실제로 우리는 그들을 비웃을 시간조차 없었기 때문이다. 우체국 도착 시간에 매여 있고 어떤 경우는 11마일을 50분 만에 주파해야 했던 왕립 우편이 감히 동정과 애도의 업무를 떠맡을 수 있었겠는가? 도로에서 일어난 사고에 대해 우편 마차가 눈물을 흘려 주리라고 기대할 수 있었겠는가? 내 주장에 의하면, 이는 심지어 사람을 밟아 뭉갠 듯하더라도 마찬가지였다. 우편 마차는 그런 것들을 절대적으로 압도하는 고유의 임무를 띠고 있었기 때문이다.

　　나는 우편의 윤리를 옹호했지만 그 권리는 더더욱 옹호했다. 나는 우편 마차가 최선두에 설 특권을 최대한 지지했고, 이 자랑스러운 제도에 대한 공식 법규에 그 해석상 봉건적인 권력[34]이 숨어 있음을 보여 주어 박약한 인간들을 놀라게 만들었다. 한번은 홀리헤드 우편의 마부석에 앉아 슈루즈버리와 오스웨스트리 사이를 지나고 있었는데, 초록색과 금색으로 요란하게 번쩍거리는 버밍엄산[35] 마차 ― '탤리호' 아니면 '하이플라이어'[36] ― 가 우리 옆으로 다가왔다. 우리 마차가 띤 형태와 색상의 위엄 있는

---

* '잘못 전해져' ― 그렇다. 잘못 전해졌다. 나폴레옹이 드제를 추모하며 실제로 내뱉은 말[30]은 사람들의 입에 전혀 오르지 않았다. 이는 '방죄르(Vengeur)' 호가 침몰했을 때 거기 타고 있던 수병들의 외침[31]이라든지, 워털루에서 "근위대는 죽을 뿐 절대 항복하지 않는다."라고 했다는 캉브론 장군의 허세[32]라든지, 탈레랑의 재담[33]과 같은 종류의 극적 발명품에 속한다.

단순성에 비견했을 때 그 속되고 비루한 것은 얼마나 대조를 이루었는지! 우리 초콜릿 빛깔 차체의 어두운 배경에 놓인 장식은 오로지 황실 문장의 웅장한 방패뿐이었지만, 그것은 인장 반지에 새겨진 직인처럼 기품 있게 균형을 갖추어 박혀 있었다. 또 이 장식조차 단 한 군데의 패널에만 새겨져, 우리 마차와 국가와의 연관성을 크게 떠벌리기보다는 나직이 전하고 있었다. 반면 그 버밍엄산 흉물의 제멋대로 뻗은 옆구리에는, 룩소르의 무덤을 해독하는 학자마저도 얼떨떨하게 만들 정도로 어지러운 글자와 그림이 덕지덕지 붙어 있었다. 이 버밍엄 기계는 얼마 동안 우리와 나란히 달렸다. ── 이 익숙한 풍경도 우리 눈에는 과격하고도 남았다. 그런데 갑자기 말들의 움직임이 우리를 추월하려는 필사적인 의도를 내비쳤다. "저거 보여요?" 나는 마부에게 말했다. "봤소이다." 하고 그는 짤막하게 대답했다. 그는 정신을 바짝 차렸지만, 신중하다고 할 수 있는 정도보다 더 오랜 시간 기다렸다. 그 뻔뻔한 적의 말들은 신경을 거스르게도 팔팔하고 힘이 넘치는 인상을 주었기 때문이다. 그러나 그의 동기는 신실했다. 그의 의도는 우선 저 버밍엄 것이 마음껏 오만을 펼치게 놔둔 다음 꼼짝 못 하게 제압하려는 것이었다. 그것이 충분히 무르익자 그는 자신이 보유한 자원의 고삐를 늦추었고, 좀 더 강한 이미지를 써서 이야기하자면 질주시켰다. 겁에 질린 사냥감을 쫓는 치타나 표범처럼 우리 왕의 말들을 풀어 놓은 것이다. 그놈들이 임무를 완수한 뒤에도 어떻게 그런 불같은 힘을 비축해 놓을 수 있었는지는 설명하기 힘들 것 같다. 그러나 우리 편에는 물리적 우위 말고도 왕의 칭호라는 강한 성(城)이 있었으며, "저쪽 편 녀석들은 그것이 없었다".[37] 우리는 겉보기에 전혀 힘들이지 않고 그들을 지나쳐, 아주 멀찍이 간격을 두고 그들을 따돌렸다. 이는 그 자체로 그들의 주제넘은 행동에 대한 가장 매서운 조롱이었다. 우리의 경호원이 뒤쪽을 향해 승리의 뿔나팔을 귀가 찢어지도록 불어 젖혔을 때, 진정 그 소리는 고통스러우리만치 조소로 가득 차 있었다.

나는 이 작은 일화를 그 뒤에 일어난 일과 연결하여 언급하고자 한다. 내 뒤에 앉아 있던 웨일스 인이 내게 묻기를, 경주가 벌어지는 동안 가슴이 뜨거워지지 않았습니까?[38] 하여 내가 말하기를—아니요. 우편과 경주한 건 우리가 아니니 감동을 받을 일도 없지요. 그런 버밍엄 것이 감히 우리에게 도전했다는 것만으로도 충분히 모욕적인 일이었소, 하니 웨일스 인은, 자기는 그렇게 보지 않는다고 말했다. 고양이도 임금을 쳐다볼 수 있으며, 일개 버밍엄 마차도 홀리헤드 우편과 정정당당히 겨룰 수 있다는 것이다. 나는 대답했다. "우리와 겨루는 것까진 모르겠소. 사실 그것도 선동적인 인상을 주긴 하지만요. 하지만 우리를 이기는 일은 곧 반역죄일 것이오. 그러니 그들을 위해서라도, 나는 탤리호가 져서 기쁘다오." 웨일스 인은 이 견해에 대해 너무나 불만이 큰 듯 보였기에, 결국 나는 그에게 우리 선대 극작가들 중 한 명의 아주 멋진 이야기[39]

를 들려주어야 했다. 옛날 동방의 어느 지역에, 넓은 영토와 화려한 궁궐을 가진 군주가 매를 날리고 있었다. 그때 갑자기 작은 수리 한 마리가 위풍당당한 매에게로 달려들더니, 매의 엄청난 우위에도 굴하지 않고, 경악한 경기장의 선수들과 구경꾼과 추종자들이 지켜보는 가운데 그 자리에서 매를 죽여 버렸다. 군주는 이 불공평한 대결에 대단히 놀랐고 그 비길 데 없는 결과에 감탄해 마지않았다. 그는 그 수리를 자기 앞에 대령시키도록 명령했다. 그리고 새를 열렬히 쓰다듬어 주고는, 그 출중한 용기를 기리기 위해 수리의 머리 위에 엄숙히 금관을 씌워 줄 것을 명했다. 그러고는 이 대관식이 끝나자마자 새를 끌고 가 처형할 것을 명했다. 참으로 가장 용맹스러운 반역자이지만, 감히 그의 주군인 매에 대항해 모반을 일으킨 틀림없는 반역자로서 말이다. 나는 웨일스 인에게 말했다. "그러니, 저 가엾은 짐승, 텔리호가 우리를 상대로 불가능한 승리를 거두어, 버밍엄산 보석과 금과 인조 다이아몬드로 된 왕관을 쓴 다음에 곧바로 끌려가 처형된다면, 섬세한 감정을 지닌 당신과 내게 얼마나 고통스러운 일이겠소." 웨일스 인은 그런 것이 법으로 정해져 있는지 의구심을 품었다. 내가 마차의 선두권을 규정하고 위반 시 사형을 내리도록 한 에드워드3세의 칙령 제15장 10조[40]를 넌지시 일러주자, 그는 만약 우편을 추월하려 기도하는 것이 정말로 반역죄라면 텔리호가 법에 너무나 무지한 듯 보여 유감이라고 건조하게 대답했다.

이런 것들은 내가 초년 시절 처음 우편을 알았을 당시의 재미 중 하나였다. 그러나 나의 가장 재미난 경험도 가장 무시무시한 경험도 수년간의 휴지기를 거친 뒤에 내 꿈속의 감각을 뒤흔드는 초자연적 힘으로 무장하고 다시 나타났다. 그것은, 배스 로(路)의 파니 양과 관련한 작은 사례(이에 대해서는 곧 설명할 것이다.)에서 그러했듯이 처음에는 재미난 이미지가 우연히 혹은 변덕스럽게 떠올랐다가 진화의 어느 단계에서 별안간 공포의 잠재력으로 연결되는 연상 작용을 통해 나타날 때도 있었고, 또는 우편 체계에 위임된 권력에 대한 아주 다채로운 감각과의 좀 더 자연스럽고 확고한 연관 관계를 통해 나타날 때도 있었다.

현대의 여행 방식은 그 규모와 힘에서 우편 마차 체계와 비교할 수 없다. 이들은 훨씬 빠른 속도를 자랑하지만, 그 속도는 의식으로 느껴지는 것이 아니라 생경한 증거에 의거한 생기 없는 지식으로 존재한다. 예를 들어 우리는 한 시간에 50마일을 갔다고 누군가 말해 줌으로써, 혹은 우리가 런던에서 출발한 지 네 시간 뒤에 요크에 도착했음을 깨달음으로써,[41] 그 결과로 나타난 증거에 의해 비로소 속도를 인지하게 된다. 그런 주장이나 그런 결과를 접하지 못했을 때 나는 속도를 거의 인식하지 못한다. 그러나 옛 우편 마차 위에 앉아 있을 때, 우리가 속도를 알기 위해 필요한 증거는 바로 우리 자신뿐이었다. 이 체계에서 우리는 — 기차에 탔을 때처럼 '대단함을 말로 표현하는 것이 아니라(*Non magna loquimur*)', '대단함을 몸으로 느낀다(*magna vivimus*)'. 그 즐거운 동물적 감각의 생생한 경험은 우리의 속도에 대한 의심을 불가능하게 만들었다. 우리는 우리의 속도를 들었고 보았고 황홀하게 느꼈다. 그리고 이 속도는 맹목적이고 무감각하며 공감의 여지가 없는 작용의 산물이 아니라, 동물의 불타는 눈망울에, 그 벌어진 콧구멍과 경련하는 근육과 땅을 울리는 발굽에 구현된 무엇이었다. 이 속도는 짐승들 사이에 어떤 충동이 전염되는 가시적 과정 안에 구현되어 있었다. 이 충동은 그들의 본능 속으로 퍼져 나갔지만 그 전염의 중심과 출발점은 인간 안에 존재했다. 눈의 광기 어린 빛으로 표현되는 말의 감각은 그 움직임의 마지막 떨림일 것이다. 최초의 떨림은 어쩌면 살라망카의 영광에서 비롯되었는지 모른다.—그러나 그사이에서 둘을 이어 준 고리, 전투의 대지진을 말의 눈망울로 전달한 고리는 바로 인간의 심장이었다. 맹렬한 싸움의 무아경 가운데 불타오른 그의 심장은, 움직임과 몸짓을 통해 그의 종복인 말의 다소 둔한 교감 기관에까지 격정을 전파했다.

그러나 현재의 새로운 여행 시스템에서 인간의 심장은 철로 된 튜브와 보일러에 의해 그의 이동 수단과 단절되었다. 이제는 나일[42]도 트라팔가르도 증기솥을 더 맹렬히 끓게 만드는 힘을 지닐 수 없다. 전기 충격과도 같은 자극의 순환은 영원히 끊겼다. 이제 인간의 본성은 말의 강렬한 전기적 감각을 통해 전달되지 않는다. 그러한 상호작용은 말과 주인 사이의 소통 방식에서 사라졌다. 숨어 있던 안개나 갑자기 나타난 불꽃이나 흥분한 강도떼나 경외로운 한밤의 고독 같은 우연들 밑에 놓인 숭고함의 너무나 많은 측면들이 바로 그런 상호작용에서 생겨났는데 말이다. 이제부터는 전국을 뒤흔들 만한 소식들이 요리의 한 과정을 통해 전달되어야 한다. 그리고 한때 멀리서부터 승전보를 알렸고, 바람을 타고 드높이 울려 퍼질 때마다 가슴을 흔들었으며 어둠을 뚫고 그 길목에 놓인 모든 마을과 외딴집들까지 닿았던 트럼펫 소리는, 이제 보일러가 솥을 끓이는 소리에 영원히 그 자리를 내주었다.

숭고한 효과가 발생하고 사람 사이에 흥미로운 소통이 일어나며 인상적인 얼굴들이 드러날 다양한 기회들도 그와 더불어 소멸했다. 바삐 움직이며 요동치는 철도역의 군중 사이에서는 이런 일들이 이루어질 수 없다. 우편 마차 주변에 모여든 사람들의 시선은 하나의 중심에 맞추어져 있었고, 그들의 관심사도 한곳으로 쏠려 있었다. 그러나 기차역에 들어온 군중은 흐르는 물처럼 도무지 하나로 모이지 않으며, 그 중심은 기차에 달린 각각의 객차 수만큼이나 많다.

예를 들어, 만약에 그대가 새벽을, 여름날 새벽녘마다 말버러 숲[43]의 잔디가 깔린 덤불 속으로 들어오는 런던 우편을 변함없이 기다리고 있지 않았더라면, 내가 그대, 배스 로의 상냥한 파니를 어떻게 만날 수 있었겠는가? 그

225

러나 파니, 인물로나 성격으로나 아마도 내 평생 보았던 여인들 중에 가장 사랑스러웠던 젊은 아가씨는, 내가 그 녀에게조차 선뜻 내줄 수 없었던 자리를 차지했으며 (35 년이 흐른 지금도) 내 꿈속에서 그 자리를 지키고 있다. 그리고 상상에나 나올 법한 변덕스러운 우연에 의해, 그 녀는 그 꿈속에 자신과 더불어 무시무시한 피조물들을 떼 로 몰고 들어왔다. 그 피조물들은 멋지든 그렇지 않든 한 인간의 마음에 들이기에는 파니와 그 새벽이 즐거웠던 것 보다도 더 끔찍했다.

배스 로의 파니 양은 정확히 말하면 배스 로에서 약 1마일 떨어진 곳에 살았지만, 너무나 꾸준히 우편을 맞으 러 나왔기 때문에 그 길을 자주 지나다녔던 나는 그녀를 못 보고 지나치는 일이 거의 없었고, 내가 그녀와 항상 조 우하는 간선도로의 이름과 그녀의 이름을 자연히 연결시 켜 기억하게 되었다. 정확히는 모르지만 내 짐작에는 배스 에서 수행되어야 하는 어떤 업무들이 있었고 그녀의 집은 아마도 그 업무들이 모이는 중심 지점에 있었던 것 같다. 특권을 따낸 소수* 중 한 명으로 왕실 제복을 입은 우편의 마부는 마침 파니의 할아버지였다. 그는 선량한 사람이었

---

* '특권을 따낸 소수.' 대다수 사람들은 이 화려한 의상이 당연히 우편 마부의 정식 제복이라고 여겼지만 그건 착각이었다. 경호원은 당연히 제복을 입었고 이는 그의 중요한 공적 임무를 수행하는 데 꼭 필요한 공식적 보증이자 곧바로 신분을 확인할 수 있는 수단이었다. 그러나 마부는, 특히 그의 직위가 런던 및 우정부와 직속으로 연결되지 않는 경우, 장기근속이나 특별 임무를 완수했을 때에 한해 명예의 표시로서 주홍색 외투를 받았다.

고 자신의 아름다운 손녀를 사랑했다. 또 그녀를 현명하게 사랑하여, 젊은 옥스퍼드 학생이 연루될 수 있는 모든 경우를 고려해 그녀의 몸가짐에 대한 경계를 늦추지 않았다. 그때 나 자신이 개인적으로 그의 경계 대상에 포함될지 모른다고 상상할 정도로 나의 자만심이 컸던가? 내가 내세울 수 있었던 온갖 신체적 자격을 고려했을 때 전혀 그렇지 않았다. 파니의 뒤에는 (그녀와 같은 동네 출신으로 나와 우연히 만난 한 승객이 언젠가 들려준 말에 따르면) 대놓고 구혼하지는 않더라도 그녀를 흠모한다고 자처하는 남자들이 100명하고도 아흔아홉 명이나 줄 서 있었기 때문이다. 그리고 이 대부대 가운데 용모로 나를 능가하지 못하는 사람은 아마 단 한 명도 없었을 것이다.[44] 심지어 저주받은 활 덕분에 불공평한 이점을 누렸던 율리시스도 이 정도 숫자의 구혼자들을 다 해치우기란 거의 불가능했을 것이다.[45] 그러므로 위험은 희박하리라. 그 여인이 언제 어디서나 귀족적이라는 점을 빼고는 말이다. 그녀가 그러한 것은 그 가슴의 고귀한 성정 가운데 하나다. 그러니, 파니 양에게는 내가 지닌 귀족적 특성이라는 이점이 내 신체적 약점을 쉽게 보완해 줄 수 있을 것이다. 그래서 나는 그녀와 사랑을 나누었을까? 아, 그렇다. 그러나 물론(*mais oui donc*) 우편에 말을 바꿔 매는 동안 할 수 있는 딱 그만큼만 했다. 그로부터 10년 뒤에는 이 과정이 80초를 넘지 않게 되지만, 당시, 그러니까 워털루전투 무렵에는 80초의 다섯 배 정도 시간이 걸렸다. 400초는 젊은 여인의 귀에 상당히 많은 진실(과 부연하자면 몇몇 하찮은 거짓말)을 속삭이기에 아주 충분한 시간을 제공해 주었다. 따라서 그 할아버지는 지당하게도 나를 감시했다. 그러나 손녀의 구혼자들과 겨루는 세상의 할아버지들에게 너무나 자주 일어나는 일이지만, 설령 내가 파니에게 사악한 속삭임을 꾀했을지라도, 나에 대한 그의 감시는 얼마나 부질없었을 것인가! 물론 그녀는 그 어떤 남자의 사악한 유혹에 대해서도 스스로를 방어했으리라고 나는 믿는다. 그러나 결과가 보여 주듯이, 그는 그런 유혹의 기회를 막을 수 없었다. 그렇긴 해도 그는 여전히 기운이 펄펄했고 여전히 생기가 넘쳤다. 파니 자신처럼 생기가 만발했다.

> "말하라, 왜 우리의 모든 칭송을 귀족들이
> 독점해야 —"[46]

아, 이 구절이 아니다.

> "말하라, 왜 우리의 모든 장미를 여인들이 독점해야
> 하는지?"

마부의 얼굴은 손녀보다도 더 짙은 장밋빛으로 물들어 있었다. —그의 홍조는 맥주통에서 길어 왔고, 파니의 그것은 젊음과 순수, 새벽의 샘물에서 길어 오긴 했지만 말이다. 그러나 생기 띤 얼굴에도 불구하고 그는 몇 가지 신

체적 결함이 있었는데 그중에서도 유별난 한 가지는(내가 확신하건대 이는 그중 하나에 불과했다.), 바로 그가 악어를 너무나 닮았다는 거였다. 문제는 그가 몸을 움직여 뒤로 도는 일을 대단히 힘겨워 한다는 데 있었다. 내 생각에, 악어가 뒤로 도는 데 서툰 이유는 등짝이 터무니없이 길기 때문이다. 그런데 우리 할아버지의 경우는 등짝이 터무니없이 넓은 데다 다리도 날로 뻣뻣해지고 있는 듯하다는 데 문제가 있었다. 이렇게 악어를 닮은 그의 결함을 이용해, 나는 파니 양에 대한 나의 충심을 표현할 수월한 기회를 잡았다. 나는 그의 온갖 훌륭한 경계에 굴하지 않고, 그가 마구의 죔쇠와 가죽끈과 은제 고리[47] 들을 전문가의 손길로 점검하느라 우리 앞에 그의 거대하고 위풍당당한 등짝(그의 주홍색 왕실 제복을 전 인류 앞에 과시하기 딱 알맞은 광활한 벌판)을 보이자마자 파니 양의 손을 내 입술로 가져온 다음, 상냥하고 예의 바른 태도로, 내가 그녀의 리스트에서 10번이나 12번을 차지한다면 얼마나 행복할지를 수월하게 납득시켰다. 그럴 경우, 그녀의 연인들 중에서 단 몇 명의 사상자만 발생하더라도(당시에는 교수형을 후하게 내렸음을 유념하라.) 나는 순식간에 최고 순위로 진입할 것이다. 그러나 한편으로는 그녀가 나를 호감 순위의 맨 끝 그러니까 199+1번에 배치할 이유가 충분함을 고려하여, 나는 무한한 복종을 맹세하며 그녀가 내리는 처분에 묵묵히 따랐다. 이처럼 흠모를 표현하면서 내가 장난이나 농담의 기미를 조금이라도 섞었으리라 여긴다면 오산이다. 이는 그녀를 모욕하는 동시에 나 자신의 감정에도 위배되는 행위일 것이다. 지난 칠팔 년간 수없이 만났지만, 부득이하게도 오로지 우편 마차가 허용하는 — 사실상 우정부의 규제를 받는 — 시간 내에, 조부모대에 속한 악어의 감시를 받으며 대단히 짧은 만남을 가져 온 우리의 관계는 지극히 희미했던 까닭에, 나는 그때까지 거의 아무도 할 수 없었던 일을 쉽게 할 수 있었다. 이는 장장 7년에 걸쳐 그 누구 못지않게 진실한 사랑을 나누면서도, 내 입장에서는 어리석고 그녀의 입장에서는 오해의 소지가 있는 제안을 함으로써 명예에 오점을 남기지 않는 일을 말한다. 나는 이 아름답고 순진한 아가씨를 지극히 진실하게 사랑했다. 그리고 배스발 브리스틀행 우편이 없었더라면, 그 사랑이 어떻게 귀결되었을지는 오로지 하늘만이 아실 것이다. 사람들은 머리와 귀까지 다 잠길 정도로 사랑에 빠진다[48]고 이야기한다. — 내가 딱 귀까지만 사랑에 잠기고 이 모든 행실을 관조할 약간의 머리를 남겨 둘 수 있었던 것은 바로 우편 덕분이었다. 내가 이 이야기를 언급하는 것은 순전히 그 이후 몇 년간 내 꿈에 나타난 무시무시한 결과를 들려주기 위해서다. 그러나 이 일화는 다음의 교훈을 풍성하게(*ex abundanti*) 전해 주고 있는 듯하다. 잉글랜드에서 백치와 정신박약아 들이 대법관부[49]의 후견 아래 들어가는 것처럼, 연애 중인 남자 역시 똑같은 얼간이 부류에 포함되는 만큼 우정부의 피후견인이 되어야 한다는 것이다. 우정부의 엄격한 시간 규정과 주기적인 방해는, 차후 50년에 걸친 후회의 견고한 기초를 놓게 될 숱한 어리석은 맹세들을 사전에 방지해 줄 수 있을 것이다.

아, 독자여! 그 시절을 돌아볼 때 내게는 모든 것이 변하거나 사멸해 버린 듯하다. 말하기 괴롭지만 심지어 천둥과 벼락도, 워털루전투 시대에 내가 기억했던 그 천둥과 벼락이 아닌 것 같다. 장미들은 퇴화하고 있으며, 붉은 혁명을 일으켜 보지도 못한 채 먼지로 돌아가야 한다. 브리튼 섬의 파니들도—이런 말 하기는 싫지만—별로 나아지지 않았다. 워터튼 씨[50]의 말에 따르면, 악어는 변하지 않는다고 한다. 카이만 악어나 앨리게이터는 파라오들의 시대나 지금이나 변함없이 타고 다니기에 좋다는 것이다.[51] 그건 그럴지도 모른다. 그러나 그 이유는 악어가 빠른 속도로 살지 않는 느림보이기 때문이다. 악어가 돌대가리임은 자연사학자들이라면 보편적으로 이해하는 사실이라 믿는다. 나는 파라오들도 돌대가리였으리라는 느낌이 든다. 파라오와 악어 들이 이집트 사회에 군림했다는 사실은[52] 나일강에 만연했던 한 가지 실수를 설명해 준다. 악어는 인간들이 주로 자기 식량이 되기 위해 존재한다는 터무니없는 착각을 했다. 이 문제에 대해 다른 견해를 지녔던 인간은 당연하게도 이 착각에 또 다른 착각으로 대응했다. 그는 때로 악어를 숭배의 대상으로 보기도 했지만 언제나 피해 달아나야 할 맹수로 보았다. 그리고 이는 워터튼 씨가 이 동물들 사이의 관계를 바꿔 놓은 그

날까지 계속되었다. 도마뱀을 피하는 방법은 뛰어 달아나는 것이 아니라 바로 그 등에 올라타서 발로 걷어차고 박차를 가하는 것임을 그는 보여 주었다. 두 동물은 서로를 오해하고 있었던 것이다. 이제 악어의 용도가 해명되었다.— 악어는 타고 다니기 위한 것이다. 그리고 인간의 용도는, 아침 식전에 악어를 타고 여우 사냥을 하여 악어의 건강을 개선해 주는 것이다. 그리고 시즌 내내 정기적으로 사냥에 나섰으며 등에 진 인간의 무게를 감당할 수 있는 악어라면, 고대 피라미드 시대에 그랬던 것처럼 6단 장애물도 확실히 뛰어넘을 수 있을 것이다.

그러므로 어쩌면 악어는 변하지 않을지도 모르나, 다른 모든 것들은 변한다. 심지어 피라미드의 그림자마저도 짧아진다. 그리고 파니와 배스 로의 환상이 되살아날 때마다 나는 그 진실을 너무나 뼈저리게 인식하곤 한다. 35년 전 파니의 이미지를 어쩌다 상기할 때면 불현듯 어둠 한가운데서 6월의 장미[53] 한 송이가 떠오른다. 또 한순간 6월의 장미를 생각할 때면, 천상에서 내려온 듯한 파니의 얼굴이 떠오른다. 마치 합창 예배의 교송(交誦)처럼, 파니와 6월의 장미가 번갈아 떠오른다. 그러다 둘이 합창하듯 더불어 다가온다. 장미와 파니, 파니와 장미 들이 끝없이 — 낙원의 꽃들처럼 무성하다. 그다음 존경하옵는 노악어가, 주홍빛과 금빛의 왕실 제복을 차려입고 열여섯 겹 망토가 달린 외투를 걸친 채 나타난다. 이 악어는 배스 우편의 마부석에 앉아 사두마차를 몰고 있다. 그때 돌연 시

232

계 눈금이 조각된 거대한 문자반이 우리 앞에 나타나 우편을 멈춰 세운다. 문자반 위에는 '너무 늦었다.'라는 무시무시한 명각이 새겨져 있다. 그리고 우리는 홀연 말버러 숲에, 사랑스러운 노루 가족들* 사이에 도착해 있다. 노루들이 이슬 맺힌 덤불 속으로 물러난다. 덤불에는 장미꽃이 만발했다. 장미들은 (언제나 그렇듯) 파니의 감미로운 얼굴을 일깨우며, 악어의 손녀인 그녀는 사나운 전설 속 동물들 ─ 그리핀, 용, 바실리스크, 스핑크스 ─ 의 무시무시한 무리를 일깨운다. 그리고 마침내 이 모든 전투의 이미지들이, 문장을 새긴 우뚝 솟은 방패 속으로, 이미 사멸한 인간의 자비와 인간의 아름다움을 새긴 거대한 문장 속으로 들어간다. 그러나 이들은 차마 형언할 수 없는 기괴하고 끔찍스러운 공포와 더불어 문장 속에서 능지처참된다. 한편 이 모든 것들 위로, 문장 꼭대기에 오는 장식으로서 고운 여인의 손이 나타난다. 그 손의 검지는 슬프고 감미로운 경고로서 하늘을 향하고 있다.[54] 그 손은 심장을 갉는 슬픔을 광기로 바꾸는 공포의 한복판에서 시든 정념을 일깨움과 더불어, 믿음과 충돌하고 인간의 이성을 어지럽히는 가공할 어둠의 피조물들을 일깨우는 (내가 경험하지 않았다면 절대 믿지 못했을) 힘을 가지고 있다. 내

---

* '가족들' ─ 노루는 다마사슴이나 붉은사슴처럼 군집을 이루지 않고 부모와 새끼들로 구성된 개별 가족을 이룬다. 삼림에 사는 야생동물로서의 위엄은 덜하지만, 벽난로 앞에 둘러앉은 인간 가정의 신성함을 닮은 이런 습성은 그들의 비교적 작고 우아한 체구와 더불어 각별히 애정 어린 관심을 불러일으킨다.

가 독자에게 보여 주고 싶은 것은 바로 이 기괴함이다. 나는 배스 로의 파니에 대한 앞서의 환상을 통해 그것이 가능함을 처음 알게 되었다. 이 기괴함은 명백히 서로 불화하는 두 개의 조성이 하나의 꿈을 지배하는 음악과 원리로 결합되는 데서 비롯된다. 광인을 사로잡는 공포였던 것이, 순간적 변이를 거쳐 갓난아이를 잔인한 세상에 남겨 둔 채 죽음을 앞둔 어머니의 슬픔으로 바뀌는 것이다. 안정된 신경 체계에서 이러한 고통의 두 양상은 대개—아마도 항상—서로를 배제하지만, 여기서는 끔찍한 화해를 이루며 최초로 조우했다. 이와 별개로 그 공포 또한 기괴한 성격을 띠었고, 나중에 이는 고통과 불가해한 어둠의 훨씬 더 혐오스러운 복합체로 발전했다. 그리고 내가 배스 로에서 일어난 이 특정한 사건을 그 원인으로 지목하는 것은 오류인지도 모른다. 어쩌면 이 사건은 어떤 공포의 양상이 우연히 제시될 기회를 제공한 데 불과한 것인지도 모른다. 배스 로가 있었든 없었든, 신경의 교란이 상당히 진행된 단계에서 그러한 공포는 정도와 무관하게 필연적으로 자라났을 것이다. 그러나 길들인 호랑이나 표범 새끼들의 장난기를 너무 심하게 자극했을 때, 잠재되어 있던 흉포함이 갑자기 발달하는 모습을 관찰할 수 있듯이—그들의 유쾌한 장난은 맹렬히 빛나는 살해 본능과 너무도 긴밀히 연결되어 있다.—나는 꿈의 일시적 변덕, 화려한 아라베스크, 아름답고 꽃이 만발한 호사스러운 풍경이 더욱 정교하고 광기에 찬 장려함의 일부로 변모하는 충격적 경향을 드러내는 예를 언급했다. 예컨대 악어와 닮았다는 한 가지 주된 특징을 따서 곧바로 우편 마부에게 악어의 형상을 입히고, 여기에 그의 인간적 기능에서 유래한 주변 정황들을 섞어 넣으면서 즐겼던 장난(처음에는 그렇게 시작했다.)은, 꿈꾸는 과정에서 계속 발전하여 더 이상 재미있거나 장난스럽지 않은 것으로, 꿈을 포위한 가장 소름 끼치는 것 — 양립 불가능한 속성들을 서로에게 끔찍하게 주입하는 것 — 으로 급속히 변모했다. 이러한 공포는 인간이 언제나 은밀하게 느껴 왔던 것이다. 이는 심지어 숭고나 공포를 느끼는 인간의 능력을 아주 미약하고 제한적으로만 표현할 수 있었던 이교 형태의 종교 아래서도 감지되었던 것이다. 우리는 스핑크스의 무시무시한 조합에서 이것을 읽는다. 또 용은 전갈에 주입된 뱀이다. 바실리스크는 악마의 눈에 서린 — 그 눈을 가진 불행한 자의 입장에서는 고의가 아닌 — 신비스러운 악의를, 또 다른 사악한 성격을 띤 고의적 독성과 결합했다. 그러나 이런 사악한 힘의 무시무시한 결합체들은 객관적으로만 무시무시할 뿐이다. 그들은 자신들의 복합된 성격에 걸맞는 공포를 일으키지만, 그들이 그 공포를 느낀다는 암시는 없다. 문장(紋章)은 이런 환상의 피조물들로 가득 차 있다. 우리는 일부 동물학 저서에서 문장의 동물학을 명명하는 데 할애된 별도의 장 또는 부록을 찾아볼 수 있다. 또 그래선 안 될 이유가 어디 있단 말인가? 이 흉측

235

한 동물들은 아무리 공상적일지라도* — 거짓과 착각과 맹신과 강한 미신이 섞여 있지만 진실하고 일부 합리적인 면도 있는 — 중세인의 믿음 안에서 실제의 전통적 기반을 지니고 있는데 말이다. 그러나 내가 말하는 꿈의 공포는 훨씬 더 무섭다. 꿈꾸는 사람은, 자기 안에 어떤 무시무시한 낯선 본성이 — 말하자면 그의 머릿속에 있는 어느 독립된 방을 차지하고 — 어쩌면 이 거점에서 자기 마음과 은밀하고 혐오스러운 교섭을 유지하며 — 갇혀 있음을 깨닫는다. 그것이 있는 그대로 옮겨진 자신의 본성이라면? 하지만 그 이원성을 뚜렷이 감지할 수 있다 해도, 그것조

---

* '아무리 공상적일지라도' — 하지만 그들이 언제나 공상의 존재일까? 짐작건대 유니콘, 크라켄, 바다뱀은 모두 동물학적으로 실재한다. 예를 들어 유니콘은 전혀 거짓이 아니며 어떻게 보면 너무나 사실이다. 그저 '모노케라스'55라고만 알려진 이 동물은, 히말라야와 아프리카와 기타 지역에서 (스코틀랜드에서 소위 말하는) 여행 희망자들의 마음의 평화를 어지럽힐 정도로 자주 발견된다. 유니콘에 대한 진짜 거짓말, 그러니까 유니콘이 사자와 경쟁 관계라는 전설 — 이 거짓말은 신의 보호를 받고 있다. 이 전설을 방부 처리한 대영제국의 웅대한 문장56이 그의 보호 아래 있기 때문이다. — 은 유니콘에 대한 동물학적 주장보다는 오히려 사자에 대한 동물학적 주장과 더 크게 충돌한다. 이는 사자의 선량함과 담대함에 대한 숱한 대중적 열광, 혹은 사자가 순결한 처녀를 정중히 대한다는 (스펜서57가 도입하고 우리 선대의 아주 많은 시인들이 인정한) 오래된 상상을 가리킨다. 이 뻔뻔한 동물은 숲의 종족들 가운데 가장 비열하고 비겁하다. 또 워워릭에서 잉글리시 불독이 월러스라는 비겁하고 잔인한 사자와의 가망 없는 대결에서 아주 인상적으로 보여 준 숭고한 용기도 없다.58 여전히 의심의 대상이 되고 있는 또 다른 전통적 피조물은 바로 인어다. 이에 대해 사우디59는, 만약 이것에 (그러니까 '바다-처녀[mer-maid]'가 아니라 '바다-원숭이[mer-ape]' 같은) 다른 이름이 붙었다면, 바다소나 바다사자 따위가 그렇듯 아무도 그 존재에 의문을 제기하지 않았을 것이라고 내게 말했다. 인어는 그 인간적 명칭과 전설에서 말하는 인간적 습성 때문에 불신을 받아 왔다. 만약 그녀가 우울한 선원들을 그토록 많이 꾀어 낸 요부가 아니었다면, 외딴 암초 위에서 그토록 부지런히 머리를 빗어 대지 않았다면, 그녀는 우리 책들 속에 틀림없는 실제로서, 어엿한 여성으로서, 구빈세60의 징수 대상인 대다수인으로서 계속 존재했을 것이다.

차 — 자기 의식의 단순한 수적 복사판조차 — 견디기에는 너무나 강력한 저주일 수 있다. 그러나 그 낯선 본성이 자신의 본성을 부정하며 그것과 싸우고 그것을 혼란과 당혹에 빠뜨린다면 어쩔 것인가? 또 하나가 아니라 두 개, 세 개, 네 개, 다섯 개의 낯선 본성들이, 한때 침범할 수 없는 자신만의 성역으로 여겼던 곳에 도래한다면 어쩔 것인가? 그러나 이들은 혼란과 어둠의 왕국에서 온 공포이며, 순전한 그 강력함만으로 신성불가침한 은닉에 도전한 뒤 시야에서 음울하게 물러난다. 그럼에도 그들을 언급해야 했던 것은, (인과에 의했든 그저 우연이었든) 그 출현과의 첫 대면이, 배스발 우편의 변형된 마부에 의해 (장난스럽게) 조우하게 된 문장의 괴물들로부터 비롯되었기 때문이다.

1. 이 글은 1849년『블랙우즈 매거진』
66호에 두 편의 독립된 글로 분리되어
시차를 두고 발표되었다(「영국의 우편
마차 혹은 움직임의 희열」은 1849년
10월, 「갑작스러운 죽음의 환영」은
1849년 11월). 1854년 드 퀸시는 두
글을 하나로 묶고 상당 부분을 수정하여
『진지하고 쾌활한 선집』 4권에 다시
실었다. 그러나 처음 발표된 1849년
판본이 1854년 판본보다 대체로 더
낫다는 평가를 받는다. 이 번역본은
1849년 판본을 토대로 한 것이다.

2. 드 퀸시는 1803년 옥스퍼드 우스터
칼리지에 입학했으나 졸업은 하지
못했다. 배스와 브리스틀에서 극장을
운영했던 존 파머(John Palmer, 1742–
818)가 우정부에 제안한 아이디어를
재무장관 윌리엄 피트(William
Pitt)가 받아들여 1784년 최초로
런던과 브리스틀 간 우편 마차가 시범
운영되었고, 이것이 성공을 거두면서
다른 노선들도 곧 신설되기에 이르렀다.
파머는 1801–7년 배스 지역구의 하원
의원을 지냈다.

3. 여기서 드 퀸시는 사실관계를
혼동하고 있다. 고든 공작의 딸인
레이디 매들라인 고든(Lady Madeline
Gordon)의 남편은 1818년부터
1837년까지 레딩 지역구의 하원의원을
지낸 찰스 피시 파머(Charles Fyshe
Palmer)였다. 한편 존 파머의 장남인
찰스 파머(Charles Palmer)도
1808년부터 1826년까지 배스의

하원의원을 지낸 바 있다.

4. 모두 나폴레옹전쟁 중 영국이 큰
승리를 거둔 전투들이다. 호레이쇼
넬슨(Horatio Nelson, 1758–805)은
트라팔가르해전(1805)에서 프랑스
함대를 격파했고, 나중에 웰링턴 공작이
된 아서 웰즐리(Arthur Wellesley,
1769–852)는 스페인 살라망카(1812)와
비토리아(1813)에서 프랑스군을
격퇴했다. 나폴레옹은 벨기에의
워털루(1815)에서 영국, 네덜란드,
프로이센의 연합군에 패배하여
최종적으로 몰락하게 된다.

5. 성탄절과 부활절 등 전례 축일, 전쟁의
승리, 군주의 대관식, 나라의 축제일 등에
감사와 기쁨의 뜻으로 부르는 라틴어
찬미가로, 'Te Deum Laudamus(하느님
당신을 찬미하나이다)'로 시작된다.

6. '펠로우'란 옥스퍼드 대학교에서
칼리지의 정회원에게 수여된 호칭으로
선임 연구원에 해당한다. 드 퀸시 자신은
학부생 시절 학교에 출석하다 말다 했고
때로 6개월씩 자리를 비우기도 했다.

7. 각각 가을, 겨울, 봄, 여름
학기를 가리키는 말이다.
미클머스(Michaelmas)는 9월 29일의 성
미카엘 축일을 뜻하며, 구술(Act) 학기는
마지막인 여름 학기(트리니티 학기)를
가리키는 옛말로, 마지막 학기에 학위를
따기 위한 구술시험을 치렀던 데서
유래한 표현이다. 드 퀸시가 옥스퍼드에

다니던 시절에 학생들은 이 네 학기를 합쳐서 1년에 13주 동안만 학교를 다니면 학위를 이수할 수 있었다.

8. 옥스퍼드로 가는 것은 '올라간다'고 하고, 옥스퍼드에서 다른 지역으로 가는 것은 '내려간다'고 표현했다. 이는 런던도 마찬가지였다. 이 글에서 런던에서 승전보를 가지고 지방으로 가는 내용을 다룬 절의 소제목도 '승리와 함께 내려가다(going down with victory)'이다.

9. 이 글에서 드 퀸시는 '우편 마차(mail-coach)'를 종종 '우편(mail)'으로 줄여서 부르고 있다.

10. 찰스2세의 재위기는 1660년부터 1685년까지였다. 이때까지만 해도 마차 바깥에는 아무도 타지 않았다. 나중에 바깥 좌석은 하인들이 타는 자리가 되었고, 따라서 요금이 싼 좌석이 되었다. 우편 마차는 실내에 네 명, 바깥에 세 명까지 승객을 태울 수 있었다. 반면에 사설 마차는 승객 수 제한이 없었다. 그래서 우편 마차는 사설 마차보다 빠르고 안전하여 요금도 더 비싸고 인기도 많았다.

11. 반역죄로 기소된 자는 피가 법적으로 '오염되었다(attaint)'고 간주되어 사권(私權)이 박탈되었고 재산을 상속하거나 상속받을 수 없었다.

12. 'De non apparentibus et non existentibus eadem est lex(보이지 않는 것과 존재하지 않는 것은 법적으로 똑같이 취급한다.)'라는 로마법의 법언(法諺)이다.

13. '스노브'는 원래 구두 직공이나 수선공을 가리키는 말이었는데, '대학에 소속된 내부인'이 아닌 일반 사람들, 속인(俗人)들을 가리키는 대학생들의 은어로 변했다. 그 뒤 '스노브'는 저임금 노동자나 하층민을, '노브'는 그와 대비해 부나 사회적 지위를 가진 사람을 뜻하는 말이 되었다. 1848년 『속물열전(The Book of Snobs)』을 쓴 윌리엄 새커리는 이 단어가 19세기부터 "신사인 체하고 허세를 부리는 사람들"이라는 뜻으로 변용되었다고 말했다.

14. 1792년 조지3세는 조지 매카트니 백작(George Macartney, Earl Macartney)을 청나라에 특사로 파견했다. 이 일화는 여기에 부사로 동행한 조지 스턴튼(Sir George Staunton)이 쓴 『중국 황제를 방문한 영국 국왕 대사의 실제 이야기(An Authentic Account of an Embassy from the King of Great Britain to the Emperor of China)』 전 3권 중 2권(런던, 1797) 343쪽에 수록된 다음 문장에 상상력을 가미해서 부풀린 이야기로 보인다. "황제에게 선물로 보내진 화려한 수레의 포장을 풀고 그 조립이 끝나자, 그보다 더한 찬탄의 대상은 없었다. 그러나 마부석을 떼어 내라는 지시를 내려야 했다. 마부가 앉을 좌석이 그렇게 높이 위치하는 것을 본

중국 고위 관리들이 (…) 누구를 황제 윗자리에 앉힌다는 데 경악을 표했기 때문이다."

15. 청나라 건륭제(재위 1735–96).

16. 중국에 이런 이름의 신은 없다. 드 퀸시는 중국 고대 전설 속의 황제인 '복희(伏羲, Fu Xi)'의 이름을 갖고 말장난을 한 듯하다.

17. 정확한 표기는 'Ça ira'. '잘 될 거야'라는 뜻으로, 프랑스혁명 당시 군중이 즐겨 불렀던 혁명가의 후렴구이다.

18. "율법학자들과 바리사이파 사람들은 (…) 잔치에 가면 맨 윗자리에 앉으려 하고 회당에서는 제일 높은 자리를 찾으며, 길에 나서면 인사받기를 좋아하고 사람들이 스승이라 불러 주기를 바란다." 신약성서 「마태오의 복음서」 23장 2–7절.

19. 어음의 지불 기한이 지나도 약속한 돈을 갚지 못할 경우 어음을 발행한 채무자는 체포되어 감옥에 갇힐 수 있었다. 환어음은 발행인이 그 소지자(수취인)에게 일정한 날짜에 일정한 금액을 지불할 것을 제3자(지급인)에게 위탁하는 어음을 말한다. 즉 환어음에는 발행인, 지급인, 수취인의 3자가 존재하며, 환어음이 수표인 경우에 지급인은 은행이 된다. 지급인이 발행인의 위탁을 거절하면,

즉 어음의 인수를 거절하면 그 어음은 무가치한 것이 되며, 이를 증명하기 위해 공중 증서가 작성된다. 드 퀸시는 이 과정에 대해 잘 알고 있었으며, 빚을 갚지 못해 구금된 적이 최소한 세 번 있었다.

20. 드 퀸시는 우노 본 트로일(Uno Von Troil)이 쓴 『아이슬란드에 대한 편지들(Letters on Iceland)』(런던, 1780)을 염두에 두고 있는 듯하지만, 사실 이 이야기는 닐스 호러보(Niels Horrebow)가 쓴 『아이슬란드의 자연사(The Natural History of Iceland)』(런던, 1758) 91쪽에 나온다. 이 책의 '72장. 뱀에 대하여'는 다음 한 문장만으로 이루어져 있다. "이 섬 전체를 통틀어, 그 어떤 종류의 뱀도 마주칠 수 없을 것이다."

21. 이해관계에 따라 당적을 옮겨 다니는 의원들, 우리말로 하면 '철새 정치인'을 가리켰던 표현이다.

22. '잭 타(Jack Tar)'는 수병이나 선원을 가리키는 별칭이었다.

23. 1854년 판본에서 드 퀸시는 여기에 장문의 주석을 덧붙였다. "우정국은 우편에 대단히 엄격한 규정을 적용했다. 잉글랜드 전역에서는 마차 바깥에 오로지 세 좌석만 허용되었다. 마부석 옆자리와 그 바로 뒤편의 두 자리였다. 어떤 구실로도 경호원 근처에는 갈 수 없었다." 경호원은 마차 바깥의 맨

뒤편에 자리 잡았다.

24. 베르길리우스, 『아이네이스』, 2권 311–2쪽. 아이네이스가 디도에게 트로이가 화염에 휩싸였다고 말하는 대사다. "지금도 데이포부스의 넓은 집은 무너지고 있다오. 불의 신이 높이 치솟으며, 지금도 그의 이웃 우칼레곤[의 집]은 불타고 있다오."

25. 사권 박탈에 대해서는 239쪽 11번 주석 참조.

26. 성직에 있는 사람에게는 세속 재판소에서의 형사처벌을 면제해 주는 특전으로, 나중에는 글을 읽을 수 있는 모든 사람에게로 대상이 확대되었다. 이 제도는 1827년까지 존속했다.

27. 치안판사의 주재로 각 주에서 분기마다 열렸던 재판. 중범죄를 제외한 모든 형사사건을 다루었다.

28. 신약성서 「마태오의 복음서」 7장 29절. "그 가르치시는 것이 율법학자들과는 달리 권위가 있기 때문이었다."

29. 수란(水卵, poached egg)은 '발로 짓밟힌 계란'이라는 뜻도 된다.

30. 프랑스의 전쟁 영웅인 루이 샤를 앙투안 드제(Louis Charles Antoine Desaix)가 이탈리아 북부의 마렝고에서 전사했을 때, 나폴레옹은 이 소식을

듣고 "아! 내게는 통곡이 허락되지 않는구나!"라 탄식했다고 전해진다.

31. 1794년 하우 경(Lord Howe)이 지휘한 영국 함대가 프랑스 함대와 전투를 벌여 프랑스 전함 여섯 척을 나포하고 한 척을 침몰시켰다. 여기 타고 있다가 미처 빠져나오지 못한 수병들은 '공화국 만세'를 외치며 수장되었다고 한다. '방죄르(Vengeur)'는 '복수자'라는 뜻이다. 쥘 베른의 『해저 2만리』에서 네모 선장과 일행은 해저에 가라앉아 있는 이 배를 발견한다.

32. 프랑스의 장군 피에르 캉브론(Pierre Cambronne)이 워털루전투에서 패했을 때 영국군의 항복 권유를 거절하면서 했다고 전해진 말. 나중에 캉브론 자신은 이런 말을 했음을 부인했다. 그가 간단하게 "Merde!"(영어로 'Shit!'이라는 뜻)라고만 했다는 이야기도 있다.

33. 샤를모리스 드 탈레랑페리고르 (Charles-Maurice de Talleyrand-Périgord)는 프랑스의 정치가이자 외교관으로, 기지가 뛰어나고 정치적 생존에 능했다.

34. 정부가 우편 마차에 위임한 권력을 봉건시대 군주가 봉신에게 위임했던 권력에 비유한 말.

35. 당시 버밍엄은 위조품 생산지로 유명해서 모조품이나 싸구려 물건을 가리키는 대명사로 쓰였다.

36. '탤리호(Tally-ho)'는 1823년부터 런던과 버밍엄을 왕복했던 급행 사두마차를 가리키는 말이다. '하이플라이어(Highflier)' 역시 급행 승합마차의 일종이었다.

37. 셰익스피어, 「리처드3세」, 5막 3장 12-3행. "왕이란 칭호 역시 강한 성이 되는데 / 저쪽 편 녀석들은 그것이 없소."(『셰익스피어 전집』, 이상섭 옮김, 문학과지성사, 2016, 242쪽.)

38. 신약성서 「루가의 복음서」 24장 32절 참조. "그들은 '길에서 그분이 우리에게 말씀하실 때나 성서를 설명해 주실 때에 우리가 얼마나 뜨거운 감동을 느꼈던가!' 하고 서로 말했다."

39. 찰스 램(Charles Lamb)이 엮은 『영국 극시인 발췌집(Specimens of the English Dramatic Poet)』 중 '고귀한 반역자(Noble Traitor)'라는 소제목 아래 실린, 극작가 토머스 헤이우드(Thomas Heywood, 1573–641)의 「왕과 충신 (The Royal King and the Loyal Subject)」 중 한 장면.

40. 에드워 3세의 재위기는 1327년부터 1377년까지였다. 물론 에드워드3세의 칙령에 이런 조항은 없다.

41. 시속 50마일로 네 시간을 달리면 얼추 런던에서 요크까지의 거리가 되지만, 당시 영국에 이 정도로 빠른 기차는 없었다.

42. 나일 해전(1798)에서 넬슨 제독이 지휘한 영국 해군은 이집트에 주둔하던 프랑스 해군을 궤멸시켰다.

43. 말버러는 런던과 배스를 잇는 간선도로상의 윌트셔에 있다. 드 퀸시는 열한 살 때인 1796년 가족과 함께 배스로 이주해 그곳에서 학교를 다녔다.

44. 드 퀸시는 자신의 보잘것없는 외모를 예민하게 의식했다. 워즈워스의 여동생 도로시 워즈워스(Dorothy Wordsworth)는 그가 "유감스럽게도 왜소한 체구였다."라고 적고 있다. 법률가이자 키츠의 편집자였던 리처드 우드하우스(Richard Woodhouse)는 『어느 영국인 아편쟁이의 고백』을 읽고 그를 "마르고 키 크고 창백하며 신사다운 모습"으로 상상했다가, 나중에 그를 직접 만난 뒤 "얼굴 생김새가 어딘지 아픈 듯하며 명백히 매우 병약해 보이는, 작고 누르께한 모습"이라고 기록했다. 『리처드 우드하우스의 '소송 기록'(Richard Woodhouse's Cause Book)』, 로버트 모리슨(Robert Morrison) 편, 하버드 라이브러리 블레틴 (Harvard Library Bulletin) 9, 1998, 5쪽.

45. 호메로스, 『오디세이아』 21–2권, 오디세우스가 20년간의 방랑을 마치고 고향으로 돌아왔을 때, 페넬로페는 구혼자들에게 남편의 활로 열두 개의 도끼 고리를 관통시키는 사람과 결혼하겠다고 선언한다. 아무도 활시위조차 당기지 못하고 있을 때

242

남루한 노인으로 변장한 오디세우스가
나타나 활을 쏘아 승자가 되고,
이것으로 구혼자들을 모두 쏘아 죽인다.
페넬로페의 구혼자 숫자는 108명이었다.

46. 알렉산더 포프, 「배서스트에게
부치는 서한시(Epistle to Allen Lord
Bathurst)」, 249행.

47. 1854년 판본에서 드 퀸시는 여기에
주석을 달아, 이것(turret)이 말고삐를
끼우는 고리를 가리키며 초서의
작품에서 그 용례를 찾아볼 수 있다고
설명하고 있다.

48. 'be over head and ears'는 홀딱
빠진다는 뜻의 관용구이다.

49. 대법관이 직접 관할하는 법원으로,
보통법(common law) 체계에서
구제받을 길이 없을 경우 이 법원에
재판을 신청하여 대법관의 재량, 즉
형평법(equity law)에 따라 재판을
받았다. 이 제도는 1873년에 폐지되었다.

50. 찰스 워터튼(Charles Waterton)은
자연사학자로 『남아메리카
만유기(Wanderings in South
America)』(1825)를 썼다.

51. 드 퀸시는 워터튼의 『남아메리카
만유기』27쪽에 나온 다음 부분을
참조했다. "카이만 악어가 2야드 거리
내로 들어왔을 때, 나는 그가 공포와
동요 상태에 있음을 보았다. 나는 곧바로

장대를 내던지고 벌떡 일어나 그의 등
위로 뛰어올랐다. 뛰어오르면서 반쯤
방향을 틀어, 앞쪽을 보고 앉을 수
있었다. 나는 지체 없이 전력을 다해
그의 다리를 붙잡고는 등 위로 비틀어
올려 고삐 대신으로 삼았다 (…) 내가
어떻게 그 자리에서 떨어지지 않을 수
있었느냐고 묻는다면, 나는 — 달링턴
경의 여우 사냥개들을 데리고 다년간
사냥한 덕이었다고 대답할 것이다."

52. 고대 이집트에서 악어는 신성한
존재로 여겨졌다.

53. 워즈워스, 「기묘한 북받치는
슬픔을 나는 겪었네(Strange Fits of
Passion I have Known)」, 5~7행. "내가
사랑하는 그녀가 매일매일 / 6월의
장미처럼 신선해 보일 때 / 나는 그녀의
오두막으로 발길을 향했네."

54. 1854년 판본에서 드 퀸시는 이 문장
이후의 나머지 문단을 통째로 삭제했다.

55. monokeras. 외뿔소, 유니콘이라는
뜻을 가진 '머노서러스(monoceros)'의
그리스어 표기. 드 퀸시가 어떤 동물을
염두에 두었는지는 확실치 않지만
코뿔소가 아니었을까 추측된다.

56. 대영제국을 상징하는 영국 왕실
문장의 왼편에는 잉글랜드를 상징하는
사자가, 오른편에는 스코틀랜드를
상징하는 유니콘이 방패를 떠받치고 서
있다.

57. 에드먼드 스펜서(Edmund Spenser, 1552경–99), 『선녀 여왕(Faerie Queene)』, 1권 3칸토 5–7연.

58. 1825년, 동물 쇼 흥행사인 조지 웜웰(George Wombwell)은 워윅 교외에서 사자 한 마리와 개 여러 마리를 싸움 붙여 두 차례 무대에 올렸다. 첫 번째 싸움에 나선 사자 '네로'는 이렇다 할 공격을 보여 주지 못하고 밀리기만 했지만, 두 번째 싸움에서 개 여섯 마리와 맞붙은 사자 '월러스'는 "1라운드에서 (…) 불쌍한 '볼'을 발톱으로 움켜쥐고 '팅커'를 이빨로 문 채, 마치 쥐를 입에 문 고양이처럼 무대를 천천히 한 바퀴 돌았다." (『타임스』 1825년 8월 1일 자, 3쪽)

59. 로버트 사우디(Robert Southey)는 역사학자, 전기 작가, 에세이스트이자 계관시인으로 호수 지방에서 여러 해 동안 드 퀸시의 이웃에 살았다.

60. 빈민 구제를 위한 예산을 마련하기 위해 걷었던 세금. 주로 부동산 점유자(특히 농민)를 상대로 부과되었다.

승리와 함께 내려가다

그러나 우리가 우편 마차 서비스를 통해 경험한 가장 황홀했던 시기는 바로 우리가 런던에서 승전의 소식을 가지고 내려갔던 때, 트라팔가르에서 워털루에 이르는 약 10년간의 시기였다. 1805년과 1815년 사이의 두 번째와 세 번째 해(1806년과 1807년)는 비교적 밋밋했지만, 그 나머지 시기는 승리가 줄줄이 이어졌다. 이 막중한 대결에서는 가장 작은 승리조차도 가늠할 수 없을 정도로 큰 가치를 띠었다. 부분적으로는 그것이 적의 계획을 철저히 방해했기 때문이었지만, 그보다 큰 이유는 그것이 중부 유럽인들에게 프랑스의 고질적 취약함을 인식시켜 주었기 때문이다. 심지어 때때로 적의 해안을 지분대고, 잇따른 봉쇄로 그들을 당황하게 만들고, 하다못해 변변찮은 범선 한 척이라도 그들의 오만한 군대가 보는 앞에서 억류해 적에게 모욕을 주는 일들도, 기독교 세계가 남몰래 희망을 건 세력이 보유한 힘을 거듭 담담히 선언하는 행동이었다. 그러니 그들 부대 엘리트들의 수염을 뽑고 대격전에서 그들을 무찌른 오만방자한* 짓은 이 선언을 얼마

---

* "오만방자한!" 프랑스인들은 그것을 이렇게 말했다. 술트1가 워털루전투 중에 작성한 전문에서 우리를 두고 했던 방약무인한 말을 사람들이 알았다면, 그가 현 여왕 폐하의 대관식에 참석하러 런던에 왔을 때나 나중에 맨체스터를 방문했을 때 그처럼 환대받지 못했을 것이다. 마치 우리 군대가 프랑스 군대를 똑바로 쳐다보는 것마저도 중죄인 양, 그는 여러 차례 이렇게 썼다. "여기 영국 놈들을 — 잡았다. 현행범으로(*en flagrant*

나 더 소리 높이 전했을 것인가! 그런 중대사의 첫 소식을 전할 수만 있다면, 우편 마차 바깥 좌석의 특권을 위해 인생의 5년을 지불할 가치가 있었다. 그리고 우리는 섬나라인 데다 많은 프리깃함을 동원해 정보를 신속히 전달할 수 있었으므로, 공인되지 않은 루머가 정규 속보의 향취를 앗아 가는 일은 드물었음을 지적해야 한다. 대개는 정부의 공식 뉴스가 첫 뉴스였다.

당시 우정부가 자리하고 있던 롬바드 스트리트[3]에 저녁 여덟 시 정각부터 15분 혹은 20분까지 모여든 우편의 행렬을 상상해 보라. 거기에 정확히 얼마나 많은 인원이 집결했는지는 기억나지 않지만, 사륜마차 한 대 한 대가 모여들어 그 길을 꽉 채웠다. 그 거리는 길었고 우리는 두 줄로 늘어서 있었는데도 말이다. 그것은 어느 날 밤에 보더라도 아름다운 광경이었다. 처음에 이목을 고정시키는 건 마차와 마구를 아우른 모든 장구들의 완벽한 상태와 말들의 장려함일 것이다. 모든 마차는 연중 내내 아침마다 감독관의 점검을 받았다. ─ 바퀴, 축, 바퀴 고정핀, 채, 유리창 등 모두가 면밀한 검사와 시험을 거쳤다. 각 마차의 모든 부분은 깨끗이 닦여 있었고, 모든 말들은 마치 어느 신사의 개인 소유물처럼 엄정하게 손질되어 있었다. 이런 광경은 여느 때와 똑같았다. 그러나 우리 앞

delit) 생포했다.” 그러나 그보다 우리를 더 잘 아는 자도, 그보다 굴욕의 잔을 더 많이 들이켰던 자도 없다. 술트는 포르투갈 북부에서 영국군에게 패주했고, 또 지금껏 기록된 가장 피비린내 나는 전투가 벌어진 알부에라에서도 패전했다.[2]

에 놓인 그날 밤은 승리의 밤이었다. 그리고 보라! 평소의 모습에 어떤 뿌듯한 장식이 추가되었는지!— 말들, 사람들, 마차들—모두가 월계관과 꽃, 떡갈나무 잎과 리본을 두르고 있다. 폐하의 신하인 경호원들과 우정부의 특별 허가를 받은 마부들은 물론 왕실 제복을 입었다. 그리고 때가 여름이므로(육상에서 거둔 모든 승리는 여름에 이루어졌기 때문에), 외투로 가리지 않은 그들의 제복은 이 맑은 날 저녁에 선명히 드러나 보인다. 이러한 의상과 그들 모자에 두른 화려한 월계관은, 그들이 이미 애국적 이해관계를 맺고 있는 이 위대한 소식과의 공식적 연관성을 공개적으로 부여함으로써 그들의 가슴을 한껏 부풀렸다. 이렇게 큰 국가적 감정은 평상시의 모든 차별 의식을 타파하고 누그러뜨린다. 신사인 승객들도 지금 이 순간만큼은 옷차림만 다를 뿐 별로 그렇게 구별되지 않는다. 승무원에게 말 걸기를 꺼렸던 그들의 평소 태도도 이날 밤에는 스르르 녹았다. 하나의 가슴, 하나의 자부심, 하나의 영광이, 영국인의 피에 의한 초월적 연대를 통해 모든 이들을 이어 준 것이다.[4] 유례없이 많이 모여든 구경꾼들은 거듭 환호성을 올리며 이 강렬한 감정에 공감을 표시한다. 1천 년 전부터 역사에 기록되어 온 유서 깊은 도시들의 이름이, 우정부 사환들의 외침으로 시시각각 호명된다.— 링컨, 윈체스터, 포츠머스, 글로스터, 옥스퍼드, 브리스틀, 맨체스터, 요크, 뉴캐슬, 에든버러, 퍼스, 글래스고—이 도시들의 역사성은 제국의 위대함을, 그 곳곳

247

에 파견되어 방사상으로 확산되는 우편은 우편제도의 위대함을 표시한다. 매 순간 우편 행낭 위로 뚜껑이 쾅 내리 닫히는 소리들이 울려 퍼진다. 이 소리는 각 우편에게 이제 마차를 빼라는 신호이며, 이 과정은 전체 스펙터클에서 가장 훌륭한 부분이다. 다음은 말들이 활약할 차례다.— 말들! (단단히 고삐가 매여 있지만 않다면) 표범의 움직임과 몸짓으로 내달릴 이 동물들이 과연 말일 수 있는가? 저 역동!— 저 바다 같은 술렁임!— 지축을 울리는 저 바퀴 소리와 말발굽 소리!— 저 환송의 함성 — 우편의 이름을 —'리버풀이여 영원히!'— 승전의 지명과 연결시켜 —'바다호스여 영원히!' 혹은 '살라망카여 영원히!'[5]— 두 배가 된, 저 형제애에 찬 축하의 환성! 이들 중 많은 우편이, 이날 밤부터 다음 날까지 — 어쩌면 그보다 더 오랫동안 — 마치 도화선을 따라 타들어 가는 불꽃처럼 매 순간 강렬한 기쁨의 새로운 연쇄반응을 일으키리라는 반(半)잠재의식은, 승리의 점진적 확산 단계들을 상상으로 무한히 증식시킴으로써 승리 그 자체를 증식시키는 숨은 효과를 지녔다. 이제 불화살은 활시위를 떠난 듯하다. 지금 이 순간부터 그것은 서쪽으로 300마일,* 북쪽으로 600

* '300마일.' 물론 미국인에게는, 만일 그가 지각없는 사람이라면, 이 정도 규모의 거리가 우습게 들릴 것이다. 한 미국인 작가[6]가 작은 거짓말을 하는 사치에 탐닉했던 것이 기억난다. 어떤 영국인이 위대함에 대한 순전한 미국식 관념에 의거해 템스강을 자랑하며 이런 말로 끝을 맺었다는 것이다. "그리고 선생, 이 웅대한 강 중의 강이 무려 170마일이라는 놀라운 거리를 구불거리며 횡단하여 런던에 도달하면, 그 폭이 최소한 2펄롱이라오." 그리고 이 솔직한 미국인은 그것을 미시시피강의 규모와

마일을 거의 쉼 없이 여행하게 될 것이다. 그리고 롬바드 스트리트에 모인 우리 친구들이 흩어지면서 느낀 공감대는, 아직 잉태되지 않았지만 우리가 앞으로 불러일으킬 공감과의 예지적 공감을 통해 100배로 격상되었다.

　　도시의 과밀에서 벗어나 북부 교외의 넓고 한산한 도로로 빠져나온 우리는 시속 10마일의 정상 속도로 진입하기 시작한다. 환한 여름날 저녁이고 해는 이제 겨우 지려는 시점이라 모든 집의 모든 층에서 우리 모습이 보인다. 남녀노소의 머리가 창문 앞으로 웅성웅성 모여든다. — 어른 아이 할 것 없이 우리가 두른 승리의 상징을 알아본다. — 그리고 우리가 지나는 길 앞뒤로 동조의 환호성이 우레처럼 쏟아진다. 벽에 기대 있던 거지 옆

비교해야 공정하다고 생각한다. 우선 새빨간 거짓말은 진지하게 응대할 가치가 없다. 정신병원에서 갓 나온 영국인도 대륙의 강을 섬에서 찾을 생각을 하지는 않을 것이며, 템스강의 독특한 위대함을 그 길이나 유역의 넓이에서 찾을 생각을 하지도 않을 것이다. 하지만 그가 정말로 그렇게 우스꽝스러운 짓을 했다 해도, 그 미국인은 수량으로 따져도 템스강과 비교가 안 되게 작은 강 — 테베레강7 — 이 지난 25세기 동안 자기네 영토의 그 어떤 비대한 강도 미치지 못했고 앞으로도 당분간은 미치지 못할 정도로 전 세계에 이름을 떨쳤음을 상기해야 할 것이다. 템스강의 영광은 이 강이 부양하는 밀집된 인구와 떠받치는 무역, 제국의 위대함으로 측정된다. 이렇게 볼 때 템스는 가장 거대한 강이 전혀 아니나 가장 영향력 있는 개울이다. 우리 영국 우편의 운행 경로가 띠는 가치는 아메리카 대륙의 기준을 옮겨 온 것이 아니라 이와 같은 척도에 의거하는 것이다. 시베리아 인이 자기네 땅을 다음과 같은 말로 자랑하는 경우를 가정해 보면, 미국인은 자신들의 평가 방식 또한 우리 영국인의 귀에는 이렇게 들리리라고 상상할 수 있다. "선생, 저기 프랑스나 영국에서는 어느 방향으로든 채 반 마일도 못 가 건달 패거리가 먹을 식량과 잠자리가 갖춰진 집을 찾을 수 있습니다. 그러나 우리의 광활한 땅은 고귀하게도 너무나 황량하고 적막하기에, 장담하건대 여러 방향으로 1천 마일을 가더라도 개 한 마리가 눈보라를 피하거나 굴뚝새 한 마리가 아침을 들 곳조차 찾지 못할 겁니다."

을 우리가 지나칠 때, 그는 똑바로 서서 선명한 환희의 미소를 머금는다. 그는 자신이 — 진짜로든 가짜로든 — 절름발이임을 잊고, 구걸 영업은 머리에서 깨끗이 사라진다. 승리가 그를 치유했다.—"네 병에서 놓여 건강할지어다!" 하면서 말이다. 다락방과 지하실에서 여자와 아이들이 애정 어린 눈으로 우리의 화려한 리본과 전투 월계관을 내려다보거나 혹은 올려다본다. 때로는 손으로 키스를 보내고, 때로는 애정의 표시로 손수건, 앞치마, 먼지떨이, 기타 손에 잡히는 물건을 흔들어 댄다. 아홉 시 몇 분쯤 바넷[8]으로의 진입을 앞두고 있을 때, 우리 쪽으로 다가오는 사설 마차가 보인다. 날씨가 아주 따뜻해서 창문이 전부 내려져 있는 까닭에 마차 안에서 벌어지는 일이 마치 극장 무대에 올려진 것처럼 훤히 들여다보인다. 그 안에는 세 여성이 타고 있다. 한 명은 '마마(mama)'이고 나머지 두 명은 열일곱 살이나 열여덟 살쯤 먹은 딸들로 보인다. 우리는 이 천진한 아가씨들 사이에 오가는 모든 말의 음절을 구분할 수 있다. 얼마나 사랑스러운 생동이며 얼마나 아름다운 즉흥 무언극인가! 그들이 월계관을 두른 우리 마차를 처음 알아보고는 깜짝 놀라 손을 들어 올리고 — 두 아가씨가 급히 움직이며 나이 든 부인의 주의를 끌고 — 그들의 생기 넘치는 얼굴에 홍조가 떠오르는 것으로 보아 — 우리는 그들이 이렇게 말하는 것을 거의 들을 수 있다. "저기, 저기요! 저 월계관 좀 보세요. 오, 마마! 스페인에서 큰 전투가 있었어요. 그리고 큰 승리를 거뒀

250

어요." 그들을 막 지나치는 순간, 우리 승객들 — 나는 마부석에, 나머지 둘은 내 뒤쪽 지붕 위에 앉아 있다. — 은 모자를 들어 올리고 마부는 채찍을 들어 경례한다. 심지어 왕을 섬기는 장교의 품위를 유지하느라 뻣뻣한 경호원도 모자에 손을 갖다 댄다. 숙녀들은 상냥하고 애교 넘치는 몸짓으로 우리에게 답례한다. 모두가 상대를 향해, 큰 국민적 공감대에 힘입어 순간적으로 우러나온, 그 누구도 오해할 수 없는 미소를 보낸다. 이 숙녀들에게 우리는 아무도 아니었을까? 오, 아니다. 그들은 그렇게 말하지 않을 것이다. 이날 밤 그들은 우리의 자매임을 부인할 수 없다 — 부인하지 않는다. 신분이 높은 사람과 천한 사람, 학자와 일자무식 하인을 가리지 않고, 바깥 자리에 앉은 우리는 앞으로 열두 시간 동안 그들의 형제가 되는 명예를 입었다. 바넷으로 들어가는 진입로 앞에 멈춰 서서 우리를 기쁜 눈빛으로 바라보는 저 가난한 여인들, 피곤한 기색으로 보아 일을 마치고 돌아오는 중인 듯한 저 여인들을 보고 당신은 세탁부와 청소부라고 말할 것인가? 오, 불쌍한 친구여, 당신은 단단히 착각했다. 그들은 그런 부류가 아니며 장담하건대 그보다 높은 지위에 있다. 이날 밤 그들은 자신이 타고난 권리로 영국의 딸임을 느끼며, 그보다 비천한 칭호에 응답하지 않을 터이기 때문이다.

그러나 모든 기쁨은, 심지어 열광적 기쁨도 — 그것이 지상의 슬픈 법칙이다. — 누군가에게는 비탄 혹은 비탄에 대한 두려움을 가져다준다. 바넷을 지나 3마일을 갔을 때, 앞서의 상황을 거의 재연하며 또 다른 사설 마차 한 대가 다가오는 모습이 보인다. 여기도 창문이 모두 내려져 있고 노부인이 앉아 있지만 두 사랑스러운 딸들은 없다. 부인의 옆자리에 앉은 젊은 여성은 옷차림과 공손하게 삼가는 분위기로 판단하건대 시중꾼처럼 보인다. 부인은 상중이며 얼굴에는 슬픔이 서려 있다. 처음에 그녀는 눈길을 들지 않는다. 그래서 우리 말들의 정연한 발굽소리를 듣기 전까지는 우리가 다가가는 걸 알아차리지 못한 것 같다. 이윽고 그녀가 눈을 들어 우리 승리의 사륜마차에 괴로운 눈길을 준다. 우리의 장식만 보고도 그녀는 단번에 상황을 파악한다. 그러나 그녀는 그것들을 뚜렷한 불안감 혹은 심지어 두려움이 담긴 눈으로 쳐다본다. 아까 전에 나는 관보(官報)가 끼여 있는 『쿠리어(Courier)』 석간[9]을 경호원에게 건네주고 다음번에 지나치는 마차에 전달해 달라고 부탁해 놓았다. 마부의 몸과 고삐가 방해가 되어 움직이는 목표물을 겨냥해 신문을 던지기가 어려웠기 때문이다. 그래서 그는 한눈에 시선을 끌 수 있게, '영광의 승리'랄지 그 비슷한 표제의 큼지막한 대문자가 보이도록 신문을 접어서 던져 넣었다. 하지만 신문이 있다는 것을 보기만 해도 모든 게 설명되었다. 그 내용은 우리 마차에 달린 승리의 깃발들만으로도 충분히 해석할 수 있었기 때문이다. 그리고 노부인이 그것을 두려움에 찬 몸짓으로 받았다는 경호원의 생각이 옳다면, 그녀가 스페인 전쟁과 관련하여 개인적으로 깊은 고통을 겪고 있음을

252

의심할 수 없었다.

이는 과거에 고통받았고 앞으로 또 비슷한 고통이 오리라는— 아마도 잘못된 — 예상으로 괴로워하는 사람의 경우였다. 바로 그날 밤, 그로부터 세 시간이 채 못 되어 그와 정반대의 경우가 발생했다. 그녀는 아마도 그로부터 하루 이틀 내에 그 전투로 인한 가장 큰 고통을 겪게 될 불쌍한 여인이었다. 하지만 아직 아무것도 몰랐던 그녀는 이 뉴스와 그 자세한 소식에 대해 너무도 한량없는 기쁨을 표현하여, 켈트 고지인들의 표현을 빌리면 '죽기 직전의 마지막 희열에 들뜬(fey)'[10] 인상을 주었다. 그곳은 지금은 그 이름을 잊은 어느 작은 마을이었다. 우리는 자정 무렵 말을 바꿔 매기 위해 그곳에 정차했다. 장날인지 경야인지 마을 사람들은 그때까지 잠자리에 들지 않고 밖에 나와 있었다. 우리가 마을에 다가갈 때 움직이는 불빛 여럿이 보였다. 그리고 거기서 받았던 환대는 우리의 여정에서 아마도 가장 인상적인 부분일 것이다. 주위에 무겁게 내려앉은 어둠이 칠흑같이 검은 장막을 드리운 가운데, 횃불의 섬광과 우리 말들의 머리에 달린 푸른 불꽃(정확히 말하면 벵골 불꽃[11])의 아름다운 광채, 꽃과 반짝이는 월계관[12] 위로 쏟아져 내리는 희미한 불빛, 그리고 사람들의 엄청난 감격은 극적이고 감동적인 장면을 연출했다. 우리가 거기서 삼사 분 머무르는 동안 나는 마차에서 내렸다. 곧 길가의 한 철수한 노점에서, 저녁 무렵까지 그곳을 지키고 있었던 듯 보이는 중년 여인이 기

253

대에 찬 표정으로 다가왔다. 그녀의 주의를 내게로 이끈 건 바로 내가 들고 있던 신문이었다. 이 당시 우리가 지방에 전하고 있던 것은 탈라베라에서 거둔 불완전한 승리[13]였다. 나는 그녀에게 전투에 대한 간략한 소식을 들려주었다. 그러나 그녀가 처음에 소식을 묻고 내 말을 들으면서 내비친 — 공포가 아니라 환희로 인한 — 동요와 흥분이 너무도 확연했기에, 나는 그녀가 이베리아반도에 파견된 군대와 무슨 관계인지 묻지 않을 수 없었다. 오! 맞아요. 그녀의 외아들이 거기 가 있었다. 무슨 연대에? 그는 23기병 연대 소속 기병이었다. 그녀의 대답에 내 심장은 덜컥 내려앉았다. 영국인이라면 모자를 벗어 경의를 표하지 않고서는 언급할 수 없는 이 숭고한 연대는, 군사사에 기록된 가장 인상적이고도 효과적인 돌격을 수행했다. 그들은 말을 몰고 — 가능한 곳에서는 도랑을 뛰어넘었으며, 그럴 수 없을 때는 도랑 속으로 뛰어들어 죽거나 심한 부상을 입었다. 그중에 몇 명이나 다치지 않고 도랑을 통과할 수 있었는지는 어디에도 나와 있지 않다. 도랑을 통과한 이들은 적의 코앞까지 다가가 신성한 용맹으로 (여기서 나는 신성[*divinity*]이라는 단어를 의도적으로 썼다. 이런 행동은 그 순간에도 그들 앞에 임해 있던 하느님의 영감에 의해 고취된 것임이 틀림없다.) 적에게 돌진했고, 이는 두 가지 결과를 낳았다. 적에 대해 말하자면, 최초 병력이 350명이었던 이 23기병 연대는 병력 6천의 프랑스군 종대를 마비시키고 언덕을 올라가 프랑스 전군의 이목을 고정시켰다. 그들로 말하자면, 처음에 23기병 연대는 거의 전멸할 상황이었으나 결국에는 네 명 중 한 명이 살아남았다.[14] 그리고 그들이, 지금 그토록 희망에 들떠 나와 이야기 중인 여인의 아들이 복무한 바로 그 연대였다. 연대의 대다수가 피비린내 나는 아켈다마[15]에 널브러져 있다는 소식은 이미 몇 시간 전에 나를 비롯한 런던 전체에 전해져 있었다. 내가 그녀에게 사실을 말해 주었을까? 내게 그녀의 꿈을 깨뜨릴 담력이 있었을까? 아니다. 나는 속으로 말했다. 내일이나 그다음 날이면 그녀는 최악의 소식을 듣게 될 것이다. 그녀가 오늘 하룻밤만이라도 평화롭게 잠들어선 안 된단 말인가? 내일만 지나면 평화는 그녀의 머리맡에서 떠나갈 것이다. 나의 선물과 나의 아량으로 그녀에게 이 짧은 유예를 허하라. 그러나 이미 치러진 피의 대가에 대해 내가 그녀에게 이야기하지 않는다 해도, 그녀 아들의 연대가 그날의 수훈과 영광에 기여한 공로까지 숨길 이유는 없었다. 많은 이야기를 할 시간이 없었으므로 나는 말을 삼갔다. 나는 그 고귀한 연대가 잠들어 있는 곳에 세워진 장례 깃발을 보여주지 않았다. 또 말과 기병이 뒤엉켜 피로 얼룩진 도랑에 놓여 빛을 잃은 월계관을 들어 올리지도 않았다. 하지만 나는 그녀에게 영국의 이 소중한 자식들이, 사병과 장교를 가리지 않고, 마치 아침 추격에 나선 사냥꾼들처럼 모든 장애물을 가뿐하게 뛰어넘었다고 말해 주었다. 나는 그들이 어떻게 말을 몰아 죽음의 안개 속으로 돌진하여 (그녀에게가 아니

라 나 스스로에게 말하길) 그들의 젊은 목숨을 당신 ― 오,
어머니 영국! ― 앞에 기꺼이 내려놓았으며, 여느 때처럼
― 어린 시절 온종일 뛰어논 뒤 피곤한 머리를 엄마의 무
릎에 얹고 쉬거나 팔에 안겨 잠들었을 때처럼 ― 즐겁게
그들의 고귀한 피를 쏟았는지를 이야기했다. 23기병 연대
가 교전에 두드러지게 참여했음을 안 뒤에도 그녀가 아들
의 안위에 대해 두려워하지 않는 듯 보여 기이했다. 그러
나 그녀는 그의 연대가, 따라서 그가 이 힘든 전투에서 탁
월한 공훈을 ― 이 공훈 덕에 그들은 런던 사람들의 화제
에서 최우선 순위를 차지하고 있었다. ― 세웠다는 데 너
무나 도취된 나머지, 단순히 열정적인 성정의 발로로 두
팔을 내 목에 둘렀다. 그리고 그 가여운 여인은 내게 키스
했다.[16]

1. 니콜라 장드듀 술트(Nicolas Jean-de-Dieu Soult)는 스페인, 포르투갈, 영국 연합군과 나폴레옹의 군대가 맞붙은 반도전쟁(Peninsular War, 1808–14)에서 프랑스군 사령관이었고, 워털루전투에서 나폴레옹의 참모장이었다. 그는 나폴레옹의 몰락 이후 왕당파로 변신해 세 번이나 총리를 지냈다. 또 1838년 6월 빅토리아 여왕의 대관식에 프랑스 대표로 참석했고, 같은 해 7월에 맨체스터를 방문했을 때는 예포가 발사되는 열렬한 환대 속에 상공회의소와 산업 시설 등을 돌아보았다. 술트는 반도전쟁 당시 전사한 영국군 사령관을 예우를 갖추어 묻어 주었고 영국군 포로에게 대체로 관대했기 때문에 영국인들은 그에 대해 호의적인 감정을 갖고 있었다.

2. 포르투갈 북부에서의 패주란 1809년 술트가 웰링턴에게 패전한 2차 포르투 전투를 가리킨다. 이로 인해 술트는 포르투갈에서 길고 힘든 퇴각을 했다. 1811년 알부에라 전투에서 영국, 포르투갈, 스페인 연합군은 프랑스군에게 승리했지만 양측 모두가 큰 희생을 치러야 했다.

3. 롬바드 스트리트는 런던의 금융 중심가인 '시티 오브 런던'에 있다. 영국 우정부는 1829년 롬바드 스트리트에서 세인트 마틴스 르 그랜드(St. Martin's-le-Grand)로 이전했다.

4. 드 퀸시는 1831년 『블랙우즈

매거진』에 게재한 에세이에서 이렇게 썼다. "이 세상에서 한 나라가 하나의 가슴과 하나의 영혼을 가진 적이 있었다면, 그것은 곧 1803년 봄의 영국이었다." 『토머스 드 퀸시 저작집: 8권』, 92쪽.

5. 1812년 웰링턴은 스페인 남서부의 바다호스 요새를 공격하여 점령했고 같은 해 살라망카 전투에서 대승했다.

6. 드 퀸시가 만들어 낸 가상의 인물로 보인다.

7. 로마 시를 관통하여 흐르는 강으로, 로마제국이 탄생한 요람이다.

8. 원래 허트퍼드셔의 한 마을 이름이었다. 1965년 이후로 런던 행정구역의 일부가 되었다.

9. 1792년 창간된 런던의 석간신문.

10. 옛날 영국인들은 전투를 앞둔 전사가 비정상적일 정도로 사기가 높거나 평상시의 기질과 달리 들뜬 모습을 보이는 경우, 이것이 그에게 죽음이나 큰 재앙이 다가온다는 초자연적인 전조라고 믿었다.

11. 선명한 파란빛을 지속적으로 내는 불꽃으로 해난 신호나 무대조명으로 쓰인다.

12. "벵골 불꽃을 받은 초록색[월계관]은

변모되고 고양되어 거의 신성한
분위기를 띠었음을 언급해야겠다."
1854년 판본에 추가된 주석.

13. 1809년 7월 27-8일 웰링턴은 스페인
중부의 탈라베라에서 프랑스군에 승리를
거두었지만 많은 사상자를 냈고, 곧
포르투갈로 다시 후퇴해야 했다.

14. 탈라베라 전투에서 영국군의
돌격에 대한 드 퀸시의 설명은
일부분 윌리엄 프랜시스 패트릭
네이피어(William Francis Patrick
Napier)의 『반도전쟁사(History of
the War in the Peninsula)』(1828-40)
2권 175-6쪽을 참조한 것으로 보인다.
"아서 웰즐리 경은 23기병 연대와 1
독일 경기병 연대로 구성된 앤슨의
기병대에 적의 종대 선두를 향한 돌격
명령을 내렸다. 이에 기병대는 구보로
출발해서 점점 속력을 높여 적을 향해
돌진해 들어갔으나, 마지막 순간에
멀리서는 눈에 띄지 않았던 움푹 꺼진
구덩이를 만나게 되었다. 프랑스군은
방진을 이루어 일제 사격을 개시했다.
경기병대를 지휘하던 아렌스트칠드
대령은 전선에서 40년간 닦은 노련한
기술을 발휘해 그 가장자리에서 말을
세우고, 서툰 영어로 '내 부하들을 죽이지
않겠다.'라고 외쳤다. 그러나 영국군의
피는 그보다 뜨거웠다. 시모어 대령이
지휘한 23기병 연대는 구덩이를 향해
거칠게 돌진해 들어갔고, 사람과 말 들이
겹겹이 쓰러지며 무시무시한 아수라장이
빚어졌다 (…) 죽거나 잡히지 않은

이들은 바스쿠르의 스페인군 사단에
다다를 수 있었다. 207명, 혹은 교전에
참가한 인원 중 반수에 이르는 병사와
장교가 그 자리에서 전사했다."

15. '피의 밭.' 신약성서 「사도행전」 1장
19절.

16. 『블랙우즈 매거진』에 첫 번째로
게재되었던 원고는 여기서 끝난다.

갑작스러운 죽음의 환영

(독자 여러분은 「갑작스러운 죽음의 환영」과 「꿈의 푸가」의 두 부분으로 이루어진 이 글이 『매거진』 10월 호에 실린 앞의 글, 「영국의 우편 마차」와 연결됨을 알게될 것이다. 이 글의 최종 목표[1]는 궁극의 음악적 노고와씨름하여 거대한 형태의 격정적 공포를 다루어 보려는데 있었고 이것이 바로 「꿈의 푸가」였다. 「갑작스러운 죽음의 환영」은 실제로 일어난 우편 마차 사고를 담고 있으며, 이 사고는 실제로 「푸가」에 포함된 '꿈'의 변주들과 여기 수록되지 않은 다른 변주들을 제시했다. 맨체스터발 글래스고행 우편에서 겪은 무서운 경험에서 유래한이 인상들은, 앞의 글에서 전개한 대로 영국 우편과의 오래고 친숙한 경험에서 유래한 좀 더 보편적인 다른 인상들과 결합되어 있다. 이는 예컨대 동물적 아름다움과 힘에 대한, 당시에는 유례가 없던 빠른 움직임에 대한, 정부그리고 국가적 공무와의 연관성에 대한, 그러나 무엇보다도 미증유의 위기에 거둔 국가적 승리와의 연관성에 대한, 즉 그런 모든 뉴스를 발표하고 전파하는 특권적 기관인 우편에 대한 인상들을 가리킨다. 워털루를 푸가의 네번째 주제로 도입한 것은 우편의 이런 기능에서 자연스럽게 이어진 일이다. 「환영」의 사건에 의해 우편 마차가 꿈속으로 들어오면서, 이 국가적 마차에 수반된 장려하고

259

장엄한 온갖 주변 정황들도 주된 이미지의 연쇄 고리 속
으로 자연스럽게 따라 들어왔다.)

갑작스러운 죽음을 어떻게 생각해야 할까? 어떤 사회 환
경에서는 이것이 지상에서 쌓은 경력의 극치로 여겨지
며 가장 열렬한 갈망의 대상이 되고, 다른 한편으로는 그
무엇보다도 피해야 할 극치로 여겨진다니 놀라운 일이
다. 독재자 카이사르가 암살되기 전날 저녁 최후의 만찬
(*caena*) 자리에서, 누군가 가장 바람직한 죽음의 방식에
대한 그의 의견을 물어 보았다. 이에 그는 '최대한 갑자기
죽는 것'이라고 대답했다.[2] 반면, 우리 영국국교회의 거룩
한 호칭기도는 하느님 앞에 엎드린 모든 인류를 대표하
여 탄원하며 그러한 죽음을 공포의 선두에 자리매김한다.
"벼락과 폭풍에서, 역병과 기아에서, 전쟁과 살인에서, 급
사에서 ― 주여 우리를 구하소서."[3] 거대한 재앙들이 점
증하며 고조되는 이 기도에서, 급사는 저주의 맨 끝에 배
치되어 그 극치를 완성하고 있다. 그러나 로마인 중에 가
장 고귀한 자는 이를 최고의 축복으로 여겼다. 대다수 독
자들은 이 차이에서 기독교와 이교의 차이점 이상을 보지
못할 것이다. 그러나 여기서 나는 주저한다. 갑작스러운
죽음에 대한 기독교 교회의 생각은 옳을지도 모른다. 그
리고 비록 노쇠와 병약으로 죽더라도 삶으로부터 조용히
물러나길 소망하는 건 자연스러운 감정이다. 그것이 묵상
과, 참회의 회고와, 고별 기도의 겸허함과 가장 조화를 이

루는 듯 보이기 때문이다. 그러나 이 국교회 호칭기도의 진실한 탄원이 곧 성서에 입각한 것이라는 증거는 내 머리에 떠오르지 않는다. 이는 인간의 경건함에서 나왔다기보다는 인간의 유약함에 굴복한 탄원처럼 보인다. 그리고 어떤 경우든, 냉혹한 미신으로 빠져들 수 있는—아니 이미 미신이 된—교리에 조심스럽게 제동을 거는 두 가지 소견을 제시할 수 있다. 첫째로, 많은 이들이 급사의 공포(나는 그러한 죽음을 겪는 사람의 주관적인 공포가 아니라 그러한 죽음에 대해 생각하는 사람의 객관적인 공포를 말하고 있다.)를 과장하는 까닭은 우연한 사고에 의해 특정한 말이나 행동이 그의 마지막[4]이 되었다는 이유로 그 말이나 행동을 강조하는 잘못된 경향 때문이다. 예를 들어 누가 중독으로 급사하면 그 죽음은 특별히 무시무시한 것으로 잘못 받아들여진다. 마치 술이나 약물 중독이 갑자기 신성모독으로 승격된 것처럼 말이다. 그러나 이는 철학적 논리에 어긋난다. 그 사람은 상습적인 중독자였을 수도 있고 아니었을 수도 있다. 만약 그의 중독이 순전히 우연한 사고였다면 이 행동을 특별히 강조할 이유는 전혀 없다. 그것이 그의 마지막 행동이 된 건 순전히 불운 탓이기 때문이다. 또 그것이 우연이 아니라 그의 상습적 일탈 행동 때문이었다 해도, 그에게 어떤 갑작스러운 재앙이 닥쳐서 그 상습적 일탈 행동이 그의 마지막 행동이 되었다는 이유로 그 행동이 더 상습적이 되거나 더한 일탈이 될 것인가? 만약 그가 자신의 갑작스러운 죽음을 희미하게라도 예견할 이성을 가질 수 있었다면, 혹시 자기가 하느님 곁으로 갈지도 모른다고 느끼는 사람들이 그러하 듯, 그의 무절제함에는 — 무례함과 불손함이라는 — 새로 운 특징이 추가되었을 것이다. 그러나 이는 여기서 말하 는 경우에 해당되지 않는다. 그리고 이 사람의 행동에 추 가된 유일한 새로운 요소는 특별히 비도덕적인 요소가 아 니라 특별히 불운한 요소일 뿐이다.[5]

또 한 가지 지적할 점은 갑작스러운(*sudden*)이라는 단어의 의미에 대한 것이다. 그리고 이는 우리가 단어들 의 뜻을 엄밀히 인식해야 할 임무가 있음을 힘 있게 보여 주는 예이기도 하다. 말하자면 카이사르와 기독교 교회가, 서로 다르다고 가정되는 측면에서 실제로는 다르지 않다 는 것이다. 양측이 다른 건 죽음이 갖추어야 할 도덕적 특 성을 바라보는 이교와 기독교의 관점 즉 교리의 차이 때 문이 아니라, 그들이 서로 다른 경우를 염두에 두고 있기 때문이라는 것이다. 둘 다 폭력적인 죽음 — '비아타나토 스($\beta\iota\alpha\theta\alpha\nu\alpha\tauο\varsigma$)', 즉 '비아이오스($\beta\iota\alphaο\varsigma$)'한 죽음[6] — 을 염 두에 두고 있다. 그러나 둘의 차이는, 이 로마인이 말한 '갑작스러운'이라는 단어는 오래 끌지 않는 죽음을 의미 하는 반면, 기독교 호칭기도의 '갑작스러운'이라는 단어는 예고 없는, 따라서 부르심을 받고 종교적 준비를 할 수 없 는 죽음을 의미한다는 데 있다. 항명으로 처형되는 불쌍 한 군인에게 전우들이 동정심을 발휘하여 그가 열두 자루 의 화승총에서 발사된 총알을 한꺼번에 심장에 맞고 쓰러지게끔 배려할 때, 그는 카이사르의 의미로 가장 갑작스러운 죽음을 맞는다. 단 한 번의 충격, 단 한 번의 심한 경련, 단 한 번의 (아마도 한 번만은 아닌) 신음으로 모든 것은 끝난다. 그러나 호칭기도의 의미로 볼 때 그의 죽음은 전혀 갑작스럽지 않다. 그의 항명과 구금, 재판, 사형선고와 집행 사이의 시간들 모두가 그의 운명에 대한 경고를 전달해 준다.— 이 시간에 그에게는 부르심을 받고 엄숙한 준비와 함께 자신의 운명을 맞이할 수 있는 시간이 주어진다.

한편, 어떤 형태의 죽음이 불가피한 경우, 단순히 죽음의 방식 중 하나로서 무엇을 갑작스러운 죽음으로 여기든 간에 — 이는 로마와 기독교적 의미 모두에서 사람들 각자의 기질에 따라 다양하게 답할 수 있는 질문이다.— 갑작스러운 죽음의 한 가지 측면에 대해서는 확실히 의심의 여지가 있을 수 없다. 즉 갑작스러운 죽음을 모면할 다급하고도 미미한 기회가 주어지는 (혹은 주어지는 듯 보이는) 상황에서 그것이 닥치는 경우, 이는 인간이 겪을 수 있는 모든 고통 중 가장 무서운 고통이며 인간의 감수성에 가장 소름 끼치는 수난이라는 것이다. 이를 모면하기 위한 모든 노력은 직면한 위험만큼이나 다급하게 행해져야 한다. 그러나 한 가지 특별한 경우, 즉 그 고통스러운 호소가 자기 보존의 본능만이 아니라 우연히 나의 보호 아래 놓인 나 이외의 다른 생명을 염려하는 양심을 향하고 있을 경우에는, 그것마저도, 즉 모든 서두름이

263

헛되며 실패로 돌아갈 것처럼 보이고 너무 늦었다는 무서운 조종이 이미 귓가에 울리고 있을 때 극도로 서둘러야 할 끔찍한 당위, 그 고통마저 더더욱 끔찍하게 격화되고 만다. 이에 비하면 단순히 나 자신을 위해 애쓰다가 실패하거나 쓰러지는 일은—실은 전혀 사소한 일이 아니지만—사소해 보인다. 그러나 타인—삶과 죽음의 문턱에서 몸서리치는 동료 피조물—의 최종적 운명이 신의 섭리에 의해 별안간 자신의 손에 던져졌을 때 실패하는 일이란, 양심을 느낄 수 있는 사람에게는 극악무도한 범죄의 고통과 피비린내 나는 재난의 고통을 한데 섞는 일이다. 그 사람은 죽음의 부름을 받을 가능성이 너무나 높다. 그러나 언제고 쓰러지는 순간 그는 스스로를 살인자로 자책하면서 죽게 될 것이다. 그가 힘을 써 볼 수 있는 시간은 눈 깜빡할 사이[7]에 불과했고, 그 노력도 기껏해야 무위로 돌아갔을 것이다. 그러나 그가 대역죄에 준하는 비겁(*lâcheté*)으로 인해 이 실낱같은 기회를 잡지 못하고 물러섰다면 어찌 되었겠는가? 노력해 봤자 희망이 없을지도 모른다. 그러나 그런 노력을 하는 수준까지 올라갔다는 사실만으로 그는 구원될 것이다. 죽음에서 구원될 수는 없겠지만, 자기 의무를 배신한 자로서 죽음을 맞는 일만은 피할 수 있을 것이다.

여기서 고찰한 상황은 인간 본성의 저 깊은 곳에 숨은 무시무시한 궤양을 드러낸다. 인간이 이런 끔찍한 시험에 소환되는 일이 일반적이지는 않다. 그러나 이러

264

한 시험은 잠재적으로 또 어슴푸레한 윤곽을 띤 채 아마
도 모든 인간의 본성 밑에서 꿈틀대고 있다. 어떤 세계에
서는 지하에 숨어 우르릉대고, 또 어떤 세계에서는 현실
로 일어난다. 이러한 시험은 아마도 우리 모두가 꾸는 꿈
의 은밀한 거울에 간간이 컴컴하게 투영된다. 어린 시절
에 매우 친숙했던 저 사자를 만나는 꿈, 희망과 생명의 에
너지가 무기력하게 탈진하여 그 사자 앞에 드러눕고 마
는 끝없는 꿈[8]은 인간 본성의 은밀한 나약함을 폭로하
며 — 깊숙이 자리 잡은, 인간 본성 자체에 대한 천민적
기만을 드러내고 — 그 지독한 배신을 증언한다. 아마 우
리 중 누구도 이 꿈을 피해 갈 수 없을 것이다. 인간이 지
닌 모종의 슬픈 운명에 의해, 이 꿈은 모든 세대에 속한
모든 인간 앞에 에덴에서 행해진 최초의 유혹을 거듭 재
연할 것이다. 이 꿈에서 우리 모두는 저마다 개인의 의지
가 허약한 지점에 미끼를 하나씩 두고 있다. 그를 또다시
파멸의 사치로 끌어들일 덫이 준비된다. 태초의 낙원에서
그러했듯이 인간은 순수한 상태에서 또다시 타락한다. 태
고의 대지는 다시금 비밀의 동굴들을 통해 그 자녀들의
나약함을 하느님께 호소하며 이 호소는 무한히 되풀이된
다. "제자리에서 만물을 통하여 탄식하는 자연은" 다시금
"모든 것이 상실되었다는 비통한 징표를 드러낸다".[9] 그
리고 다시금 이에 대응하여, 슬픔에 찬 천상에서는 하느
님에 맞선 끝없는 배반에 대한 탄식이 되풀이된다. 많은
이들은 우리 인류의 가부장인 한 인간이 혼자 힘으로 모

든 인류를 대표해 이런 배반을 자행할 수는 없었으리라 여긴다. 어쩌면 그들이 틀렸을 수도 있다. 하지만 그렇지 않더라도, 어쩌면 우리 모두가 꿈의 세계에서 스스로 원죄를 승인하는지도 모른다. 영국국교회에서는 이성이 깨어나는 나이가 되면 '견진성사'를 치름으로써 잠에 빠져 있던 유아기 때 맺어진 계약을 스스로 짊어진다.— 이 얼마나 숭고한 의식인가! 아기가 하느님의 빛나는 얼굴을 대하는 동안 그 요람이 조용히 놓여 있던 작은 뒷문은, 불현듯 승리의 아치를 이루며 구름 위로 솟아오른다. 군기들이 내걸리고 전투 행렬이 줄을 잇는 가운데, 우리는 개인의 선택과 성사의 맹세에 의해 하느님을 위해 싸우는 성전에 참전한 전사로서 이 아치를 통해 두 번째로 입성한다. 실제로 견진성사를 받는 이들은 저마다 이렇게 말한다. "아! 저는 다시 세례를 받습니다. 그 옛날 저를 대신하여 서약되었던 것을 이제는 저 스스로 서약합니다." 어쩌면 꿈속에서도, 한밤에 잠든 이의 — 잠깐 의식 위로 떠올랐다가 모든 것이 끝나자마자 기억의 어둠 속으로 들어가는 — 어느 비밀스러운 내면의 갈등 밑에서, 우리 불가사의한 인류의 몇몇 아이들은 태초의 타락을 스스로 완성할 것이다.

내가 맨체스터 우체국을 향해 가고 있을 때는 자정이 훌쩍 넘어 있었다.[10] 그러나 돌출한 집들 사이의 어둠을 뚫고 빛나는 우편의 화등잔만 한 눈을 본 순간 나는 아직 마차를 놓치지 않았음을 깨달았고, 아침까지 웨스트모

266

얼랜드에 꼭 도착해야 했기에 한시름 놓았다. 출발 시간
은 이미 지나 있었지만, 무슨 행운인지 우편은 아직 출발
할 준비조차 안 된 상태였다. 내 경험으로 볼 때 이는 매
우 드문 일이었다.[11] 나는 브리지워터 암스 선술집에서 그
랬듯이 내 망토를 놓아 둔 마부석 옆의 내 자리로 올라갔
다. 내가 망토를 거기 놓아 둔 것은, 해상 탐험가들이 자기
가 발견한 해안에 깃발을 남겨 전 인류에게 이 땅에서 뜰
것을 경고하고 자기가 이 처녀지에 자신의 왕좌를 영원히
심었음을 모든 기독교와 이교도 세계에 삼가 표시하는 행
동을 본뜬 것이었다. 이는 지금 이 순간 이후 그 땅 위로
상공 맨 꼭대기까지의 소유권(*jus dominii*)과 그 땅 밑으로
지구 중심까지 이르는 수직 축의 소유권을 주장하는 표시
였다. 따라서 이 경고 이후에 그 땅 위의 상공에 떠 있거
나 그 땅 밑의 지하를 더듬거나 그 땅의 지표면을 점유한
모든 사람은 무단 침입자로 취급되어 — 그 가장 충직하
고 충실한 종복, 즉 앞에서 말한 깃발의 주인에 의해 참수
될 것이다. 나의 망토가 존중받지 못하고 나 개인에 대해
만민법(*jus gentium*)이 무참히 침해되었을 가능성도 있었
다. 어둠 속에서 사람들은 컴컴한 짓들을 저지르며 가스등
은 도덕성의 든든한 우군이기 때문이다. 하지만 이날 밤에
는 나 말고 바깥에 탄 승객이 아무도 없었다. 그렇지 않았
으면 십중팔구 일어났을 범죄는 범죄자의 부재로 인해 불
발되었다. 그건 그렇고, 내가 들려줄 이야기의 효과를 위
해서는 상황의 정확성이 중요하기 때문에, 앞으로 이 우

267

편에 대한 모든 묘사에는 경호원과 마부와 나 자신을 제외하면 단 한 명 이외의 다른 사람이 등장하지 않음을 이 시점에서 언급하는 게 좋겠다. 그는 세간에는 실내 승객이라는 이름으로 알려졌으나, 그리스인을 자처하는 젊은 옥스퍼드 학생들은 자신들과 대비해 때로 '트로이인' 또는 '해충'이라고 부르는 불쾌한 부류의 피조물이었다. 스스로 교양 있다고 자부하는 투르크의 에펜디[12]는 돼지라는 말을 절대 입에 올리지 않는다. 그러나 그가 이 동물을 언급해야 하는 경우는 너무나 빈번하게 생긴다. 스탐불[13]의 거리에서는 그의 다리 사이로 뛰어다니는 이 불결한 피조물에 의해 바지가 흐트러지거나 오염되는 일이 끊임없이 발생하기 때문이다. 그러나 아무리 다급한 상황에서도, 그는 함께 식사 중인 일행을 배려하여 이 혐오스러운 이름을 언제나 조심스럽게 삼가고 그놈을 '저 다른 피조물'이라고 부른다. 마치 그 이외의 모든 동물들이 하나의 범주를 이루고 이 혐오스러운 동물(크리시포스의 말에 따르면 소금 구실을 하기 위해 영혼이 존재하는 동물)[14]은 따로 창조된 이방의 범주를 이루는 것처럼 말이다. 그러니 영국의 에펜디로서 그 어떤 오스만의 아들 못지않게 교양을 갖추었다고 자부하는 나는, 실내 승객을 그의 역겨운 본래 이름으로 언급한 데 대해 독자의 양해를 구한다. 앞으로는 그런 일이 없을 것이다. 그리고 만약 그토록 괴로운 대상을 쳐다보아야 하는 경우에는 언제나 그를 '저 다른 피조물'이라고 일컬을 것이다. 하지만 그런 딱한 일은 부디 일어나지 않길 바라도록 하자. 그런데 딱한 일은 바로 이 순간 일어난다. 우리가 이야기를 시작하면 독자는 분명히 이렇게 물을 터이기 때문이다. "그 다른 피조물도 거기 있었나요?" 그는 거기에 없었다. 아니 좀 더 정확히 말하면, 그것은 거기 없었다. 우리는 맨체스터에서 출발하고 채 10마일도 안 가서 그 피조물을 ― 혹은 그 피조물이, 타고난 우둔함으로 인해 스스로를 ― 길에 떨어뜨렸다. 후자의 경우와 관련하여 나는 어떤 교훈적 경향에 대한 철학적 언급을 하고자 한다. 나나 독자 여러분이 죽을 때 ― 그 원인은 사인으로 이름 높은 열병이라고 가정하자. ― 실제로 우리가 열병 때문에 죽었는지 의사 때문에 죽었는지는 절대로 알 수 없을 것이다. 그러나 이 다른 피조물은, 마차 밖으로 떨어진 경우 검시관의 검시 대상이 되는 특권을 누릴 것이며 그 결과로 묘비명도 갖게 될 것이다. 내가 주장하건대 검시배심[15]의 평결이야말로 가장 훌륭한 묘비명이기 때문이다. 이는 모든 대중이 읽을 시간을 낼 수 있을 정도로 짧다. 또 이는 남은 친구들이 (누구든 그러한 상실을 딛고 살아남을 수 있다면) 기억하기에 피곤하지 않게끔 함축적이다. 또 이는 존슨스 박사[16]와 악당들이 허점을 찾아낼 수 없게끔 법정의 선서에 의거한다. '달밤에 글래스고 우편의 우측 뒷바퀴에 부딪치는 지극히 멍청한 재난에 의해 사망. 상기의 바퀴에 부과된 벌금은 ― 2펜스.'[17] 얼마나 단순하고도 정교한 명문(銘文)인가! 우측 바퀴 하나를 제외하고는 어느 누구도 큰 과

269

실이 없다. 지인들의 이름이 나열되지도 않았다. 그리고 혹여 정선된 라틴어로 번역된다면, '우측 바퀴'에 해당하는 키케로 풍의 장중한 단어를 찾는 일이 좀 성가시겠지만 장례 수사법의 대가인 모르셀루스[18]보다 더 훌륭한 것을 내놓을 사람은 없겠다. 내가 이 별것 아닌 이야기를 교훈적이라고 한 까닭은 이 이야기가 가리키는 보상 때문이다. 가정하자면 여기, 한편에는 저 다른 피조물, 세상의 짐승이 있다. 그는 (혹은 그것은) 묘비명을 얻는다. 그와 반대로 우리 친구들의 자랑인 여러분과 나는 아무것도 얻지 못한다.

그런데 왜 해충 따위의 주제를 놓고 꾸물대고 있는가? 마부석에 오른 나는 아편팅크를 약간 마셨다. 나는 런던을 70마일 지난 지점에서 간단한 아침만 먹고 이미 250마일을 여행한 터였다. 아편팅크를 복용하는 건 전혀 유별난 일이 아니었다. 그러나 우연히도 이는 마부석에 배석한 사람, 그러니까 마부의 특별한 주목을 끌었다. 그리고 그것 역시 전혀 유별난 일이 아니었다. 하지만 우연히도, 또 기쁘게도, 그 덕분에 나는 마부가 몸집이 괴물같이 크며 애꾸눈이라는 사실에 주목하게 되었다. 사실 베르길리우스는 다음과 같은 말로 그를 예언한 바 있다.

"끔찍하고 추하고 거대하고 시력을 상실한 괴물."[19]

270

그는 모든 면에서 이 예언에 부합했다. — 그는 무시무시하고 추하고 거대하고 한 눈을 잃은 괴물이었다. 하지만 왜 그것이 나를 기쁘게 만들었을까? 그가 『아라비안나이트』에 나오는 칼란다르[20] 중 한 명이었고 한 눈을 금지된 호기심의 대가로 치른 거라면, 그의 불운에 내가 무슨 권리로 기뻐 날뛴단 말인가? 나는 기뻐 날뛰지 않았다. 나는 그누가 받은 처벌에 대해서도 기뻐하지 않았다. 받아 마땅한 처벌이라도 말이다. 그러나 이런 개인적 특징들 덕분에, 나는 가장 노련한 우편 마부로서 남부 지방에서 수년간 알고 지낸 오랜 친구를 곧바로 알아볼 수 있었던 것이다. 유럽을 통틀어, 그는 예언자와 스무 명 성인의 가호를 받으며 육두마차를 전속력으로 몰아 '알 시라트(*Al Sirat*)'[21] — 바닥없는 심연 위에 놓인 마호메트의 유명한 다리 — 를 건널 수 있는 유일한 사람이었다. 나는 그를 '채찍을 든 키클롭스(*Cyclops mastigophorus*)'라고 부르곤 했다. 하지만 그의 기술이 뛰어나서 채찍은 선두마의 머리 근처에서 버릇없이 맴도는 파리를 쫓는 데 말고는 쓸모없다는 것을 깨달은 뒤로, 나는 그의 그리스식 이름을 '전차를 모는 키클롭스(*Cyclops diphrélates*)'로 바꾸었다. 나와 내가 아는 다른 이들은 그의 문하에서 전차술(*diphrelatic art*)을 연마했다. 독자여, 너무 고품격이라 현학적인 단어를 용서해 주길 바란다. 그리고 다음의 말을 '우정의 맹세(*gage d'amitié*)로 받아들여 주길 바란다. 차이를 뚜렷이 밝힘으로써 논리의 정확성을 뒷받침하는 말, 이해를 돕기 위해 빈틈을 메우는 말은 현학적이었던 적이 없으며 그럴 수도 없다. 나는 수업료를 추가로 지불했지만, 학생으로서 그에게 그리 높은 평가를 받았다고 할 수 없다. 그가 나의 재능을 알아보지 못한 것은 그의 (안목이 아닌) 완고한 정직성을 드러낸다. 우리는 그가 한쪽 눈이 없다는 사실을 기억하고 이 특수한 문제에 대한 그의 불합리한 처사를 용서해 주어야 할지도 모른다. 그것이 그를 내 재능에 눈멀게 만들었다. 내 재능에 눈멀었다는 것만큼이나 짜증스럽게도 (그게 질투였을리는 없지 않은가?) 그는 언제나 나와의 대화를 청했고, 대화술에서만큼은 내가 확실히 그를 제압했다. 어쨌든 그때 우리의 만남은 크나큰 기쁨이었다. 그런데 키클롭스가 여기서 무엇을 하고 있었을까? 북부 지방의 공기가 좋다고 의사가 추천한 것일까? 아니면 어떻게? 그가 자진해서 내놓은 설명을 종합해 볼 때 그는 랭커스터에 계류 중인 어떤 소송에 휘말려 있는 것 같았다. 그래서 아마도 그는 자기 직업에 계속 종사하면서 재판에 바로바로 응할 수 있도록 이쪽으로 근무지를 옮겨 온 것 같았다.

그런데 우리는 여기에 뭘 하려고 멈춰 있는 것인가? 분명 우리는 충분히 오래 기다렸다. 오, 이 꾸물거리는 우편, 이 꾸물거리는 우체국 같으니! 그들은 나한테서 이 주제에 대한 교훈을 얻을 수 없단 말인가? 몇몇 이들은 내가 잘 꾸물댄다고 한다. 독자여, 이제 당신이 증인이다. 나는 그들을 위해 제시간을 맞추어 주었다. 하지만 그들은 나를 위해 제시간을 맞추었다고 가슴에 손을 얹고 말할 수 있는가? 나는 살아오면서 우체국을 위해 자주 기다려 주었지만, 우체국은 나를 위해 단 1분도 기다려 준 적 없다. 그들은 뭘 하고 있는 것인가? 경호원은 악천후로 지연된 정기 우편선과 전쟁[22] 때문에 그날 밤 해외 우편물이 대량으로 적체되었다고 말해 주었다. 당시만 해도 아직 우편에 증기선이 도입되지 않았기 때문이다.[23] 추가로 한 시간이 흐른다. 그동안 우체국은 우편물들을 타작해서 모든 열등한 중소 도시로 가는 겉겨를 털어내고 글래스고행 순수한 밀만을 정제해 내고 있는 듯하다. 이 순간 우리는 도리깨질 소리를 들을 수 있다. 그러나 마침내 그 작업도 끝난다. 경호원은 뿔나팔을 불라. 맨체스터여 안녕! 우리는 우체국에서 그대들이 벌인 범죄행위로 인해 한 시간을 지체했다. 그래도, 비록 내가 불만을 품을 만한 편리한 구실을 포기할 생각은 없으며 말들 입장에서는 정말로 그러하긴 하지만, 이것은 내게 남몰래 유리하다. 우리가 앞으로 여덟아홉 시간 내에 이 마지막 한 시간을 만회하려면 더 빠른 속도로 달려야 하기 때문이다. 결국 우리는 시속 11마일의 속도로 출발했다.[24] 그리고 출발하면서 내가 확인했을 때까지만 해도 키클롭스의 기운이나 기술은 변치 않았다.

당시 맨체스터에서 웨스트모얼랜드의 (법적으로는 아니지만) 실질적 수도인 켄들까지는 한 번에 11마일씩 총 일곱 구간을 거쳐야 했다. 맨체스터에서 다섯 구간을 거치면 랭커스터에 도달하며, 따라서 그곳은 맨체스터에서 북쪽으로 55마일, 리버풀에서도 정확히 같은 거리만큼 떨어져 있다. 처음 세 구간을 거치면 (동명의 다른 도시와 구별하기 위해 자랑스러운 프레스턴이라고 일컬어진) 프레스턴에 도달한다. 리버풀과 맨체스터에서 각각 북쪽으로 올라오는 도로가 이곳에서 합류한다. 이 첫 세 구간에 그날 밤 우리 모험의 처음과 중간과 끝이 놓여 있었다. 첫 구간을 거치는 동안 나는 키클롭스도 나약한 인간임을 깨달았다. 그는 졸음의 인상적인 영향력에 쉽게 휘둘렸던 것이다. — 이는 내가 전에는 알아차리지 못했던 사실이었다. 마부가 졸음이라는 나쁜 습관에 중독되면, 아폴로 신의 온갖 전차 기술과 그의 의지에 따라 움직이는 아우로라의 말들[25]조차 무용지물이 된다. "오, 키클롭스!" 나는 여러 번 소리쳤다. "키클롭스, 내 벗이여, 그대는 인간이구려. 그대는 코를 골고 있구려." 첫 11마일 동안 그는 — 말하기 슬프지만 그가 모든 이교의 신들과 공유한 — 나약함을 잠깐잠깐 내비쳤다. 잠이 깬 그는 변명을 늘어놓았고, 이는 문제를 바로잡기는커녕 다가오는 재앙의 불길한 기초를 놓았다. 그는 지금 랭커스터에서 여름 순회재판이 진행 중이라 3일 낮 3일 밤 동안 침대에 눕지 못했다고 했다. 낮 동안에는 그가 관련된 재판의 증인으로서 언제 올지 모르는 소환을 기다리거나 변호사들의 매서운 감시 아래 다른 증인들과 술을 마셨다. 또 밤에는, 아니 주흥에 취하고픈 유혹이 가장 적은 밤 시간에는 마차를 몰았다. 두 번째 구간을 거치는 동안 그는 점점 더 졸음이 쏟아지기 시작했다. 세 번째 구간의 2마일째를 달릴 때 그는 마침내 그 위태로운 유혹에 저항 없이 굴복하고 말았다. 지금껏 그가 시도한 모든 저항은 이 마지막 압박의 무게를 더욱 가중시켰을 뿐이다. 잠의 공기가 그를 일곱 겹으로 에워쌌다. 그리고 이를 완성하기라도 하듯, 우리의 고명하신 경호원은 「장미꽃에 싸인 사랑」[26]을 오륙십 번쯤 부른 다음—키클롭스도 나도 노래를 따라 부르지 않았고 그의 가엾은 노고에 박수를 치지도 않았다.—울적한 기분으로 잠들었다. 마부만큼 깊은 잠에 빠진 건 분명 아니었지만, 충분히 화를 초래할 만큼 깊은 잠이었고 짐작건대 비슷한 변명의 여지도 없었다. 그리고 마침내 프레스턴을 약 10마일 남겨 놓은 지점에서, 나는 시속 11마일로 달리는 폐하의 런던발 글래스고행 우편을 혼자서 책임지게 되었음을 깨달았다.

이러한 부주의가 생각보다 가벼운 범죄가 된 것은 바로 순회재판 기간의 야간 도로 상황 덕택이었다. 이때만 되면 거대한 인구를 자랑하는 리버풀과 맨체스터, 또 역시 인구가 많고 면적이 넓은 그 주변 시골 지역의 모든 법률 업무들이, 고릿적 관습에 따라 코딱지만 한 랭커스터의 재판소로 모조리 불려 올라갔다. 이 오랜 전통적 관습을 깨려면 강력한 기득권과 충돌을 불사해야 하고, 새로운 방식의 대규모 시스템과 새로운 의회 법령[27]을 도입해야 했다. 어쨌든 당시에는 1년에 두 번씩[28] 막대한 양의

275

업무가 주 남부에서 북부로 넘어갔기 때문에, 그 송달 업무를 처리하는 데만 판사 두 명의 격무로 최소 2주일이 소요되었다. 그 결과, 도로 주변 지역에서 업무에 동원할 수 있는 말이란 말은 소송과 관계된 수많은 사람들을 실어 나르는 데 죄다 동원되었다. 이렇게 사람과 말들이 완전히 소진되어 버린 탓에 해 질 무렵이면 길 전체가 적막해지곤 했다. 이웃의 드넓은 요크 주에서 선거철에 교통편이 고갈되는 경우를 제외하면,[29] 잉글랜드에서 이런 현상은 평소에 보기 힘들었다.

이때도 여느 때와 같은 적막과 고독이 길 전체에 감돌고 있었다. 단 한 차례의 발굽 소리나 바퀴 소리도 들려오지 않았다. 그리고 이 조용한 길에 대한 사치스럽고 잘못된 신뢰를 강화해 주기라도 하듯, 그날 밤은 어쩐지 유독 장엄하고 평화로웠다. 나 자신은 비록 위험이 닥칠 가능성을 다소간 인지하고 있었지만, 장대한 고요의 힘에 완전히 굴복하여 깊은 상념에 빠졌다. 때는 내 생일이 있는 8월이었다. 생일이란 사려 깊은 모든 사람들에게 엄숙하고 흔히 한숨을 품은 상념을 불러일으키는 기념일이다.* 또 이 주는 내가 태어난 고향이기도 했다.[31] 지금 이곳의 남부 지역에는, 태초에 내려진 노동의 저주 — 노예나 광산에서 노역하는 범죄자들의 몸만이 아니라 맹렬한 의지로 일하는 인간의 몸도 지배하는 — 가 고금에 알

---

* '한숨을 품은(Sigh-born)': 이 단어는 기랄두스 캄브렌시스의 아름다운 구절, 'suspiriosae cogitationes'에 대한 모호한 기억에서 유래한 것이다.[30]

276

려진 비슷한 규모의 어느 지역보다도 극심한 형태로 덮쳐 있었다. 같은 면적에 매일 그렇게 많은 인력 에너지가 투입되는 지역은 지구상 어디에도 없었다. 외지인의 눈으로 봤을 때, 이번 순회재판 철에도 쫓고 쫓기는 무시무시한 폭풍은 랭커스터를 하루 종일 들락날락 휩쓸고 주 전체를 위아래로 헤집어 놓은 뒤 해 질 무렵이면 어김없이 잦아들곤 했다. 이는 랭커셔주를 노동의 수도이자 성채로서 영원히 구분 지음과 동시에, 그와 대비되는 안식의 환영 — 인간 마음의 더 깊숙한 열망이 은밀한 피난처로서 끝없이 추구하는, 갈등과 슬픔에서 놓여난 거룩한 휴식의 환영 — 에 대한 감상적 상념을 불러일으켰다. 그런 상황에서 우리 왼편으로 비스듬히 바다가 다가왔고[32] 이 평온한 휴식의 상태는 더욱 깊어졌다. 바다와 대기와 빛이 이 우주적 소강(小康)의 관현악 파트를 담당했다. 이제 달빛은 새벽을 알리는 최초의 수줍은 떨림과 섞이고 있었다. 그리고 여기에 옅은 은빛 안개가 덮이면서 더더욱 아름다운 결합이 이루어졌다. 움직이지 않는 몽롱한 안개는 고르게 투명한 베일로 숲과 들판을 덮었다. 길 가장자리의 모래땅으로 달려 별로 소음을 일으키지 않는 우리 말들의 발굽 소리를 빼면 아무 소리도 나지 않았다. 구름 속도, 지상도 똑같이 장엄한 평화가 지배하고 있었다. 교사 악당들이 온갖 짓을 자행해 우리가 유아기에 품었던 숭고한 생각들을 훼손하려 안간힘을 썼어도, 우리는 대기권에 한계가 있다는 허튼소리를 믿지 않는다. 우리가 거짓을 가장한 입술로 무엇을 맹세하든 우리는 여전히 우리의 충직한 가슴을 믿으며, 지상과 천상의 중심 사이 완전한 심연에 대기의 장이 가로놓여 있음을 영원히 믿어야 한다. 아버지 집의 모든 방에 두려움 없이 발 디디는 아이들의 자신감으로, 때때로 이러한 밤에 한 시간가량 나타나는 안식의 환영 속에서, 우리는 슬픔에 찌든 지상의 들판으로부터 하느님의 발치까지 가벼운 발걸음으로 올라간다. 아버지의 집에서 이 아이들에게 닫힌 문이란 없다.

길 저편에서 무슨 움직임을 알리는 듯한 둔탁한 소리에, 나는 이런 상념에서 불현듯 깨어났다. 소리가 대기를 타고 서서히 다가오는 동안 나는 두려운 마음으로 귀를 기울였다. 그러다가 소리는 사라졌다. 하지만 일단 정신이 들자 나는 우리 말들의 움직임이 훨씬 빨라졌음을 알아차리고 기겁할 수밖에 없었다. 10년간의 경험으로 내 눈은 속도를 가늠하는 데 익숙해져 있었고, 나는 우리가 지금 시속 13마일로 달리고 있음을 깨달았다. 차라리 내가 제정신을 찾지 못했다면 더 좋았을 것이다. 그와 반대로, 내 두려움은 내가 행동하는 자질을 부끄러울 만큼 형편없이 결여했다는 데 있기 때문이다. 급히 행동을 요하는 신호가 울릴 때 내 마음은 의심과 산란으로 마비되어, 마치 깊이를 알 수 없는 어두운 기억에 대한 죄의식의 무게처럼 나의 에너지를 붙들어 맨다. 그러나 다른 한편으로 나는 생각을 잘하는 저주받은 재능 덕분에, 불운의 가능성으로 향하는 첫 단계만 보고도 그 전체 진화 과정을 내다볼 수 있다. 나는 그 뿌리에서부터 그것이 어디로 확대될지를 너무나 분명히, 너무나 금방 알아차린다. 그 무시무시한 문장의 첫음절만 보고도 나는 이미 마지막 음절을 읽을 수 있다. 나는 우리 자신에게 닥칠 위험을 두려워한 게 아니었다. 무엇이 우리를 해할 수 있으랴? 우리 마차의 육중한 몸집과 추진력은 여하한 충돌에서도 우리를 보호해 주는 마력을 지녔다. 나는 그동안 마차를 타고 다니면서 수백 번이나 위험을 넘겼다. 그것들이 다가올 땐 무서웠지만, 지나고 되돌아보면 우리의 안위에 대한 염려는 웃음거리에 불과했다. 나는 우편의 안전을 신뢰했고, 우편이 그런 나를 배신하도록 제작되지 않았음을 확신했다. 하지만 우리와 마주치는 마차는 우리보다 가볍고 연약할 수도 있었다. 그리고 그 상황에서 우리가 길의 반대편으로 역주행하고 있었음은 불길한 우연이었다. 하지만 그렇다면 마주 오는 마차 역시 — 그런 마차가 있다면 — 반대편으로 지나갈지 모른다. 두 마차가 저마다 반대편으로 주행한다면 이는 바른 편으로 달리는 것과 같다. 하지만 그럴 가능성은 적었다. 우리가 길 우측으로 치우치게 된 이유는 도로 중앙의 포장 바닥을 피해 부드럽게 다져진 모래 바닥으로 가려는 동기 때문이었는데, 이런 동기는 다른 마차에게도 똑같이 적용될 수 있을 것이다. 우리 마차는 아직까지 등불을 밝히고 있었고, 이는 우리가 방심하지 않았다는 인상을 줄 수 있었다. 우리와 마주치는 모든 이들은 우리가 먼저 전철(轉轍)하리라고*— 철석같이 믿을 것이다. 나는 이 모든 것과 그로부터 예상되는 1천 배의 연쇄반응들을, 추론이나 노력이 아닌 섬뜩한 순간적 직관에 의해 파악했다.

이 확고하고도 섬광 같은 불길한 예상이 눈앞에서 점점 짙어지는 듯한데, 저 멀리서 다시 바퀴 소리가 들려 온다. 아, 독자여! 허공 속에 서서히 다가오는 저것은 어느 음울한 공포의 신비요 경외의 탄식인가! 그것은 예견할 수는 있어도 피할 수는 없는 파멸을 은밀히 알리는 속삭 임— 아마도 4마일 밖에서 들려오는 속삭임— 이었다. 이 미친 말들의 폭풍 같은 질주를 누가, 어떻게 멈출 것인가? 뭐! 내가 잠든 마부의 손에서 고삐를 빼앗아 쥘 수는 없 느냐고? 독자여, 그것이 당신 힘닿는 범위에 있었다고 생 각해 보라. 그리고 나는 당신 자신에 대한 스스로의 평가 에 이의를 달지 않겠다. 하지만 마부의 손이 다리를 포개 고 앉은 그의 양 허벅지 사이에 꽉 끼여 있어서 그건 불 가능했다. 그게 불가능했음은 나중에 위험이 지나간 뒤에 경호원도 인정한 사실이었다. 고삐를 움켜쥔 손뿐만 아니 라 이 폴리페모스가 취하고 있던 자세 역시 그런 시도를 불가능하게 만들었다. 그래도 당신 생각은 아직 다른 것 같다. 그렇다면 저 청동으로 된 기마상을 보라. 저 잔인한 기수는 말의 입에 재갈을 물린 채로 두 세기째 앉아 있다.

---

* '전철(*Quartering*)'— 바퀴자국이나 장애물을 피해서 마차를 몬다는 뜻의 기술 용어로, 내 생각에는 프랑스어 단어 'cartayer'에서 유래한 것 같다.[33]

당신이 원한다면 잠시라도 저 말의 굴레를 풀어 주고 그 입을 물로 씻겨 주시라. 아니면 독자여, 나, 대리석으로 된 황제를 말에서 내려 주시라. 나의 대리석 발을 쳐 샤를마뉴의 대리석 등자에서 떨어뜨려 보시라.

저 앞에서 들리는 소리는 점점 커져서 이제는 바퀴 소리가 너무나 또렷이 들렸다. 저것은 무엇이고 또 누구인가? 짐마차를 모는 근면한 일꾼인가? 이륜마차에 타고 환락에 들뜬 젊은이들인가? 그것이 누구든, 그들에게 경고를 전하기 위해 무슨 일이든 해야 했다. 상대편에게는 행동을 취할 책임이, 우리 편에는—아! 애석하게도 우리 편에는 나 한 명뿐이었다.—경고를 해 줄 책임이 있었다. 하지만 어떻게 그 일을 해 낸단 말인가? 경호원의 뿔나팔을 가로챌 수는 없을까? 그 생각이 들자마자 나는 벌써 경호원 좌석을 향해 지붕을 넘어가고 있다. 하지만 해외 우편물이 지붕에 무더기로 쌓여 있어서 쉽지 않았고, 거의 300마일을 바깥 좌석에 앉아 여행하느라 다리에 쥐가 난 사람에게는 자칫 위험한 행동일 수도 있었다. 그리고 다행히도 내가 그 시도를 하느라 시간을 많이 허비하기 전에, 우리의 광란한 말들이 굽은 도로를 따라 거칠게 커브를 틀었다. 이로써 우리 앞에는 충돌이 완료될 무대가 펼쳐졌고 이 심판에 소환된 당사자들도 등장할 준비를 끝냈다. 경호원에게 알려서 그들을 구할 수 있는 가능성은 없었다.

우리 정면으로 약 600야드 앞까지 화살처럼 곧게 뻗

은 길이 놓여 있었다. 길 양편의 경계선을 따라 자라난 나무들이 머리 바로 위까지 무성한 그늘을 드리워, 마치 성당 내부의 중앙 통로를 지나는 듯한 느낌을 주었다. 이 나무들 덕분에 이른 새벽빛의 장엄함은 더욱 강렬해졌다. 하지만 그 정도 빛으로도 이 고딕 성당 통로의 저쪽 끝에서 다가오는 갈대처럼 가벼운 이륜마차 한 대를 알아보기에는 충분했다. 그 마차에는 한 젊은이가, 그의 옆에는 한 젊은 여인이 타고 있었다. 아, 젊은 선생! 그대는 뭘 하고 있는가? 그대가 젊은 여인에게 무슨 말을 속삭여야 한다 쳐도—사실 이 시간에 이 외딴길에서 그대들의 대화를 엿들을 만한 사람도 안 보이긴 하지만—그렇다고 그대의 입술을 꼭 그녀의 입술에 갖다 대야만 하는가? 이 작은 마차는 시속 1마일의 속도로 느릿느릿 기어 오고 있다. 그리고 그토록 정답게 서로를 향해 몰두해 있는 승객들은 당연히도 고개를 숙이고 있다. 그들과 영원 사이에는 인간의 계산을 총동원해도 고작 1분 30초의 시간이 남아 있다. 나는 무엇을 할 것인가? 이상한 일이지만, 이 이야기를 그저 듣는 사람들에게는 내가 남은 유일한 의지를 끌어 내기 위해『일리아드』의 한 구절을 연상해야 했다는 사실이 우습게 들릴 것이다. 하지만 그건 사실이었다. 불현듯 나는 아킬레우스의 외침과 그것이 끼친 영향력을 기억해 냈다. 하지만 내가 팔라스의 가호를 받는 펠레우스의 아들처럼 외치는 시늉을 할 수 있겠는가?[34] 턱도 없는 소리다. 하지만 그때 내게 아시아의 전군을 전율케 할 외

침은 필요 없었다. 두 경솔한 젊은이와 말 한 마리의 가
슴에 공포를 불어넣을 단 한 번의 외침만으로 충분할 것
이다. 나는 소리쳤다. — 젊은이는 그 소리를 듣지 못했다.
두 번째로 소리쳤다. — 이번에는 소리를 들었다. 그가 고
개를 들었기 때문이다.

　　이로써 내가 할 수 있는 일은 다 끝났다. 내 쪽에서
는 그 이상의 일을 할 수 없었다. 내가 첫 단계를 행했으
니 두 번째 단계는 그 젊은이가 할 차례였다. 세 번째 단
계는 하느님의 소관이었다. 그 낯선 젊은이가 용감한 남
자이고 옆의 어린 아가씨를 진실로 사랑한다면 — 혹은
그녀를 사랑하지 않더라도 자신의 보호 아래 몸을 의탁한
여인을 위해 최선을 다해야 한다는, 가히 남자라 불릴 만
한 남자라면 응당 짊어져야 할 의무감을 느낀다면 — 그
는 그녀를 구하기 위해 최소한 어느 정도의 노력은 기울
일 것이다. 그것이 실패한다 해도 그가 이 때문에 더 끔
찍하거나 잔인하게 횡사하지는 않을 것이다. 그는 자신
이 헛되이 구하려 했던 여인의 몸을 감싸 안은 채, 위험
에 정면으로 맞선 용감한 남자라면 응당 맞아야 할 죽음
을 맞을 것이다. 그러나 그가 아무런 노력도 하지 않은 채
싸워 보지도 않고 그의 임무를 회피한다 해도, 그 자신은
그 저열한 비겁함으로 인해 횡사할 것이 확실하다. 어쨌
든 그는 죽을 것이다. 왜 그렇지 않겠는가? 세상에 겁쟁이
한 사람이 줄었다고 해서 우리가 어째서 슬퍼해야 하는
가? 천만의 말씀이다. 우리의 동정심을 그에게 낭비하지

말고 그를 죽게 내버려 두라. 이 경우 우리는 모든 슬픔을 저 무력한 아가씨의 운명을 위해 아껴 둘 것이다. 지금 이 순간, 그가 털끝만큼만 실패하더라도, 가장 격렬히 들려 올라가 — 기도할 시간조차 없이 — 앞으로 70초 이내에 — 하느님의 심판대 앞에 서야만 하는 저 아가씨를 위해서 말이다.

그러나 그는 겁쟁이가 아니었다. 경보가 그에게 갑자기 다가왔듯이 그의 대응도 갑자기 일어났다. 그는 다가오는 파멸을 보고 듣고 이해했다. 파멸의 음울한 그림자는 이미 그의 머리 위에 드리워져 있다. 이미 그는 자신에게 이를 상대할 만한 힘이 얼마나 있는지를 가늠하는 중이었다. 아! 나라들이 일당 1실링씩에 그것을 사고파는 것을 볼 때[35] 용기란 얼마나 천박하게 보이는가. 아! 삶의 거대한 심연에서 어떤 무서운 위기가 마치 폭풍이 뒤에서 몰아치기라도 하는 듯 산더미 같은 파도의 아찔한 물마루 위로 사람을 실어 나른 순간, 거기서 자신이 택해야 할 두 갈래 길이 놓인 가운데 '희망은 이 둘 중 하나의 길에만 있다. 잘못된 길을 택하면 앞으로 영원히 후회하리라!' 하는 목소리가 그의 귀에 울릴 때, 용기는 얼마나 숭고하게 보이는가? 그러나 그 순간, 사나운 파도와 광란의 위험 한가운데서도 그는 자신의 상황과 맞설 수 있다. — 잠시 물러나 하느님 앞에 홀로 서서 그분의 조언을 간구할 수 있다! 그에게 주어진 70초 중에서 아마도 7초 동안, 그 낯선 젊은이는 마치 자기 앞에 놓인 충돌의 모든 요소들을

284

낱낱이 찾고 가늠하려는 듯 얼굴을 우리 쪽으로 고정하고 있었다. 다음 5초 동안 그는 어떤 큰 뜻을 골똘히 생각하는 사람처럼 꼼짝 않고 앉아 있었다. 다음 5초 동안 그는 극도의 의심에 사로잡혀, 자신을 나은 선택으로 인도해 줄 지혜를 달라고 비탄하며 기도하는 사람처럼 눈길을 위로 한 채 앉아 있었다. 그러고는 불현듯 몸을 일으켜 꼿꼿이 섰다. 그리고 돌연 고삐를 당겨 말의 앞발굽을 땅에서 들어 올리고, 그 작은 마차가 우리와 거의 직각으로 놓이게끔 뒷다리를 축으로 말 머리를 돌렸다. 이제 첫 발짝을 떼어 두 번째 발짝을 디딜 가능성에 가까이 다가갔다는 점을 제외하면, 지금까지 그가 처한 상황은 그리 나아지지 않았다. 그 이상의 행동을 취하지 않는다면 아무 일도 해낼 수 없을 것이다. 그 작은 마차는 방향만 돌렸을 뿐 여전히 우리가 지나갈 길목 한가운데에 버티고 있었기 때문이다. 하지만 지금도 너무 늦지는 않았다. 아직 소진되지 않은 15초 내지 20초가 남아 있다. 그리고 한 번만 크게 도약하면 어쩌면 그 자리를 피할 수 있을 것이다. 그러니 서둘러라, 서둘러! 시간은 숨 가빠 흐르고 그들은 서둘러 움직인다! 오 빨리, 빨리! 용감한 젊은이여, 우리 말들의 잔인한 발굽, 그들 또한 서둘러 움직이니! 시간은 쏜살같이 빠르고 우리 말들의 발굽은 더더욱 빠르다. 인간의 힘이 닿는다면 그를 염려할 필요는 없다. 마차를 모는 그는 자신의 가공할 임무에 충실했고, 말도 그의 명령에 충실히 따랐다. 낯선 젊은이가 목청과 손놀림으로 한 번

285

의 충격, 한 번의 타격을 가하자 말은 한 번에 돌진하여 마치 울타리를 뛰어넘는 듯 한 차례 도약했고, 이제 이 유순한 피조물의 앞발굽은 도로 정중앙의 마루터기에 착지했다. 이로써 이 작은 마차의 반절 이상이 우리의 우뚝 솟은 그림자 바깥으로 빠져나왔다. 나의 동요한 시야로 보아도 그것은 분명했다. 하지만 난파선이 침몰하는 부위에 사람이 타고 있었다면 그 잔해의 일부가 말짱하게 떠오른다 해도 소용없다. 마차의 뒷부분은—그 부분은 완전히 파괴될 길목에서 확실히 비껴 나 있었는가? 그 어떤 힘이 이 질문에 응답할 수 있었을까? 순간의 눈짓, 스치는 생각, 천사의 날갯짓, 이들 중 무엇이 이 질문과 응답 사이를 훑고 둘을 가를 만큼 빠른 속도를 지녔을까? 탈출하려 안간힘을 쓰는 그 작은 마차에 우리가 도달하여 모든 것을 짓밟기까지는 빛의 걸음을 침범하는 빛보다 더 극미한 시간이 소요될 것이다. 젊은이는 그것을 너무나 분명히 느꼈음이 틀림없다. 이제 그는 우리를 등지고 있어서 더 이상 눈으로 위험을 전달받을 수 없었지만, 그의 귀에 우리 마구가 짤랑거리는 무시무시한 소리는—그가 더 이상 노력해 볼 여지는 끝났음을—너무나 확실히 알려 주었다. 이미 체념한 그는 사투를 멈추었다. 어쩌면 그는 마음속으로 이렇게 속삭이고 있었을 것이다.—'하늘에 계신 아버지, 제가 땅에서 시도한 것을 하늘에서 끝내 주소서.' 우리는 가차 없이 질주하며, 물방아를 돌리는 그 어떤 유수보다 빠르게 그들을 지나쳐 달렸다. 오, 우리가 통과하는 순간 젊은이의 귀에는 폭풍의 노호가 휘몰아쳤으리라! 우리 마구의 가로대[36] 혹은 우측 선두마의 뒷다리가, 아직 왼쪽 바퀴와 정확히 평행을 이룰 만큼 전진하지 못한 채로 비스듬히 서 있던 작은 마차의 오른쪽 바퀴를 치고 지나갔다. 우리가 맹렬히 통과하면서 가한 충격의 소음이 무시무시하게 울려 퍼졌다. 공포에 질린 나는 벌떡 일어나 우리가 초래한 파괴의 여파를 내다보았다. 내가 높은 자리에서 내려다보고 또 돌아본 광경은 찰나의 순간에 사고의 전말을 들려주었으며 모든 기록을 내 가슴에 영원히 새겨 놓았다.

말은 포장된 도로 중앙의 마루터기에 앞발을 못 박은 채 꼼짝 않고 서 있었다.[37] 모든 당사자들 중에서 홀로 그 말만은 죽음의 수난에 동요하지 않았다. 그 가벼운 등나무 수레[38]는—어쩌면 일부분은 방금 마차가 움직이면서 심하게 뒤틀린 바퀴 때문에, 일부분은 우리가 가한 우레 같은 충격으로 인해—마치 사람의 공포와 조응하듯 살아서 부르르 떨고 있었다. 젊은이는 돌처럼 굳은 채 앉아 있었다. 그는 꼼짝도 하지 않았다. 그러나 그가 가만히 있는 것은 공포로 인해 전율마저 얼어붙어 버렸기 때문이었다. 아직까지 그는 감히 주위를 둘러볼 엄두를 내지 못했다. 설령 아직 할 일이 남았다 해도 그것은 이제 자신의 능력 밖에 있음을 알았기 때문이다. 그리고 아직까지 그는 자신들의 안전이 확보되었는지 여부를 확실히 알지 못했다. 그러나 그 여인은—

그러나 그 여인은 ─! 오 맙소사! 언제쯤 그 광경이 내 꿈에서 사라질 것인가? 그녀가 자리에서 일어섰다 앉았다, 앉았다 일어섰다 하면서, 눈에 보이지 않는 허공의 물건을 움켜쥐려는 것처럼 두 팔을 미친 듯이 하늘로 내저으며, 혼절하고, 기도하고, 외치고, 절망하는 광경이! 독자여, 이 사건의 제 요소들을 스스로 가늠해 보라. 이 유례없는 상황의 주변 정황을 내가 당신 마음에 일깨우는 것을 용서하시라. 저 거룩한 여름밤의 고요와 깊은 평화로부터 ─ 감미로운 달빛과 새벽빛과 꿈결 속 빛의 감상적 결합으로부터 ─ 살랑이고 속삭이고 소곤대는 저 남자의 애정 어린 밀어로부터 ─ 별안간 계시로 열린 창공의 방들로부터 ─ 별안간 그녀의 발 앞에 입을 벌린 대지로부터 ─ 죽음, 그 왕관을 쓴 유령은, 폭우의 물벼락처럼, 그 공포의 마차를 총동원하여, 맹수처럼 울부짖으며 그녀를 덮쳤다.

그 순간은 곧 지나갔다. 질주하는 말들은 눈 깜짝할 사이에 우리를 나무 그늘이 드리운 통로의 끝으로 데려다 놓았다. 거기서 길이 직각으로 꺾이며 우리 마차는 좀 전에 왔던 방향으로 접어들었다. 굽은 길로 들어선 순간 그 광경은 내 시야에서 사라졌고, 내 꿈속으로 밀고 들어와 영원히 자리 잡았다.[39]

1. 1838년 드 퀸시는 『어느 영국인 아편쟁이의 고백』의 마지막 부분에 나오는 꿈 장면이 "이 작품 전체의 최종 목표"였다고 썼다. 『토머스 드 퀸시 저작집: 10권』, 265쪽.

2. 수에토니우스(Suetonius, 69–112 이후), 『로마 황제 열전(Lives of the Caesars)』, 1권 87절. "그가 살해되기 전날 밤에 (…) 어떤 방식의 죽음이 가장 바람직한가에 대해 (…) 이루어진 대화에서 (…) 그는 갑작스럽고 예치치 않은 죽음을 선호한다고 말했다."

3. 『성공회 기도서』에 실린 연도의 한 구절.

4. 1849년 『블랙우즈』에 실린 판본에는 이 말이 빠져 있다. 드 퀸시는 1854년 판본에서 '마지막(final)'이라는 말을 덧붙여서 의미를 분명히 했다.

5. 드 퀸시는 수고에서 이 자리에 도박과 중독에 대한 주석을 덧붙였다(이 책 부록 B 참조).

6. 각각 '폭력적인 죽음', '폭력적인'이라는 뜻이다. '비아타나토스(biathanatos)'는 예수와 삼손 등 성경 속 인물들의 예를 들어 자살이 죄가 아니라고 주장한 존 던(John Donne, 1572–631)의 글 제목이기도 하다.

7. "마지막 나팔 소리가 울릴 때에 순식간에 눈 깜빡할 사이도 없이 죽은 이들은 불멸의 몸으로 살아나고 우리는 모두 변화할 것입니다." 신약성서 「고린토인들에게 보낸 첫째 편지」 15장 52절.

8. 드 퀸시는 『어느 영국인 아편쟁이의 고백』 1856년 판본에서 "만물을 정복하는 사자 앞에 저항 없이 드러눕고 마는 어린 시절 꿈속에서 우리 대부분이 느꼈던 (…) 무력감"을 토로한 바 있다.

9. 밀턴, 『실낙원』, 4편 782–4행. 이브가 선악과를 따먹은 순간에 대한 묘사다.

10. 1854년 판본에서 드 퀸시는 이 부분에 다음 구절을 추가하여 배경을 설명했다. "그 공포스러운 특성이 너무나 인상적이고 그 시각적 배치가 너무나 극적이어서 '갑작스러운 죽음'에 대한 상념에 글감을 제공한 이 사건은 워털루전투 이후 두 번째인가 세 번째 여름의 어느 날 한밤중에 일어났고, 나는 맨체스터발 글래스고행 우편의 마부석에 앉아 그것을 홀로 목격했다. 이는 독특한 우연의 조합이 아니었다면 일어날 수 없었을 사건이기에 그 정황을 설명해야 할 것 같다. 당시에는 필요에 의해 혹은 시스템의 결함에 의해 많은 시골 우체국들과의 간접적이고 횡적인 소통이 비효율적으로 이루어진 탓에, 북서쪽으로 향하는 간선 우편(즉 하행 우편)이 맨체스터에 도착한 뒤 여러 시간 동안 정차해 있어야 했다. 정차 시간이 얼마나 되었는지는 기억나지 않지만 내 생각에

예닐곱 시간 정도였던 것 같다. 대개의 경우, 그 결과로 우편은 북쪽 방향으로의 여정을 자정 즈음에 개시하곤 했다. 음울한 호텔에 오래 갇혀 있어서 피곤했던 나는 밤 열한 시쯤 밖으로 나와 신선한 공기를 쐬었다. 우체국으로 돌아가서 우편과 합류하여 다시 내 자리에 앉기 위해서였다. 그러나 그날 밤은 달이 거의 뜨지 않아서 컴컴했고, 그 시간대의 거리는 텅 비어 있어서 길을 물을 수도 없었기에 나는 길을 잃고 말았다. 그래서 자정이 한참 지난 시각에야 우체국에 닿을 수 있었다."

11. 드 퀸시는 이 자리에 자신의 미루는 습관에 대해 쓴 한 단락을 삽입하려 했던 것 같다. 이 책 부록 B 참조.

12. effendi. 투르크의 경칭으로 '선생'이라는 뜻.

13. Stamboul. 이스탄불의 옛 이름.

14. 그리스의 철학자 크리시포스(Chrysippus, B.C. 280경–206경)는 모든 동물이 인간의 편의를 위해 창조되었다고 여겼다. 그는 돼지에 영혼이 존재한다고 믿었지만, 그것은 사람이 돼지고기를 먹기 전까지 그 고기가 썩지 않게 하는 소금의 기능을 한다고 생각했다. 키케로, 『신들의 본성에 관하여』, 2권 64장 160행.

15. 검시관을 도와 변사자의 사인을 판단하기 위해 관할구역의 주민들을

대상으로 소집한 배심원단. 중세 영국에서 시작되었다.

16. 새뮤얼 존슨(Samuel Johnson)은 묘비명들을 고찰한 유명한 글을 두 편 남겼다.

17. 상해나 치사를 가한 물건의 소유주에게 부과되었던 벌금.

18. 스테파노 안토니오 모르첼리(Stefano Antonio Morcelli, 1737–822). 이탈리아의 고전학자로 라틴어 명문에 정통했다.

19. "Monstrum horrendum, informe, ingens, cui lumen ademptum." 베르길리우스, 『아이네이스』, 3권 658행. 키클롭스 무리 중 하나로 오디세우스와 싸워 외눈을 잃은 폴리페모스에 대한 묘사이다.

20. 칼란다르는 이슬람의 탁발승이다. 『아라비안나이트』에는 세 명의 애꾸눈 탁발승이 등장해 각각 자신이 한쪽 눈을 잃은 내력을 들려주는 이야기가 있다. '한쪽 눈을 금지된 호기심의 대가로 치른' 탁발승은 그중의 한 명이다.

21. 무슬림 전승에 따르면 '알 시라트'는 지상과 천국을 잇는 다리로 그 밑에는 지옥이 놓여 있다. 이 다리는 머리카락보다 가늘고 칼날보다 날카로워서, 선인만이 건널 수 있고 악인은 다리 아래의 지옥으로

떨어진다고 한다.

22. 1854년에 덧붙인 글에서 드 퀸시는 이 사건이 "워털루전투 이후 두 번째인가 세 번째 여름의 어느 날", 즉 나폴레옹전쟁이 끝나고 2–3년 후에 일어났다고 쓰고 있다. 여기서 드 퀸시는 사건이 일어난 시기를 혼동한 듯하다.

23. 최초의 증기 우편선은 1825년에 운행되었다.

24. 드 퀸시는 1833년 『테이츠 매거진』에 기고한 에세이에서 이렇게 썼다. "1809년에는 (…) 왕국에서 가장 빨랐던 브리스틀 우편도 시속 7마일을 크게 넘어서지 못했다." 『토머스 드 퀸시 저작집: 4권』 333–4쪽.

25. 새벽의 여신 아우로라는 태양신 아폴로의 누이동생으로 아폴로의 전차를 인도한다.

26. 존 콜스턴 도일(John Colston Doyle, ?–1813)이 작곡한 대중가요 「Love Among the Roses」인 듯하다.

27. 랭커스터는 랭커셔 주의 주도이다. 랭커셔 재판소에 연례 순회재판 권한이 부여된 것은 1798년 랭커셔 재판법(Lancashire Sessions Act)에 의해서였다. 이는 1838년에 맨체스터와 리버풀을 비롯한 랭커셔 내 네 개 행정구역의 재판소로 분리 이관되었다.

28. 사순절(봄) 순회재판과 여름 순회재판.

29. 1832년 선거법이 개정되기 전까지 요크 주는 선거구의 수가 적고 각 선거구에 투표소가 한 곳밖에 없어서, 많은 유권자들이 투표를 하기 위해 일시에 한곳으로 모여들어야 했다.

30. 웨일스의 제럴드(라틴어식 이름은 기랄두스 캄브렌시스, 1146경–223경)는 역사학자로 웨일스의 역사를 집필했다. 하지만 그의 저작에서는 해당 구절을 찾을 수 없다. 'suspiriosae cogitationes'는 말 그대로 '한숨을 품은 상념'이라는 뜻이다.

31. 드 퀸시는 1785년 8월 15일 랭커셔 주 맨체스터에서 태어났다.

32. 여기서 드 퀸시가 향하고 있는 프레스턴은 리블 강이 아일랜드 해로 흘러드는 어귀에 위치해 있다.

33. '쿼터(quarters)'는 두 줄의 마차 바큇자국과 그 가운데 말이 지나간 자국으로 인해 길이 네 등분된 부분을 가리킨다. '쿼터링(quartering)'은 바큇자국을 피해서 '쿼터' 위로 마차를 모는 것을 가리킨다. 'cartayer'도 바큇자국을 피해 마차를 몬다는 뜻의 프랑스어 단어이지만, '쿼터링'이라는 단어와 직접적인 연관 관계는 없다. 여기서 '쿼터링'의 번역어로 쓴 '전철(轉轍)'은 원래 선로의 갈림길에서

기차나 전차 따위의 차량이 갈려 가도록
궤도를 돌린다는 뜻인데, '철(轍)'에는
바큇자국이라는 뜻도 있다.

34. 팔라스는 전쟁의 여신 아테네의 다른
이름이고, 펠레우스는 아킬레우스의
아버지다. 『일리아드』에서 아킬레우스는
친구 파트로클로스의 복수에 나서려
했지만 갑옷을 빼앗겨 전장에 나갈
수 없었다. 이에 그는 아테네 여신의
도움을 받아 무서운 소리로 외쳐서
트로이군에게 겁을 주어 그들이
파트로클로스의 시체에 다가가지 못하게
했다. 호메로스, 『일리아드』, 17권
217–9행 참조.

35. 여기서 드 퀸시는 군인들이 받는
일당과 용병을 고용하는 관습을 염두에
두고 있다.

36. swingle-bar. 마구를 붙들어 맨 가로
막대.

37. 1854년 판본에서 드 퀸시는 이 문장
앞에 다음 한 문장을 추가했다. "이제
종료된 수난의 지도는 이러했다.(Here
was the map of the passion that now
had finished.)"

38. 밀턴, 『실낙원』 3편, 438–40행.
"중국인들이 바람에 돛 달고 / 가벼운
등나무 사륜차를 모는 세리카나의 /
메마른 평원에 내리던 때와 같이."

39. 드 퀸시는 이 충돌 사고 이후의 일에

대해 짤막한 수고를 남겼다. 이 책 부록
B 참조.

갑작스러운 죽음의 주제에 의한
꿈의 푸가

거기에서는 곡조가 아름다운 악기들,
하프와 오르간의 선율이 들려오고
음마개와 현을 다루는 사람도 보였다. 그의 기민한
　　손길은
온갖 고저의 조음 사이로 약동하며
수평으로 공명하는 푸가를 쫓고 또 쫓았다.
—『실낙원』, 11편[1]

가장 격정적으로(*Tumultuosissimamente*)

갑작스러운 죽음의 수난! 젊은 시절 내가 그것을 읽고 해석했던 건 그 비껴간 신호*의 편린들을 통해서였다. 나는 교회의 묘지들 사이에서 공포의 황홀이 그 형체를 띤 것을 목격했다. 무덤의 속박을 찢고 나가는 여인, 한쪽 발은 아치형으로 굽히고, 눈은 쳐들고, 두 손은 경배하듯 깍지 낀 채, 무덤의 폐허로부터 몸을 내민 여성의 이오니아식[2] 형

---

* '비껴간 신호'—나는 그 여인의 고통이 어떻게 전개되고 변화를 겪는지를 그녀가 부지불식중에 취했던 연속적 몸짓을 통해서 읽었다. 그러나 내가 이 모든 것을 뒤쪽에서 보았으며, 그 여인의 얼굴은 불완전한 옆모습조차 한 번도 제대로 포착하지 못했음을 기억해 주길 바란다.

상을 통해서 말이다.—그녀는 흙으로부터 영원히 부활하라는 트럼펫 소리를 고대하며 기다리고 떨며 기도하는구나!—아, 심연의 언저리에서 몸서리치는 인간의 너무나 두려운 환영! 바람의 날개를 타고 달리는 화염의 분노 앞에서 오그라드는 두루마리처럼 뒤로 물러난—움츠러든—환영! 그토록 짧은 공포의 발작—어째서 그대는 죽을 수 없는가? 그토록 홀연히 어둠 속으로 사라진 그대는, 어째서 아직도 그대 장례의 슬픈 그림자를 꿈의 화려한 모자이크 위에 드리우는가? 단 한 번 듣고서 두 번 다시 들을 수 없는, 너무도 준열한 음악의 단편, 무엇이 그대를 괴롭히기에 그대의 깊고 요동치는 화음은 모든 잠의 세계들을 뚫고 간간이 올라오며, 30년이 흐른 뒤에도 공포의 요소를 고스란히 간직하고 있는가?

1

보라, 지금은 여름, 위대한 여름이다! 생명과 여름의 영원한 문이 활짝 열렸다. 대초원을 닮은 풀빛의 고요한 대양 위에는, 그 무시무시한 환영에서 나온 이름 모를 여인과 나 자신이 떠 있다. 그녀는 우아한 쌍돛배를 타고, 나는 3층 갑판이 달린 잉글랜드 전함을 탔다. 그러나 우리 둘 다 우리가 공유한 조국의 영토 안에서—저 고대의 수상 공원에서—처녀 사냥꾼 잉글랜드가 겨울이나 여름이나, 해 뜰 녘부터 해 질 녘까지 즐겼던 길 없는 사냥터 안에서—즐거운 행복의 미풍을 부르고 있었다. 아! 쌍돛배가 누비고 지나가는 저 열대의 섬들에 숨었다가 홀연히 모습을 드러내는 아름다운 꽃들의 야생성이여! 그리고 그 갑판에는 인화초들이 무리를 이루고 있다. 어울려 춤추는 저 젊은 여인들은 얼마나 사랑스러우며 저 젊은 남자들은 얼마나 고상한가. 음악과 향내에 싸여, 숲의 화초와 탐스럽게 무르익은 포도송이에 싸여, 자연의 축가와 감미롭고 천진난만한 웃음의 메아리에 싸여, 그들은 서서히 우리 쪽으로 밀려온다. 쌍돛배는 천천히 우리에게로 다가오며, 우리를 향해 즐겁게 신호를 보낸다. 그리고 우리의 거대한 뱃머리가 드리운 그림자 속으로 서서히 모습을 감춘다. 그러나 그 뒤, 하늘에서 어떤 신호가 떨어진 것처럼, 음악과 축가, 천진난만한 웃음의 감미로운 메아리가 — 이 모든 것이 침묵에 잠긴다. 어떤 재앙이 쌍돛배를 엄습하여 그 앞에 닥치거나 혹은 덮치고 지나갔는가? 우리 친구들에게 닥친 파멸이 우리 자신의 무시무시한 그림자 안에 도사리고 있는 것인가? 우리의 그림자는 죽음의 그림자였던가? 나는 그 대답을 찾으러 뱃머리 너머를 건너다본다. 그리고, 보라! 쌍돛배는 파괴되었다. 연회와 연회객들은 간데없다. 옛 영화는 먼지로 화했다. 숲은 그 아름다움을 증언할 자 하나 없이 바다에 버려졌다. "하지만 어디에," 나는 우리 승무원들을 돌아보았다. — "화초와 포도송이의 차양 아래서 춤추던 그 사랑스러운 여인들은 어디에 있는가? 그들과 춤추던 고상한 젊은이들은 어디로 흩어졌는가?" 대답이 없었다. 그러나 갑자기, 돛대 꼭대기에 있는 사람이 경악하며 어두워진 얼굴로 소리쳤다.—"바람 받는 쪽 뱃전에 배다! 우리 쪽으로 오고 있다. 70초 뒤에 침몰한다!"

2

나는 바람 받는 쪽 뱃전을 내다보았다. 여름은 떠나갔다. 바다는 요동쳤고 점점 짙어지는 노여움으로 몸부림쳤다. 수면에 거대한 안개가 내려앉았고, 그 안개가 뭉쳐서 아치들과 성당 내부의 긴 통로 형상들을 이루었다. 그중 한 통로에, 프리깃 범선 한 척이 마치 석궁에서 발사된 화살처럼 맹렬한 속도로, 우리가 향하는 진로를 똑바로 가로질러 달려가고 있었다. "저들이 미쳤나?" 우리 갑판에서 어떤 목소리가 외쳤다. "눈이 멀었는가? 죽으려고 작정했나?" 그러나 그 배가 우리 쪽으로 접근한 순간 급한 물결[3] 혹은 갑작스러운 소용돌이가 덮쳐 배의 경로를 비스듬히 돌렸고, 배는 충돌을 피해 꿋꿋이 전진했다. 배가 우리를 스쳐 지나갈 때, 돛대 밧줄 사이 높은 곳에 그 쌍돛배의 여인이 서 있었다. 앞에는 악의에 찬 심연이 입을 벌려 그녀를 맞이했고, 뒤에는 드높은 물거품이 밀려들어 그녀를 쫓았으며, 거친 너울은 그녀를 집어삼키려 맹렬히 일었다. 그러나 그녀는 저 멀리 황량한 바다를 향해 배를 몰아 나아갔다. 내가 여전히 눈으로 좇는 동안, 그녀는 성난 바닷새들과 격노한 너울에 쫓기며 휘몰아치는 돌풍을 받고 달렸다. 그녀가 돛대 밧줄 사이에 서서 흰 옷자락을 바람에

296

휘날리며 우리를 지나치는 순간에도 나는 보았다. 거기
선 그녀는 머리를 헝클어뜨리고 한 손으로 삭구를 움켜
쥔 채 ─ 떠올랐다 가라앉으며, 흔들리며, 떨며, 기도했다.
그렇게 몇 리그[4]에 걸쳐, 나는 그녀가 자신을 쫓는 맹렬한
파도의 물마루와 폭풍의 광란 사이에 서서 간간이 하늘을
향해 한 손을 들어 올리는 것을 보았다. 그러다 마침내 저
멀리서 악의에 찬 웃음소리와 조롱의 소리가 들렸고, 그
와 동시에 모든 것은 휘몰아치는 폭우 속으로 영영 모습
을 감추었다. 그리고 그 이후는 언제 다가왔는지, 어떻게
다가왔는지 모른다.

3

나는 낯익은 해안에 배를 정박시킨 채 잠들어 있었다. 그
때 얼마나 멀리 떨어졌는지 짐작할 수 없는 어딘가에서,
동트기 전에 죽은 누군가를 위해 구슬피 우는 감미로운
장례식의 종소리가 나를 깨웠다. 새벽 어스름은 이미 걷
히고 있었다. 그리고 퍼져 나가는 어스레한 여명 속에서,
어느 큰 축제 때 쓸 흰 장미 화관을 머리에 얹은 소녀가
적막한 해안을 따라 황급히 질주하는 모습이 보였다. 그
질주는 공황에 빠진 질주였다. 그녀는 어떤 무시무시한
적이 뒤에서 쫓아오기라도 하는 듯 계속 뒤를 돌아보았
다. 하지만 내가 육지로 뛰어올라 그녀를 뒤쫓으며 그 앞
에 도사린 위험을 경고해 주려 했을 때, 아아! 그녀는 마
치 또 다른 위협을 피하려는 것처럼 나에게서 노망쳤다.

나는 앞쪽에 유사(流砂)가 있다고 그녀를 향해 속절없이 외쳤다. 그녀는 점점 더 빨리 달려 바위 곳을 돌아 시야에서 사라졌다. 그러나 내가 간발의 차이로 모퉁이를 돌았을 때, 이미 그녀의 머리 위로 위협적인 모래가 덮이고 있었다. 그녀의 몸은 벌써 다 묻혀 버렸고, 하늘의 동정 어린 눈길 아래 보이는 거라곤 어린 소녀의 금발 머리와 그 둘레에 얹힌 흰 장미 화관뿐이었다. 그리고 마지막으로 보인 건 희고 고운 팔 하나였다. 이른 아침의 여명 속에서 나는 그 어린 금발 머리가 어둠 속으로 가라앉는 것을―그 고운 팔이 그녀의 머리와 그녀의 위태로운 무덤 위로 쳐들린 채, 마치 구름 속에서 뻗어 나와 현혹하는 가상의 손을 움켜쥐려는 듯, 휘젓고, 더듬대고, 치솟는 것을―그 고운 팔이 그녀의 꺼져 가는 희망에 이어 꺼져 가는 절망을 토로하는 것을―보았다. 머리와 화관과 팔―이 마침내 전부 빨려 들어간 뒤, 잔인한 유사가 그 자리를 뒤덮었다. 그리고 나 한 사람의 외로운 눈물과 황량한 바다에서 들려오는 장례 종소리를 빼면, 지구상에 이 어린 금발 소녀를 추모하는 것은 남지 않게 되었다. 종소리는 다시금 좀 더 섬세하게 고조되어, 매장된 아이의 무덤과 꺾여 버린 그녀의 새벽을 애도하는 진혼곡을 노래했다.

나는 주저앉아 남몰래 흐느꼈고, 새벽이 밝기도 전에 어머니 대지의 변덕으로 죽은 이들을 기억하며 사람들이 흘려 줄 모든 눈물을 흘렸다. 그러나 눈물과 장례 종소리는 여러 국적의 외침과 포병대의 굉음에 의해 갑자기 중단되었다. 위대한 왕의 포병대가 계곡을 따라 빠르게 진군해 오고 있었다. 포성은 저 멀리서 첩첩산중을 뚫고 메아리쳤다. "쉿!" 나는 몸을 굽혀 귀를 땅에 대면서 말했다. "쉿!—이것은 전투 중의 치열한 혼전이거나, 아니면"—나는 더 깊이 귀 기울여 들어 본 뒤, 고개를 들며 말했다.—"아니면, 오 하느님! 이것은 모든 전투를 집어삼키는 승리로다."

4

그 즉시 나는 황홀경 속에 대지와 바다를 건너 어느 머나먼 왕국으로 옮겨 가, 월계관을 쓴 동료들과 함께 개선 마차에 앉아 있었다. 짙어 가는 한밤의 어둠이 모든 땅 위에 내려앉아, 우리 마차 주위를 끊임없이 누비는 수많은 군중을 눈앞에서 감추어 주었다.—군중의 소리는 들렸지만 모습은 보이지 않았다. 지난 수 세기에 견주어 가장 위대한 승전보가 불과 한 시간 전에 도착했다. 그들은 정념으로 너무나 충만했고 하느님 이외의 다른 원천을 인정할 수 없는 기쁨으로 너무나 충만했기에, 눈물과 멈추지 않는 국가와 모든 합창단이 소리 높여 부르는「하늘 높은 데서는 하느님께 영광(Gloria in excelsis)」의 메아리가 아닌 다른 언어로 스스로를 표현할 수 없었다. 이 소식을 전국에 공표하는 일은 월계관을 쓴 마차에 앉은 우리에게 주어진 특권이었다. 그리고 육체적 피로라곤 전혀 모르는 우리의 성난 말들은, 이미 어둠을 뚫고 들리는 신호를 통해, 힝힝대는 소리와 말발굽 소리를 통해 우리의 지체를 꾸짖고 있었다. 우리는 어째서 지체했던가? 우리는 이제 영원히 성취된 조국의 희망을 증언할 비밀 전언을 기다리고 있었다. 한밤중에 도착한 그것은 다음과 같았다. ─"워털루와 되찾은 기독교 세계!" 그 두려운 전언은 스스로 빛을 발하며 우리 앞길을 선도했다. 그것은 우리 선두마들의 머리 위에 높이 뜬 채 우리가 가는 길의 전방에 황금색 빛을 뿌렸다. 비밀 전언을 접한 모든 도시들이 성문을 활짝 열어젖히고 우리를 맞이했다. 우리가 강들을 건널 때 강들은 침묵했다. 우리가 무한한 숲의 가장자리를 달릴 때 온 숲이 부르르 떨며 비밀 전언에 경의를 표했고, 어둠은 그것을 깨달았다.[5]

자정을 두 시간 지나 우리는 한 대성당에 도착했다. 그 정문은 구름 위까지 솟은 채 닫혀 있었다. 그러나 우리 앞길을 선도하는 두려운 전언의 황금빛이 문에 닿자 경첩이 움직이며 문이 스르르 안으로 열렸다. 그리고 우리의 마차는 성당의 거대한 통로를 향해 내달려 돌진했다. 우리의 속도는 거침없었다. 그리고 모든 제단과 우리 양옆에 늘어선 소예배당과 기도실의 흐릿하니 꺼져 가던 등불들이, 바람처럼 스쳐 가는 비밀 전언에 동조하여 새롭게 점화되어 타올랐다. 우리가 성당 안으로 진입해 40리그를 달릴 때까지도 아직 아침의 빛은 우리에게 닿지 않았는데, 그때 앞쪽에 우뚝 솟은 오르간과 합창석이 나타났다. 뇌문이 세공된 모든 첨탑의 꼭대기와, 돌 창살 문양 사이로 눈에 띄는 모든 자리에서 흰 옷을 입은 성가대가 구원을 노래하고 있었다. 그들은 옛날의 선조들처럼 눈물 흘리지 않았다. 그러나 간간이 세대들을 향해 이같이 입을 모아 노래했다.

"모두가 입을 모아 구원자를 찬양하며 찬송하라,"

그러자 아득히 멀리서 응답이 들려왔다.

—"그 옛날 하늘과 땅에서 노래했듯이."[6]

그들의 찬송은 끝이 없었고, 우리의 거침없는 속도는 멈추지도 느려지지도 않았다.

이렇게 우리는 급류처럼 달렸다. — 그래서, 우리가 새 신부의 환희를 띠고 성당 묘지의 '캄포 산토'*에 도달했을 때, 우리는 — 지평선 저 멀리 광대한 공동묘지가 — 지상의 전투에서 해방되어 휴식을 취하는 죽은 전사

---

* 캄포 산토 — 대다수 독자들은 피사에 있는 캄포 산토의 역사에 친숙할 것이다. 이 성스러운 장소의 바닥은 예루살렘에서 가져온 흙 — 십자군의 고귀한 신앙심으로 추구하거나 상상할 수 있는 최고의 보물 — 으로 이루어져 있다.[7] 하지만 (내 짐작으로는) 나폴리에도 피사의 것을 본떠 만든 캄포 산토가 또 하나 있다. 이 발상은 좀 더 광범위하게 복제될 수 있다. 잉글랜드에 익숙지 않거나 (잉글랜드인이지만) 대성당이 있는 잉글랜드의 도시들에 익숙지 않은 독자들을 위해, 이런 도시에서는 수레와 말들이 달리는 포장도로가 흔히 성당 안쪽의 묘지를 통과하도록 닦여 있다는 사실을 언급해야 옳을 것이다. 그리고 이 꿈의 내용에는 보행자와 짐 들이 성당 경내를 가로질러 지나다니는 광경을 보았던 내 어린 시절의 기억이 작용한 것 같다.

들을 위해 거룩한 성당 안에 건설된 석묘의 도시가—펼쳐져 있음을 불현듯 깨달았다. 그 공동묘지는 자줏빛 화강암으로 되어 있었다. 그러나 첫 번째 순간 그것은 지평선에 걸친 자줏빛 얼룩처럼 보였고 그 거리는 너무나 멀었다. 두 번째 순간 그것은 부르르 떨며 여러 차례 변화를 거친 후 경이로운 높이의 테라스와 탑 들로 자라났고 그 속도는 너무나 빨랐다. 세 번째 순간 우리는 이미 무섭게 질주하여 그 도심으로 진입하고 있었다. 수많은 석관들이 사방에 솟아올랐고, 앞으로 돌출된 탑과 망루 들은 중앙 통로의 가장자리를 오만하게 침범하며 이와 조응하는 후미진 곳에 거대한 그림자를 드리웠다. 모든 석관에는 얕은 부조들이 수없이 새겨져 있었다. 전투의 부조—전투 현장의 부조, 망각된 시대에 행해진 전투들의 부조—지난날에 치러진 전투들의 부조—이미 오래전에 자연이 감미로운 꽃의 망각으로 치유하여 자신의 일부로 융화시킨 전장들의 부조—대학살로 인해 아직도 험악하고 진홍빛으로 물든 전장들의 부조. 테라스들이 이어지는 곳에서는 우리도 달렸고, 탑들이 꺾이는 곳에서는 우리도 방향을 틀었다. 우리 말들은 제비가 비행하듯 모든 모퉁이를 매끄럽게 돌았다. 돌출부를 휘몰아쳐 도는 범람한 강물처럼, 숲의 신비 속으로 돌진하는 폭풍처럼, 어둠의 미로를 푸는 그 어떤 빛보다 빨리, 질주하는 우리의 마차는 지상의 열정을 실어 날랐고, 우리 주변에 누운 유골들—그중 다수는 크레시 전투[8]부터 트라팔가르해전에 이르는 역사적

302

전장에서 하느님의 품에 잠든 우리 고귀한 선조들의 유골
이었다. — 속에 잠들어 있던 전사의 본능에 불을 붙였다.
그리고 이제는 마지막 석관에 다다라 마지막 부조와 나란
히 달렸다. 이미 우리는 끝없는 중앙 통로로 되돌아와 화
살처럼 질주하고 있었다. 이 통로로 들어섰을 때, 우리는
꽃처럼 연약한 수레를 탄 채 새끼 사슴들을 향해 다가가
고 있는 여자아이를 보았다. 안개가 그녀 앞을 가려 사슴
들은 잘 보이지 않았지만, 아이가 가지고 노는 조개껍질
과 열대의 꽃 들, 그리고 사랑스러운 미소까지 가리지는
못했다. — 그 미소에는 이 거대한 성당에 대한, 기둥 꼭대
기에서 아이를 내려다보는 지품천사에 대한 아이의 신뢰
가 드러나 있었다. 그녀는 우리를 마주 보았고, 위험이라
곤 전혀 없는 것처럼 우리를 향해 마주 다가왔다. "오, 아
가야!" 나는 소리쳤다. "네가 워털루의 대속물이란 말이
냐? 만백성에게 큰 기쁨의 소식을 전하는 우리가[9] 네 파
멸의 전령이란 말이냐?" 그런 생각에 미치자 나는 공포에
질려 일어섰다. 그러나 부조에 새겨진 인물 — 죽어가던
트럼펫 주자 — 역시 똑같은 생각으로 공포에 질려 일어섰
다. 그는 전장에서 엄숙히 일어나더니 그의 돌로 된 트럼
펫을 끌러, 죽음의 고통 속에서 그의 돌로 된 입술로 가져
가 — 한 번, 그리고 또 한 번 불었다. 오, 아가야! 너의 귀
에 이것은 죽음의 흉벽에서 들려오는 선언이 틀림없구나.
그 순간 깊은 그림자와 태초의 침묵이 우리 사이에 드리
웠다. 성가대의 노랫소리도 그쳐 있었다. 우리 말들의 발

굽 소리와 우리 마구의 쩔랑대는 소리는 더 이상 무덤들을 일깨우지 못했다. 공포에 의해 부조가 풀려나 살아 움직였다. 공포에 의해 우리는, 그토록 생기 충만하던 우리 사람들과 맹렬한 앞다리를 허공에 휘저으며 영원히 질주하던 말들은, 부조로 얼어붙었다. 그리고 세 번째로 트럼펫이 울렸다.[10] 모든 맥박에서 봉인이 떨어졌다. 생명과 생명의 격랑이 그 물길로 다시 맹렬히 흘러 들어갔다. 성가대는 폭풍과 어둠의 덮개를 벗은 듯 다시 눈부시게 장엄한 노래를 터뜨렸다. 우리 말들의 뇌성은 다시 무덤들을 유혹했다. 구름이 걷히고 우리 앞에 텅 빈 통로가 드러났을 때, 우리 입에서는 한 줄기 비명이 터져 나왔다.—"그 아이는 어디로 갔는가? — 그 어린아이는 하느님께로 들려 올라간 것인가?"[11] 보라! 아득히 멀리 거대한 벽감에, 웅장한 창문 셋이 구름 위까지 솟아 있었다. 그리고 인간이 닿을 수 없는 높이의 그 꼭대기에는 가장 순수한 순백의 제단이 놓여 있었다. 제단의 동쪽 측면에는 핏빛 광휘가 일렁였다. 저것은 어디에서 온 것인가? 지금 창문으로 점점 붉게 흘러 들어오는 여명에서 왔는가? 창문 위에 그려진 순교자들의 핏빛 예복에서 왔는가? 지상의 피비린내 나는 부조에서 왔는가? 저것이 어디에서 왔든—그 핏빛 광채 속에서 불현듯 한 여인의 머리가, 이어서 한 여인의 형상이 나타났다. 그 아이였다.—아이는 이제 여인의 키로 자라나 있었다. 그녀는 제단의 뿔[12]에 매달려 선 채—주저앉았다 일어나며, 떨며, 혼절하며—소리 지르며, 절망했

304

다. 제단에서 밤낮없이 하늘로 피어오르는 자욱한 향 뒤로 불타는 세례반이, 그리고 그녀에게 죽음의 세례를 주는 무시무시한 존재의 윤곽이 어렴풋이 보였다. 그러나 그녀의 곁에는 그녀의 선한 천사가 날개로 얼굴을 가린 채 무릎을 꿇고 있었다. 그녀를 위해 울며 호소하고 있었다. 그녀가 기도할 수 없을 때에 기도하고 있었다. 그녀의 구원을 위해 눈물로 하늘과 싸우고 있었다. 그가 불멸의 얼굴을 날개 위로 들었을 때, 나는 그의 눈에 서린 광채를 통해, 마침내 그가 승리했음을 보았다.

5

그러자 동요가 일어나 무한한 성당 전체로 퍼져 나가 걷잡을 수 없이 격렬해졌다. 그리고 장대한 푸가의 수난곡이 완성되었다. 이제껏 — 자욱한 향에 휩싸인 채 어슴푸레 빛나며 — 간간이 흐느끼고 웅얼대기만 했던 오르간의 황금빛 파이프들은 — 마치 깊이를 가늠할 수 없는 샘물에서 솟아오른 듯 — 가슴을 찢는 음악의 원주(圓柱)들을 토해 냈다. 두 성가대가 주고받는 합창이 미지의 음성들로 빠르게 채워졌다. 또 그대, 죽어가는 트럼펫 주자여! — 승리한 그대의 사랑으로, 곧 종료될 그대의 고통으로 그대 또한 이 소요에 참여했다. 트럼펫과 메아리가 — 사랑이여 안녕, 고통이여 안녕 — 무시무시한 상투스[13] 사이로 울려 퍼졌다. 질주로 앞길을 휩쓸고 가던 우리는, 소요가 질주하듯이 우리 뒤로 집결하는 소리를 들었다. 두려움에 싸인 우리는 질주하듯 혹은 추격하듯 우리에게로 모여드는 미지의 발걸음을 찾아 주위를 둘러보았다. 우리를 따라오는 저것은 무엇인가? 아무도 알아볼 수 없는 얼굴들—저들은 어디에서 왔는가? "오, 무덤의 어둠이여!" 나는 외쳤다. "핏빛 제단과 불타는 세례반으로부터 비밀의 빛이 저 어둠에 비추고, 천사의 눈에 서린 광채가 저 어둠을 속속들이 밝혔구나.—이들이 진정 너의 아이들인가? 수 세기의 매장으로부터 완전한 기쁨의 목소리에 다시 일어선 생명의 장관이, 공포의 역류 속에서 나를 둘러쌌던 너희들이었나?" 무엇이 나를 괴롭혔는가, 지상의 승리가 다가오고 있을 때 나는 무엇을 두려워해야 했던가? 아! 잠복한 배신의 음침한 속삭임 없이는 기쁨의 소리를 듣지 못했으며, 여섯 살 때 이래로[14] 저 높은 별들 사이에 '재는 재로, 티끌은 티끌로!'[15]라는 비밀의 명문을 쓰는 손가락을 보지 않고는 완전한 사랑의 약속을 듣지 못했던 내 안의 비천한 마음—모든 인간이 기뻐함에도 어째서 너는 두려워하지 않는가? 보라! 내가 거대한 사원 안으로 70리그를 달리며 돌아보았을 때, 나는 산 자와 죽은 자[16]가 하느님을 향해, 인간의 세대들을 향해 함께 노래하는 것을 보았다. 아! 용약한다, 사방에서 터진 급류처럼. 전율한다, 여자와 어린아이의 도망치는 발걸음처럼—아! 돌진한다, 뒤쫓는 날개처럼! 그러나 나는 하늘의 목소리를 들었다.—"공포의 역류는 없으리라—두려움도, 갑작스러운 죽음도 더 이상 없으리라! 조수가 해변

을 덮을 때 그들을 기쁨으로 덮으라!" 성가대의 아이들이
그것을 들었고, 무덤의 아이들이 그것을 들었다. 축제의
모든 무리가 이동할 준비를 마쳤다. 말달려 추격하는 군
대처럼 그들은 발맞추어 이동했다. 우리가 머리에 월계관
을 쓰고 동쪽 문으로 성당을 나설 때, 그들은 우리를 따라
잡아 우리를 능가하는 뇌성으로 마치 의복처럼 우리를 감
쌌다. 우리는 형제로서 함께 행진했다. 하늘을 향해 — 다
가오는 새벽을 향해 — 달아나는 별들을 향해 올라가, 가
장 높은 곳의 하느님께 감사했다. — 전쟁의 짙은 구름 뒤
에 한 세대 동안 얼굴을 감추었던 그분이, 다시금 보좌에
오르고 있었다. — 평화의 계시 가운데 — 워털루에서 등
극하고 있었다. 또 우리는 그대에게 감사했다, 어린 소녀
여! 당신의 형언할 수 없는 죽음의 수난[17] 밑에 들어가 있
는 그녀를 — 돌연 하느님이 측은히 여기고 천사로 하여
금 당신의 팔을 비키게 했다. 그리고 그대, 한순간 내 앞
에 나타났다 영원히 모습을 감춘 미지의 자매여! 그대 안
에서도 그분은 당신의 선하심을 떨칠 길을 찾아냈다. 잠
의 유령들 사이에서 수천 번이나, 그분은 내 앞에 그대
의 모습을 보여 주었으니 — 그대는 황금빛 새벽 앞에 서
서 — 무서운 전언을 앞세우고 — 무덤의 군대를 뒤에 세
운 채 — 새벽의 문으로 들어가려 하고 있었다. 그대가 주
저앉았다, 일어섰다가, 떨고, 혼절하다가, 불현듯 체념하
고, 경배하는 것을 나는 보았다. 잠의 세계들 속에서 수천
번이나, 신은 그대를 뒤쫓았다. — 폭풍을 통해, 황량한 바

307

다를 통해, 유사(流砂)의 암흑을 통해, 푸가와 푸가의 핍박을 통해, 꿈과 꿈속의 무시무시한 부활을 통해 — 최후에 가서야 신은 그 승리의 팔을 한 번 휘둘러,[18] 당신 사랑의 끝없는 부활을 기록하고 또한 새기리라![19]

1. 558–63행.

2. 그리스건축 양식의 하나로 여성적이고 우아한 곡선이 특징이다. 남성적이고 직선적인 도리아식과 대비를 이룬다.

3. 셰익스피어, 『헨리5세』, 1막 1장 33–4행. "잘못을 씻어내는 급한 물결 가운데 / 개과천선한 예도 있지 않으며."(『셰익스피어 전집』, 이상섭 옮김, 문학과지성사, 2016, 388쪽.)

4. 거리의 단위. 1리그는 약 3마일에 해당한다.

5. 가톨릭 신약성경 「요한 복음서」 1장 5절. "그 빛이 어둠 속에서 비치고 있지만 어둠은 그를 깨닫지 못하였다."

6. 워즈워스, 「존 소비에스키의 비엔나 공성전(Siege of Vienna raised by John Sobieski)」, 11–4행. "모두가 입을 모아 구원자를 찬양하며 찬송하라! / 십자가는 뻗어 나가고, 초승달은 희미해질 것이다. / 그는 정복하노라, 기쁨에 찬 하늘에서 노래하듯이 / 그는 정복하노라. 그는 신을 통해, 신은 그를 통해." 이는 폴란드–리투아니아 연방의 국왕이었던 얀 3세 소비에스키(Jan III Sobieski)가 빈 전투(1683)에서 투르크 군대에 승리를 거둔 것을 기념하는 내용이다. 이 승리로 그는 교황에게서 기독교 세계의 구원자라는 칭호를 받았다.

7. '캄포 산토(Campo Santo)'는 글자 그대로 풀이하면 '거룩한 들판'이라는 말로 공동묘지를 뜻한다. 피사에 있는 캄포 산토는 중세 귀족들의 묘당으로 1283년에 완공되었다. 전설에 의하면 십자군이 예루살렘의 골고다 언덕에서 가져온 흙을 이 밑에 깔았다고 한다.

8. 1346년 프랑스 북부 크레시에서 잉글랜드가 프랑스에 대승을 거둔 전투. 백년전쟁에서 가장 중요한 전투 중 하나로 꼽힌다.

9. 신약성서 「루가의 복음서」 2장 10절. "천사는 말하였다. '두려워하지 마라. 나는 너희에게 기쁜 소식을 전하러 왔다. 모든 백성에게 큰 기쁨이 될 소식이다.'"

10. "셋째 천사가 나팔을 불었습니다. 그러자 하늘로부터 큰 별 하나가 횃불처럼 타면서 떨어져 모든 강의 3분의 1과 샘물들을 덮쳤습니다." 신약성서 「요한의 묵시록」 8장 10절.

11. "마침내 그 여자는 아들을 낳았습니다. 그 아기는 장차 쇠지팡이로 만국을 다스릴 분이었습니다. 별안간 그 아기는 하느님과 그분의 옥좌가 있는 곳으로 들려 올라갔고." 신약성서 「요한의 묵시록」 12장 5절.

12. 제단의 뿔은 제단 네 귀퉁이에 솟아 있는 뾰족한 부분으로, 구약성서에서 희생 제물을 여기에 묶어서 신에게 바치거나 그 피를 바르기도 하고 (구약성서 「출애굽기」 29장 11–2절.

"너는 만남의 장막 문간, 곧 야훼 앞에서 수송아지를 잡아라. / 그 수송아지의 피를 손가락에 찍어 제단 뿔에 바르고 나머지 피는 모두 제단 바닥에 부어라.") 죽을 죄인이 성전으로 도피했을 때 이것을 움켜쥐기도 했다(구약성서 「열왕기상」 1장 50절. "아도니야도 솔로몬을 두려워한 나머지 일어나 달려가 제단의 뿔을 움켜잡았다.").

13. sanctus. '거룩하시다'라는 뜻. "그 네 생물은 각각 날개를 여섯 개씩 가졌고, 그 몸에는 앞뒤에 눈이 가득 박혀 있었습니다. 그리고 그들은 밤낮 쉬지 않고 '거룩하시다. 거룩하시다. 거룩하시다. 전능하신 주 하느님 전에 계셨고 지금도 계시고 장차 오실 분이시로다!' 하고 외치고 있었습니다." 신약성서 『요한의 묵시록』 4장 8절.

14. 드 퀸시가 여섯 살 때 누나 엘리자베스가 세상을 떠난 사건을 암시한다. "여섯 살을 마감할 즈음, 내 삶의 첫 장 — 심지어 되찾은 낙원의 문 안에서도 기억할 만한 가치가 있는 장 — 이 돌연 폭력적으로 중단되었다. '생은 끝났다!'는 것이 내 마음의 은밀한 의혹이었다." 『자전적 소묘』 1장. 이 책 370–1쪽 참조.

15. 이 책 70쪽, 110쪽 36번 주석 참조.

16. "그분은 우리에게 하느님께서 자기를 산 자들과 죽은 자들의 심판자로 정하셨다는 것을 사람들에게 선포하고 증언하라고 분부하셨습니다." 신약성서 「사도행전」 10장 42절.

17. 워즈워스, 「기도의 힘(The Force of Prayer)」, 42–3행. "그녀는 위안을 빌릴 수 있으리 / 죽음에서, 죽음의 수난에서 놓여날 위안을."

18. "전능자는 (…) 이렇게 선언하신다. '내 마음에 드는 아들이여, 너의 승리의 팔이 / 한 번 휘두르면, 죄도 죽음도 입 벌린 무덤도 마침내 / 혼돈 속으로 던져져 영원히 지옥의 입을 틀어막고 / 그 게걸대는 아가리를 영원히 봉하리라.'" 밀턴, 『실낙원』, 10편 633–7행.

19. 1854년 판본에서 드 퀸시는 이 부분을 이렇게 썼다. "잠의 세계들 속에서 수천 번이나, 나는 그대가 신의 천사에게 쫓기는 것을 보았다. 폭풍을 통해, 황량한 바다를 통해, 유사(流砂)의 암흑을 통해, 꿈과 꿈속의 무시무시한 계시를 통해. 최후에 가서야 신은 그 승리의 팔을 한 번 휘둘러 그대를 파멸에서 낚아채어, 당신 사랑의 끝없는 부활을 그대의 구원 안에 새기리라!"

310

부록 A

『심연에서의 탄식』과 관련된 수고와 기타 자료들

수고

I

[이 수고는 뉴욕 공립도서관의 '헨리 W. 와 앨버트 A. 버그 컬렉션'에 소장되어 있다. 이 글은 A. H. 잽, 『토머스 드 퀸시 유고집』(런던: 하이네만, 1891–3), 1권 4–5쪽에도 실렸지만 잽은 원본의 많은 부분을 임의로 첨삭하고 변경했다.]

    1. 끔찍한 아기　　　권능 안에서 완전해진 순수의 영광이 있었다: 하느님을 보았던 아기의 끔찍한 아름다움이 있었다.

    2. 침몰하는 배들[1]

    3. 대주교와 불의 지배자

    4. 약속하신 하느님 — 발람브로사의 낙엽[2]을 헤아리다.

    5. 그러나 내가 체념하여 굴복했음에도, — 나는 찾을 수 없는 것을 찾아 헤매었다 —

        때로는 아라비아사막에서

        때로는 바다에서 — 그리고 6번.

6. 그것은 악의적으로 우리를 앞서 달렸다.

7. 사형 집행일의 아침

8. 레바논의 딸[3]

9. 키리에 엘레이손[4]

10. 결어

11. 아라비아사막의 아이 방

12. 알키오네[5]의 고요 — 그리고 관(棺)이 천사들의 얼굴을 마주 본다!

13. 그 말에, 그 생각에, 혹은 그 모습에

14. 오 아포타나테![6] 죽음을 미워하고 슬픔의 오염을 정화하도다!

15. 몇 달 동안 나를 뒤쫓아 다니는 이 여인은 누구인가. — 그녀는 항상 내 뒤에 있어서 얼굴을 볼 수 없다. — 하지만 나는 그 정체를 알 것 같다.

16. 카고와 크레시다[7]

'눈에 띄지 않는 호젓한 인생길'[8] — 마치 아기 혼자만 밟고 지나간 오솔길처럼, 아무에게도 인식되지 않은 탓에 겉치레가 자연히 소멸되고, 그 부침의 감각을 잊게 되는 인생길.

II

[(i)은 뉴욕 공립도서관에 소장된 쪽글 수고를 옮긴 것이고, (ii)는 잽이 편집한 『드 퀸시 유고집』에서 발췌한 것

이다. 드 퀸시는 『심연에서의 탄식』의 세 번째 연재글을 「레바나와 슬픔의 모후들」, 「브로켄의 유령」, 「사바나라 마르」로 끝맺었다. 하지만 애초에 그는 「레바나와 슬픔의 모후들」 바로 뒤에 '어둠의 해석자'라는 제목을 단 별도의 글을 삽입할 생각이었던 것 같다. 만약 이 계획대로 되었 다면 「브로켄의 유령」과 「사바나라마르」에 등장하는 어 둠의 해석자를 이해하기가 좀 더 수월했을 것이다. 뉴욕 공 립도서관의 수고에는 '슬픔의 모후들'에 대한 언급이 나오 며, 1부 피날레의 꿈 에피소드들을 「어둠의 해석자」, 「브 로켄의 유령」, 「사바나라마르」 순으로 정해 놓았다. 「어 둠의 해석자」 원본은 소실되었지만, 잽이 편집한 판본이 『유고집』 1권 7-9쪽에 실려 있다.]

(i)
뉴욕 공립도서관 수고 및 기록물실
토머스 드 퀸시 기타 개인 기록 파일

1부 피날레
어둠의 해석자, 브로켄의 유령, 사바나라마르

독자 여러분은 '슬픔의 모후들'을 묘사한 '환영'에서, 특 히 증오하고 유혹하는 사악한 자매에게 마돈나가 내린 어 두운 충고에서, 마음의 경련에 어떤 종류의 어두운 효용 들이 일사분란하게 존재하는가를 들었다. 이는 연극적 체

313

넘에 의해 위선적으로 과시되는 효용이 아니다. 연극적 체념은 언제 어디서나 진리를 — 위선적인 경건보다는 과오를 범하는 진실성을 — 설령 과오가 있을지라도 올곧은 진실성을 — 사랑하시는 하느님의 권위를 모독하는 처사다. 자기를 정복했음에 만족스럽게 주목하며 거창하게 떠벌리는 체념보다는 차라리 사악한 요술을 부리는 죄로서 반항하는 편이 그분이 보시기에는 더 용서받기 쉽다. 슬퍼할 지위를 차지한 자의 슬픔을 언제나 가능한 한 많은 이웃에게 과시하라. 당신의 슬픔이 크다면 별로 힘든 일도 아닐 것이다. 이런 체념은 자기기만이자 안주이며, 아무리 고귀하더라도 진정한 슬픔에 기반한 것이 아니다. 진정한 슬픔은 삶의 반대이며, 황량한 슬픔 속의 처절한 용맹이 존재하기 위한 조건이기 때문이다. 그러나 당신의 노력을 은밀히 지켜보는 하느님은 그 노력에 서서히 힘을 불어넣어, 처음에는 그분께 경의를 속삭이고픈 미약한 소망에 불과했던 그것을, 혼자서 고요함을 견디는 위업으로 만들어 줄 것이다.

　　나는 후년에, 20세에서 24세 때에 어린 시절의 이런 투쟁을 되돌아보면서 한 아이가 과연 이런 규모의 투쟁에 노출될 수 있는지 대단히 놀라워하곤 했다. 하지만 경험이 넓어지면서 두 가지 관점이 눈앞에 펼쳐지며 내 놀라움은 사그라졌다. 첫째는 — 아이들의 고통이 삶의 현실 도처에 거대한 규모로 펼쳐져 있다는 것이다. 갓난아기의 세대 중에서 당신이 보는 이들은 일부에 불과하며,

그중 태어나서 살아남은 아기는 전 세계적으로 절반도 안 된다. 사라진 절반, 어느 나이대건 지금 살아 있는 아이의 수보다 더 많은 나머지 아이들은 온갖 고통에 의해 횡사했다. 바로 이 그레이트브리튼에서 — 1년에 3천 명, 한 세기에 30만 명, 다시 말해서 (주일을 제외하고) 하루에 약 열 명의 아이들이 화염에 싸여 하늘나라로 간다.* 그리고 살아남아 성년을 맞은 이들 가운데서도 얼마나 많은 아이들이 굶주림, 추위, 헐벗음의 맹렬한 고통과 싸웠는가! — 이 모든 것을 알게 되고서 나의 투쟁으로 다시 눈길을 돌렸을 때, 나는 자주 말하곤 했다. — "그건 아무것도 아니었다." 둘째로, 내 자식들의 유아기를 지켜보면서 발견한 것이 있다. — 이는 어머니와 보모와 또한 철학자들도 익히 아는 사실이다. — 불만을 표현할 다른 언어를 갖지 못한 시기에, 유아의 눈물과 애통은 파가니니의 크레모나[9]만큼이나 무궁무진하게 전 음계로 퍼져 나간다는 것이다. 이 언어에 어느 정도라도 익숙한 귀라면 그것이 가리키는 고통의 진도와 선율을 잘못 알아들을 수가 없다. 부아나 투정이 실린 울음은 아무리 애를 써도 간절한 울음처럼 들릴 수 없다. 조급함, 허기, 짜증, 원망, 놀람의 울음은 모두 제각기 다르다 — 베토벤의 합창과 모차르트의 합창만큼이나 다르다. 하지만 가장 건강한 아기들도 때때

---

* 잉글랜드와 스코틀랜드에서 매년 3천 명의 아이들이 불에 타 죽는다. 이는 주로 부모의 부주의 때문이지만, 또 다른 사악한 원인도 있으며 그러한 참상 또한 이 수치에 포함된다는 사실을 몸서리치며 덧붙인다.

로 그러듯이, 동방 콜레라의 호랑이 손아귀처럼 억센 무슨 배앓이에 한 시간 동안 시달리는 아기를 당신이 본다면—어머니에게 도움을 애원하며 괴로워하는, 몰록[10]의 심장에도 폭풍을 일으킬 만한 신음 소리를 듣게 될 것이다. 이 소리는 한번 들으면 잊을 수 없다. 여기서 내가 지속적으로 관찰한 사실은 이러했다. (약 두 달에 한 번꼴로 발생하는) 그러한 성격의 폭풍이 지나간 뒤에는 어김없이, 즉 항상 그다음 날, 길고 긴 잠이 어둠과 그 어둠의 기억을 작은 피조물의 두뇌에서 몰아냈을 때, 집중하고 관찰하고 활동하는 지적 능력의 현저한 확대가 일어났던 것이다. 이는 우리 위대한 현대 시인의 사례에 새로운 의미를 부여했다. 그는 한밤중 미쳐 날뛰는 폭풍이 장대한 숲에서 일으키는 굉음을 들으며, 이 모든 지옥 같은 소란이

"또한 이 뒤에 올 눈부신 고요를 알리는"[11]

것임을 상기했다.

고통이 형극으로, 슬픔이 광란으로 빠지는 것은 심오한 본성을 환기시키기 위한 필수 조건이다. 레반터[12]나 몬순 없이는, 마시글리 백작*이 측정한 그 어떤 바다보다도 더 깊은 바다를 그 잠든 심해까지 샅샅이 수색하고 갈

---

* 마시글리 백작(내가 알기로는 제국군에 복무한 오스트리아인)은 약 60년 전 지중해와 대서양의 여러 지점에서 수심을 재고자 시도했다. 내 기억이 옳다면 그는 대체로 1잉글리시마일 이내에 바다에 닿았다.

가리 찢어 놓을 수 없다. 지극히 심오할 뿐만 아니라 끝없는 몽상에 스스로를 소진할 위험에 처할 정도로 지극히 내향적이고 몰입하는 본성은, 때때로 고통 없이는 흔들어 깨울 수 없다.

(ii)
잽,『유고집』, 1권 7–9쪽

고통은 — 지력을 창조하는 데미우르고스[13]처럼 — 자연이 휘두르는 강한 힘이며 대부분의 사람들이 인식하는 것보다 더 강한 힘이다.

　　수면 중에 나는 **어둠의 해석자**의 입술에서 흘러나오는 진리를 자주 들었다. 그는 누구인가? 그는 그림자다, 하지만 독자여, 나는 이 그림자를 당신에게 소개하는 수고를 감내해야 한다. 그를 두려워할 필요는 없다. 내가 그의 본성과 기원을 설명하면, 그가 본질적으로 해롭지 않음을 알게 될 터이기 때문이다. 또 이따금 그의 용모가 위협적이라 해도 그런 일은 드물다. 게다가 그러한 분위기일 때의 모습이 마치 일진광풍에 휩쓸린 구름처럼 급속히 바뀌기 때문에, 무시무시한 측면을 찾았다 싶어도 그것은 언제나 형성될 때만큼이나 빠른 속도로 흩어져 버릴 것이다. 그의 기원에 대해 말하자면 — 그것이 무엇인지 나는 정확히 알지만, 이를 당신에게 이해시키려면 준비를 위한 약간의 우회가 필요하다. 아마도 당신은, 많은 아이들

317

의 눈에는 힘이 깃들어 있어서 그것이 어둠 속에 침대 커튼과 침실 벽 사이를 앞뒤로 오가는 주마등 같은 형상들의 거대한 극장을 투영한다는 사실을 알고 있을 것이다. 몇몇 아이들에게는 이것이 반수의적인 힘이어서 — 이 쇼를 통제하거나 어쩌면 정지시킬 수도 있지만, 나머지 아이들에게 이는 완전히 자율적인 힘이다. 나 자신으로 말하자면, 나의 마지막 고백을 썼을 무렵 — 여태껏 존재했던 모든 이교도의 흉포하거나 찬란한 종교들을 합친 것보다도 더 — 장엄하고 애절하며 영겁에 속했으면서도 때때로 기쁨과 승리에 찬, 마치 시간의 문으로 들어가는 듯한 행렬을 바로 이런 식으로 목격한 바 있다.[14] 자, 인간 영혼의 어두운 장소에는 — 슬픔 속에, 공포 속에, 복수하려는 분노 속에 — 이와 비슷한 자기 투영의 힘이 존재한다. 아마도 30년 전에, 시먼스라는 남자가 저주받은 분노의 돌연한 발작에 휩쓸려 몇 건의 살인을 저질렀다. 내 기억에 따르면 이 사건은 미들섹스의 허드스든에서 일어났다.[15] '복수는 달콤하다!'가 당시 그의 섬뜩한 모토였고, 이 모토는 그 자체로 한 인간이 열어젖힐 수 있는 심연을 기록한다. 복수는 달콤하지 않다. 사욕을 품지 아니하는 강렬한 사랑의 주문에 의해 그것이 유순해지지 않았다면 말이다. 그리고 그가 복수해야 했던 대상은 여인의 경멸이었다. 그는 변변찮은 농장 일꾼이었고, 실제로 그런 사람들이 흔히 그러하듯이, 그들의 천직을 직업적으로 존중한다는 적절한 원칙 아래, 발음할 때 음절이 꼴사납게 부딪

318

치는 들일용 겉옷(smock-frock) 즉 블라우스를 걸치고서 처형되었다. 그의 젊은 여주인은 장래성으로나 교육으로나 모든 면에서 그보다 훨씬 더 우월했다. 하지만 천성이 오만하고 세상 물정에 어두웠던 그자는 주제넘게도 자신의 젊은 여주인 중 한 명을 넘보았다. 그녀는 그의 무례한 접근을 거부하며 크나큰 경멸을 표시했고, 그녀의 자매들도 이러한 멸시에 가세했다. 그는 이 모욕을 밤낮으로 곱씹었다. 고용 기한이 끝나고 그가 이 가족의 뇌리에서 사실상 잊혔을 무렵의 어느 날, 그는 복수의 화신처럼 가족의 여자들을 기습했다. 그는 사람을 가리지 않고 살인적인 나이프를 사방에 휘둘러 대며, 방 안을 닿는 곳마다 피바다로 만들었다.

이 살육이 최종적으로 초래한 결과는 그것이 애초에 보였던 기세처럼 무시무시하지 않았다. 내 생각에 그중 일부는 부상에서 회복했고, 끝내 회복하지 못한 한 사람은 불운하게도 그가 격분한 원인과 전연 상관없는 인물이었다. 그런데 이 살인범이 교도소 담당 사제와의 대화에서 한결같이 주장한 바에 따르면, 그는 이 흉포한 질주에 돌입했을 때 오른쪽에서 자신을 따라오는 어두운 형상을 뚜렷이 느꼈다고 한다. 물론 미신을 믿는 이들은 이를 어떤 악령이 모습을 드러낸 것으로 여겼고, 그 불요한 존재를 사악한 만행과 결부시켰다. 시먼스가 철학자는 아니었지만, 그렇다고 이런 가설을 용인할 정도는 또 아니었다는 것이 내 견해다. 그날 저녁 악행을 부추길 존재가 필요치 않은 사람이 전 유럽에서 단 한 명 있었다면 그는 바로 시먼스 씨였을 터이기 때문이다. 그에 대해서는 시먼스 씨 자신이 누구보다도 더 잘 알았을 테니까 말이다. 나는 그를 아는 혜택을 누리지 못했지만, 만약 그랬다면 그에게 이 점을 설명해 주었을 것이다. 사실 인간 본성의 불가사의한 심층이 적절한 흥분 상태에서 — 심지어 고정된 형태로 — 투영할 수 있는 그림자의 본영(本影)과 반영(反影)에 비하면, 경외의 측면에서 볼 때 악령은 시시하고 하찮은 존재에 불과하다. 나는 다음 기회에 이 점에 다시금 주목할 것이다. 인간 본성의 모든 부분에는 창조적인 힘이 있으며, 한 생애가 다 가기 전에 그중 1천 번째 부분까지 드러날 수 없을 것이다.

III

[이 환상은 서로 다른 두 개 출처에서 나왔고, 드 퀸시가 '몇 달 동안 나를 뒤쫓아 다니는 이 여인은 누구인가'라는 제목을 붙인 꿈 에피소드, 그리고 그가 『탄식』에 포함하기로 계획한 글 목록 중 열다섯 번째에 해당하는 내용으로 보인다(312쪽 참조). 이 환상의 첫 번째 부분은 잽의 유고집에만 남아 있으며, 두 번째 부분은 워즈워스 도서관에 소장된 원고다.]

잽,『유고집』, 1권 16–7쪽

내 꿈에는 미래가 자주 예시되었기에 나는 그 징후를 읽지 않을 수 없었다. 어느 이슬 맺힌 아침의, 한적한 저녁의, 혹은 다른 사람들에게는 깊은 잠이 내려앉았건만 그의 피곤한 눈꺼풀에는 찾아오지 않아 잠 못 드는 조용한 밤의 한때를 갖지 않는 사람이 있으랴 — 영혼을 숨죽이고, 보이거나 어렴풋이 느껴지는 그 무엇이 먼 옛날의 평온했던 시간에 신비적인 전조에 의해 이미 예견되었던 것이 아닌지 자문해 보는 한때를 갖지 않는 사람이 있으랴. 그시간이 출생 전이었는지 후였는지는 알지 못한다. 그가 확실히 아는 바라고는 그의 과거와 현재와 미래가 벼락같은 계시의 경외로운 한순간에 융합되었다는 것뿐이다. 아, 사람 안에 거하는 영이여, 너의 계시는 얼마나 미묘한가. 네가 불러일으키는 황홀은 얼마나 깊고 얼마나 혼미한가. 네가 심장을 찌르는 창은 얼마나 통렬한가. 네가 상처를 달래는 꿀은 얼마나 달콤한가. 너의 커튼 뒤에 놓인 절망과 비난은 얼마나 어두우며, 마치 구름을 뚫고서 꽂히는 벼락처럼 천상의 불길과도 같은 감각으로 우리를 덮쳐 종종 우리 자신을 초월한 곳으로 날려 보내는가!

6월의 신선한 아침, 내가 가는 길을 따라 장미 향기가 풍겨 온다. — 나는 아직 이슬에 젖은 잔디밭을 걷고 있다. — 그리고 저 멀리 어른거리는 안개가 깔려 있다. 불현듯 안개가 걷히나 싶더니, 촉촉한 어스름 속에서 장미와 송이송이 클레마티스에 둘러싸인 시골집 한 채가 드러난다. 그 집은 나무로 덮인 구릉지에 보석처럼 박혀 있는데, 집 뒤로는 구릉이 물결치듯 솟아 있고 좌우로 드넓은 수면이 반짝인다. 시골집 위로는 방금 그 자리에 있던 구름이 걷힌 듯 햇무리가 걸려 있다. 시골집의 문이 열리고 한 사람이 나온다.[16] 행여 닥칠까 염려하거나 뇌리에 새겨진 무서운 비통의 전율로 가득 찬 얼굴이다. 그 사람은 처음에는 눈물 젖은 얼굴을 쳐들고 팔을 흔들어 나를 오라고 부르더니, 내가 몇 야드를 나아가자 더 오지 말라고 경고한다. 내가 경고를 무시하고 계속 나아가자 어둠이 깔린다. 사람, 시골집, 구릉지, 나무들, 햇무리가 서서히 희미해지더니 사라진다. 내게 남은 거라곤 나를 부르고 또 물리치는 그녀의 얼굴에 어렸던 표정뿐이다.

(ii)

워즈워스 도서관, 도브 코티지, 그래스미어,
MS 2002.1.14.

마치 — 그녀가 사라졌을 때 내가 이런 상상을 한 것은 아니다 내가 생각한 것이 아니라 그녀의 표정에서 읽어 낸 것 같았다. — 우리 둘이 함께였고 — 거친 파도가 치는 심연으로 함께 들어가 — 함께 허우적거리며, 역경을 함께했던 것 같았다 재앙에 갈기갈기 찢긴 연인으로서 그러했는

322

지 우리는 그저 이 세상에서 함께 평화롭기만을 염원했는데 가혹한 필요에 의해 쓰라린 반목을 해야 하는 전투원으로서 그러했는지 — 오 얼마나 날카로운

마치 그녀가 — 육신으로부터 추출되어 나온 — 일종의 혼백 상태에 있어서 내가 기억하지 못하는 것을 기억하는 것 같았다. 오 '매우 청아한' 달이 '매우 청아한' 여름날을 향해 반쯤 열린 6월의 맑고 화창한 아침에, 그 맑고 화창한 눈이 1천 년 전에 흘러간(실로 오래전이지만, 우리의 재회는 이번이 처음이므로 이제 다시금 새로워진) 일들의 기억을 내 안에서 책망하듯 일깨우는 것처럼 보였을 때 나는 얼마나 몸서리쳤는가 — 오호통재라 — 그것은 까마귀가 역병 앓는 지붕으로 날듯[17] — 바이올렛 꽃밭에서 훅 끼치는 부패의 신성한 악취처럼 나를 덮쳤다. 충격적인 무엇이 — 어둠 속의 찬란함이 — 내 앞에 언뜻 모습을 드러냈다. — 마치

여름의 열대 속에 불모의 무덤을 숨긴 싱그러운 초목과도 같고 — 6월에 누나의 관 옆에 나란히 잠든 심오한 아름다움과도 같고 — 무한히 멀리서 굽이치는 저 거룩한 놀들과도 같았다. 그것이 누나로부터 왔는지 누나에게로 가는 것이었는지는 모른다. 그것이 그러한 성격의 기념물이었을까? 어둑어둑하고 멀리 떨어진 인생의 단계들이 — 그 연결 고리가 숨겨진 채 서로 희미하게 연결되어 있다가

불현듯 갑작스럽게 드러나는 것일까.

　　이 여인은 — 수년간 내 꿈에 출현했다. 내 꿈의 강렬한 특성을 고려할 때, 그것은 하늘을 그대로 반사하는 호수보다는 간단히 복제할 수 없는 위대한 예술가 — 다빈치나 미켈란젤로 — 의 연필에, 실제를 충실히 반영하면서도 자유로운 해석에 훨씬 더 가까웠다. 하지만 그 출현 양상의 변화는 놀라웠다. 3년이 흐른 뒤 그녀는 여름 새벽에 — 창가에서 — 자주 나타났다. 발코니로 열린 창문이었다. 다른 부분은 촌스럽고 소박한 이 시골집의 실제 모습에, 이러한 특색은 특별함과 세련됨을 더해 줄 뿐이었다. '평화의 영'이여 — 이 시골집 위에서 자고 일어난, 비둘기 같은 새벽이여 — 깨지지 않은

아 독자여! — 당신은 내가 말하려는 것이, 상세히 늘어놓기에는 너무 은밀하고 너무 성스럽다고 생각할 것이다. 그러나 그렇지 않다. 더 깊은 비통이 심장에 닿을수록 나는 그것을 더 많이 상세히 털어놓아야만 한다. 세계가 사라진다. 무덤 속에서 나는 오직 한 세계의 장려한 유적을 찾는다. — 세상을 떠난 사랑의 기념비들은 — 그 잿빛을 신록으로 덮은 슬픔의 기록이었고 — 체념한 분노와 은밀히 값을 치른 공포의 기념비였고 — 지나간 폭풍의 경련이었다. 지금 내가 하려는 말은 앞으로 내가 할 모든 말을 통틀어 가장 미신에 가까울 것이다. 그리고 살면서 한 번도 악인이 되어 본 적이 없는 자는 반드시 미신을 믿는다

고 생각해도 좋다. 이는 그가 인간의 나약함에 바치는 경의다. — 그가 이러한 경의를 바치지 않는다면 — 이러한 나약함을 공유하는 데 수긍하지 않는다면 — 그것이 지닌 힘 또한 전혀 갖지 못할 것이다. —

이 헤베[18]의 얼굴은 3년간 내 앞에 출몰했다. 그것이 출몰한 방식을, 나는 그런 퇴색한 말로 된 흔한 사변들처럼 양적으로가 아니라 질적으로 설명하려는 어설픈 시도를 해야만 한다. 그것이 내가 그때까지 아니 지금까지 보았던 가장 어여쁜 얼굴, 어여쁨이 가장 독특하게 표출된 얼굴이었다는 말로는 턱없이 부족하다. 그것은 매우 어여뻤으나 이는 세속적인 것이었다. 그 뒤에는 보다 더 무서운 무엇이 있었다. 하지만 이것도 정확한 표현은 아니었다. 무서움은 미래를 주시한다. 이것도 어쩌면 그러했지만, 그것이 주는 아니었다. 이것은 주로 미지의 과거를 주시했고, 그런 이유로 말미암아 경외로웠다. 그렇다 경외롭다는 게 정확한 말이었다. 그것은 무덤의 특성을 띠고 있었다. 이제는 끝없는 무덤 속에 묻힌 저 천상의 눈부신 아침이면, 언제나 나는 거실로 내려가서 먼저 그녀에게 인사를 보내곤 했다. 그녀의 시선은 언제나, 그림 속의 시선처럼 방 안의 나를 좇아 움직였고, 거기에는 마치 큰 슬픔을 겪었거나 겪을 것처럼 미묘하게 억눌린 비애가 담겨 있곤 했다.

때는 감미로운 5월이다.

오 과연 그러했다. — 하지만 그녀는 마치 — 본래 그

325

녀는 천계의 아우로라[19]였는데 — 돌연 천국에 그녀의 소식이 끊긴 채로 1천 년이 흘렀고 — 그녀가 다시 천국의 문으로 들어왔을 때는 비록 여전히 순수했을지언정 — 어떤 인간도 읽을 수 없는 비탄에 쇠해 버린 듯했다. — 그녀는 자신이 처음에 누렸던 기쁨으로 되돌아왔으나 — 이제 그것은 기쁨 속의 지고한 기쁨이 아니라 — 어딘가에서 — 오 어디에서? 어느 머나먼 세계 — 오 네가 도사린 세계에서 — 비통으로 오염된 기억의 심연으로부터 부활한 기쁨이 되어 있었다. —

핏방울들을 지나 — 온 사방에 평화와 방해받지 않은 고독의 깊은 침묵뿐이었는데 — 그 사랑스러운 여인에게만 이 전율의 신호가, 그녀 심장에 앉은 태고의 깊은 서리 밑에 잠들어 있다가 — 방금 거세게 날개 치며 그녀의 얼굴에 떠오른 듯했다. 하나의 삶이 — 이토록 초라한 것이 — 그녀의 주의를 움직였다는 게 과연 가능한 일일까. 오 아니다. 마치 가련하고 쇠잔한 이 삶이 우연찮게도 다른 1만 생애의 운명을 결정하고 방향을 결정한 것 같았다. 한 가련한 50년의 삶처럼 비천한 것으로는 턱도 없고, 적어도 수백 년에 다시 100년의 생애를 곱해야, 시골집에서 그녀가 내게 손을 내저었을 때 그 사랑스러운 입술에 떠오른 것 같은 전율을 불러일으킬 수 있을 것이다.

　　오 독자여 5년 뒤에 나는 그 어여쁜 얼굴을 현실에서 보았다. 그것을 실물로 보았다. 그 여성다움이 만개한

326

모습을 보았다. 그 시골집을 보았다. 그 아름다운 새벽을
1천 번이나 보았다. 외로운 아침에 외로운 비둘기의 울음
을 들었다. 평화를 보았고, 또한 내게 시골집으로 다가오
지 말라고 경고했던, 25년간 여전히 꿈속에서 울려 퍼지
고 있는 공포를 보았다.

마치 우리 둘 사이에 슬픔이 있었거나 있을 것처럼 — 이
구절인가?

IV

『아편 고백』의 출간을 추진한 원리가 무엇이었든, 명확히
계획된 동기였든, 막연하게 느낀 충동이었든 간에 — 이와
완전히 별개로, 그것이 실제로 일으킨 결과에 대한 의문
은 여전히 남을 것이다. 양심적인 사람이라면 자신의 행
동이 전혀 의도치 않은 결과를 낳은 데 한탄할 것이고, 애
초에 자신이 짐작조차 못 했던 그러한 유혹의 책임을 자
신에게 돌릴 터이기 때문이다.

　　그러므로 여기서, 내가 초래한 해악을 만천하에 까
발림으로써 내 힘의 크기를 가늠할 정당한 기회가 열리며,
둘째로 내가 소환한 악령을 몰아내기 위해 내 마법 지팡이

를 다시금 휘두를 가능한 가장 좋은 핑곗거리가 생긴 셈이다. 다른 이들, 예컨대 콜리지 같은 이들의 말을 들으면,[20] 우선 나는 내 고백이 일으킨 대란에 직면하여 공포에 질려야 마땅하다. 그다음으로 나는 양심의 압박에 의해, 한층 더 끔찍한 고백으로 이 대란을 수습할 필요성을 깨달아야만 한다. 1822년에 독이 있었다면, 이제 1845년에는 해독제가 있는 셈이다. 오 허영의 책략이여!— 하지만 나는 둘 다 거부한다. 나는 과거에 남들이 혐의하는 악행을 저지르지 않았고, 현재 그것을 바로잡으려 애쓰지도 않는다. 첫 번째는 사실이 아니며, 두 번째는 가능하지 않다.

이 순간 나는 병상에 누운 한 남자의 사례를 기억하며 웃음을 터뜨린다. 그는 자신이 펴낸 불온한 책이 그의 세대와 미래 세대에 끼칠 끔찍한 해악을 고해신부에게 털어놓으며 후회하고 있었다. 하지만 인정 많은 사제는, 떠돌이 트렁크 가방 제조공 한 명과 장돌뱅이 제과사 몇 명을 빼면[21] 자신이 아는 범위에서는 아무도 그 책을 사지 않았다는 사실을 위안 삼으라고 그에게 간청했다. 이 말을 들은 죄인은 침대에서 벌떡 일어났다. 그러고서 왕년에 권투 동호인이었던 실력을 발휘하여, 고해신부의 모욕적인 위로에 적합한 보상으로서 그를 바닥에 때려눕혔다.

다른 사람은 몰라도 나는 문자 그대로의 의미에서 선한 사제의 제안이 가져다주는 혜택을 도용할 수 없는 입장이다. 1822년에 아주 많은 사람들이(트렁크 가방 제조공은 포함되지 않는다.)『아편 고백』을 구입했고 이 책이 쇄를 거듭하게끔 만들었음은 이미 부인할 수 없는 사실이 되었다. 하지만 아직까지 그중 어느 누구도 나로 인해 아편처럼 악명 높은 약물을 향한 첫사랑에 물들었다거나 그랬을 수도 있다는 말을 들은 바 없다. 아편 복용을 가르치다니!—내가 음주를 가르쳤는가? 내가 수면의 신비를 폭로했는가? 내가 웃음이라는 질환을 창시했는가?

그럼에도 내가 이 위험천만한 약물에 대해 더 날카로운 주목을 유도했거나 더 깊은 흥미를 유발했을 수는 있다. 하지만 이런 사례는, 일상의 습관을 자기 임의대로 선택할 수 있는 사람이 상대적으로 대단히 드문 세계에서는 아마도 희귀한 우연일뿐더러, 마치 기선이 지나갈 때 바다에 이는 물결처럼 사회 표면의 너무나 미미한 파장에 불과하기에 주위를 둘러싼 장대한 수면 속으로 거의 즉각 잦아든다. 이러한 열 건의 사례 중에 다섯 건은 아마도 약물이 체질적으로 듣지 않는 탓에 저절로 치유될 것이다. 또 다른 네 건은 아편을 입수할 일체의 수단을 차단하는 강제적 환경에 의해 치유될 것이다. 아편쟁이는 바다로 나가거나, 감옥에 가거나, 감옥선으로 가거나, 병원으로 가거나, 행군 대열에 징집된다. 이 중의 어떤 경우라도 아편의 사슬은 난폭하게 끊기고 만다. 그렇다면 나머지 한 건의 사례는? 이로 말하자면, 온갖 형태의 아편이 널리 확산되어 있음을 고려할 때, 일체의 개인적인 유혹은 이런 습관을 유발하는 필수 요인이 아니라 우발적 요인이라고 볼 만한 이유가 있다. 어떤 사람이 아편에 깃든 힘을 묘사한

329

글을 읽었다. 혹은 보다 인상적으로, 아편의 작용으로 인한 어느 장려한 꿈에 그 힘이 문장처럼 새겨져 있음을 발견했다. 이것이 그가 아편 복용을 접한 우연한 계기였다. 그러나 그가 화려한 묘사나 화려한 꿈을 전혀 보지 못했다 해도, 어차피 그는 (50명 중 한 명꼴로) 공기처럼 흔한 치통 때문에, 혹은 귀 통증 때문에, 혹은 (콜리지처럼) 류머티즘 때문에 친구의 권유로 아편을 시작했을 것이다. 그러니까 글을 읽거나 꿈을 꾸지 않고서도 그는 자신의 절대적 경험이라는 더 확실한 근거하에 아편의 효능을 터득했을 것이다.

그러므로 나는 그 어떤 해악의 여지도 허용하지 않는다. 그리고 나의 『고백』이 무슨 해악을 초래했다고 믿지 않기 때문에, 그 보상으로 아편을 끊게 해 줄 힘을 제시하지도 않을 것이다. 책에서 무엇을 읽은 결과로 아편을 시작하거나 중단할 사람은 없다는 것이 내 믿음이다. 책이 그것을 암시할 수도 있지만, 책이 없을 경우에는 사람들과의 일상적 교류와 일상적 고통의 경험이 이와 똑같은 암시로 작용할 것이다.

V

[다음 세 편의 쪽글은 그래스미어 도브 코티지의
워즈워스 도서관에 소장된 수고다. MS 2002.44.5.]

330

그의 도피를 끊임없이 무위로 만든다. 그들 중 하나
가—석류의 형태 속에 도사리고 있다. 공주는 자신이 예
측하는 사건이 일어나길 기다리며 누워 있다.[22] 이윽고 석
류가 부풀어 오르더니 벌어지고 쪼개진다. 그 씨가 악의
근원임을 아는 그녀는 재빨리 씨들을 집어삼킨다. 하지만
그중 한 알, 단 한 알의 씨가 미처 낚아채기 전에 또르르
굴러가 강물로 떨어진다. 놓쳐 버렸다. 회수할 수 없다. 그
녀는 승리했지만, 필시 스러질 것이다. 이미 그녀는 자신
을 집어삼킬 화염이 점점 커지는 것을 느낀다. 그녀는 다
급히 물을 청한다. 자신을 구하기 위해서가 아니라(그건
불가능하기에) 고귀하게도 자신의 고통을 잊고, 애초에 자
신이 위험을 무릅쓴 목적이었던 형제 인간의 파멸을 막
기 위해서다. — 하지만 어째서 『아라비안나이트』 이야기
까지 들먹이는가? 흔히 눈에 보이지 않을 만큼 작은 배아
속에 존재하다가 산더미 같은 암흑으로 부풀어 오르고 증
폭되는 그러한 경향성은, 심지어 우리의 일상에서도 훨씬
더 거대한 규모로 나타난다. 인간 선택의 실수 하나, 사람
의지의 약점 하나가, 처음에는 티끌보다 더 작았는데,

　　"거미가 배 속에서 뽑아낸"[23]

실보다 더 미세한 간격으로 빗나갔는데, 간혹 부풀어 오
르고 성장하고 급속히 거리를 넓히기 시작해 최초의 중

심으로부터 멀리 떨어진 가없는 공간으로, 헤아릴 수 없고 돌이킬 수 없는 공간으로, 희망이 꺼지고 복귀가 불가능해진 듯한 지점까지 나아가 버리는 것이다. 그것이 내 아편 이력의 경로였다. 그것이 매일 인간이 저지르는 실수의 역사였다. 그것이 신에 대한 고대 그리스인의 이론이 지닌 원죄였다. 이 원죄는, 그 본질 자체를 꺼 버리고—내가 주장하건대 그리스 지식인들은 절대 발견하지 못할—새로운 원리를 점화하지 않고서는 치유될 수 없었다.

(ii)

종종 메아리가 이를테면 잠이 들곤 하여, 잔향의 연쇄가 서서히 잦아들었다. 불현듯 두 번째 연쇄가 깨어났다가 역시 가라앉은 뒤, 이윽고 세 번째 것이 깨어난다. 어린 시절에 저지른 일들도 그러하다. 엄청난 소요 뒤에 모든 것이 잠잠해진다. 당신은 그것이 끝났다는 몽상에 빠진다. 그러다 한순간, 눈 깜짝할 사이에, 중년에 접어든 어느 운명의 아침에—그 아득한 결과가 저 멀리서 되돌아와 당신을 덮친다. 그러면 당신은 이렇게 혼잣말한다. "맙소사, 내가 인생을 50번 산다 해도—이 범죄는 눈 위에 또 서리가 내리듯이 거듭 나타나겠구나." 나의 고통도 그러했다. 만약 자연의 평화에 내맡겼더라면 나는 그것을 극복했을지도(Verschmerzen)[24] 모른다. 슬픔의 고난이라는 마법으로 그것을 가라앉히고—참고 견딤으로써 그것을 진정시켰을지도 모른다.— 그것이 자연의 방책이었고 — 그것이 자연의 과정이었다. 그러나 보라! 새로운 형태의 슬픔이 솟아오른다. 그 둘이 더불어 증식한다. 그리고 막 잠들기 시작하려던 벌레가 사나운 역병처럼 다시 깨어난다.

(iii)

얼마 후 전혀 가망이 없음을 너무나 슬프게 확신하게 된 우리는 이렇게 말한다.— 그녀가 내게 오지 않는다면 내가 그녀에게 가리라. 거기에는 유년기가 좀처럼 건널 수 없는 심연이 자리 잡고 있다. 하지만 우리는 우리를 둥둥 실어 날라 줄 무언가에 소망을 붙들어 맨다. 우리는 두 손을 뻗으며 말한다.— 자매여, 도움의 손길을 내어 주오.— 우리가 큰 고통 없이 그리로 건너갈 수 있도록, 우리를 위해 하느님께 간구해 주오.

그가 " [이 부분은 잘려 나감.] 가득 찬 방을 찾았다."고 말했다면, 그러나 그가 [나머지 문장은 잘려 나감.]

VI
[다음 아홉 편의 쪽글은 뉴욕 공립도서관의 '헨리 W.와 앨버트 A. 버그 컬렉션'에 소장된 수고다.]

(i)
그렇게 해서 내 놀이방의 벗이었던 세 명 중 하나가 세상을 떠났고, 그와 더불어 죽음과의 친교 또한 시작되었다. 그러나 실제로 내가 죽음에 대해 아는 거라곤 제인이 없어졌다는 사실뿐이었다. 그녀는 가 버렸지만 아마도 돌아올 것이다. 내 딸인 M이 두 살 때 일어난 일 또한 이런 음울한 전망을 처음 엿본 계기로서 이 사례와 비슷했다. 아이는 상처 입은 새 한 마리 때문에 이미 한번 눈물을 쏟은 터였다. 밤에 잘 시간이 되자 아이는 내 서재로 와서, 내게 밤새 새를 지켜봐 달라고, 그리고 무엇보다도 아편팅크(로더넘)로 (그것을 '요더넘'이라고 3음절로 발음하며) 그것을 '고쳐' 달라고 간청했다. (오 내 습관의 전력이여!) 당시 나는 걸핏하면 밤새도록 깨어 있곤 했기 때문에 그 새와 나는 함께 밤을 지샜다. 둘 중 누구도 즐겁지 않았지만, 우리 둘 중에서는 그나마 새가 사정이 나았다. 다음 날 아침, 아침 식사를 끝낸 뒤, 어린 M은 6월의 장미 같고 행복에 겨워 지저귀고 있지만 나와 새는 슬프고 기진맥진해 있을 때, 우리에게 — 우리 가족 모두에게 — 처음으로 어린 M에게, 두 번째로 새와 나에게, 끝으로 이 가족의 성인 여성들과 또한 네 번째로 찻주전자 M에게 — 그 생각이 떠올랐다. 나는 M이 밖에 나가서 아침 공기를 쐬면 좀 좋아지리라고 속으로 생각했던 것 같다. 때는 4월의 맑은 날이었다. 당시 우리는 아름다운 그래스미어에 살았고 집 뒤편에는 — 위대한 시인들이 노래를 지어 바친 바 있는 — 과수원이 있었다. 날아서 도망칠 수 없었던 그 새는, 과수원 산의 수많은 등성이 중 하나와 더 높은 산줄기를 잇는 한 돌

334

계단에 놓였다. 그것은 너무나 눈에 띄게 축 늘어져 있었고 먹이를 먹으려 들지도 않았기에 나는 슬픈 결과를 예감했다. 그래도 그것은 아침의 풍경을 즐기는 듯 보였다.

(ii)

죽음의 헤아릴 수 없는 신비여! 신의 도달할 수 없는 신비여! — 저마다의 신비는 세계들의 토대가 놓인 이래로 서로 전쟁을 벌일 운명이었다. 개중 작은 신비가 큰 신비의 언저리를 잠깐 삼키니 재난이 지나갔다. 개중 큰 신비가 작은 신비의 소용돌이 전체를 영영 삼키니 영광은 아직 오지 않았다. 그런 뒤에 하느님의 아들인 사람은 영원히 그의 눈을 들고 — 이렇게 말하리라. "보라! 두 신비가 있었으나 이제 하나는 없다. 영원히 살아 있는 하나의 신비만이 있을 뿐이다!"

(iii)

크나큰 변화는 크나큰 사색을 부른다. 일상에서 우리는 가장 경사스러운 일들이 불확실한 미래와 맺고 있는 관계로 말미암아 엄숙한 색채를 띠는 것을 목격한다. 아기의 탄생은 크나큰 기대를 물려받으며 무수한 감축의 말로 떠들썩하게 환영받지만, 보다 성찰적인 이들에게는 인간이 품는 기대의 허약함에 바치는 헌사로서 슬픈 경고의 함의를 띠고 다가온다. 그리고 모든 인생사를 통틀어 가장 합법적으로 경사스러운 결혼식 날에도, 모든 새로

335

운 행로에 어쩔 수 없이 깃드는 불길한 슬픔을 물리치려
면 노력을 기울여야 한다 약속은 그러나 새로운 희망이
새로운 위험을 만들어 냈고, 아마도 희열과 계약을 맺은
책임은

(iv)

나사를 돌리고 ― 린치핀을 조여서 ― 이는 두뇌라는 강대
한 기계를 고장 내기 위한 것이 아니라, 아마도 격상시키
기 위한 것이다.―'무한'이 출현했을 때, 그 앞에서 인간
의 평정은 흔들리고, 우아한 형태의 삶은 작별을 고하며,
유령과 같은 것이 들어온다. 이는 너무나 심오한 진실이
어서, 나는 이 영역에서 나 자신이 겪은 엄청난 경험에 대
해 자주 이야기했다. 자비의 하느님이 모종의 갑작스러운
죽음으로 나를 거두어 가시지 않는다면, 이 영역은 결국
내가 두려워하는 대로 지력을 집어삼키고 심장의 생명 중
생명을 집어삼킬 너무도 확실한 운명을 타고났다. 이 **무한**
의 세계는 천국을 갈망하는 대기실을 통해 유령의 세계를
끌고 들어오며, 이 유령의 세계에 들어가는 입구로 간주
되는 **죽음**은 그곳에 비하면 뒷문에 불과할 뿐이다.

(v)

한때 우리의 속을 태웠던 일들이 은밀한 망각 속으로 물
러나는 모종의 기술이 없었다면 ― 삶은 얼마나 지옥 같
았을 것인가! ― 이제 이러한 참상이 어느 과민한 착란

속에서 어떻게 실제로 일어나는지 이해해 보자. 완전한 망각 속으로 가라앉은 일, 통찰의 힘에 의해 희미해진 일 — 그들 전부가 티끌로부터 피투성이 유령으로 솟아오른다. 밤이 오면 평화롭게 진정되어야 할 우리 세속의 전장이 무수한 부활로 살아 움직인다. — 바람처럼 돌격하며 휘몰아치는 기병대 — 아득히 멀리서 울리는 군대의 천둥 같은 함성 — 자욱한 유황 연기 속에서 번쩍이는 무기들.

(vi)

영원(여기서는 죽음이라고 하자.)이 하나의 거대한 별이라 해도, 크기가 4제곱피트도 안 되는 지상의 가장 보잘것없는 돌덩어리로 그 중심부터 가장자리까지 식(蝕)을 일으켜 완전히 — 덮어 — 가릴 수 있다. 그리고 이것은 정말로 진리다. 경험과 동떨어진 믿기 힘든 일 같지만, 죽음의 무시무시한 현실은 그 자체가 명백한 티끌 한 개로 줄어듦으로써 우리 앞에서 완전히 자취를 감추며, 사멸하는 비현실은 바위처럼 육중한 암흑으로 짙어진다.

(vii)

탄식. 아 독자여 꿈의 — 그것이 현실 중의 현실임을 당신이 거부하든 말든 — 분명한 현실이 우리를 더 거대한 순환과 연결하고 있음에 눈뜨라. 이 세계의 사랑과 번민 — 파멸과 공포 — 은 영원한 순환 속의 순간들, 요소들에 불과하다. 동방에서 이어져 내려오는 이 순환은, 서

방에서는 잊혔기에 그저 추측만 할 수 있을 뿐이다. 당신이 개인적으로 겪는 재앙이라는 사실 그 자체가 생명이다. — 비극은 자연이다. 희망은 꽃 위에 쓰인 희미한 조짐일 따름이다.*

(viii)

남녀를 떠나 우리 모두에게는 위기의 연령 — 가볍고 무책임한 감각이 천상의 새벽을 황금빛으로 물들이기를 중단하는, 장엄하고 의식적인 이행의 연령대 — 이 있다. 법이나 관습으로 정해져 있지 않은 이 연령은 내게는 아마도 18세였고, 당신에게는 17세였고, 또 어떤 이에게는 19세일 것이다. 그 관문 안에는, 그 음울한 통로의 아치 밑에는 자기 자신의 유령이 도사리고 있다.

(ix)

오 날개를 펼치고 은밀한 진리를 곱씹는 영원이여 그 진리의 뿌리에는 인간의 신비가 — 그가 어디서 와서 어디로 가는지가 — 놓여 있다. — 내가 너를 찾아내어 네 끔찍한 오르간의 정확한 건반을 누른다면.

* 여기서 나는 자연의 징조를 암시하고 있다.

1. 어쩌면 이 꿈 이야기는 「꿈의 푸가」의
1절과 2절에서 돛단배가 전함을 만나
침몰할 뻔하는 대목과 연관이 있을지도
모른다.

2. 밀턴, 『실낙원』, 1편 302–3행.
"실신한 채 나자빠진 천사들의 모양은
마치 (…) 발롬브로사의 냇물에 흩어진
가을 낙엽과도 같고 (…) 그만큼이나
빽빽하게 흩어져 처참하게 넋 잃은
모습으로 누워 있다." 발롬브로사는
'그늘진 골짜기'라는 뜻으로, 피렌체에서
동쪽으로 약 30킬로미터 떨어진
명승지다. 흔히 '발람브로사'라고 잘못
표기되었다. 밀턴은 이곳을 방문하여
경치를 감상한 적이 있었다고 한다.

3. 드 퀸시는 「레바논의 딸」이라는 글을
써서 『고백』의 1856년 판본 끝부분에
실었다.

4. Kyrie Eleison. 주여, 우리를 불쌍히
여기소서.

5. 바람의 신 아이올로스의 딸
알키오네는 남편 케익스가 바다에서
풍랑을 만나 죽자 물에 뛰어들어 따라
죽으려고 했다. 신들이 이 부부를
불쌍히 여겨 물총새로 만들었다. 물총새
부부가 바다에 떠다니는 둥지에서 알을
품을 때면 아이올로스가 바람을 막아
준다고 한다. 그래서 동지 전후에 날씨가
좋고 바다가 고요해지는 7일 동안을
'알키오네의 고요(halcyon calm)'라고
한다. 오비디우스, 『변신 이야기』, 11권,

410–748행 참조.

6. Apothanate. 아마도 그리스어로 '죽다'
혹은 '죽어야 한다'는 말에서 유래한
듯하다.

7. 카고(Cagot)는 프랑스와 스페인의
일부 지역에 13세기경부터 20세기
초까지 존재했던 불가촉천민
집단이다. 크레시다는 셰익스피어의
희곡 「트로일러스와 크레시다」의
등장인물이다. 트로이 왕 프리아모스의
막내아들 트로일러스와 사랑을
약속하지만 그리스 장군 디오메데스에게
마음을 빼앗겨 트로일러스를 배반한다.

8. Fallentis semita vitae. 호라티우스,
『서간시』, 1권 18장 103행.

9. 크레모나산 바이올린. 크레모나는
바이올린 제작으로 유명한 이탈리아
북부의 도시다.

10. 고대인들이 아이를 제물로 바쳤다는
신. "네 자식을 몰록에게 넘겨주어 너희
하느님의 이름을 욕되게 해선 안 된다."
구약성서 「레위기」 18장 21절.

11. 워즈워스, "나는 펜을 떨구고 바람
소리에 귀 기울였네." 12–4행. "슬픔으로
심장을 움츠러들게 하나 / 또한 이 뒤에
올 눈부신 고요를 알리는 / 이 거친
바람의 그것과도 같은—예언에."

12. 지중해에 부는 강한 동풍.

13. 플라톤 철학에서 세계를 창조하는 신의 이름.

14. "많은 아이들, 아마 대다수 아이들은 어둠 속에 있을 때 모든 종류의 환영을 불러내는 능력을 가지고 있다 (…) 1817년 중반, 이 능력은 나를 엄청 괴롭혔다. 밤에 깨어 침대에 누워 있을 때, 거대한 환영의 행렬이 성대하게 슬픈 행진을 하며 지나갔다."(토머스 드 퀸시, 『어느 영국인 아편 중독자의 고백』, 김명복 옮김, 펭귄클래식코리아, 2011, 121–2쪽.)

15. 허드스든은 (미들섹스가 아니라) 하트퍼드셔에 있으며, 여기서 드 퀸시가 말하는 살인 사건은 그가 『탄식』을 발표하기 (30년 전이 아니라) 38년 전인 1807년에 일어났다. "흉포하고 제어할 수 없는 성미"를 지닌 약 20세의 청년 토머스 시먼스(Thomas Simmons)는 버럼(Boreham) 가족 밑에서 일꾼으로 일했다. 버럼 가족은 버럼 씨와 부인과 네 딸, 그리고 엘리자베스 해리스라는 하녀로 이루어져 있었다. 시먼스는 해리스에게 구애했지만 그녀는 이 집의 장녀인 버럼 양의 충고에 따라 이를 거절했고, 버럼 가족에게 해고당한 시먼스는 복수를 맹세했다고 전해졌다. 얼마 후 그는 버럼 가족의 집에 침입해 네 사람을 칼로 찔렀고 그중 둘을 살해했다. 살해된 사람 중에는 마침 저녁 식사에 초대받아 이 집에 와 있던 해머스톤 부인(Mrs Hammerstone)도 있었다. 시먼스는 체포되어 하트퍼드

감옥에 구금되었다. 그가 교도소 담당 사제에게 진술한 내용에 따르면, "그가 살해한 두 사람을 찌른 다음 엘리자베스 해리스를 쫓고 있는데 무언가가 뒤에서 펄럭이며 자신을 따라오는 느낌이 들었다. 마침내 그녀를 따라잡았지만 웬일인지 애초에 결심한 대로 그녀를 찌를 수가 없었고, 칼이 저절로 손에서 떨어졌다." 「허드스든 살인 사건」, 『타임스』 1807년 10월 23일 자, 2쪽.

16. 이 꿈에 나오는 시골집과 인물은 도브 코티지와 드 퀸시의 아내 마거릿으로 보인다.

17. 셰익스피어, 「오셀로」 4막 1장. 20–1행. "네가 그 말 하니까 염병 앓는 지붕으로 / 불행을 예고하는 까마귀 날 듯 / 기억이 살아나. 그자가 갖고 있어." (『셰익스피어 전집』, 이상섭 옮김, 문학과지성사, 2016, 573쪽.)

18. 청춘의 여신으로, 신들이 연회를 할 때 술을 따르는 역할을 했다.

19. 새벽의 여신. 『어느 영국인 아편쟁이의 고백』에서 드 퀸시는 아내인 마거릿을 헤베와 아우로라에 비유했다. "직접 차를 끓이거나 차를 따르는 일은 몹시 불쾌하니까, 탁자 옆에 앉아 있는 아름다운 젊은 여자를 그려 달라. 여자의 팔은 새벽의 여신 아우로라의 팔처럼, 여자의 미소는 청춘의 여신 헤베처럼 그려 달라. 하지만 사랑하는 마거릿이여, 내 시골집을 환히 비추는 그대의 힘이

단순한 육체의 아름다움처럼 오래지 않아 덧없이 사라질 것에 달려 있다거나, 천사 같은 미소의 마력을 이 세상 사람들이 연필의 힘으로 지배할 수 있다고 말하는 짓은 농담으로도 하지 않겠다." (토머스 드 퀸시, 『어느 영국인 아편쟁이의 고백』, 김석희 옮김, 시공사, 2010, 128쪽.)

20. 콜리지는 다른 사람들을 아편중독의 길로 유혹한 "이 『아편쟁이의 고백』의 저자에게 하느님께서 부디 자비를 베풀어 주시길"이라고 쓴 적이 있다. 제임스 길먼(James Gillman), 『새뮤얼 테일러 콜리지의 삶(The Life of Samuel Taylor Coleridge)』, 런던, 1838, 250쪽.

21. 재고 서적이나 파본에서 나온 종이들은 트렁크 가방의 안감을 대거나 파이 접시에 까는 용도로 많이 사용되었다.

22. 『아라비안나이트』에서 세 명의 애꾸눈 탁발승 중 한 명의 이야기. 그는 사악한 지니에 의해 원숭이로 바뀌어 버린 자신의 저주를 풀어 주기 위해 지니와 싸웠던 공주의 이야기를 들려준다. 지니가 사자로 둔갑하자 공주는 칼로 그 사자를 베고, 지니가 전갈로 둔갑하자 공주는 뱀으로, 지니가 독수리로 둔갑하자 공주는 더 빠른 독수리로 변하여 추격전을 벌인다. 지니가 벌레로 둔갑하여 석류 속으로 파고드니 석류가 부풀어 올랐다가 조각조각 쪼개진다. 이에 공주는 닭으로

변신하여 석류 씨들을 재빨리 쪼아 먹지만 그중 하나가 강물로 굴러가 빠지자 다시 물고기로 변신하여 뒤를 쫓는다. 공주는 결국 화염으로 지니를 물리치고, 원숭이가 된 남자를 사람으로 되돌려 놓지만 자신도 화염에 큰 상처를 입어서 결국 죽고 만다.

23. 셰익스피어, 「존 왕」, 4막 3장 128행. "밧줄이 필요하면 거미가 배 속에서 / 뽑아낸 실로도 네놈 목을 조르겠다." (『셰익스피어 전집』, 이상섭 옮김, 문학과지성사, 2016, 279쪽.)

24. 64쪽에 실린 실러의 시구절, "인간이 감내하지 못할 것이 무엇이랴?(Was verschmerzte nicht der mensch?)" 참조.

『영국의 우편 마차』와 관련된 수고와 기타 자료들

1. 수고

[다음 글의 원본은 스코틀랜드 국립도서관(MS 4789)에
소장되어 있다. 이는 1849년 12월 『블랙우즈 매거진』에
실린 원고와 수고본이 가장 큰 차이를 보이는 부분 중 하
나다. 이 문단은 드 퀸시가 수고에서 "이 사람의 행동에
추가된 유일한 새로운 요소는 특별히 비도덕적인 요소가
아니라 특별히 불운한 요소일 뿐이다."라는 문장(262쪽)
뒤에 주석으로 삽입했지만 인쇄본에서는 생략되었다. 원
본 상태 그대로의 수고는 『토머스 드 퀸시 저작집: 16권』
463–89쪽 참조.]

어떤 옥스퍼드 학생의 아버지가 아들을 예고 없이 방문했
다가 도박판에 앉아 있는 아들을 발견했다면, 그는 당연
히 이 도박 행위가 도박 습관이라고 주장할 자격이 있을
것이다. 그가 우연히 알게 된 아들의 어떤 행동이, 아들
이 영위하는 일상생활의 전반적 경향과 배치된다고 가정
할 합리적인 근거가 없기 때문이다. 개연성의 원리는 그
런 해석을 허용하지 않을 것이다. 하지만 이 경우가 정말
로 예외적이고 개연성이 낮은 경우에 해당될 가능성도 있
다. 지상의 아버지는 인간의 제한된 시야와 개연성의 원

리를 고수할 필요성에 떠밀려 이런 상황에서 착각을 범하게 된다. 그러나 시야에 제한이 없으며 비슷한 원리에 얽매이지 않은 천상의 아버지는 그런 착각에 떠밀리지 않는다. 따라서 어떤 사람이 중독 사고로 사망한 것을 보고 우리가 그 사람의 중독 자체를 어떤 무시무시한 별개의 것으로 취급할 때, 이는 인간의 나약함을 신에게 짊어지우는 것이다. 사실상 이는 신이 인간과 같은 방식으로—본질적인 자질이나 경향에 의거해서가 아니라, 무대효과를 내기 위해 계산된 극적사건에서의 극적 위치에 의거해—행동을 판단한다고 가정하는 것이다.

[다음 글의 원본은 그래스미어 도브 코티지의 워즈워스 도서관(MS 1989:161.44)에 소장되어 있다. 마부석에 오른다는 표현과 너무 늦는다는 구절이 들어 있는 점으로 미루어 이 쪽글은 「갑작스러운 죽음의 환영」의 일부였다가 삭제되었다고 추정된다. 이 문단은 "우편은 아직 출발할 준비조차 안 된 상태였다. 내 경험으로 볼 때 이는 매우 드문 일이었다."(267쪽)라는 문장 다음에 삽입되었을 것으로 추측된다.]

하지만 내가 어떻게 [마차를 놓칠] 위험을 무릅쓸 수 있었을까?

　　내가 태어났을 때, 현장에 입회하여 이 사건을 축복한 요정들 중 한 명—선한 피조물—이 이렇게 말했다.

"이 어린아이에게 내가 가져온 선물은 이것입니다. 그의 인생의 어두운 씨줄 가운데 다소 미루는 습관을 가리키는 씨줄이, 그의 나약한 성정 중 하나로서 놓여 있는 모습이 내 눈에 보입니다. 나는 그 나약함이 품은 독침을 빼 주기로 결심했습니다. 따라서 나의 선물은 이것입니다.—그는 언제나 너무 늦을 위험 아래서 살아가야 할 테지만, 실제로 늦어 버리는 일은 아주 드물 것입니다. 이와 관련해 그가 저지르게 될 평생의 실수를 통틀어도 그는 10기니 이상의 손해를 보지 않을 것입니다. 이제 나는 그의 나약함으로부터 독침을 가져갑니다." 그때, 이 출생 축하연에 특별 초대장을 받지 못해 잔뜩 약이 오른 사악한 늙은 요정이 펄쩍 뛰며 말했다.—"네가 저 독침을 빼낼 거라고? 하지만 내가 그걸 다시 돌려놓는 걸 보시지. 나의 선물은 이것이다.—진짜로 너무 늦어 버리는 일은 드물겠지만, 그는 언제나 그것을 두려워하며 살게 될 것이다. 범죄를 자주 저지르지는 않겠지만, 그는 영원히 그 처벌의 고통을 받게 될 것이다." 그렇다, 독자여, 그녀는 이렇게 말했고, 그녀가 말한 대로 이루어졌다. 나는 그녀가 내린 저주를 피해 가지 못했다. 이에 대처하여 내가 짜낸 유일한 방법은—그녀에게 모욕을 주어 복수하는 것이었다. 그런 경우 나는 마부석에 오르면서 그녀에게 이렇게 속삭였다.—"자, 이 노파야, 여기 내가 왔다. 언제나 그렇듯 시간을 맞춰서 말이다." '언제나 그렇듯'이라는 말이 그녀의 입맛에 쓸 것임을 나는 잘 알았다. 그래서 나는 거듭 말했다.—"너의 악의는 무위로 돌아갔다, 이 성미 고약한 늙은이야, 언제나 그렇듯 이번에도 실패했다." 그녀의 끔찍한 대답은 이러했다. "확실히 시간을 지켰군, 젊은이. 대체로는 그렇지. 하지만 슬프게도, 너는 지난 30분간 끔찍한 마음의 고문을 겪었지."

[다음 글의 원본은 스코틀랜드 국립도서관(MS 21239)에 소장되어 있다. 이 쪽글은 우편 마차와 작은 마차의 충돌 사고 직후 드 퀸시의 행적에 대한 이야기다. 원본 상태를 보존한 원고는 『저작집: 16권』 458–9쪽 참조.]

우리가 프레스턴의 여관에 도착했을 때 나는 무슨 일을 했던가? 그때 내가 주로 생각한 (혹은 적어도 이야기한) 주제가 콜드비프와 포트와인[1]이었다고 고백해 나의 저열함을 드러내더라도 독자 여러분은 부디 화내지 말길 바란다. 그런 언행을 변명할 말은 많지 않지만, 그럴싸한 언행을 변명할 만한 말은 언제나 있다. 그때 나는 차와 약간의 아편을 제외한 일체의 것과 (팔스타프가 자신을 두고 말한 바에 따라) 죄를 끊은 상태로[2] 패터슨(당시 최고 권위자)[3]의 기준에 의해 250마일을 여행한 터였다. 하지만 이것은 두 번째 문제다. 첫 번째 문제—당시와 이후 얼마 지나지 않아 내게 공포의 충격을 준 방금 전의 사건—가 너무나 심대했기에, 실은 한 번의 장례식과 한 번의 즐거운 축제가 있었다. 우리는 첫 번째 문제로 빠져들 뻔했다가 결국 두 번째 것으로 넘어갔다.

2.『영국의 우편 마차』의 서문

[이 글은『진지하고 쾌활한 선집』(에든버러: 호그, 1853–
60) 4권의 '해설(Explanatory Notice)' 중 하나로 12–4쪽
에 실린 글을 옮긴 것이다. 이 글은 1854년 '주로 이야기
체의 잡문집(Miscellanies, Chiefly Narrative)'이라는 제
목의 책에 처음 발표되었고, 연상의 법칙이 꿈의 내용을
형성하는 방식,『영국의 우편 마차』의 여러 요소들 간의
관계, 그리고『영국의 우편 마차』와『심연에서의 탄식』
의 연관성에 대한 드 퀸시의 생각을 담고 있다. 원본 상태
를 보존한 원고는『저작집: 20권』29–35쪽 참조.]

이 졸고는 내 처음의 의도에 따르면『심연에서의 탄식』
의 일부를 이루는 것이었다. 하지만 원 글에서 들어내도
충분히 의미가 통하는 까닭에, 나는 임시 목적으로 이 글
을『탄식』에서 거리낌 없이 분리하여 따로 발표했다. 하
지만 한두 명의 비평가들이 전체 의미를 이해하지 못하
겠다거나 몇몇 부분들 사이의 연관성을 따라잡지 못하
겠다고 ─ 대화 중에 무심하게가 아니라 활자로 진지하
게 ─ 공언하여 나를 놀라게 했다. 그 비평가들이 나의 논
리를 풀어낼 수 없었던 것처럼, 나 자신도 이 글에서 어렵
거나 모호한 구석을 찾아내기가 힘들다. 어쩌면 나는 이
문제에 관해 공평하고 중립적인 재판관이 못 되는지도 모

르겠다. 그래서 나는 내 애초의 의도에 맞게 이 작은 글의 간략한 윤곽을 스케치하고, 실행 과정에서 이 의도가 얼마나 명확하게 견지되었는지를 판단하는 일은 독자에게 맡기고자 한다.

37년 전, 혹은 그보다 오래전의 어느 날 한밤중, 잊지 못할 어느 장엄한 밤에, 나는 우연히도 두 젊은이에게 가장 끔찍한 즉사의 위협이 닥쳤던 간담이 서늘한 장면의 유일한 목격자가 되었다. 나는 그들에게 위험을 다급히 경고해 주는 것까지는 할 수 있었지만, 그것 말고는 그들을 도울 수단이 전혀 없었다. 그러나 그 경고마저도 그들이 거의 70초를 넘지 않는 시간 내에 가장 무서운 죽음으로 동강 나게 될 재앙의 그림자 안에 이미 들어와 있을 때에야 비로소 가능했다.

이상이 이 장면의 개요이며, 이 글 전체는 바로 이 장면으로부터 자연스러운 확장으로 발산되어 나아가고 있다. 이 장면의 정황에 대해서는 '갑작스러운 죽음의 환영'이라는 제목이 붙은 두 번째 절에서 기술하고 있다.

그러나 공포의 움직임과, 이 무시무시한 장면으로부터 무의식적으로 위축되는 움직임은 자연스럽게도 이 장면 전체를 되살리고 이상화시켜 내 꿈속으로 몰고 들어왔으며, 이 꿈은 곧 순환하며 꼬리를 물고 이어졌다. 우편의 마부석에서 내려다본 실제 장면은 꿈속에서 격정적으로 변주되는 푸가 음악처럼 변형되었다. 이 뒤숭숭한 꿈의 정황에 대해서는 '갑작스러운 죽음의 주제에 의한 꿈의 푸

348

가'라는 제목이 붙은 세 번째 절에서 기록하고 있다. 내가 우편의 좌석에서 지켜본 것들—내가 유령 같은 침묵 속에서 그 움직임을 목격한 행동과 격정, 고통과 공포의 극적 다툼—충돌이 다가옴에 따라 그 자체로서 강렬한 소실점으로 좁혀진 삶과 죽음의 대결—을 비롯한 이 장면의 모든 요소들은, 연상의 법칙에 따라, 우편 자체에 부여된 (앞에서 서술한) 영구적 특성들과 혼합되었다. 당시 우편이 지녔던 이런 특성이란, 첫째, 전례가 없던 속도, 둘째, 말들의 힘과 아름다움, 셋째, 위대한 국가의 정부와 맺고 있는 공식적 연관성, 넷째, 큰 정치적 사건, 특히 비할 데 없이 거대한 전쟁 중에 중대한 전투의 소식을 전 국토에 발표하고 전달하는 거의 신성한 기능을 말한다. 이 모든 명예로운 특징들은 첫 번째 절, 즉 도입 절(「움직임의 희열」)에서 기술된다. 앞의 세 가지 특성은 항시 유지된다. 그러나 네 번째이자 가장 위대한 특성은 오로지 나폴레옹전쟁하고만 연관되어 있다. 그리고 그 결과로 꿈속에는 아주 자연스럽게 워털루가 등장하게 되었다. 내가 알기로 워털루는 「꿈의 푸가」의 구체적 요소들 중에서 나의 검열관들이 가장 설명하기 어려워했던 부분이었다. 그러나 모든 위대한 전투들이 그랬듯이 워털루의 승전보를 전국에 발표하는 일 또한 우리의 특권이었으므로, 워털루가 우리 특권의 허가를 받고 꿈속으로 들어온 것은 지극히 자연스러운 일이었다. 만약 그렇지 않다면—뭔가 잘못된 부분이 있다면—그 책임은 꿈에 있다. 꿈은 그 자체로 하나의 법칙이다. 이는 쌍무지개가 보인다고 혹은 안 보인다고 무지개와 싸우는 거나 마찬가지다. 내가 아는 한, 이 꿈의 변화무쌍한 움직임 속에 포함된 모든 요소들 자체는 일차적으로 실제 현장의 사건에서, 이차적으로 우편과 연관된 특성에서 유래했다. 예를 들어 성당의 통로는 충돌을 앞둔 시점에 배치되었던 제 요소들—즉 장엄한 빛이 감돌고 우뚝 솟은 나무들이 머리 위에서 아치를 이룬 가운데 600야드 앞까지 화살처럼 곧게 뻗은 길—의 조합을 모방한 데서 유래한 것이다. 또 경호원의 뿔나팔—그 자체로는 변변찮은 악기—은 수많은 위대한 국가적 사건들을 공표하는 기관으로 미화되었다. 그리고 죽어 가던 트럼펫 주자가 어린 여자아이에게 경고를 전하기 위해 대리석 부조 속에서 일어나 대리석 트럼펫을 그의 대리석 입술에 갖다 댄 사건은, 경호원의 뿔나팔을 잡아채어 경고의 소리를 내려고 했던 나 자신의 불발된 노력을 통해서 은연중에 암시되었음이 분명하다. 그러나 꿈이 모든 답을 알고 있다. 그리고 다시 말하건대 모든 책임은 꿈에 있다.

1. 콜드비프는 구운 쇠고기를 차게 식힌 것이고, 포트와인은 발효 중에 브랜디를 첨가하여 알코올 농도를 높인 포도주로 단맛이 난다.

2. 셰익스피어, 「헨리4세」, 1부 5막 4장, 팔스타프의 대사. "남들이 말하듯 사냥개처럼 따라가서 상을 받아 / 가져가야겠다. 내게 상을 주는 사람에게 하느님이 / 상을 주시길! 높은 자리에 앉게 되면 낮게 굴어야지. / 군살 빼고 술 끊고 귀족답게 깨끗하게 살겠다." (『셰익스피어 전집』, 이상섭 옮김, 문학과지성사, 2016, 332쪽.)

3. 대니얼 패터슨(Daniel Paterson, 1738–825)은 『영국의 모든 직행 도로와 주요 교차로에 대한 새롭고 정확한 안내서(A new and accurate description of all the direct and principal cross roads in Great Britain)』(1771)를 집필했다. 1829년에 이 책의 18쇄가 나왔다.

해설
열정적 산문[1]

아직 소년이었을 때부터, 드 퀸시의 판별력은 그로 하여
금 '내 타고난 소명이 시를 향해 놓여 있는지'를 의심하
도록 이끌었다. 그는 시를 유창하게 많이 썼고, 그 시로
칭찬을 받았음에도 자신은 시인이 아니라고 판단했으며,
그의 저작집 열여섯 권은 오로지 산문으로만 쓰였다. 그
는 당대의 유행에 따라 수많은 주제에 대해 — 정치경제
학에 대해, 철학에 대해, 역사에 대해 — 썼고, 에세이를,
자서전을, 고백록을, 회고록을 썼다. 하지만 우리가 그의
저작이 꽂힌 기나긴 서가 앞에 서서 우리만의 선집을 골
라낼 때 — 충분히 오랜 세월이 흘렀으니 우리는 선별해
야 할 의무가 있다. — 이 방대하고 육중한 열여섯 권짜리
저작집 전체는 빛나는 별이 몇 개 걸린 어둠침침한 한 층
으로 쪼그라들고 만다. 그가 우리 기억 속에 머무르는 것
은 그가 "무수한 도망자들의 전율"[2]과 같은 구절을 만들
어 낼 수 있었고, 월계관을 두른 마차가 한밤중의 시장통
에 들이닥치는 장면을 연출할 수 있었으며,[3] 그의 남동생
이 무인도에서 유령 나무꾼의 소리를 들었다는 그런 이야
기[4]를 들려줄 수 있었기 때문이다. 또한 우리의 선택을 검
토하고 그 선택의 이유를 댄다면, 비록 그가 산문작가이
지만 우리가 그를 읽는 것은 그의 산문이 아니라 시 때문

임을 고백해야 할 것이다.

작가인 그에게, 독자인 우리에게 이보다 더 흠이 되는 고백이 있을까? 만일 모든 비평가가 동의하는 어떤 지점이 있다면, 그건 산문작가가 시인처럼 글을 쓰는 것보다 더 비난받을 일은 없다는 것이기 때문이다. 시는 시이고 산문은 산문이다.—이 말을 우리는 얼마나 자주 들었던가! 시의 사명과 산문의 사명은 다르다. 일전에 비니언씨(Mr. Binyon)가 썼듯이, 산문은 "주로 지성에 말을 걸고, 시는 감정과 상상에 말을 거는 매체"다. 그리고 "시적 산문은 자칫 과하게 치장한 듯 보이기 쉬운, 격에서 벗어난 종류의 아름다움을 지녔다". 이러한 말의 진실성을 적어도 부분적으로는 인정하지 않을 수 없다. 우리 기억을 뒤져 보면 불편하거나 괴로웠던 사례들, 멀쩡하던 산문이 중간에 갑자기 온도가 치솟고 리듬이 바뀔 때, 휘청거리며 올라갔다가 쿵 떨어진 뒤 깨어나 벌컥 화가 났던 순간들을 얼마든지 떠올릴 수 있다. 하지만 그런 급격한 움직임, 뭔가가 결합되지 않고, 마무리되지 않고, 어울리지 않고, 나머지 부분을 조롱하는 듯한 느낌이(아마도 이런 것이 우리가 느끼는 불편함의 근원인 듯하므로) 없는—브라운의, 랜도어의, 칼라일의, 러스킨의, 에밀리 브론테의—수많은 대목들 또한 우리 기억에는 간직되어 있다. 산문작가는 사실이라는 군대를 진압하여 그들 모두를 같은 원근법 아래 종속시켰다. 그들이 우리 마음에 작용하는 방식은 시가 우리 마음에 작용하는 방식과 같다. 우리는 깨어

나지 않은 채로, 아무런 긴장감 없이 다음 지점 — 보나마나 아주 평범한 곳 — 에 가 닿는다.

그러나 산문이 현재 적절하다고 여겨지는 정도보다 훨씬 더 많은 걸 말하기를 바라는 이들에게는 유감스럽게도, 우리는 소설가들의 지배하에 살고 있다. 우리가 산문이라고 할 때 이는 사실상 산문 소설을 뜻한다. 그리고 모든 작가들 중에서 사실을 가장 잔뜩 손에 쥔 사람이 소설가다. 스미스가 일어나서 면도를 하고, 아침 식사를 하고, 달걀을 톡톡 두드려 깨고, 『타임스』를 읽는다. 이런 온갖 것들을 양손에 쥐고서 헉헉대며 땀 흘리는 부지런한 필경사에게, 어떻게 이것을 '시간'과 '죽음'과 대척지의 사냥꾼들이 하는 일을 노래하는 랩소디로 아름답게 조바꿈하라고 요구할 수 있겠는가? 그랬다가는 그의 하루 전체가 틀어질 것이다. 그의 진실성에 심각한 의구심이 제기될 것이다. 게다가, 그의 분야에서 가장 위대한 모범들은 산문시와 대척되는 방식을 의도적으로 선호하는 것 같다. 어깨를 으쓱하거나 고개를 돌리는 몸짓 한 번, 위기의 순간에 다급히 내뱉는 말 몇 마디 — 로 모든 설명을 끝내 버린다. 하지만 단 한 마디라도 입 밖에 내는 순간 폭발이 개시되기에 충분할 정도로 갈피마다 장마다 도화선을 아주 깊숙이 묻어 놓는다. 우리는 이러한 남녀 인물들과 익히 더불어 살고 생각해 왔기에, 그들이 손가락 하나만 들어 올려도 그것은 하늘까지 닿을 것처럼 보인다. 이 손짓을 자세히 설명하는 건 그걸 망치는 짓이다. 그러므로 소

355

설의 경향은 산문시와 완전히 배치된다. 열등한 소설가라면 더 위대한 소설가들이 의도적으로 피하는 위험을 굳이 무릅쓰지 않을 것이다. 달걀이 진짜이고 주전자가 끓기만 한다면, 별과 나이팅게일은 독자의 상상에 의해 어떻게든 굴러들어 올 거라고 그들은 믿어 의심치 않는다. 그래서 고독 가운데서 드러나는 정신의 모든 측면을 무시한다. 그들은 그 생각을, 그 랩소디를, 그 꿈을 무시하며, 그 결과 소설의 인물들은 한 측면으로는 에너지가 흘러넘치면서도 다른 측면으로는 위축된다. 산문 자신도 이 극단적인 주인을 너무 오래 섬기다가 똑같은 기형을 겪었고, 이런 규율이 앞으로 100년 더 지속된다면 산문은 브래드쇼와 베데커의 불멸의 저작[5]을 제외한 어떤 것을 쓰기에도 부적합해질 것이다.

그러나 다행히도 모든 세대에는 비평가를 혼란에 빠뜨리고 무리에 합류하기를 거부하는 몇몇 작가들이 존재한다. 그들은 경계선에 고집스럽게 버티고 서며, 명작이 되기에는 사실 너무 괴상할 때가 많은 그들의 실제 작품보다는, 지평을 넓히고 풍요롭게 하고 영향을 끼치는 방식으로 더 크게 공헌한다. 로버트 브라우닝은 시에서 이런 종류의 공헌을 했다. 토머스 러브 피콕과 새뮤얼 버틀러는 그들 자신의 인기를 훌쩍 넘어서는 영향을 소설가들에게 끼쳤다. 그리고 드 퀸시가 우리의 감사를 받을 자격 중의 하나, 우리의 흥미를 끄는 주된 위력 중의 하나는, 그가 예외이자 혼자라는 것이다. 그는 자신만이 속하는 하나의 경지를 이루었다. 그는 다른 이들을 위한 선택의 폭을 넓혔다. 무엇을 쓸 것인가 하는 통상적 문제에 직면하여 — 왜냐하면 그는 써야만 했으니까 — 그는 충분한 시적 감수성을 지녔음에도 자기가 시인은 못 된다고 판단했다. 그에게는 화력과 집중력이 부족했다. 또 그는 소설가도 아니었다. 막강한 언어의 힘을 자유자재로 휘두르면서도, 그는 타인들의 일에 지속적이고 열정적인 관심을 기울이지 못했다. 그의 말에 따르면 "사색을 너무 많이 하고 관찰은 너무 적게 하는 것"⁶이 그의 병이었다. 그는 토요일 밤에 시장에 가는 한 가난한 가족을 뒤따라가 보곤 했지만 멀찍이 떨어져서 따라갔다. 그는 누구와도 친밀하지 않았다. 게다가 그는 죽은 언어에 남다른 재능이 있었고 온갖 종류의 지식을 습득하는 데 열정적이었다. 이런 재능은 그를 책 속에 홀로 가두었을 것 같지만, 그러지 못하게 막는 어떤 자질이 그에게는 있었다. 사실 그는 꿈을 꾸었던 것이다. — 그는 언제나 꿈꾸고 있었다. 이는 아편을 복용하기 오래전부터 지녔던 능력이었다. 어린 시절 그가 누나의 시신 곁에 서 있을 때, 갑자기

> "아득히 푸른 하늘의 꼭대기에 천정이 열리고
> 끝없는 수직의 통로가 뚫린 듯했다. 나는
> 마음속으로 그 통로를 따라 역시 끝없이 밀려
> 올라가는 격랑을 탄 것처럼 솟아올랐고, 그 격랑은
> 하느님의 옥좌를 향해 굽이치는 듯했다. 그러나

그 옥좌 또한 우리 앞에서 달리며 계속 멀어져
갔다."**7**

이 환상들은 극도로 생생했고 그에 비하면 삶은 좀 시시
해 보였으며, 이 환상들이 삶을 확장하고 또 삶을 완성했
다. 하지만 자신의 존재에서 가장 생생한 부분인 이것을
어떤 형태로 표현할 것인가? 그의 손에는 미리 주어진 것
이 하나도 없었다. 그래서 그가 주장한 바 "열정적 산문
양식(modes of impassioned prose)"을 고안했다. 어마어
마한 정성과 기술을 들여 "꿈의 세계에서 유래한 환상적
장면들"을 표현하기 위한 문체를 조형했다. 이러한 산문
은 전례가 없다고 그는 믿었다. 그리고 "단 한 음만 틀려
도, 단 한 단어만 음조가 안 맞아도 음악 전체가 훼손되
는" 시도의 "위험천만한 어려움"을 기억해 달라고 독자
들에게 간청했다.**8**

　　이 "위험천만한 어려움" 말고도 독자의 주의를 자
주 요하는 것이 또 하나 있었다. 산문작가는 꿈을 꾸고 환
상을 볼지 모르지만, 꿈과 환상 들은 지면 위에 제각기 흩
어진 채로 혼자, 외따로 놓아 둘 수 없다. 멀찍이 띄엄띄
엄 떨어져 있으면 그들은 죽는다. 산문에는 시의 강렬함
도, 자체적인 완결성도 없기 때문이다. 산문은 땅 위로 서
서히 이륙하며, 이쪽저쪽으로 연결되어야 한다. 그 열정과
엑스터시가 부조화스럽지 않게 떠오를 수 있게끔 지지대
와 추진력을 제공하는 어떤 매질이 있어야 한다. 바로 이

것이 드 퀸시가 자주 부딪쳤고 해결하는 데 자주 실패했던 난제였다. 그의 가장 거슬리고 꼴사나운 결점 중 많은 부분이, 바로 그의 천재성이 밀어 넣은 딜레마에서 초래되었다. 그의 눈앞에 놓인 이야기에는 그의 흥미를 불러일으키고 그의 힘을 자극하는 무엇이 있었다. 일례로, 반쯤 굶주리고 꽁꽁 언 채 안데스산맥을 내려오던 '스페인 군인 수녀'의 눈앞에, 안전을 약속하는 작은 숲이 멀리서 가느다란 띠처럼 모습을 드러낸다.[9] 드 퀸시는 마치 자기가 그 피신처에 다다라 안전하게 숨 쉴 수 있게 된 것처럼 활짝 웃음 짓는다. —

> "오! 흐릿해지던 눈앞에 불현듯 나타난, 짙은
> 올리브 나뭇잎의 신록이여, 마치 분노한 족장의
> 날개 달린 전령이 화를 누그러뜨려, 무시무시한
> 사막에 평화의 거룩한 신호로 솟아오른 외딴 아랍의
> 텐트 같구나. 여기서 케이트는 정녕 죽어야 하는가,
> 너를 눈앞에 두고도 닿지 못한 채로? 인간 영토의
> 변경에 놓인 전초기지여, 삶 속에 있으면서 영원한
> 죽음을 내다보는 너는, 결국 배신으로 끝날 네 조롱
> 섞인 초대로 그녀를 계속 괴롭히려는가?"

아아, 올라가기란 얼마나 쉬우며, 떨어지기란 얼마나 위험한가! 그는 케이트를 손에 쥐었다. 그녀의 이야기를 절반가량 끌고 왔다. 그는 스스로를 흔들어 깨워야 한다. 정신

을 가다듬어야 한다. 저 황홀한 고공에서 일상의 수준으로 내려와야 한다. 바로 이 지상으로 돌아오는 과정에서 드 퀸시는 자꾸만 실패를 거듭한다. 이 껄끄러운 이행에 어떻게 다리를 놓을 것인가? 화염의 날개와 불의 눈을 지닌 천사에서, 어떻게 검은 양복을 입고 상식을 논하는 신사로 변모할 것인가? 때로 그는 농담하지만, 그건 대체로 듣기 괴롭다. 때로 그는 이야기하지만, 그건 언제나 생뚱맞다. 대개의 경우 그는 장광설을 펼치지만, 그 속에 있을지 모를 일체의 흥밋거리마저 음울하게 사그라들어 모래 속으로 자취를 감춘다. 우리는 더 이상 읽어 줄 수가 없다.

드 퀸시가 실패한 건 그가 소설가가 아니었기 때문이라고 말하고픈 생각이 든다. 그는 케이트를 혼자 내버려 두었어야 했다. 그는 인물과 행동에 대한 소설가적 감각을 갖추지 못했다. 이런 공식은 비평가에게는 유용하지만, 유감스럽게도 틀린 경우가 많다. 사실 드 퀸시는 인물을 훌륭하게 전달할 줄 알기 때문이다. 시점을 자신의 시력에 맞게 조정하는 데만 성공하면(그리고 이는 모든 작가에게 필수적인 조건이다.), 그는 서사라는 기예의 달인이다. 실제로 이 시력은 풍경의 지극히 흥미로운 재배치를 요했다. 아무것도 너무 가까이 다가와선 안 된다. 인간사의 무수히 많은 무질서 위로 베일이 드리워져야 한다. 독자를 너무 괴롭히지 말고, 소녀를 '호감을 주는 인상의 젊은 여성'이라고 항상 넌지시 언급할 수 있어야 한다. 인간의 얼굴에는 안개가 덮여야 한다. 산들은 우리가 아는 세상에서보다 더 높아야 하고, 더 아득해야 한다. 또한 그는 끝없는 여가와 넉넉한 행동반경을 필요로 했다. 혼자 중얼거리며 배회할 시간을 원했다. 하찮은 것을 주워다가 거기에 자신의 분석력과 현란한 수식을 온통 쏟아붓기 위해, 세심한 분별은 제쳐 놓고 평평한 사막과 광활한 바다만 남을 때까지 넓히고 확장하고 증폭하기 위해서 말이다. 그는 자신에게 가능한 모든 자유를 허하면서도 자신의 타고난 장광설을 제어할 만큼 감정적으로 따스한 주제를 원했다.

그는 이 주제를 자연스럽게도 자기 자신에게서 찾았다. 그는 타고난 자서전 작가였다.『아편쟁이』가 여전히 그의 걸작이라면, 이보다 더 길고 덜 완벽한 책인『자전적 소묘』는 그것에 바짝 버금간다. 그가 과거 속으로 거의 사라진 장면들을 좀 떨어진 거리에서 손차양하고 되돌아보는 것이 여기서는 잘 어울리기 때문이다. 그의 적인 딱딱한 사실들은 구름처럼 변하여 그의 손에서 말랑말랑해졌다. 그는 "한 사람의 인생에서 불가피한 사실들을 연대순으로 배열한 낡고 진부한 점호"[10]를 복창할 의무가 없었다. 인상을 기록하고 마음 상태를 표현하면서도 바로 그것을 경험했던 인물의 특징은 꼭 집어 서술하지 않는 것이 그의 목적이었다. 그의 어린 시절의 아련한 조망 전체에는 평화롭고 아름다운 빛이 내리쬔다. 집, 들판, 정원, 심지어 이웃한 맨체스터 시내까지, 모두가 존재하긴 하지만 한 겹의 푸른 베일로 우리와 격리된 어느 머나먼 섬에 존재하는 듯 보인다. 세부 사항이 명확히 제시되지 않은 이곳을 배경으로, 부모와 아이들의 작은 무리, 집과 정원이 있는 작은 섬은 모두 구분할 수 있을 정도로는 눈에 보이지만 마치 베일 뒤에서 움직이고 존재하는 것 같다. 서두의 몇 장에는 눈부신 여름날의 장엄함이 서려 있고, 오래전에 스러져 버린 그 광채에는 경외로운 무엇이 있다. 그 깊은 고요 속의 소리들은 이상하게 진동하는 것처럼 들린다.— 멀리 간선도로에서 울리는 말발굽 소리, '종려' 같은 단어들의 소리, "엄숙한 바람, 인간의 귀에 닿은 가장 애통한 바람"[11] 소리는, 방금 처음으로 그것을 들은 어린 소년의 마음에 이후로 영원히 출몰하게 될 터였다. 또한 그가 이 과거의 원 안에 머무르는 한, 여기서 깨어나야 할 불쾌한 필요성을 마주할 필요도 없다. 유년기의 현실 주위에는 아직 환영(幻影)의 주문이 걸려 있었다. 이 평화가 깨진다면 이는— 꿈의 공포를 띠고 지나가다 멈춘 미친개의 유령과도 같은— 유령에 의해서다. 변화가 필요할 때면 그는 주제에 딱 맞아떨어지는 기발한 유머를 발휘하여 유년의 환희와 고통을 기술함으로써 그런 변화를 준다. 그는 조롱한다. 그는 확대한다. 그는 아주 작은 것을 아주 크게 만든다. 그렇게 해서 방앗간 직공들과의 전투를, 그의 형제들이 상상한 왕국을, 파리처럼 천장을 걸어 다닐 수 있다는 형의 허풍을 경탄할 만큼 세밀하게 묘사한다. 여기서 그는 쉽게 올라갔다가 자연스럽게 떨어질 수 있다. 또한 여기서 그는, 자신의 기억이 주어지는 한 놀라운 묘사 능력을 발휘할 수 있다. 그는 전혀 정확하지 않았고, 꾸밈과 강조를 싫어했고, 현란한 예술적 성취를 희생했다. 하지만 그는 작문의 재능을 완벽한 경지로 다듬어야 했다. 장면들이 그의 손에서 구름 떼처럼 엮여 부드럽게 결합되었다가 서서히 흩어지거나 엄숙하게 정지했다. 그래서 온갖 화려한 장구를 갖추고 우체국 앞으로 모여드는 마차들, 마차에 앉아 승리의 소식을 듣지만 이를 오로지 슬픔으로밖에 받아들이지 못하는 부인, 한밤중에 길을 가다 우편 마차의 천둥소리와 죽음의 위협에 소스라치게 놀라는 커플, 의자에 앉은 채로 잠든 찰스 램, 런던의 어두운 밤 속으로 영원히 사라져 가는 앤의 모습이 우리 눈앞에 펼쳐졌다. 이 모든 장면들은 꿈의 적막과 광택을 띠고 있다. 그들은 수면으로 헤엄쳐 올라왔다가 다시 깊은 곳으로 가라앉는다. 또한 그들은 우리 마음속에서 무럭무럭 자라나는 이상한 힘을 지녀서, 얼마 후에 그들을 다시 마주할 때면 우리 마음이 그들을 변화시키고 확대했음을 확인하고는 언제나 놀라게 된다.

한편 이 모든 장면들은 일종의 자서전을 이루지만, 다 읽고 난 뒤 우리가 드 퀸시에 대해 무엇을 알게 되었는가를 자문해 봐야 할 정도로 유별난 자서전이다. 사실에 대해서는 거의 아는 게 없다. 우리는 드 퀸시가 알려 주고자 했던 것만을 들었다. 또한 그것조차도 진실성이 아니라 어떤 우연한 자질 — 이 대목에 어울리는가, 혹은 저 대목과 색조가 맞는가 — 에 따라 선별된 것이다. 하지만 그럼에도 우리는 이상한 친밀감을 키우게 된다. 이는 몸이 아니라 마음과의 친밀함이지만, 그의 웅변이 몰아칠 때 우리는 연약한 작은 몸을, 떨리는 손을, 빛나는 눈을, 창백한 뺨을, 그리고 탁자 위에 놓인 아편 잔을 떠올리지 않을 수 없다. 우리는 그처럼 유려한 문장력을 갖추고 몽상과 경외로 쉽게 빠져드는 사람이 동료들 사이에서 자기 위치를 냉철히 고수할 수 없었으리라고 짐작할 수 있다. 그는 책임을 회피하고 시간관념이 흐릿했으리라. 그의 방에는 묵은 신문이 무더기로 쌓여 어질러져 있었으리라. 사람들은 일상생활의 규칙을 준수하지 못하는 그의 무능을 예의상 눈감아 주었으리라. 그는 산속을 홀로 떠돌며 꿈꾸고픈 욕망에 사로잡혔으리라. 단어 하나하나를 조율하여 화음을 빚어내고 단락 하나하나가 파도를 따라 흐르게 할 만큼 절묘하게 예리한 청각을 지닌 대가로 주기적인 우울과 과민에 시달렸으리라. 이 모두를 우리는 알거나 짐작한다. 하지만 결국 우리가 느끼는 친밀감의 근거가 얼마나 희박한가를 생각하면 묘하다. 그가 고백에 대해 이야기하며 스스로가 가장 중시하는 작품을 '심연에서의 탄식'이라고 부른다는 사실에도 불구하고, 그는 언제나 침착하고 비밀스러우며 차분함을 잃지 않는다. 그의 고백은 그가 죄를 지었다는 것이 아니라 꿈을 꾸었다는 것이다. 그래서 그의 가장 완벽한 대목들이 서정적이지 않고 묘사적인 것이다. 그것은 우리를 친밀과 공감으로 이끄는 고뇌의 울부짖음이 아니라, 흔히 시간이 기적같이 늘어나고 공간이 기적같이 확대되는 정신 상태의 묘사다. 『심연에서의 탄식』에서 그는 지상으로부터 곧바로 떠올라 도입부나 연결부 없이 처음 몇 페이지 내로 특유의 장엄하고 머나먼 효과를 달성하려고 하는데, 그 먼 거리를 끝까지 끌고 가기에는 역부족이다. 「레바나와 슬픔의 모후들」 중간에 느닷없이 이튼 스쿨의 규칙을 언급하고, 이것은 북아메리카에서 담배를 생산하는 주(州)를 가리킨다는 주석을 끼워 넣어 그 감미로운 구절들을 무색하게 만든다.

하지만 그는 서정적인 작가는 아니었어도 의심의 여지 없이 묘사적인 작가, 사색적인 작가였으며, 오로지 산문—제약이 딸려 있고, 일상에서 수없이 사용되어 가치가 하락한 도구—만을 가지고 엄청나게 도달하기 힘든 영역으로 나아갔다. 아침 식탁은 덧없는 허깨비일 뿐이라고, 우리는 생각만으로 그것을 사라지게 만들 수도 있으며 멋진 연상을 부여하여 심지어 그 마호가니 다리마저 매력적으로 보이게 만들 수 있다고 그는 말하는 듯하다. 비좁은 곳에서 사람들과 바짝 붙어 앉아 있는 건 불쾌하고 정말로 역겨운 일이다. 하지만 조금 멀찍이 떨어져 사람들을 무리로, 윤곽으로 바라보는 순간 그것은 아름다움으로 충만한 인상적인 모습이 된다. 여기서 중요한 건 실제 광경이나 소리 자체가 아니라 그것이 우리 마음속을 통과할 때 발생하는 진동이다. 이들은 흔히 멀리서, 기이하게 변형된 채로 나타나지만, 우리는 이런 메아리와 편린 들을 주워 모아 아우름으로써만 우리 경험의 진정한 본질에 도달할 수 있다. 이런 생각으로, 그는 일상적인 관계들을 슬쩍 변화시켰다. 그는 친숙한 것들의 가치를 바꾸어 놓았다. 또한 이 일을 그는 산문으로 해냈으므로, 우리는 산문이 평론가들 말처럼 그렇게 제한된 양식인지에 대해 의문을 품게 된다. 또 나아가 산문작가, 소설가가 일찍이 드 퀸시가 개척한 그늘진 영역으로 과감히 들어가 본다면, 지금 자신이 목표로 하는 것보다 더 온전하고 더 섬세한 진실을 포착할 수 있지 않을까 생각해 보게 된다.

버지니아 울프

1. 이 글은 1926년 9월 16일 『타임스 리터러리 서플먼트(Times Literary Supplement)』에 처음 게재되었다. 출전은 버지니아 울프(Virginia Woolf), 「열정적 산문(Impassioned Prose)」, 『버지니아 울프 에세이(The Essays of Virginia Woolf) 4권: 1925–8』, 앤드류 맥닐리(Andrew McNeillie) 편, 뉴욕: 매리너 북스, 1994, 361–9쪽.

2. 『어느 영국인 아편쟁이의 고백』.

3. 이 책 250–1쪽.

4. 『자전적 소묘』 7장.

5. 둘 다 유명한 여행안내서이다.

6. 『어느 영국인 아편쟁이의 고백』.

7. 이 책 47–8쪽 참조.

8. 드 퀸시 저작집 『진지하고 쾌활한 선집』의 서문.

9. 원래 수녀였다가 남장하고 스페인 식민지에서 군인으로 활약한 카탈리나 데 에라우소(Catalina de Erauso, 1592–650)에 대해 드 퀸시가 쓴 「스페인의 해군 수녀(The Nautico-Military Nun of Spain)」의 한 대목.

10. 1850년 9월 드 퀸시가 제임스 호그(James Hogg)에게 보낸 편지 중에서.

11. 이 책 47쪽 참조.

드 퀸시의 자서전[1]

산문에 대해 영어로 쓰인 비평다운 비평이 매우 드물다는
건 우리 독자의 머리에 자주 떠오르는 생각이다. 우리의
위대한 비평가들은 그들의 가장 탁월한 지성을 시에 쏟아
부었다. 산문을 다루는 비평가들이 자신의 고차원적 능력
을 발휘하기보다 작가의 개인적인 성격을 논하거나 변호
하거나—책에서 주제 하나를 뽑아 그 주제에 의해 변주
되는 선율로 비평을 대신하거나—하게 되는 이유는, 아
마도 산문작가가 자신의 작품을 대하는 태도에서 찾아볼
수 있을 것이다. 간혹 실용적인 목적을 염두에 두지 않고
예술가로서 글을 쓰는 경우에도, 그는 산문을 온갖 자질
구레한 것을 실어 나르는 미천한 우마차처럼, 먼지와 잔
가지와 파리 들이 보금자리로 삼는 불순물처럼 취급한다.
하지만 대개 산문작가는 실용적인 목적이나 주장해야 할
이론이나 호소해야 할 대의를 염두에 둘 때가 더 많으며,
멀고 어렵고 복잡한 것들은 포기해야 한다는 도덕주의적
관점을 취한다. 그의 임무는 현재와 살아 있는 이들을 위
한 것이다. 그는 자신이 저널리스트라고 자부한다. 최대한
다수에게 가장 이해하기 쉬운 방식으로 가 닿기 위해, 그
는 가장 단순한 단어를 써서 최대한 간명하게 자신을 표
현해야 한다. 그러므로, 마치 굴이 제 몸의 상처로 진주를
토해 내듯 자신의 글이 다른 예술을 배양하는 역할만 한

다 해도 그는 비평가들에게 불평할 수 없다. 또 메시지 전달을 완수한 자신의 글이 용도가 다한 다른 물건들처럼 쓰레기 더미로 던져진다 해도 놀라선 안 된다.

하지만 이따금 우리는, 심지어 산문 가운데서도, 다른 목적을 위해 쓰인 듯한 글과 마주치곤 한다. 그것은 무엇을 주장하거나 바꾸려 하지 않고, 심지어 이야기를 들려주고 싶어 하지도 않는다. 이 경우 우리는 언어 그 자체에서 모든 쾌락을 이끌어 낼 수 있다. 행간을 읽거나 작가의 심리를 탐구함으로써 그것을 끌어 올릴 필요도 없다. 드 퀸시는 물론 그런 희귀한 작가 중 하나다. 그의 작품을 상기할 때 우리는 다음과 같은 고요하고 완벽한 대목을 떠올린다.

> "생은 끝났다!"는 것이 내 마음의 은밀한
> 의혹이었다. 행복에 가해진 심각한 상처에 대해,
> 유년의 마음 또한 가장 성숙한 지혜의 마음만큼이나
> 불안해 하는 까닭이다. "생은 끝났다! 생이
> 끝났다!"는 것이, 내 탄식 속에 반쯤 무의식적으로
> 도사리고 있던 숨은 의미였다. 그리고 여름날 저녁
> 멀리서 울리는 종소리는 이따금 분간할 수 있는
> 형태의 말을, 끝없이 맴도는 경고의 메시지를 실어
> 나르는 듯 들릴 때가 있지만, 내게는 어느 소리 없는
> 지하의 음성이 비밀의 말을 내 마음에만 들리도록
> 계속해서 읊조리는 것 같았다. ─"생의 활짝 핀

370

꽃은 이제 영원히 시들었다."고.[2]

이런 대목들은 저절로 생겨난다. 그의 『자전적 소묘』에서 이런 대목들은 행동이나 극적 장면이 아니라 환상과 꿈으로 이루어져 있기 때문이다. 하지만 글을 읽으면서 우리가 그, 드 퀸시에 대해 생각하게 되는 건 아니다. 여기서 받은 느낌을 분석하려 할 때, 우리는 자신이 마치 음악에 반응하듯이 반응했음을 — 두뇌가 아니라 감각이 동요했음을 — 깨닫게 된다. 고조되었다가 내려앉는 문장의 파도는 이내 우리를 어루만져 기분을 가라앉히며, 가까운 것이 희미해지고 세부가 자취를 감추는 먼 곳으로 우리를 데려다 놓는다. 이처럼 넓어지고 잔잔해져서 너른 이해를 갖추고 활짝 열린 우리의 마음은, 드 퀸시가 전하려는 생각들을 느리고 장중한 행렬로 하나씩 하나씩 받아들인다. 그가 "여름 한낮의 열린 창문과 주검 사이에"[3] 서서 보았던 생명의 황금빛 충만함, 천상의 장려함, 지상을 수놓은 꽃들의 찬란함을. 주제는 뒷받침되고 증폭되고 다채로워진다. 위급과 전율의 심상, 영원히 날아가는 무언가를 향해 손을 뻗는 심상은 적막과 영원의 느낌을 한층 강화한다. 여름날 저녁에 들려오는 종소리, 흔들리는 종려나무, 영원히 부는 애통한 바람은 감정의 잇따른 파도를 통해 우리를 같은 기분에 머물게 한다. 감정은 절대로 진술되지 않는다. 그것은 반복적인 이미지를 통해 우리 앞에 암시되고 서서히 떠오르다가 마침내, 그 복잡성을 고스란히

371

지닌 채로, 완성된 상태에 머문다.

이런 효과는 산문에서 대단히 드물게 시도되며, 이 완결성(finality)이라는 자질 그 자체 때문에 대부분의 경우 산문에 적합하지 않다. 이것은 어디로도 이어지지 않는다. 우리는 한여름과 죽음과 불멸에 대한 우리의 감각에 그걸 보고 듣고 느끼는 사람이 누구인가에 대한 의식을 덧붙이지 않는다. 드 퀸시는 "외로운 유아와 그가 비통 — 강대한 어둠, 목소리 없는 슬픔 — 과 벌이는 외로운 전투"[4]의 장면만 남기고 그 외의 모든 것을 우리에게서 차단하여, 우리로 하여금 이 하나의 감정을 깊은 곳까지 헤아리고 탐색하게끔 만들고자 했다. 이는 특수한 상태가 아니라 보편적인 상태다. 그래서 드 퀸시는 산문작가의 목적, 산문작가의 도덕률과 불화했다. 그는 대부분이 감각으로 이루어진 그 복잡한 것의 의미를 독자에게 전달해야 했다. 단지 한 아이가 침대 옆에 서 있다는 사실뿐만 아니라, 정적, 햇빛, 꽃, 시간의 경과, 죽음의 존재까지 온전히 독자에게 인식시켜야 했다. 이 중 무엇도 논리적인 순서에 따라 단순한 말로 전달될 수 없었다. 명확성과 단순성은 그러한 의미를 희화화하고 변질시킬 따름이었다. 물론 드 퀸시는 이런 생각을 전달하고자 하는 작가로서의 자신과 그의 동시대인들 사이에 놓인 간극을 잘 알았다. 그는 당대의 깔끔하고 명료한 화법을 등지고 밀턴과 제러미 테일러와 토머스 브라운 경을 지향했다. 그들에게서 기다란 문장의 타래를 펼쳤다 휘감았다 하고 높이높이 쌓아 올리는 법을 배웠다. 다음으로 그 자신의 예리한 청각이 지극히 철저히 부과하는 — 장단을 가늠하고, 휴지를 고려하고, 반복과 모음운과 자음운의 효과를 내는 등의 — 규칙을 따랐다. 이 모두는 복잡한 의미를 독자 앞에 온전하고도 완벽하게 제시하고자 하는 작가가 짊어져야 할 의무의 일부였다.

그래서 매우 깊은 인상을 주는 대목들을 비평적으로 고찰해 보면, 그것이 마치 테니슨 같은 시인이 쓸 법하게 쓰였음을 깨닫게 된다. 그만큼 주의 깊게 소리를 활용했고, 그만큼 다양한 운율을 적용했으며, 문장의 길이에도 변화를 주고 그 무게중심을 맞추었다. 하지만 이 모든 장치는 보다 약한 강도로 희석되고 그 힘도 훨씬 넓은 공간에 분산되어, 최저 음역에서 최고 음역으로의 이행이 얕은 계단을 한 단씩 올라가듯 이루어지므로 우리는 그리 격렬하지 않게 지극히 높은 곳까지 다다른다. 그래서 시에서처럼 어느 한 행의 독특한 자질을 강조하기도 어렵고 어느 한 대목을 맥락에서 분리해 보았자 소용없는 것이, 그 효과가 때로는 몇 페이지 앞에서 주어진 암시들이 혼합되어 생겨난 것이기 때문이다. 게다가 그의 몇몇 스승들과 달리, 불현듯 번득이는 장엄한 구절은 드 퀸시의 장기가 아니었다. 그의 힘은 크고 막연한 환상을 암시하는 데 있었다. 아무것도 뚜렷이 보이지 않는 풍경, 특징 없는 얼굴들, 한밤중이나 여름날의 정적, 떼 지어 날아가는 무리의 격동과 전율, 떴다 가라앉기를 영원히 거듭하며 절망 속에서 두 팔을 쳐드는 고통.

그러나 드 퀸시는 몇몇 아름다운 산문 구절의 달인
에만 머무르지 않았다. 그랬다면 그의 업적은 지금 수준
에 훨씬 못 미쳤을 것이다. 그는 서사 작가, 자서전 작가
이기도 했으며, 자서전의 기법에 대해 — 그가 1833년에
그것을 썼음을 감안하면 — 매우 독특한 관점을 지닌 사람
이었다. 우선 그는 정직함의 엄청난 가치를 확신했다.

> 그의 행위와 침묵의 은밀한 원천을 너무나 자주,
> 그 자신에게도 보이지 않게 가리고 있는 안개를
> 그가 정말로 꿰뚫어 볼 수 있다면, 삶은 절대적
> 솔직성이라는 단 하나의 힘을 통해 깊고 엄숙하고
> 심지어 때로는 가슴 떨리는 관심사에 가 닿은 지적
> 충동에 의해서만 움직이게 되리라.[4]

그는 자서전을 외적인 삶의 역사로뿐만 아니라 더 깊고
더 감추어져 있는 감정의 역사로 이해했다. 또한 그러한
고백을 하는 일의 어려움을 인식했다. "…대단히 많은 사
람들이, 자제해야 할 일체의 합리적 동기에서 해방되었음
에도 — 속내를 털어놓지 못한다. — 침묵을 털어 버릴 힘
이 없는 것이다." 공기로 된 사슬, 보이지 않는 주술이 자
유로운 소통의 정신을 꽁꽁 묶고 마비시킨다. "사람이 자
신을 마비시키는 이런 불가사의한 힘들에 제대로 대처하
지 못하는 까닭은 그것들을 눈으로 보고 가늠할 수 없기

때문이다." 이런 인식과 의도를 지니고서도 드 퀸시가 우리 문학에서 가장 위대한 자서전 작가들의 반열에 들지 못했다니 이상한 일이다. 그의 혀가 굳거나 얼이 빠지지 않았던 건 확실하다. 아마 그가 자기 묘사에 실패한 것은 표현력이 부족했기 때문이 아니라 오히려 과도했기 때문이었을 것이다. 그는 넘쳐흐를 정도로 걷잡을 수 없이 말이 많았다. 산만함 ─ 19세기 영국의 수많은 작가들을 덮쳤던 질병 ─ 의 똬리가 그를 휘감았다. 하지만 러스킨이나 칼라일의 저작이 거대하고 흐리멍덩한 이유는 쉽게 짐작할 수 있는 반면 ─ 온갖 이질적인 요소들이 들어갈 자리를 어떻게든 어딘가에 마련해 줘야 했으니까 ─ 드 퀸시에게는 그런 변명거리가 없다. 그의 어깨에는 선지자의 부담이 지워져 있지 않았다. 게다가 그는 지극히 세심한 예술가였다. 그보다 더 세심하고 절묘하게 소리를 조율하고 문장의 운율을 조절한 사람은 없었다. 그런데 참으로 이상하게도, 소리가 충돌하거나 리듬이 늘어지는 즉시 경고를 발하는 그의 기민한 감각이 글 전체의 축조와 관련해서는 전혀 작동하지 않았다. 그래서 그는 문장 하나하나가 조화롭고 매끄럽기만 하다면 책 전체를 엉성하게 부풀려 놓는 불균형과 과잉을 용인할 수 있었다. 소년 시절 드 퀸시의 형이 "차이를 물고 늘어지거나 이의를 제기하는" 그의 성향을 비꼬기 위해 고안한 인상적인 표현을 인용하자면, 실로 그는 '트집꾼'들의 제왕이었다. 그는 "모든 사람의 말에서 본의 아니게 두 가지 뜻으로 해석될 수 있는 허점"[5]을 찾아냈을 뿐만 아니라, 가장 간단한 이야기를 할 때조차 단서를 달고 예시를 들고 추가 정보를 붙이지 않고는 못 배겼으며 그러다 보면 정작 말하려던 요점은 저 멀리 희미한 안개 속으로 사라져 버리기 일쑤였다.

치명적인 다변, 건축적 능력의 결함과 더불어, 사색에만 정신이 팔리는 경향 또한 자서전 작가로서 드 퀸시에게는 방해물이었다. 그는 "사색을 너무 많이 하고 관찰은 너무 적게 하는 것이 나의 병"이라고 말했다. 기묘하게 격식을 차리는 태도 때문에 산란된 그의 시야는 전체적으로 뿌옇고 단조로운 무색으로 빠져든다. 그는 꿈과 사색에 빠져 방심한 상태에서 나오는 광채와 온화함을 주변 모두를 향해 발산했다. 눈이 충혈된 두 혐오스러운 백치에게 다가갈 때조차, 길을 잘못 들어 어쩌다 슬럼가로 접어든 훌륭한 신사의 세련된 매너를 잃지 않았다. 또 그는 사회계층 간의 모든 틈새를 매끄럽게 넘나들었다. — 이튼의 젊은 귀족이든, 일요일 만찬용 고기를 사러 나온 노동계급 가족이든 똑같이 대등하게 이야기를 나누었다. 실제로 드 퀸시는 자신이 서로 다른 세계들을 수월하게 넘나든다는 데 자부심을 품으며 이렇게 말하기도 했다. "…남녀노소를 막론하고 우연히 마주치는 모든 사람과 소크라테스처럼 허물없이 대화할 수 있다는 게 아주 어릴 때부터 내 자부심이었다."[6] 하지만 이런 남녀노소에 대한 그의 묘사를 읽어 보면, 그가 누구하고나 수월하게 대화할 수 있었던 건 그의 눈에 모두가 엇비슷해 보였기 때문이라는 생각이 든다. 그는 모두에게 똑같이 동등한 태도를 취했다. 심지어 학창 시절 친구인 앨터몬트 경이나 매춘부 앤처럼 가장 친밀했던 이들과의 관계조차도 똑같이 의례적이고 공손했다. 그가 그려 낸 초상들은 물 흐르는 듯한 윤곽, 조각상 같은 포즈, 월터 스콧 소설의 남녀 주인공들처럼 서로 구분이 가지 않는 생김새를 띠고 있다. 그 자신의 얼굴도 대체로 모호하다는 점에서 예외가 아니다. 자기 자신에 대한 진실을 털어놓는 과제 앞에서 그는 교양 있게 자란 영국 신사답게 질색하며 움츠러들었다. 루소의 고백록이 우리를 매혹시키는 솔직성 — 자신의 우스꽝스럽고 비열하고 지저분한 면을 그대로 드러내겠다는 결심 — 은 그에게 혐오스럽기만 했다. "자신의 도덕적 궤양과 흉터를 우리 눈앞에 억지로 들이미는 인간의 광경보다 영국인의 감수성에 더 큰 불쾌감을 유발하는 것은 없다."[7]

따라서 자서전 작가로서 드 퀸시는 확실히 크나큰 결함에 시달리고 있다. 그는 산만하고 장황하다. 그는 초탈하고 몽환적이며, 점잔 빼는 낡은 격식과 관습에 얽매여 있다. 하지만 동시에 그는 어떤 감정의 신비로운 장엄함 앞에서 얼어붙을 수 있었고, 한순간의 가치가 어떻게 50년을 초월하는지 인식할 수 있었다. 또 그는 스콧, 제인 오스틴, 바이런 등 인간 마음을 분석한다고 공언했던 이들이 당시에 갖지 못했던 기법을 써서 그것들을 분석해 낼 수 있었다. 우리는 그가 자의식 면에서 19세기 소설이 거의 필적할 수 없는, 다음과 같은 대목들을 써냈음을 발견한다.

그리고 이를 회상할 때 나는, 우리의 가장 깊은 생각과 느낌들은 우리에게 직접적으로, 추상적 형태 그 자체로 와닿는 것이 아니라, 구체적인 사물들의 얽히고설킨 결합을 통해, 따로 분리해 낼 수 없는 복합적인 체험들 속에서 (그런 단어를 만들어 본다면) 나선형(*involutes*)으로 우리에게 전달된다는 중요한 진실과 마주치곤 한다.[8] (…) 의심의 여지 없이 인간은, 갓난아기부터 노망난 늙은이까지의 감지할 수 없이 미세한 연쇄로 이루어진 하나다. 그러나 각기 다른 인생 단계의 특성에 따른 여러 감정이나 열정과 관련시켜 보았을 때 그는 하나가 아니다. 그런 면에서 볼 때 인간의 통일성은 그때그때의 열정이 속한 특정 단계에서만 성립한다. 성적인 애정과 같은 어떤 열정은 그 기원의 반절만 천상에 있고 나머지 반절은 세속적·동물적이다. 이는 그에 해당하는 단계를 통과하면 소멸해 버리고 만다. 그러나 두 어린아이 사이의 애정처럼 온전히 신성한 애정은, 그가 노년의 침묵과 어둠을 언뜻 보는 날에 의심의 여지 없이 다시 찾아올 것이다….[9]

우리가 이런 분석의 대목들을 읽는 순간, 돌이켜 보니 이런 마음 상태가 삶에서 중요한 요소이며 따라서 천착하고 기록할 가치가 있다고 느껴지는 순간, 18세기에 알았던 자서전의 기법은 그 특성이 달라지고 있다. 전기

(biography)의 기법 또한 변화하고 있다. 이것 이후로는 그 누구도 "안개를 꿰뚫어 보지" 않고 "그의 행위와 침묵의 은밀한 원천"을 드러내지 않은 채로 삶의 총체적 진실을 말할 수 있다고 주장하지 못할 것이다. 하지만 외적인 사건 또한 그 나름의 중요성을 띤다. 삶의 전모를 이야기하기 위해, 자서전 작가는 존재의 두 가지 차원 — 사건과 행동으로 이루어진 신속한 대목과, 감정이 고양되는 독특하고 장엄한 순간이 서서히 펼쳐지는 대목 — 을 기록할 수 있는 모종의 수단을 고안해야 한다. 드 퀸시의 글이 매혹적인 것은 두 차원이 대등하지는 않더라도 아름답게 결합된다는 데 있다. 우리는 매 페이지마다 자신이 본 것과 아는 것 — 합승 마차, 아일랜드의 반란, 조지3세와의 만남과 대화 — 을 매력적이고 유창하게 기술하는 한 교양 있는 신사와 동행한다. 그러다가 불현듯 매끄러운 서술이 산산이 찢기고, 아치 너머로 아치가 열리고, 영원히 날며 영원히 도주하는 무언가의 환상이 모습을 드러내고, 시간은 멈추어 움직이지 않는다.

버지니아 울프

379

1. 이 글은 버지니아 울프의 『보통의 독자(The Common Reader)』 2권(1932)에 처음 발표되었고, 드 퀸시의 저작집 『진지하고 쾌활한 선집』(1853) 중 1권 『자전적 소묘』에 대해 쓴 것이다. 출전은 버지니아 울프, 「드 퀸시의 자서전(De Quincey's Autobiography)」, 『버지니아 울프 에세이 5권: 1929–32』, 스튜어트 클라크(Stuart Clarke) 편, 뉴욕: 매리너 북스, 2010, 452–8쪽.

2. 『자전적 소묘』 1장.

3. 이 책 47쪽.

4. 저작집 『진지하고 쾌활한 선집』 서문.

5. 『자전적 소묘』 1장.

6. 『어느 영국인 아편쟁이의 고백』.

7. 『어느 영국인 아편쟁이의 고백』.

8. 이 책 44쪽.

9. 이 책 50–1쪽.

영국의 우편 마차[1]

진정한 책은 그것이 읽힐 분위기와 계절을 지시한다는 말은, 겨자는 쇠고기에 곁들여 먹어야 한다는 말만큼이나 확실히 단순 무지한 진술이다. 이런 진부한 말을 끌고 들어오는 이유는 어디까지나, 어떤 경우에는 이 말을 다소 변형하거나 윤색함으로써 전혀 다른 방향들로 발산되는 성찰의 시발점으로 삼을 수 있기 때문이다.

일례로 토머스 드 퀸시의 글은 —『자서전』,『호반 시인들』,[2]『영국의 우편 마차』를 비롯한 그 엄청난 양의 저작 중에서 우리가 선별을 한다면 — 독자 개개인에게 자신이 가장 돋보이는 상황을 아주 강력히 암시한다는 특색을 띠고 있다. 그들은 야외로 데리고 나가 달라고, 평소보다 시간에 구애받지 않을 때 느긋한 기분으로 자신을 읽어 달라고, 그래서 인쇄된 책장에 한 줄기 너그러운 햇빛을 보충해 달라고 간청하는 것처럼 보인다. 그러면 당신에게 내 최고의 모습을 보여 주겠다고 말이다. 확실히 날이 쌀쌀할 때 실내에서, 벽난로 선반 위 시계가 째깍거리는 소리를 들으며 읽는 드 퀸시는 전혀 최고로 느껴지지 않는다. 그리고 드 퀸시의 글은 젊은 사람의 취향에 가장 잘 맞는다는 게 나이 든 사람들의 견해인 것 같다. — 물론 여기서 나이 든 사람들의 견해란 노인 두세 사람의 견해를 말한다. 하지만 이 평결은 여러 가지로 해석될 수 있으며, 현 시점에서 가장 시사적인 해석은 여기서 젊음이 나이의 젊음이 아니라 세대의 젊음을 가리킨다는 것이다. 19세기 전반의 나이 든 사람들이 드 퀸시를 즐기고 그에게 명성을 안겨 주었던 것은, 그들의 산문 취향이 지금 우리 눈으로 보기에는 '미성숙'했기 때문이다. — 즉 우리 세대의 취향과는 상당히 달랐기 때문이다. 실제로 드 퀸시 한 페이지를 월터 페이터나 스티븐슨 한 페이지와 나란히 놓고 읽는 것은, 페이터나 스티븐슨 같은 작가들이 본격적인 작업에 착수하기 전에 희열을 발산하는 용도로 그렸을 법한, 재빨리 슥슥 그은 생동하는 스케치를 휴지통에서 줍는 일과도 같다. 행간과 형용어구뿐만 아니라 전체 문단을 관통하는 붓놀림이 인쇄된 책장 위에서 거의 눈에 보일 정도다. 다듬고 빗질했음이 명백한 각각의 문장들, 방금 정리하고 뼈대를 올린 듯한 전체 구조, 이 모두의 흔적이 여러분 눈앞의 책장에 남아 있음을 충분히 쉽게 확인할 수 있다. 하지만 그가 여기에 덧붙인 내용을 읽기가 쉽지 않다는 사실은 결국 이 옛 시대의 작가가 할 말이 대단히 많았음을 암시한다. 요즘의 우리들이라면 더 조리 있게 말하는 법을 그에게 가르쳐 줄 수 있었을지도 모르겠다. 하지만 그의 화법상의 결함은, 스티븐슨과 그의 작법을 가지고 좋은 규범을 훈련시키기에는 너무나 뿌리 깊고 그의 미덕과 너무나 긴밀히 연결된 원인에서 유래한 것이 아닐까?

　　드 퀸시의 주된 결함은 적어도 다른 상황에서는 그

의 주된 미덕이 될 수 있다. 그는 모든 사물을 한 치수 더 크게 보고 자신의 환상 또한 한 치수 더 크게 재현하는 재능에 시달린다. 과장하기가 불가능한 감정에 그 재능이 적용될 때 — 다행히도 그런 경우는 매우 많았다. — 를 제외하면 말이다. 하지만 그가 하려는 이야기의 성격 때문에 어떤 평범한 사실을 진술해야 할 때, 그것은 마치 길게 늘어난 거울에 비친 부츠 한 켤레처럼 거대하게 우스워진다. 그가 소리 내어 웃을 때 우리 눈에는 뒷다리를 딛고 일어선 선사시대의 괴물이 보인다. 그리고 거추장스러운 이야기를 일일이 적어 내려가지 않고도 하나의 암시나 진술만으로 부연 설명을 해내고 나아가 독자의 앞길에 놓인 미세한 자갈돌을 세심하게 제거하지 못한다는 것은, 이 방대한 지성의 약점이자 그 훌륭한 장치의 취약한 부분 중 하나다. 그래서 "내 누이 메리의 가정교사"를 가볍게 언급하고 지나가던 도중에 부연 설명을 위해 깨알 같은 글씨로 한 페이지의 4분의 3을 할애해야 하는 것이다.[3] 그 가정교사가 공교롭게도 존 웨슬리(John Wesley)의 조카였고, 드 퀸시는 웨슬리와 웰슬리(Wellesley)의 연관성 및 이 가문 이름의 변천사에 대해 나름의 견해를 품고 있으며, 이 지면이 그런 자신의 견해를 늘어놓기에 더없이 좋은 자리라고 생각했기 때문이다. 주석을 성실히 읽는 것에 대해서는 독자마다 기준이 다르겠지만, 가장 태만한 독자라 하더라도 주석의 별표를 완전히 무시하고 넘어갈 때는 마음이 다소 찔릴 수밖에 없다. 하지만 드 퀸시를 읽을 때는 둔감해질 필요가 있는 것이, 그렇지 않으면 우편 마차에 대한 다음과 같은 숨 가쁜 문장—"이제 불화살은 활시위를 떠난 듯하다. 지금 이 순간부터 그것은 서쪽으로 300마일을 쉼 없이 여행하게 될 것이다."[4]—을 읽다 말고 이 진술이 한 지각없는 미국인의 마음에 끼칠 영향을 상세히 고찰해야 할 필요성 때문에 갑자기 멈추어 서야 하기 때문이다. 또 정확하고 불필요한 정보를 주는 바로 그 버릇은 글 속으로 기어들어 그 모든 찬란함을 퇴색시킨다. 조랑말 수레에 탄 젊은 남녀가 '왕립 우편'이 자신들을 향해 천둥처럼 덮쳐 오는 광경을 보고 느끼는 감정을 웅변적으로 묘사하면서, 만일 남자가 자격 미달로 밝혀진다면 여자는 "가장 격렬히 들려 올라가—기도할 시간조차 없이—앞으로 70초 이내에—하느님의 심판대 앞에 서야만" 할 것이라고 그가 말하는 대목처럼 말이다.[5]

하지만 특정한 외부 요소의 작용이 그의 마음을 이처럼 고통스럽게 수축시킨다면, 그 마음이 거하는 환경은 그것이 본래의 장엄한 경계선까지 확장되게끔 만들어 준다. 실로 드 퀸시의 글이 가장 빛을 발할 때는 마치 음파의 고리와도 같은 효과를 낸다. 이 고리들은 서로를 침범하며 멀리멀리 퍼져 나가 급기야 말이 침묵 속으로 사라지는 만물의 가장자리에서 그 기력을 다한 최후의 머나먼 진동을 두뇌로 감지할 수 없을 만큼 확장되는 경지에 이른다. 그의 글에 가장 쉽게 따라붙는 심상은 성당의 거대하고 미로 같은 공간에 울려 퍼지는 오르간의 심상이다.

드 퀸시가 언어를 사용하는 방식과 음악가가 소리를 사용하는 방식 사이에 명백한 연관이 있기 때문이다. 그리고 그가 가장 좋아하는 소리는 어슴푸레한 빛이 드리운 거대한 공간, 오르간이 적절한 음성으로 발화하는 아주 오래된 성당처럼 장엄하고 신비로운 공간을 암시하는 소리다. 이 아름다운 광경들과 이상한 감정들은 그의 두뇌 속에서 소리의 파장을 창조했고, 이 파장들이 알아들을 수 있는 말의 형태로 빚어졌고, 그래서 의미는 물론 소리까지 재현하는 말들을 제시했는데, 이는 여러 가지 이유 중에서도 그가 '관현악의(orchestral)'라는 단어를 자주 그리고 특이하게 사용한 데서 비롯된 듯하다. 그래서 그의 귀에는 "바다와 대기와 빛이 이 우주적 소강(小康)의 관현악 파트를 담당"[6]하는 것처럼 들린 것이다. 그리고 그가 가장 좋아하는 심상은 소리와 무한한 공간이라는 두 관념이 결합된 것이다. 그가 누나의 시신 옆에 서서 "지난 1천 세기 동안 죽음의 들판들을 휩쓸었던 엄숙한 바람" 소리를 듣고, "아득히 푸른 하늘의 꼭대기에 천정이 열리고 끝없는 수직의 통로가 뚫린 듯한" 환상을 보았을 때처럼 말이다.[7]

그의 정신은 날 때부터 구름과 영광의 영역에 무시로 드나드는 듯하며, 그의 음성은 까마득히 높은 곳으로부터 이상한 천둥소리와 함께 진동하며 우리에게 내려와 닿는다. 이런 실험은 흔히 실패하기 마련이고, 보다 자의식이 강한 세대는 그런 위험을 선뜻 무릅쓰길 주저할 것이다. 밝은 대낮에 별을 찾아 헤매다가 들통에 걸려 넘어지는 사람은 응당하게든 부당하게든 간에 웃음거리로 취급된다. 그럼에도, 대기의 대양 밑에 가라앉은 광활한 평원이 울타리 사이로 보이는 어느 고요한 정원에서 사치스럽게 독서하는 너그러운 독자라면, 드 퀸시의 한 페이지가 그저 단조로운 기호가 적힌 종잇장이 아니라 장려한 행렬 그 자체의 일부임을 깨닫게 될 것이다. 이는 대기와 하늘에 실려 퍼져 나갈 것이며, 말이 그러하듯 그것들에 더 섬세한 의미를 부여할 것이다.

버지니아 울프

1. 이 리뷰는 1906년 8월 29일 자 『가디언』에 게재되었고, 『영국의 우편 마차』의 1854년 판본을 읽고서 집필한 것이다. 출전은 버지니아 울프, 「영국의 우편 마차(The English Mail Coach)」, 『버지니아 울프 에세이 1권: 1904–12』, 앤드류 맥닐리(Andrew McNeillie) 편, 뉴욕: 하커트 브레이스 조바노비치, 1989, 365–8쪽.

2. 각각 『자전적 소묘』와 『호반 시인들에 대한 회상(Recollections of the Lake Poets)』을 가리킨다.

3. 『자전적 소묘』 4장.

4. 이 책 248–9쪽 참조.

5. 이 책 284쪽 참조.

6. 이 책 277쪽 참조.

7. 이 책 47쪽 참조.

토머스 드 퀸시 연보

1785년 — 8월 15일, 맨체스터에서 직물 수입상이던 토머스 퀸시
(Thomas Quincey)와 엘리자베스 펜슨(Elizabeth Penson)의
아들로 태어난다.

1790~3년 — 누이동생 제인 사망(1790년, 3세). 누나 엘리자베스
사망(1792년, 9세). 아버지 사망(1793년).

1796년 — 배스로 이주해 배스 그래머스쿨에 입학한다. 어머니가
성을 '드 퀸시'로 바꾼다.

1799년 — 윌트셔에 있는 윙크필드 스쿨에 입학한다. 워즈워스와
콜리지의 『서정 담시집(Lyrical Ballads)』을 읽는다. 훗날 그는 이
경험이 "내 정신을 열어 준 가장 큰 사건"이었다고 기술한다.

1800년 — 호라티우스의 스물두 번째 송시를 번역해
콘테스트에서 3위에 입상하고, 이 시는 『먼슬리 프리셉터(Monthly
Preceptor)』[월간 교사]에 게재된다. 프로그모어에서 우연히
조지3세(George III)와 만난다. 친구인 웨스트포트 경(Lord
Westport)과 함께 아일랜드에서 여름방학을 보낸다. 맨체스터
그래머스쿨에 입학한다.

1801년 — 리버풀 부근의 에버턴에서 여름방학을 보내면서
윌리엄 로스코(William Roscoe), 제임스 커리(James Currie) 등
친(親)휘그당 성향의 지식인들을 만난다.

1802년 ― 맨체스터 그래머스쿨에서 도망쳐 나온다. 웨일스 북부를 떠돌다가 런던에서 무일푼으로 굶주리며 4개월을 보낸다. 당시 만난 창녀 앤과의 일화 등은 훗날 『어느 영국인 아편쟁이의 고백(Confessions of an English Opium-Eater)』에 실린다.

1803년 ― 어머니와 후견인들과 화해한다. 에버턴에서 여름휴가를 보낸다. 고딕소설들을 게걸스럽게 읽고, 문필가로서의 경력을 구상한다. "나는 언제나 내 명성의 초석을 시로써 이루겠다고 생각했다." 콜리지에 대한 존경심이 깊어져 그를 "지금껏 나타난 가장 위대한 인물"이라고 생각하는 한편, 워즈워스에게 팬레터를 써서 서신 교류를 시작한다. 옥스퍼드 우스터 칼리지에 입학한다.

1804년 ― 아편을 복용하기 시작한다. 찰스 램(Charles Lamb)을 만난다.

1805년 ― 워즈워스를 만나러 호수 지방(Lake District)까지 갔지만 너무 긴장해 결국 그를 만나지 못하고 돌아온다.

1806년 ― 다시 워즈워스를 만나러 호수 지방에 가지만 이번에도 떨려서 만나지 못한다. '모종의 위대한 지적인 프로젝트', '건강과 활력', '자녀의 교육' 등 열두 개 항목을 열거한 「행복의 요건」을 작성한다.

1807년 ― 콜리지와 만난다. '융자금' 명목으로 그에게 300파운드를 건넨다. 콜리지의 가족들과 호수 지방까지 동행해 그래스미어에서 워즈워스를 만난다.

1808년 — 매일 콜리지와 만나 '시와 문학적 취향의 원칙'에 대한 그의 왕립 연구소 강연을 보조한다. 기말시험을 치던 중 학위를 포기하고 옥스퍼드에서 뛰쳐나온다. 이후 '크리스토퍼 노스'라는 필명으로 『블랙우즈 매거진(Blackwood's Magazine)』의 편집자로 활동하게 된 존 윌슨(John Wilson)을 소개받고, 둘은 절친한 친구가 된다.

1809년 — 신트라 협정(나폴레옹전쟁 당시인 1808년 이베리아반도에서 영국군과 프랑스군이 맺은 협정)에 대한 워즈워스의 팸플릿 출간을 진행하고, 여기에 「존 무어 경(신트라 협정을 맺은 달림플 장군의 후임)의 서간에 대한 후기」를 집필, 게재한다. 그래스미어로 이사해서 워즈워스가 살던 도브 코티지를 임대해 거주한다.

1810년 — 워즈워스, 콜리지와 깊은 교분을 나누게 된다. 워즈워스가 1799년에서 1805년에 걸쳐 지은 정신적 자서전 격 장시 『서곡(Prelude)』 수고를 읽는다. 콜리지가 발행하는 신문 『더 프렌드(The Friend)』에 윌슨, 알렉산더 블레어(Alexander Blair)와 함께 「제자의 편지(The Letter of Mathetes)」를 기고한다.

1812년 — 런던의 미들템플 법학원에 입학해 잠시 법률을 공부한다. 워즈워스의 세 살 난 딸 캐서린의 죽음으로 깊은 슬픔에 잠긴다.

1813년 — 아편에 중독된다. 호수 지방에 살던 농부의 딸인 마거릿 심프슨(Margaret Simpson)과 교제하고, 이로 인해 워즈워스 가족과 불편한 관계가 된다.

1814년 — 윌슨과 함께 에든버러를 방문해 훗날 영국의 시인이자 소설가 월터 스콧(Sir Walter Scott)의 전기를 쓴 J. G. 록하트(J. G. Lockhart)와 '에트릭의 목동'이라는 별명으로 알려진 시인 제임스 호그(James Hogg) 등 스코틀랜드 문필계의 주요 인사들을 만난다.

1816년 — 11월, 마거릿 심프슨과의 사이에서 아들 윌리엄 펜슨 (William Penson) 출생. 워즈워스 가족과의 왕래가 중단된다.

1817년 — 2월 15일, 마거릿 심프슨과 결혼. 윌리엄 블랙우드 (William Blackwood)가 윌슨, 록하트, 호그 등을 주요 기고자로 데리고 『블랙우즈 매거진』을 창간한다.

1818년 — 하원 선거에서 웨스트모얼랜드의 휘그당 후보로 나선 헨리 브루엄(Henry Brougham)을 비난하는 「멋대로 날뛰는 말에 대한 엄격한 논평(Close Comments upon a Straggling Speech)」을 발표한다. 이 지역의 토리당 신문인 『웨스트모얼랜드 가제트(Westmorland Gazette)』의 편집 주간으로 임명된다. 빚과 아편중독과 그로 인한 생생한 악몽에 시달린다.

1819년 — 『웨스트모얼랜드 가제트』 편집 주간을 사임한다. 윌슨, 록하트와 함께 『블랙우즈 매거진』에 퍼시 비시 셸리(Percy Bysshe Shelley)의 『이슬람의 반란(The Revolt of Islam)』에 대한 리뷰를 게재한다.

1821년 — 프리드리히 실러(Friedrich Schiller)의 「운명의 장난 (Spiel des Schicksals)」(1789)을 번역해 『블랙우즈 매거진』에 게재한다. 윌리엄 블랙우드와 다툰 뒤 『런던 매거진(London

Magazine)』에 「어느 영국인 아편쟁이의 고백」을 발표한다.
존 키츠(John Keats)의 친구인 리처드 우드하우스(Richard
Woodhouse), 낭만주의 비평을 대표하는 영국의 평론가이자
수필가였던 윌리엄 해즐릿(William Hazlitt)을 만난다.

1822년 — 『어느 영국인 아편쟁이의 고백』을 단행본으로
출간한다. '살인자의 고백'이라는 제목의 글을 구상하지만 현재
전해지지 않는다.

1823년 — 「「맥베스」에서 문 두드리는 소리(On the Knocking at
the Gate in *Macbeth*)」가 포함된 「죽은 아편쟁이의 공책에서 건진
기록들(Notes from the Pocket Book of a Late Opium-Eater)」을
『런던 매거진』에 발표한다. 존 윌슨이 『블랙우즈 매거진』에
1835년까지 게재한 대화 형식의 연재물 「암브로시아의 밤(Noctes
Ambrosianae)」에 '아편쟁이(The Opium-Eater)'로 등장한다.

1824년 — 영국의 사상가이자 역사가 토머스 칼라일(Thomas
Carlyle)이 번역한 괴테의 『빌헬름 마이스터의 수업시대(Wilhelm
Meisters Lehrjahre)』에 대해 비판적인 서평을 『런던 매거진』에
게재한다.

1825년 — 월터 스콧의 스타일을 모방한 독일 소설 『발라트모르
(Walladmor)』를 축약 번역한다. 『런던 매거진』을 떠난다.

1826년 — 『블랙우즈 매거진』에 재합류해 로버트 길리스(Robert
Gillies)의 『독일 단편선(German Stories)』에 대한 서평을
발표하고 '독일 산문 고전의 회랑'이라는 연재물을 시작하지만

레싱과 칸트까지만 다루고 3회분에서 중단한다.

1827년 — 「예술 분과로서의 살인」첫 번째 글을 『블랙우즈 매거진』에 발표한다. 『에든버러 새터데이 포스트(Edinburgh Saturday Post)』에 기고하기 시작한다. 칼라일과 만나 친분을 쌓는다.

1828년 — 『블랙우즈 매거진』에 「히브리 부인의 화장실(The Toilette of the Hebrew Lady)」과 「수사의 요소들(Elements of Rhetoric)」을 발표한다.

1829년 — 『에든버러 리터러리 가제트(Edinburgh Literary Gazette)』에 「윌슨 교수에 대한 스케치(Sketch of Professor Wilson)」를 발표한다.

1830년 — 『블랙우즈 매거진』에 「그의 잡문들을 통해 본 칸트(Kant in his Miscellaneous Essays)」, 「리처드 벤틀리(Richard Bentley)」, 그리고 토리당을 대변하는 격렬한 정치 평론을 여러 편 발표한다. 에든버러로 영구 이주한다.

1831년 — 『블랙우즈 매거진』에 「파 박사와 그의 시대(Dr. Parr and his Contemporaries)」를 발표한다. 채무불이행으로 기소된다.

1832년 — 윌리엄 블랙우드를 발행인으로 고딕 로맨스 소설 『클로스터하임, 혹은 마스크(Klosterheim: or, the Masque)』를 출간한다. 콜리지는 이 소설이 "스타일과 작풍의 순수성에서" 월터 스콧이 "절대 오르지 못한" "탁월한 경지"에 도달했다고 평가한다.

채무불이행으로 두 차례 짧게 투옥된다. 아들 줄리어스 사망(3세).

1833년 — 『테이츠 매거진(Tait's Magazine)』에 칸트가 쓴
「지구의 나이에 대해(Die Frage, ob die Erde veralte, physikalisch
erwogen)」의 번역과 동시대 작가인 해나 모어 부인(Mrs. Hannah
More)에 대한 평을 발표한다. 빚을 갚지 못해 네 번 기소된다.
홀리루드 사원 인근의 채무자 면죄 구역에 은신한다.

1834년 — 「새뮤얼 테일러 콜리지(Samuel Taylor Coleridge)」와
「어느 영국인 아편쟁이의 자서전에서 건진 삶과 태도에 대한
스케치(Sketches of Life and Manners from the Autobiography
of an English Opium-Eater)」를 『테이츠 매거진』에 연재한다. 빚
때문에 다섯 차례 기소된다. "내 삶의 왕관이자 자랑"이었던 장남
윌리엄이 급성 백혈병으로 사망한다. 새뮤얼 테일러 콜리지, 윌리엄
블랙우드, 찰스 램 사망. 블랙우드의 아들들인 로버트와 알렉산더가
『블랙우즈 매거진』의 운영을 이어받는다.

1835년 — 『테이츠 매거진』에 「옥스퍼드(Oxford)」, 「토리주의,
휘그주의, 급진주의에 대한 한 토리당원의 설명(A Tory's Account
of Toryism, Whiggism, and Radicalism)」을 발표한다.

1837년 — 『블랙우즈 매거진』에 「타타르의 반란(Revolt of the
Tartars)」을 발표한다. 채무불이행으로 두 차례 기소된다. 아내
마거릿의 죽음으로 슬픔에 잠긴다.

1838년 — 『블랙우즈 매거진』에 두 편의 공포소설 「난파된 가족
(The Household Wreck)」과 「징벌자(The Avenger)」를 발표한다.

『테이츠 매거진』에 「찰스 램에 대한 회상(Recollections of Charles Lamb)」을 발표한다.

1839년 — 『블랙우즈 매거진』에 「예술 분과로서의 살인에 대한 두 번째 글(Second Paper on Murder Considered as One of the Fine Arts)」을, 『테이츠 매거진』에 「윌리엄 워즈워스(William Wordsworth)」를 발표한다.

1840년 — 『블랙우즈 매거진』에 「아편과 중국 문제(The Opium and the China Question)」를 발표한다. 빚 때문에 기소된다. 에든버러를 떠나 글래스고로 도피한다.

1841년 — 글래스고 천문대를 방문해 천문학자 J. P. 니콜(J. P. Nichol)을 만난다.

1842년 — 차남 호레이스 드 퀸시 중위가 중국에서 사망(22세).

1843년 — 에든버러 외곽의 메이비스 부시 코티지로 이사한다.

1844년 — 가치 이론과 리카도의 분배 문제에 대해 연구한 『정치경제학의 논리(The Logic of Political Economy)』가 출간된다.

1845년 — 『블랙우즈 매거진』에 「콜리지와 아편중독(Coleridge and Opium-Eating)」, 「심연에서의 탄식(Suspiria de Profundis)」을 발표한다. 윌리엄 블랙우드의 동생인 존 블랙우드가 『블랙우즈 매거진』의 편집장이 된다. 『테이츠 매거진』에 「워즈워스의 시에

대하여(On Wordsworth's Poetry)」와 「길필런의 「문학가 초상들의
회랑」에 대한 주석(Notes on Gilfillan's "Gallery of Literary
Portraits")」을 게재한다.

1846년 — 『테이츠 매거진』에 「로스 경의 망원경으로 드러난
하늘의 체계(System of the Heavens as Revealed by Lord Rosse's
Telescopes)」를 발표한다.

1847년 — 『테이츠 매거진』에 「잔다르크(Joan of Arc)」, 「스페인의
해군 수녀(The Nautico-Military Nun of Spain)」를 발표한다.
뒤의 글은 원래 수녀였다가 남장하고 스페인 식민지에서 군인으로
활약한 카탈리나 데 에라우소(Catalina de Erauso, 1592–650)에
대해 쓴 것이다.

1848년 — 『노스 브리티시 리뷰(North British Review)』에
「찰스 램의 마지막 나날에 대한 기억(Final Memorials of Charles
Lamb)」을 발표한다. 랠프 왈도 에머슨(Ralph Waldo Emerson)을
만난다.

1849년 — 빚 때문에 잠시 투옥된다. 『블랙우즈 매거진』에 「영국의
우편 마차(The English Mail-Coach)」를 발표한다. 이는 『블랙우즈
매거진』에 발표된 그의 마지막 에세이가 된다.

1850년 — 주간지 『호그스 인스트럭터(Hogg's Instructor)』에 몇
편의 에세이를 발표한다. 미국 보스턴에서 드 퀸시 저작집 출간이
시작된다(전 22권, 1856년 완간). 워즈워스 사망.

1851년 —『테이츠 매거진』에「포프에 대한 칼라일 경의 강연 (Lord Carlisle on Pope)」을 발표한다. 이것이『테이츠』에 발표된 그의 마지막 에세이가 된다.

1853년 — 에든버러의 출판 발행인 제임스 호그와 함께 이때까지 자신이 발표한 글들을 엮은『진지하고 쾌활한 선집 (Selections Grave and Gay)』(전 14권, 1860년 완간)에 재수록할 원고들의 수정 작업을 시작한다.『선집』의 1권과 2권이 '자전적 소묘(Autobiographic Sketches)'라는 제목으로 출간된다. 「심연에서의 탄식」상당 부분은 1권에 수록된다.

1854년 — 에든버러 로디언 스트리트 42번지로 이사한다. 『진지하고 쾌활한 선집』4권에「예술 분과로서의 살인」에 대한 「후기(Postscript)」를 발표하고「영국의 우편 마차」를 상당 부분 수정하여 수록한다. 윌슨 사망.

1856년 —「어느 영국인 아편쟁이의 고백」이 대폭적인 수정 및 증보를 거쳐『진지하고 쾌활한 선집』5권에 수록된다. 호그가 발행한 월간지『타이탄(Titan)』에 기고하기 시작한다.

1859년 — 12월 8일, 에든버러에서 사망. 세인트 커스버트 교회 묘지의 마거릿 옆자리에 안장된다. 그의 부음을 들은 보들레르는 드 퀸시가 "영국을 통틀어" "가장 독창적인 지성 중 한 명"이었다고 평가한다.

워크룸 문학 총서 '제안들'

일군의 작가들이 주머니 속에서 빚은 상상의 책들은 하양
책일 수도, 검정 책일 수도 있습니다. 이 덫들이 우리 시대의
취향인지는 확신하기 어렵습니다.

'제안들'은 계속됩니다.

제안들 16

토머스 드 퀸시
심연에서의 탄식 /
영국의 우편마차

유나영 옮김

초판 1쇄 발행. 2019년 2월 11일

발행. 워크룸 프레스
편집. 김뉘연, 홍지은
제작. 세걸음 / 상지사

ISBN 979-11-89356-13-2 04800
978-89-94207-33-9 (세트)
15,000원

워크룸 프레스
출판 등록. 2007년 2월 9일
(제300-2007-31호)
03043 서울시 종로구
자하문로16길 4, 2층
전화. 02-6013-3246
팩스. 02-725-3248
메일. workroom@wkrm.kr
workroompress.kr
workroom.kr

이 도서의 국립중앙도서관
출판예정도서목록(CIP)은 서지정보유통
지원시스템(seoji.nl.go.kr)과
국가자료공동목록시스템(nl.go.kr/kolisnet)에서
이용하실 수 있습니다.
CIP제어번호: CIP2019002312

옮긴이. 유나영 — 서울대학교 고고미술사학과를 졸업하고 삼인출판사에서
편집자로 일했다. 옮긴 책으로 리처드 플래너건의 『굴드의 물고기 책』, 토머스 드
퀸시의 『예술 분과로서의 살인』, 루이스 캐럴의 『운율? 그리고 의미? / 헝클어진
이야기』 등이 있다. '유나영의 번역 애프터서비스(lectrice.co.kr)'에서 오탈자와
오역 신고를 받고 있다.